Krishna Baldev Vaid

Tagebuch eines Dienstmädchens

Zu diesem Buch

Shano ist jung und ungebildet, aber nicht auf den Kopf gefallen. Als Dienstmädchen erledigt sie in mehreren wohlhabenden Haushalten eines Bezirks in Delhi die Hausarbeit. Eines Tages wird sie von einer ihrer Dienstherrinnen mit Heft und Füller ausgerüstet und zum Schreiben aufgefordert. Das so entstehende Tagebuch sprüht vor Witz, Scharfsinn und erzählerischer Brillanz. Mit treffsicherem Spott beschreibt Shano das Leben, Lieben und Leiden ihrer reichen Arbeitgeber, durchleuchtet Machtverhältnisse und denkt über ihre eigenen Träume, Hoffnungen und Ängste und über das Schreiben nach.

»Der Leser erhält einen ungeschminkten Einblick in den Alltag sowohl der Armen wie der Reichen und zugleich in die Machtverhältnisse der indischen Gesellschaft.« *Claudia Kramatschek, Deutschlandradio*

»Der Roman besticht durch eine Sprache, die lebendig und voller Witz ist.« *Claudia Wenner, Neue Zürcher Zeitung*

Der Autor

Krishna Baldev Vaid, geboren 1927 in Dinga im heutigen Pakistan, zählt zu den wichtigsten Vertretern der modernen Hindi-Literatur. Er studierte in Indien und den USA. Später lehrte er neben seiner Tätigkeit als Schriftsteller an verschiedenen Universitäten, unter anderem der State University of New York.

Die Übersetzerin

Anna Petersdorf, geboren 1981, studierte Indische Philologie und Nordamerikanistik in Berlin. Seither arbeitet sie als freie Übersetzerin aus dem Englischen und Hindi.

Mehr über Buch und Autor auf *www.unionsverlag.com*

Krishna Baldev Vaid

Tagebuch eines Dienstmädchens

Roman

Aus dem Hindi von Anna Petersdorf

Unionsverlag

Die Originalausgabe erschien 2000
unter dem Titel *Ek naukrani ki diary*
im Verlag Rajapala Enda Sanza, Dehli.
Die deutsche Erstausgabe erschien 2012
im Draupadi Verlag, Heidelberg.

Die Übersetzung aus dem Hindi wurde
mit Mitteln des Auswärtigen Amtes unterstützt
durch LITPROM – Gesellschaft zur Förderung der Literatur
aus Afrika, Asien und Lateinamerika e. V.

Die Arbeit der Übersetzerin wurde
vom Deutschen Übersetzerfonds gefördert.

Im Internet
Aktuelle Informationen, Dokumente, Materialien
zu Krishna Baldev Vaid und diesem Buch
www.unionsverlag.com

Unionsverlag Taschenbuch 647

Rieterstrasse 18, CH-8027 Zürich
Telefon +41 44 283 20 00, Fax +41 44 283 20 01
mail@unionsverlag.ch

Reihengestaltung: Heinz Unternährer
Umschlaggestaltung: Martina Heuer, Zürich
Umschlagbild: Michael Jung
Druck und Bindung: CPI – Clausen & Bosse, Leck
ISBN 978-3-293-20647-2

Für alle arbeitenden Frauen,
in denen ich Shano wiedererkenne.

Ma sagt, Sahibs und Memsahibs sind von Natur aus bösartig. Trau keinem von ihnen!, sagt sie, sie kennen kein Mitleid mit uns. Glaub nie, was sie sagen! Ma hat ihr Leben lang die Töpfe anderer Leute geschrubbt. Darüber ist sie alt geworden. Sie tut mir leid. Aber ich bin auch wütend auf sie. Auf Bapu allerdings noch mehr. Ohne Ma wären wir alle längst tot. Bapu eingeschlossen. Er ist seit einer Ewigkeit krank und hat keinen Job. Ma sagt, jetzt ist er krank, aber der Nichtsnutz hatte nie was anderes im Kopf, als wie er an die nächste Flasche Schnaps kommt. Inzwischen kann Bapu kaum noch was essen oder trinken. Er behält nichts mehr bei sich. Seine Leber ist hin. Soll er doch krepieren!, sagt Ma, lieber heute als morgen. Und dann fängt sie an zu weinen. Bapu tut mir leid, aber ich bin auch wütend auf ihn. Ma jagt mir manchmal Angst ein, aber wenn sie Bapu beschimpft, werde ich wütend. Auf mich selbst bin ich auch oft wütend. Manchmal könnte ich mich vor Wut in Stücke reißen. Ma sagt, Mädchen sollten nicht so wütend werden. Schau mich an, sagt sie, was ich alles durchgemacht habe! Tagein, tagaus muss ich mir den Schwachsinn deines Vaters anhören und anderer Leute Töpfe schrubben. Darüber bin ich alt geworden.

Ich werde auch für andere Leute schuften, bis ich alt bin. Wie Ma. Und meine Kinder auch. Und ich werde jemanden heiraten, der wie Bapu krank und arbeitslos ist. Warum denke ich das eigentlich? Ich will gar keine Kinder, und heiraten will ich auch nicht. Wie willst du das denn verhindern, sagt Ma, alle Frauen kriegen Kinder, das ist unser Schicksal. Schicksal! Karma! Ich brauche dieses Zeug nicht. Du bist doch verrückt!, sagt Ma. Wenn ich es noch nicht bin, dann werde ich es bald. Ich muss mit dieser Arbeit aufhören. Ich hätte die Schule nicht abbrechen sollen. Dann hätte ich die zehnte Klasse schon längst fertig. Und was dann? Dann wäre ich ein Dienstmädchen mit Schulabschluss. Jetzt bin ich ein Dienstmädchen, das die achte Klasse abgebrochen hat. Ich werde ewig Töpfe schrubben und darüber alt werden wie Ma. Aber heiraten werde ich nicht. Und auch keine Kinder bekommen. Ich bin modern. Ein modernes Dienstmädchen. Jetzt muss ich gleichzeitig lachen und weinen.

Als ich heute bei der fetten Memsahib Staub gewischt habe, hat sie wieder mit mir gemeckert: Sag mal, woher nehmen Leute wie ihr eigentlich diese Energie? Liegt das an eurer Ernährung? Willst du denn alles kaputt machen! Wie oft soll ich dir noch sagen, dass du nicht so hetzen sollst! Aber du schmeißt hier mit den Sachen rum! Und auch noch mit dem teuren Porzellan! Was hast du eigentlich im Kopf? Hirn oder Stroh?

Die Fette meckert ohne Pause. Ich hätte Lust, sie mal richtig anzuschreien. In Gedanken tue ich das auch. Irgendwann schleuder ich ihr noch den Staublappen ins Gesicht! Ma versucht, mich zu beruhigen: Wenn sie so gerne an dir rummäkelt, dann lass sie doch! Bleib ruhig und mach deine Arbeit. Sobald du ein anderes Haus findest, hörst du bei ihr auf. Ma sagt, alle Memsahibs meckern für ihr Leben gern. Manche mehr, manche weniger. Manche im Stillen, manche laut. Sie hat recht. Die Memsahibs sind alle gleich. Misstrauischer und knausriger, als man es sich vorstellen kann! Und die Sahibs sind Lustmolche. Aber die Fette quatscht schon extrem viel. Wenn sie mal krank ist, bin ich richtig froh.

Obwohl sie selbst im Bett noch nervt! Ihr Mann tut mir leid. Der Arme ist ein richtiger Jammerlappen. Ein dünnes Hemd. Mir ist aufgefallen, dass dicke Frauen oft dünne Männer haben. Und dünne Frauen dicke Männer. Keine Ahnung, warum. Ma sagt, das ist das Spiel der Natur. Mir kommt es eher wie ein schlechter Scherz vor. Dünne Männer sind oft Schwächlinge, dicke Männer herrisch. Dicke Frauen auch.

Die Fette ist neidisch auf mich, weil sie weiß, dass ich schöner bin als sie. Ihr Mann weiß das sicher auch. Das arme Würstchen. Alle Memsahibs sind auf ihre jungen Dienstmädchen eifersüchtig. Sie sehen in uns Konkurrentinnen und haben Angst, wir könnten ihnen die Männer ausspannen. Ma meint, manche Dienstmädchen tun das auch. Sie sagt auch, ich muss mich vor den Sahibs in Acht nehmen. Und vor ihren Söhnen. Ich habe keine Ahnung, was Ma in ihrem Leben alles gesehen und durchgemacht hat. Nach dem, was sie so andeutet, muss es einiges sein. Vielleicht sogar alles. Mal sehen, was ich noch alles durchmachen muss. Einmal, als ich gerade das Badezimmer der Fetten putzte, ging plötzlich die Tür auf, und ihr Mann kam rein. Der Arme hat wohl nicht gewusst, dass ich dort war, denn als er mich sah, prallte er zurück und stürzte raus. Ich habe die Tür wieder zugedrückt, weil die Fette sich immer aufregt, wenn beim Putzen Wasser aus dem Badezimmer spritzt. Vor der Tür legte sie gleich los: Sag mal, hast du überhaupt keinen Anstand! Was hast du da im Badezimmer zu glotzen? Dieses Luder kennt wirklich keine Scham und du erst recht nicht! Aber damit ist jetzt genug. Ich schmeiß die kleine Hure raus!

Sie ließ gar nicht mehr von ihm ab, und ich stand im Badezimmer und horchte, denn schließlich veranstaltete sie dieses ganze Theater nur wegen mir. Das machte mich zwar wütend, aber irgendwie musste ich auch lachen. Keine Ahnung, warum. Als ich später aus dem Badezimmer kam, war sie immer noch dabei. Der arme Mann tut mir leid, aber er macht mich auch wütend. Warum langt er ihr nicht einfach eine? Warum schreit er sie nicht an? Wahrscheinlich ist er ins Bad gekommen, weil er sich waschen wollte. Kurz habe ich überlegt, ob er vielleicht wirklich Hintergedanken hatte. Nein, auf keinen Fall. Das dünne Hemd fürchtet sich zu sehr vor der Fetten. Er würde sich nicht mal trauen, mich schräg von der Seite anzusehen. Als er so zusammengefahren und rückwärts aus dem Badezimmer gestolpert ist, musste ich lachen. Wenn die Fette das gehört hätte! Sie droht dauernd, mich rauszuschmeißen. Aber sie macht es nicht und wird es auch in Zukunft nicht tun. Heutzutage ist es nämlich gar nicht so leicht, ein gutes Dienstmädchen zu finden. Außerdem ist der Sohn der Fetten auf meiner Seite. Er betont immer, wie sauber und ordentlich ich bin und dass ich gute Arbeit leiste. Der Sohn ist genauso fett wie seine Mutter. Kinder von Fetten sind meistens fett, und Frauen werden oft fett, nachdem sie Kinder bekommen haben. Wahrscheinlich werde ich auch mal fett. Nein, auf keinen Fall! Ich bekomme ja gar keine Kinder. Wozu auch? Sie müssten nur ihr Leben lang die Badezimmer fetter Leute putzen. Das Bad der Fetten ist immer richtig dreckig. Vor allem, nachdem sie geduscht hat. Ich möchte nicht wissen, wo sie den ganzen Dreck herholt. Fette Leute machen fetten Dreck. Alle paar Tage benutzt sie Haarentfernungscremes und lässt die Haare liegen. Manchmal spüle ich sie einfach den Abfluss runter. Und wenn der dann verstopft ist, regt sie sich wieder auf. Soll sie doch schreien. Was juckt mich das.

Bei der bengalischen Familie gab es heute ein Riesendrama. Eigentlich ist die bengalische Familie gar nicht mehr richtig bengalisch. Sie leben seit Ewigkeiten hier und sind inzwischen halbe Hindustanis. Sogar ihre Sprache ist ein komisches Mischmasch aus Bengali und Hindi. Bei dem Streit heute ging es um Jharna, die älteste Tochter. Anscheinend hat sie was mit einem Muslim-Jungen angefangen. Und jetzt hat Lakshmi, ihre Mutter, Wind davon bekommen. Keine Ahnung, wie. Auf jeden Fall ist sie richtig ausgeflippt. Die anderen flehten sie an, vor Shanti (das bin ich) nicht so ein Drama zu machen, aber sie war außer sich. Jharna war gar nicht zu Hause, sie hat woanders übernachtet. Wahrscheinlich war sie mit dem Muslim-Jungen unterwegs. Die Bengalin schrie immer wieder einen Satz auf Bengali, den ich nicht richtig verstanden habe. Garantiert ging es darum, dass Jharna die Familienehre in den Schmutz gezogen hat. Oder so was in der Art. Jharnas kleine Schwester Devi versuchte, ihre Mutter zu besänftigen: Schick doch wenigstens Shanti nach Hause, wenn du dich so aufregst, Mama. Aber Mama war nicht zu beruhigen. Devi und Jharna können kaum Bengali. Sie sprechen meistens Hindi, deswegen verstehe ich sie besser. Die Bengalin hörte nicht auf zu toben, und dann kam Jharna nach Hause. Als die Bengalin ihre Tochter sah, fing sie plötzlich an, sich mit der flachen Hand vor die Stirn zu schlagen. Ich war ganz erschrocken. Eigentlich hatte ich die Bengalen immer für friedliche und anständige Leute gehalten. Sie schreien mich nie an. Aber jetzt weiß ich, dass in jedem von ihnen eine Bombe tickt. Die Bengalin schlug sich so vor die Stirn, wie Ma es manchmal tut. Na ja. Ich schaute zu und amüsierte mich, bis die Bengalin plötzlich begriff, dass ich da war. Sie muss mich schon vorher gesehen, aber nicht richtig wahrgenommen haben. Devi und der Sahib hatten sie zwar immer wieder gebeten, vor mir nicht so eine Szene zu machen, aber sie hatte gar nicht zugehört. Als sie mich nun plötzlich bemerkte, kam sie endlich zu sich und hörte mit dem Geschrei auf. Was stehst du da so blöd und glotzt?, schrie sie, warum hast du deine Arbeit nicht schon längst fertig und bist gegangen? Langsam entpuppt sie sich als Seelenverwandte der Fetten, dachte ich mir, habe meine Wut aber lieber runtergeschluckt und mich aus dem Staub gemacht. Nach diesem Theater hatte ich keine Lust mehr, zum Zeitungssahib zu gehen. Was solls? Morgen denke ich mir irgendeine Entschuldigung aus. Der Zeitungssahib ist total naiv. Er glaubt alles. Mir ist aufgefallen, dass ältere Leute oft so gutgläubig sind. Manchmal auch dumm. Aber nicht alle. Einige sind auch aufdringlich. So wie unser Dorfarzt, der Hakim. Der Zeitungssahib ist sehr gebildet, aber er hat trotzdem keine Ahnung. Jede Ausrede nimmt er mir ab, glaubt alles, was ich ihm erzähle. Ma sagt, seine Frau hat ihn verlassen. Sie sagt auch, er kann nicht dumm sein, weil Zeitungsleute nie dumm sind. Sie sollten es vielleicht nicht sein, aber er ist es trotzdem. Im Stillen nenne ich ihn Onkel. Ma sagt, die alten Männer von heute sind richtige Flegel. Und Zeitungsleute erst recht. Eigentlich sind sie auch nicht alt, ihre Haare werden vom Denken so weiß. Manchmal glaube ich auch, der Zeitungssahib ist nicht wirklich alt. Und ich habe Angst, dass ihn irgendwann mal jemand für alt und reich hält und abmurkst. In letzter Zeit liest man in den Zeitungen viel über Morde an einsamen, alten Männern. Eigentlich ist er gar nicht reich, nur unvorsichtig. Alles lässt er im Haus rumliegen, seine Uhr, sein Geld. Dauernd sammle ich seine Sachen ein und gebe sie ihm. Er ist überhaupt nicht misstrauisch. Deswegen mag ich ihn. Er ist nett. In der Wohnung stapeln sich überall Bücher und Zeitungen.

Wenn ihr Sohn mir nicht so gefallen würde, hätte ich den Job bei der Fetten schon längst sausen lassen. Ich beobachte ihn gerne, er mich auch. Zwischen uns war aber noch nichts. Vielleicht wird da auch nie was sein. Er ist viel jünger als ich. Aber so jung auch nicht, dass ich unbefangen mit ihm sprechen oder ihn knuddeln könnte wie ein kleines Kind. Er ist ziemlich mollig, aber nicht so, dass man ihn auslachen würde. Und auch nicht so, dass einem nicht der eine oder andere Gedanke kommen könnte. Ab und zu kommen mir solche Gedanken, übrigens auch in Bezug auf seinen Vater. Zum Beispiel als ich im Badezimmer war und er reingekommen ist. Wenn die Fette neulich nicht so ein Geschrei gemacht hätte, wären mir diese Gedanken über ihren Mann und ihren Sohn wahrscheinlich nie gekommen. Komisch, dass es der Fetten so egal ist, wie ihr Sohn sich benimmt. Heute saß sie beim Putzen direkt daneben, und er starrte mich pausenlos an. Nicht mich, sondern meine Brüste. Richtig geglotzt hat er! Mich mit seinen Blicken ausgezogen! Und ich hab einfach weitergeputzt, als wär ich allein auf der Welt. Meine Bluse war aus dünnem Stoff mit einem weiten Ausschnitt, darunter hatte ich keinen BH an. Ich trage nicht gerne BHs. Jharna und Devi tragen auch oft keine. Dann hält die Bengalin ihnen immer einen Vortrag, dass ohne BH ihre Brüste wippen. Wenn ihr keinen BH tragt, werden eure Brüste bald schlaff und hängen runter wie Kokosnüsse, sagt sie. Eines Tages weist sie mich wahrscheinlich auch noch darauf hin. Die Fette muss bemerkt haben, wie ihr Dickerchen gafft. Aber bei so was passt sie nur auf ihren Mann auf und nicht auf den Sohn. Wenn die Söhne die Dienstmädchen ein bisschen beäugen und betatschen, stört das keinen. Im Gegenteil! Die Mütter sind heilfroh, wenn ihre Söhne sich bei den Dienstmädchen austoben. Weil sie sicher sein können, dass sich daraus nichts Ernstes entwickelt. Aber den Ehemännern trauen sie kein Stück! Deshalb bewachen sie sie mit Argusaugen. Aber das hält niemanden davon ab, hin und wieder ein bisschen zu glotzen und zu grapschen. Sogar der Mann der Bengalin, der immer so lammfromm und nobel tut, lässt keine Gelegenheit aus, mir zuzuzwinkern oder zufällig meine Schulter zu streifen, obwohl er wirklich nicht mehr der Jüngste ist. Neulich hatte die Bengalin was zu erledigen, Devi schlief, Jharna war mal wieder unterwegs, und ich habe das Geschirr gespült. Da kam der Sahib in die Küche geschlichen und tat so, als wollte er sich die Hände waschen. Dabei hat er dann seine Schultern an meinem Rücken gerieben. Zwei volle Minuten ging das so! Ich habe mir gedacht, soll er halt, wenns ihm Freude macht, und habe still weitergespült.

Ma sagt, man kann heutzutage dem eigenen Vater und Bruder nicht mehr trauen. Selbst vor einem Toten musst du auf der Hut sein!, sagt sie. Was Ma wohl schon alles durchgemacht hat? Bei ihren Erzählungen weiß man nie genau, was sie meint. Irgendwann will ich mich mal zu ihr setzen. Erzähl mir deine Lebensgeschichte, Ma!, sag ich dann, von Anfang an! Aber das würde sie nie machen. Sie erzählt immer nur stückchenweise. Nebenbei. Dass sie sich in aller Ruhe hinsetzt und was erzählt, hab ich noch nie erlebt. Oder dass sie entspannt isst und trinkt. Woher auch die Zeit nehmen? Sie verlässt bei Morgendämmerung das Haus und kommt erst nach Sonnenuntergang zurück. Seit Jahren geht das so, sagt sie. Für mich wird es auch so sein. Nein! Das lass ich nicht zu. Aber was tun? Irgendwas muss ich dagegen machen! Egal was, nur nicht heiraten! Wenn ich das mache, bin ich erledigt. Wie Ma. Wenn sie nicht geheiratet hätte, müsste sie jetzt nicht so schuften. Ich habe keine Angst zu arbeiten, aber es muss einen Sinn haben, irgendwas bringen. Ich werde noch verrückt. Nein, ich werde vernünftig. Ich heirate nicht, ich bekomme keine Kinder, und ich schrubbe nicht mein Leben lang anderer Leute Töpfe und höre mir ihren Mist an. Und was dann? Weiß nicht.

Seit zwei Tagen habe ich mit »Tantchen« zu tun. Mir gehts richtig mies! Ich habe schlimme Bauchkrämpfe. Ma weiß Bescheid. Sie glaubt, da stimmt was nicht. Wenn die Ärztin noch leben würde, könnte ich sie fragen. Die Arme! Ich mochte sie. Sie war nicht verheiratet. Vielleicht hat sie sich auch gefragt, was das bringen soll. Ihr Hund war ihr einziger Freund im Leben. Wo der jetzt wohl ist? In dem Haus wohnt ihre Schwester. Wer hat sie bloß umgebracht? Wenn ich damals noch bei ihr gearbeitet hätte, hätten sie mich sofort verdächtigt. Die Polizei und alle anderen. Damals, als sie mich rausgeschmissen hat, war ich richtig fertig. Eigentlich hat sie mich gar nicht rausgeschmissen. Sie meinte, sie fühlt sich nicht gut dabei, mich für sich schuften zu lassen. Und dass ich in meinem Alter noch nicht arbeiten, sondern lieber einen Schulabschluss machen soll. Sie hat auf mich eingeredet und mir viel erklärt, aber ich war stur. Ma auch. Jetzt denke ich manchmal, es wäre besser gewesen, wenn ich auf sie gehört hätte. Aber was genau wäre dann besser gewesen? Was macht es für einen Unterschied, ob ich die Zehnte abgeschlossen habe? Die Ärztin meinte, sie besorgt mir nach der Zehnten einen Job in ihrem Krankenhaus. Aber was wäre das schon für ein Job gewesen? Anderer Leute Dreck wegmachen! Dreck von kranken Leuten! Da ist es besser, bei den Leuten zu Hause zu putzen.

Die Ärztin war wirklich nett. Sie hat richtig Geld verdient, aber auch viel gearbeitet. Wenn sie nicht alleine gewohnt hätte, würde sie jetzt vielleicht noch leben. Wer hat sie bloß umgebracht? Sie wurde auf schreckliche Weise getötet. Manche Mörder sind so brutal! Bevor sie sie umgebracht haben, haben sie sie noch vergewaltigt. Das ist schon fünf Jahre her. Wie alt war ich damals eigentlich? Ich habe die Schule vor den Abschlussprüfungen in der Achten abgebrochen. Tantchen kam schon jeden Monat zu Besuch. Die Ärztin hat viel mit mir über Tantchen gesprochen. Sie hat mir auch Medikamente gegeben. Ma sagt, die Ärmste wurde von ihren eigenen Freunden kaltgemacht. Damals waren alle schockiert. Lalita sagt, sie erinnert sich noch ganz genau.

Heute hab ich was geklaut. Ich war im Badezimmer der Bengalin und habe geputzt. Da fiel mein Blick auf eine Packung Damenbinden. Eine große Packung. Ich holte mir schnell eine Binde raus und stopfte sie in die Unterhose. Total schief. Den alten Lappen, den ich vorher dort hatte, zog ich raus. Er war voller Blut. Ich habe ihn einfach aus dem Fenster geworfen. Alles ganz schnell und hektisch. Danach hatte ich die ganze Zeit Angst, die Binde könnte bei der Arbeit rausrutschen. Was dann? Ist sie natürlich nicht, aber nervös war ich trotzdem. Später, beim Zeitungssahib, bin ich schnell ins Bad, hab die Tür von innen verriegelt und in aller Ruhe die Binde zurechtgerückt. Danach ließen auch die Krämpfe ein wenig nach, und ich konnte entspannt arbeiten.

Im Badezimmer vom Zeitungssahib kann ich mich richtig entspannen. Dort hab ich nie das Gefühl, was Verbotenes zu tun. Der Zeitungssahib kommt fast nie aus dem ersten Stock. Er ist oben in seine Arbeit vertieft. Keine Ahnung, was er genau macht. Bei ihm gebe ich mir immer Mühe mit der Arbeit. Es gibt aber gar nicht viel zu tun. Das Beste ist, dass er mich nie stört. Ma sagt, die Frau vom Zeitungssahib war auch nett. Warum hat sie ihn nur verlassen? Ma sagt, es gab sicher einen Streit. Einen Riesenkrach.

Was die Bengalin wohl machen würde, wenn sie wüsste, dass ich eine Binde geklaut habe? Sie wird es nie erfahren! Die Binden gehören wahrscheinlich überhaupt nicht ihr, sondern Jharna oder Devi. Vielleicht besucht Tantchen sie gar nicht mehr. Ma bekommt manchmal noch Besuch von Tantchen. Aber nicht jeden Monat. Tantchen sollte überhaupt niemanden jeden Monat besuchen! Ma sagt, das ist das Spiel der Natur. Ich sage, das ist ein schlechter Scherz!

Das war nicht das erste Mal, dass ich was Verbotenes gemacht habe. Bei der Bengalin und der Fetten hab ich schon öfter heimlich im Badezimmer gepinkelt. Ganz hastig und schnell. Dabei überlege ich immer, was ich mache, wenn sie mich erwischen. Vielleicht sage ich: Was soll ich denn machen, wenn ich so dringend muss? Etwa in die Hose pinkeln? In Wirklichkeit muss ich nur ganz selten wirklich dringend. Aber diese kleinen Streiche machen mir Spaß. Auf schmutzige Art! Ich wasche mir auch gerne in den Badezimmern das Gesicht und die Hände. Im Bad vom Zeitungssahib erlaube ich mir alles. Da hab ich keine Angst.

Die Binde ist schon klebrig, aber ich lasse sie noch bis morgen drin. Ich muss mir eine eigene Packung kaufen, aber die sind bestimmt teuer. Und Ma wäre sauer. Es wäre mir auch peinlich, so was zu kaufen. Der Verkäufer würde bestimmt denken, ich halte mich für was Besseres. Nein, er würde denken, ich kaufe die Binden für eine Memsahib.

Manchmal sehe ich noch fast saubere Binden auf der Straße liegen. Ich würde sie gerne aufheben. Dann sage ich mir, dass Binden, die andere benutzt haben, viel ekliger sind als meine alten Lappen. So wie das eigene einfache Essen besser schmeckt als die Essensreste von anderen, egal wie lecker das Essen mal war. Wenn die Fette mir manchmal eine halb vergammelte Banane oder einen vertrockneten Gemüserest rüberschiebt, hätte ich Lust, ihr das Zeug ins Gesicht zu schmieren. Aber ich schlucke meine Wut runter und schmeiße erst später alles weg.

Als ich heute beim Zeitungssahib geputzt habe, fiel mein Blick auf die Überschrift einer alten Zeitung. Ich hab mich einfach hingesetzt und den Artikel gelesen. Es ging um ein Mädchen, das vergewaltigt wurde. In dem Bericht stand, dass das Mädchen erst sieben oder acht Jahre alt war. Beim Lesen bekam ich eine Gänsehaut. Da rief plötzlich der Zeitungssahib nach mir, und ich sprang erschrocken auf. Was liest du da?, fragte er. Ich zeigte auf den Artikel. Der Sahib nahm die Zeitung und legte sie zur Seite. Du kannst lesen?, fragte er. Ich nickte. Er holte ein Buch, drückte es mir in die Hand und sagte: Dann lies mir doch mal was vor! Ich schlug das Buch irgendwo in der Mitte auf und ratterte ein paar Zeilen runter. Erst war der Sahib sprachlos. Dann sagte er erstaunt: He, du liest ja schneller als ich! Ich gab ihm das Buch zurück und griff nach dem Besen. Heute putzt du mal nicht, sagte er da. Jetzt war ich sprachlos. Der Sahib lachte, und ich wurde rot, weil ich dachte, er könnte was Unanständiges vorhaben. Aber er fasste mich nicht an, sondern drückte mir nur wieder das Buch in die Hand. Nimm das doch mal mit nach Hause und lies es. – Nein, das geht nicht, sagte ich, dann wird Ma nur böse. Er lachte. Bring morgen deine Ma mit, dann rede ich mit ihr. Wie hätte ich ihm erklären sollen, was meine Ma von ihm hält? Sie würde nicht kommen, murmelte ich und begann, das Zimmer zu fegen. Der Sahib sah mir eine Weile zu. Dann sagte er: Shanti, du solltest in die Schule gehen. Das hier ist doch keine Arbeit für dich. Jetzt erinnerte er mich an die Ärztin. Wahrscheinlich murksen sie den Sahib auch noch ab. Meine Ohren brannten, und er ging endlich in ein anderes Zimmer. Ich legte das Buch auf den Tisch. Ma findet es schon nicht gut, dass ich schreibe. Wenn ich jetzt auch noch anfange zu lesen, flippt sie aus.

Heute, als ich mit allen Häusern fertig war, hab ich mich müde und erschöpft auf den Nachhauseweg gemacht, da kam Mrs Varma auf dem Marktplatz vor dem Buchladen auf mich zu. Ah, Shanti, rief sie, dich schickt Gott! Ich bin schon den ganzen Tag auf der Suche nach dir.

Ich mag Mrs Varma. Mir gefällt, wie sie mit mir spricht. Ich mag Leute, die normal mit mir reden und mich nicht immer daran erinnern, dass ich ein Dienstmädchen bin. Nur eine Sache an Mrs Varma gefällt mir nicht. Sie hat einen richtigen Ordnungswahn! Zehn Mal am Tag muss man sich bei ihr die Hände und Füße waschen, jeden dritten Tag die Fingernägel vorzeigen und jeden Tag frische Klamotten anziehen. Deshalb hab ich aufgehört, bei ihr zu putzen. Alte Leute übertreiben es oft mit der Sauberkeit. Auch gebildete alte Leute. Mrs Varma ist sehr gebildet. Sie schreibt und liest die ganze Zeit, wie der Zeitungssahib. Eigentlich hätte sie seine Frau werden sollen. Ma sagt, der Mann von Mrs Varma war noch gebildeter als sie. Er ist vor vier Jahren gestorben. Danach hat Ma aufgehört, bei ihr zu arbeiten, und stattdessen mich geschickt. Mrs Varma vergleicht meine Arbeit immer mit Mas. Ich mag das und mag es auch wieder nicht. Mrs Varma hat mich auf diesen Schreib-Trip gebracht. Sie hat viele Bücher. Und sie hat immer welche ausgesucht, um sie mir zu leihen. Irgendwann war Ma dann genervt deswegen, und ich bekam auch selbst das Gefühl, dass das Lesen mich verrückt macht. Wenn Ma und Bapu mit mir reden wollten, reagierte ich immer gereizt. Unser Haus gefiel mir plötzlich nicht mehr. Unser Viertel auch nicht. Das Viertel gefällt mir immer noch nicht. Wem gefällt das schon? Aber es ist was anderes, das eigene Haus nicht mehr zu mögen. Dein Haus ist schließlich dein Zuhause. Ganz am Anfang habe ich von Mrs Varmas Büchern auch seltsame Träume bekommen. Ich hatte immer das Gefühl, auf Watte zu gehen, und lauter komisch verdrehte Gedanken schwirrten mir im Kopf rum. Ich hab Mrs Varma davon erzählt, aber sie meinte nur: Ach, Shanti, das liegt doch nicht an den Büchern! Warum schiebst du denen die Schuld zu? Du wirst erwachsen, deswegen spielen dein Geist und Körper verrückt. Ich hab nur halb verstanden, was sie damit meint. Und als ich Ma fragte, hat die nur gelacht. Vielleicht sollte Mrs Varma dich adoptieren!, kicherte sie. Das hat mich richtig erschrocken! In der Zeit, als ich Mrs Varmas Bücher gelesen habe, hatte ich auch viele Tagträume, und einer davon war, dass Mrs Varma mich adoptiert. Aber das hab ich Ma natürlich nicht erzählt! Vielleicht kann sie meine Gedanken lesen. Aber Ma und ich wissen beide, dass keiner ein Dienstmädchen oder einen Bediensteten adoptieren würde. Es ist was anderes, wenn man Sohn oder Tochter zu ihnen sagt, um sie zum Arbeiten zu bringen. Worte kosten nichts. Das ist mittlerweile ein richtiger Trend geworden. Plötzlich nennen nicht nur die alten, sondern auch die jungen Leute jeden Sohn oder Tochter. Sogar die Fette sagt manchmal Tochter zu mir. Shanti, meine Tochter, bring doch den Müll raus! Sie denkt, sie kann sich so bei mir einschleimen. Heuchelei ist das, pure Heuchelei! Der Zeitungssahib und Mrs Varma nennen mich nie Tochter. Sie wissen wahrscheinlich, dass ich nicht auf solche Schleimereien stehe.

Als ich Mrs Varma erzählt hab, wie verwirrt ich immer bin, riet sie mir, meine Gedanken jeden Abend vorm Schlafen in ein Heft zu schreiben. Ich fragte, was das bringen soll, und sie antwortete, das würde ich schon sehen, und außerdem würde ich so lernen zu schreiben. Das kann ich schon!, rief ich. Dann verbesserst du dich eben noch, sagte sie. Dann erklärte sie mir, dass ich vom Schreiben nicht nur lernen würde zu schreiben, sondern auch zu leben. Die Idee gefiel mir, obwohl ich eigentlich nicht verstanden hab, was sie damit meint. Jetzt verstehe ich es schon ein bisschen besser. Dabei hab ich gerade erst angefangen, ich werde sozusagen erst richtig warm! Manchmal denke ich, ich hab mir auf Mrs Varmas Wink ein völlig nutzloses Hobby angewöhnt. Aber dann sag ich mir, sie muss was Besonderes in mir sehen. Warum sonst würde sie ihr Geld für ein so schönes Heft für mich ausgeben? Und für einen Füller und Tinte. Mrs Varma schreibt auch immer mit Füller und Tinte. Sie meint, die Hand und die Schulter tun einem dann nachher nicht so weh, wie wenn man Bleistifte oder Kugelschreiber benutzt. Ich kenne mich da nicht aus. Mrs Varma hat auch gesagt, ich darf niemandem zeigen, was ich schreibe. – Wozu schreiben, wenn niemand es liest, fragte ich. Shanti, du Dummkopf, immer musst du widersprechen! Manchmal kann man auch einfach auf die Worte eines Älteren hören, ohne gleich dagegenzuhalten. Und ich habe auf sie gehört. Nicht jeden Tag, aber immer, wenn ich Lust habe, schreibe ich was auf. Und ich habe immer öfter Lust. Mein Hindi wird auch klarer. Es ist, als würde ich mich mit mir selbst über meine Gefühle unterhalten. Manchmal auch, als ob ich Papier verschwende. Und Zeit. Mit nutzlosem Zeug. Dann sage ich mir: Egal, ob es was bringt oder nicht, schaden tut es jedenfalls nicht. Papier, Füller und Tinte waren umsonst. Bleibt nur die Zeit. Und die ist sowieso verschwendet. Wenn es Mrs Varma glücklich macht, warum nicht? Und irgendwie macht es mich auch glücklich. So, wie es glücklich macht, jeden Tag zu duschen. Oder was

Leckeres zu essen. Oder einen schönen Traum zu haben. Jetzt habe ich mir zum Beispiel drei Sachen ausgedacht, um ein Gefühl zu beschreiben. Das hab ich früher nie gemacht. Wenn man nicht schreibt, kann man so was nicht. Ich werde wirklich verrückt! Was weiß ich schon davon?

Als Mrs Varma mich heute auf dem Markt anhielt, dachte ich zuerst, sie will mich fragen, ob ich das Heft schon vollgeschrieben hab. Ich sollte mir ein neues Heft von ihr holen, wenn das erste voll ist. Aber seit mir das mit ihrem Ordnungswahn zu viel geworden ist und ich aufgehört hab, bei ihr zu arbeiten, war ich nicht mehr bei ihr. Trotzdem hab ich inzwischen ein zweites Heft angefangen. Jetzt verstehe ich auch, warum ich meine Hefte niemandem zeigen soll. Ich glaube, wenn ich sie jemandem zeigen würde, könnte ich vielleicht nicht mehr schreiben. Na und? Wen würde das interessieren? Schließlich schreibe ich nur schwachsinniges Zeug und kein Epos wie das Mahabharata!

Ich bin abergläubisch geworden. Wie Ma und Mrs Varma. Nein, Mrs Varma ist nicht abergläubisch. Sie ist exzentrisch. Gebildete, reiche Leute sind normalerweise nicht abergläubisch, sie nutzen nur den Aberglauben anderer Leute aus.

Ich hab niemandem von meinem neuen Hobby erzählt. Trotzdem könnte jemand meine Hefte in die Hände bekommen und lesen. Ma kann nicht lesen. Bapu schon, aber nicht gut. Kundan auch nicht gut. Bleibt nur Paro, aber die hat mit ihren eigenen Problemen zu tun und kommt selten bei uns vorbei. Trotzdem sollte ich die Hefte in einer Kiste verstecken und ein Schloss davor hängen. Ma fragt manchmal, was ich schreibe. Ach, nur wirres Zeug, sag ich dann. Einmal, als sie mich partout nicht in Ruhe lassen wollte, platzte ich raus: Ich schreibe eine Geschichte und lasse einen Film draus machen! Sie sah mich an, als wäre ich verrückt geworden. Wenn ich es noch nicht bin, werde ich es bald. Dann hocke ich mich an den Straßenrand und kritzle. Wenn jemand fragt, was ich schreibe, sag ich, ich schreibe eine Geschichte und lasse einen Film draus machen. Dann starrt er mich an, als wäre ich verrückt.

Ach ja, heute auf dem Markt hat Mrs Varma mir einen neuen Job vermittelt. Ihre Schwiegertochter ist für zwei Monate aus Dubai zu Besuch und hat ihren fünf Monate alten Sohn Billu mitgebracht. Ich soll jeden Nachmittag zwischen fünf und acht Uhr auf Billu aufpassen. Mit dem Kinderwagen in den Park gehen. Ab heute bin ich wie die anderen Kinderfrauen, schrecklich eingebildet! Die alten Männer, die im Park ihre Runden drehen, und die Jungs, die dort rumhängen, werden kein Auge von mir lassen! Und ich werfe den Kopf in den Nacken und vergesse, wer ich bin: Billus Kinderfrau oder seine Ma.

Im Haus der Bengalen herrscht Totenstille. Es sieht so aus, als ob Jharna ausgezogen ist, wahrscheinlich zu diesem Muslim-Jungen. Keiner erwähnt ihren Namen. Die Bengalin bleibt den ganzen Tag im Bett. Wenn ich frage, was los ist, sagt sie, sie hat sich den Magen verdorben. Seit Jharna weg ist, sind keine Bindenpackungen mehr im Bad. Sie muss sie mitgenommen haben. Aber Tantchen kommt auch zu Devi. Wer hat eigentlich angefangen, diese monatliche Quälerei Tantchen zu nennen? Es muss doch noch andere Namen dafür geben! Im Bad der Fetten hab ich noch nie Binden gesehen. Sie benutzt wahrscheinlich Lappen aus alten Klamotten, so wie ich. Oder sie schließt ihre Packung im Schrank ein. Alle Memsahibs haben Schränke mit Vorhängeschlössern. Alles schließen sie weg, sogar ihren Zucker und ihr Eingemachtes! Für sie sind alle Bediensteten Diebe. Das macht mich wütend! Mrs Varma ist da ganz anders. Die Ärztin war auch so misstrauisch. Der Zeitungssahib nicht. Seine Schränke sind nie verschlossen, sein Geld und seine Wertsachen liegen in der ganzen Wohnung verstreut. Er würde sein Essen und seine Getränke nie einschließen! Deshalb bin ich auch noch nie auf die Idee gekommen, ihm was zu klauen. So gutgläubige Leute betrügt man einfach nicht. Mir ist aufgefallen, dass Frauen eher misstrauisch sind und Männer eher unvorsichtig. Ma sagt, zwischen Sahibs und Memsahibs gibt es kaum einen Unterschied. Ma spricht nicht viel, aber wenn sie was sagt, geht es immer um Memsahibs. Sie sagt, sie kennt all ihre Macken und Ticks! Ich weiß nicht, was Ma schon alles durchgemacht hat. Wenn ich alt bin, ziehe ich auch über die Memsahibs her. Ma setzt sich nie zu mir und erzählt von ihren Sorgen. Die Probleme mit Bapu bekomme ich jeden Tag mit, aber niemand redet darüber. Wenn ich keine Kinder bekomme, wem soll ich dann später von meinen Sorgen erzählen? Gibt es nicht auch Leute, die keine Probleme haben? Es muss welche geben! Ma sagt, Guru Nanak lehrt, dass die ganze Welt voller Kummer ist. Ich sage, ich heirate nicht und bekomme auch keine Kinder. Aber wer weiß, was das Schicksal für mich bereithält. Ma sagt immer, es ist das Schicksal der Frauen, Kinder zu bekommen, und dann zieht ein Schatten über ihr Gesicht, kein Strahlen. Wie hat sich dieser komische Gedanke nun wieder in meinen Kopf geschlichen?

Heute habe ich Devi über Jharna ausgefragt. Aber sie meinte nur, Jharna musste weg, was in einer anderen Stadt besorgen. Ihrem Gesicht und ihrer Stimme hab ich sofort angemerkt, dass sie lügt. Ich mag Jharna. Wenn ich was für sie erledige, mach ich es immer besonders sorgfältig. Aber nicht, weil sie mir manchmal hinter dem Rücken ihrer Mutter Süßigkeiten und Früchte zusteckt, sondern weil sie so eine schöne, zarte Stimme hat und weil sie ungefähr so alt ist wie ich. Devi und die Bengalin sind auch nie unfreundlich zu mir, trotzdem spüre ich, dass ich für sie immer nur ein Dienstmädchen sein werde – Shanti, die Tochter von Asha Mai. Ich achte auf die Blicke der Leute. Darauf, wie sie mich ansehen. Ich weiß, ich bin ein Dienstmädchen, aber ich wünsche mir, die Leute würden nicht nur ein Dienstmädchen in mir sehen. Natürlich sehen sie nur ein Dienstmädchen in mir, aber ich wünschte, man könnte das nicht schon an ihren Blicken erkennen. Deshalb achte ich immer auf meine Kleidung, meine Frisur, meine Schuhe und all das. Als ich klein war, hat es mir nichts ausgemacht, die alten, abgetragenen Lumpen von anderen zu tragen. Seit ich älter bin, will ich keine Überbleibsel mehr – keine gebrauchten Klamotten und auch keine Essensreste. Ich nehme die Sachen gar nicht erst an, sondern lehne einfach alles ab. Manchmal habe ich die armen Spender schon ganz schön vor den Kopf gestoßen. Wenn jemand darauf besteht, muss ich die Sachen natürlich nehmen, aber ich ziehe sie trotzdem nicht an. Ma schon. Es gefällt ihr zwar auch nicht, aber sie sagt: Wie sollen wir über die Runden kommen, wenn ich genauso eingebildet wäre wie du und deine Schwester? Ich bin nicht eingebildet, aber wenn ich die Kleidung anderer Leute trage, schäme ich mich. Es fühlt sich nicht gut an. So, als würde man auf den abgeschnittenen Fingernägeln eines Fremden kauen und sagen müssen, dass sie gut schmecken. Lalita ist eingebildet. Trotzdem trägt sie gebrauchte Sachen. Kaputtes, abgetragenes Zeug nehme ich nicht!, sagt sie, ich picke mir nur die guten Sachen raus, die, die sich schnell in Ordnung bringen lassen. So weit kommts noch, dass jemand mir seine alten, schmutzigen Fetzen unterjubelt! Ich bin schließlich kein Bettler! Ich arbeite hart für mein Geld und betrüge niemanden. Sie sagt, wenn die Leute uns anständig entlohnen würden, bräuchten sie uns nichts weiter zu überlassen, aber die Reichen würden lieber sterben, als uns mehr Geld zu geben. Manche haben natürlich auch nicht genug, um uns besser zu bezahlen, aber die, die es könnten, machen es auch nicht. Bei diesem Thema wird Lalita stinksauer! Wie ihre Augen dann blitzen! Und die schlimmsten Flüche und Verwünschungen kommen ihr ganz leicht über die Lippen. Wenn sie so drauf ist, sollte man lieber nicht über sie lachen, sonst flippt sie aus.

Devi ist zwar nicht damit rausgerückt, wo Jharna steckt, aber ich bin mir fast sicher, dass sie zu ihrem Muslim-Freund gezogen ist. Geheiratet haben sie wahrscheinlich noch nicht. Die Bengalin bleibt vor lauter Sorgen die ganze Zeit im Bett. Frauen ziehen sich oft ins Bett zurück, wenn sie was durchsetzen wollen. Männer werden laut. Ma hat das früher auch immer so gemacht, sich zurückgezogen, meine ich. Jetzt nicht mehr. Was bringt das schon?, sagt sie, warum soll ich mir seinetwegen das Leben schwer machen? Er hört so oder so nicht auf zu trinken. Wenns nach mir ginge, soll er ruhig noch mehr saufen, dann bin ich ihn bald los! Es macht mich wütend, wenn sie so redet, und plötzlich steigen mir vor lauter Mitleid mit Bapu die Tränen in die Augen. Inzwischen könnte er, selbst wenn er wollte, nicht mehr trinken. Er kann überhaupt nichts mehr bei sich behalten. Manchmal genehmigt er sich aber trotzdem einen und spuckt danach ewig Blutbrocken. Ma sagt, sie hat kein Mitleid mit ihm. Wenn sie doch welches hat, lässt sie es sich nicht anmerken. Ich habe Mitleid und bin gleichzeitig wütend. Wenn ich Bapu in der Ecke unserer Hütte röcheln höre, wünsche ich mir, dass er bald stirbt, und dann kommen mir die Tränen. Aber vor Ma und Bapu weine ich nie. Ich warte auf einen passenden Moment, um mich richtig auszuheulen. Manchmal, wenn ich bei der Fetten oder der Bengalin das Badezimmer putze, kommt plötzlich alles in mir hoch. Einmal ist Jharna hinter mir hergelaufen, als ich gerade aus dem Badezimmer der Bengalin kam. He, warum hast du denn so rote Augen? Hast du etwa im Badezimmer gesessen und geweint? Ihre Stimme war richtig mitfühlend. Deshalb vermisse ich sie. Manchmal habe ich das Gefühl, sie ist meine Freundin oder Schwester. Ich weiß, das ist sie nicht und kann es auch nie sein, aber trotzdem fühlt es sich so an.

In welcher Welt lebst du eigentlich?, fragt Ma.

Ich lebe in dieser Welt, aber ich würde gerne in eine andere ziehen. Eine Welt ohne Dienstmädchen. Das Problem ist, dass dieser Job gemacht werden muss, genau wie alle anderen auch. Aber ich will den Dienstmädchen-Job nicht machen und auch nicht Dienstmädchen genannt werden. Richtige Gleichberechtigung ist wohl unmöglich, aber ein bisschen mehr wäre schon gut. Es sollte nicht so große Unterschiede zwischen den Menschen geben. Manche schlemmen die Leckereien nur so weg, und andere verhungern, manche geben immer nur Kommandos, und andere müssen höflich nicken, manche fahren mit ihrem Auto spazieren, und andere haben nicht mal Schuhe. Wie soll ich Ma erklären, in was für einer Welt ich leben möchte? Ich finde ja selbst, dass meine Ideen absurd klingen. Eine innere Stimme flüstert mir zu: Was bildest du dir eigentlich ein! Du hast doch einen guten Job, nette Arbeitgeber, ein Dach über dem Kopf, was zu essen zwischen den Zähnen, Klamotten zum Anziehen, Sandalen an den Füßen, Silberringe in den Ohren. Was willst du denn noch? Denk an die armen Leute, die auf der Straße schlafen und Mülleimer durchwühlen müssen, um ihre Bäuche zu füllen!

Seit ich angefangen habe, in dieses verfluchte Heft zu schreiben, höre ich dauernd seltsame Stimmen.

Jetzt gerade höre ich auch eine Stimme, die sagt: Ich habe keine Freundin. Keine richtige Freundin. Eine, mit der ich über diese seltsamen Stimmen sprechen kann. Die mich nicht auslacht. Die auch innere Stimmen hört. Das sind keine richtigen Stimmen, da sitzt niemand in mir drin und redet. Wer weiß? Vielleicht sitzt da jemand. Wie soll man das erklären? Wenn ich es Ma erzähle, fragt sie: In welcher Welt lebst du eigentlich?

Die arme Paro ist immer mit ihren eigenen Problemen beschäftigt und Lalita mit ihrem Klatsch und Tratsch.

Es gibt Dinge, die ich niemandem erzähle, die ich auch hier nicht aufschreibe. Niemand erzählt seinen Freunden alles. Wenn man jemandem alles erzählt, kann man sich auch gleich nackt vor ihm ausziehen. Ich weiß nicht, ob ich das könnte. Bis jetzt hab ich mich noch nicht mal vor mir selbst ganz nackt ausgezogen. Aber ich würde gern. Wenn ich das eklige Badezimmer der Fetten putze, bekomme ich manchmal Lust, mich komplett auszuziehen und zu baden und dabei zu singen: Oh, schau nur meine weichen Kurven …

Wenn die Fette das hört, flippt sie aus! Und dann mach ich die Tür auf und komm raus, und ihr dünnes Würstchen von Mann kriegt seinen Blick nicht mehr in den Griff!

Aus meinem Inneren kommen nicht nur Stimmen. Da gedeiht ein ganzer Garten von verrückten Begierden. Kein Garten, ein Dschungel! Er gedeiht nicht, er macht irgendwas anderes. In dem Dschungel sind auch Tiere. Gefährliche Tiere, wie manchmal in meinen Träumen. Bedrohlich und schön. Nicht nur Tiere, auch Menschen. Und ich spiele mit ihnen. Ich schließe die Augen und tanze. Manchmal ziehe ich mich dabei aus. Das ist ihnen peinlich, aber mir nicht. Ich lache nur über ihre Scham. Das passiert doch nicht in Wirklichkeit, rufe ich, warum ist es euch unangenehm? Sie verstehen gar nichts.

Keine Ahnung, warum ich das jetzt plötzlich alles aufgeschrieben hab.

Ich habe Angst, mich an meine Träume zu erinnern. Vielleicht vergesse ich sie deshalb immer. Von meinen Tagträumen bin ich manchmal genauso aufgewühlt wie von denen in der Nacht. Manchmal, nicht immer. Mir fällt jetzt in meinen Formulierungen jede kleinste Ungenauigkeit auf. Heute habe ich für den Zeitungssahib Tee gekocht und wohl mal wieder vollkommen abwesend vor mich hingestarrt, denn plötzlich hörte ich ihn rufen: Träumst du? Ich zuckte zusammen. Er stand in der Küchentür und lächelte. Kein anzügliches Lächeln. Ich wurde rot. Mir steigt bei jeder Kleinigkeit gleich das Blut in den Kopf und die Tränen in die Augen! Ich reichte dem Sahib seine Tasse. Er nahm sie. Hast du für dich keinen gemacht?, fragte er. Hatte ich nicht. Koch dir doch auch welchen, sagte er und ging nach oben in sein Zimmer zurück. Ich blieb in der Küche stehen und überlegte, ob ich mir einen Tee machen soll. Eigentlich hatte ich keine Lust auf Tee, aber dann hab ich mir doch welchen gekocht. Als Nächstes konnte ich mich nicht entscheiden, ob ich ihn aus einem Stahlbecher, einem normalen Glas oder einer richtigen Tasse trinken sollte. Ich habe mich dann für eine Tasse entschieden. Eine feine Porzellantasse.

Ich arbeite gerne beim Zeitungssahib. Trotzdem hab ich immer Angst, er könnte mir eines Tages dumm kommen. Seine Nachbarn malen sich bestimmt sonst was aus. Die anderen Dienstmädchen auch. Ma sagt nur, ich soll vorsichtig sein, weil Zeitungsleute von Natur aus verdorben sind und alleinstehende Männer von einer Sekunde zur anderen auf komische Ideen kommen können. Lass die anderen reden. Ich mach mir ja selbst dauernd komische Gedanken – über den Zeitungssahib, über mich –, und dann werde ich rot. Obwohl der Zeitungssahib bestimmt älter ist als mein Bapu. Das habe ich auch Ma gesagt, aber sie meinte bloß: Ob alt oder jung, ist ganz egal, Männern kann man nie vertrauen!

Ich mache mir Gedanken darüber, was der Zeitungssahib über mich denkt, und dann kommen mir selbst solche Gedanken über den Zeitungssahib. Also bin ich unschuldig. Was den Zeitungssahib angeht, keine Ahnung, was der im Sinn hat. Wahrscheinlich denkt er gar nicht an so was. Ich höre einfach zu viele Geschichten von Ma und mache mich verrückt.

Zum Tee hab ich mir auch zwei Kekse genommen. Ohne den Sahib zu fragen. Und es fühlte sich nicht so an, als würde ich was klauen, sondern eher, als würde ich mir in seiner Gegenwart, ohne groß drüber nachzudenken, ein, zwei Kekse nehmen, und er würde sagen: Was, nur zwei? Nimm dir doch noch zwei mehr!

Der Zeitungssahib ernährt sich nur von Keksen und Brot. Reis mit Linsen oder Gemüse mit Chapatis macht er sich fast nie. Deshalb tut er mir ein bisschen leid. Warum hat seine Frau ihn bloß verlassen? Ma sagt, sie wohnt irgendwo hier in der Stadt, mit einem Freund vom Sahib. Sie weiß alles über die Leute. Warum verlassen Frauen ihre Männer? Was für eine Frage! Ich bin ein Idiot.

Wenn Ma unglücklich ist, schlägt sie sich mit der Hand vor die Stirn und ruft: Wenn die leidigen Kinder nicht wären, hätte ich diesen Nichtsnutz von einem Mann schon längst verlassen!

Ich heirate nie und bekomme auch keine Kinder! Ma sagt, Frauen sind Gebärmaschinen. Was geht in ihr vor? Wenn ich so alt bin wie sie jetzt, geht in mir bestimmt das Gleiche vor. Aber ich werde mir nie Luft machen können, weil ich nicht heirate und keine Kinder bekomme, an denen ich meinen Ärger auslassen kann.

Soll ich wirklich mein ganzes Leben ohne Mann verbringen? Die Ärztin hat das gemacht. Heutzutage gibt es viele Frauen, die nicht heiraten. Meistens sind es gebildete, berufstätige Frauen. Ich kann lesen und schreiben, und ich bin berufstätig. Durch die achte Klasse durchgefallen. Wenn ich die Achte geschafft hätte, hätte ich vielleicht Lust auf die Zehnte bekommen, und wenn ich dann die Zehnte geschafft hätte, hätte ich Lust auf die Zwölfte bekommen. Was nach der Zwölften passiert wäre, kann ich mir nicht vorstellen. Aber warum nicht? Ich bin nicht blöd. Mrs Varma meint: Shano, du solltest eine Ausbildung machen, schlau, wie du bist! Die Ärztin hat dasselbe gesagt. Der Zeitungssahib sagt zwar nichts, aber er denkt bestimmt: Das Mädchen ist nicht dumm!

Nur, dass ich kein Mädchen mehr bin. Ich habe Brüste wie eine richtige Frau. Sie wippen, wenn ich gehe. Ich sollte einen BH tragen. Ich werd mir auf dem Samstagsmarkt einen kaufen. Aber Ma muss mit. Einmal bin ich alleine hin und hab mich gleich mit dem BH-Verkäufer angelegt. Bevor ich abgezogen bin, hab ich ihm noch ordentlich die Meinung gesagt. Vor Staunen ist ihm die Kinnlade runtergefallen. Mit seinen ekligen Witzen und seinem dreckigen Maul! Was denken diese Männer eigentlich, wer sie sind? Ich hab eine richtige Wut auf Männer, auf alle Männer! Ma hat recht, wenn sie sagt, jeder einzelne von diesen Bastarden ist ein Tier! Ein Schwein. Schweinehunde! Wenn das jemand liest! Was würde er denken?

Auf dem Nachhauseweg von Mrs Varma hat sich gestern ein Typ an meine Fersen gehängt. Wie ein Hund. Erst hab ich nichts gesagt. Es war schon dunkel, und auf der Straße trieben sich nur noch ein paar Hunde rum. Ich war nervös, aber dann dachte ich mir, der kann mir gar nichts. Also hab ich mich umgedreht und gerufen: Alter, ich kann Karate. Schon beim ersten Wort hat er den Schwanz eingezogen und ist abgezischt. Bestimmt kommt er aus einer reichen Familie. Ein Bediensteter wäre nicht so feige gewesen, sondern hätte zurückgerufen: Spiel dich nicht so auf, oder hat dein Vater etwa die Straße gepachtet?

Ma hab ich nichts von gestern Nacht erzählt, Urmila schon. Du bist vielleicht mutig, Shano!, meinte sie, ich an deiner Stelle wäre vor Angst gestorben! Urmila ist nicht wirklich meine Freundin, aber sie wohnt in der Nachbarschaft, und deshalb quatschen wir manchmal. Sie arbeitet auch in den schicken Häusern. Ich weiß nicht, warum wir Bediensteten diese Wohnungen Häuser nennen. Mittlerweile hab ich mir das auch angewöhnt, aber eigentlich weiß ich, was ein Haus ist und was eine Wohnung. Im Stillen sage ich auch Wohnung. Bevor die Wohnungen gebaut wurden, haben wir in einem Slum gewohnt, und Ma hat noch in richtigen Häusern gearbeitet. Manchmal sind die Leute in den Häusern unfreundlicher und geiziger als die aus den Wohnungen, sagt sie, und die in den Wohnungen sind manchmal schöner eingerichtet und vornehmer als die in den richtigen Häusern. Als ich klein war, hat Ma mich und Paro oft mit zur Arbeit in die Häuser genommen. Kundan hat schon damals immer gemacht, was er wollte. Er hängt schon ewig mit diesen komischen Leuten rum. Manchmal denke ich über ihn und sein Leben nach. Dann würde ich gerne mit ihm reden und ihn fragen, was er eigentlich den ganzen Tag macht und wo er schläft, wenn er nachts nicht nach Hause kommt. Die vielen Filme haben ihm völlig den Kopf verdreht. Wenn er zu Hause ist, hängt er die ganze Zeit vorm Fernseher und raucht. Ich glaub, er raucht außer Zigaretten auch noch anderes Zeug. Und ich hab noch mehr Vermutungen über ihn. Ma auch, aber sie sagt nichts, und wenn ich was sage, fährt sie mich an: Du bist nur eifersüchtig, weil er ein Junge ist. – Und du lässt ihm alles durchgehen, weil er ein Junge ist, keife ich zurück. Dann fängt sie an zu weinen, nicht wegen mir, sondern weil ihr einziger Sohn so verdorben ist. Manchmal denke ich, es würde sie nicht so traurig machen, wenn Paro oder ich so wären. Wenn Ma anfängt zu weinen, höre ich mit dem Gemecker auf und tröste sie. Ich mag nicht, wenn sie weint. Ma tut mir leid. Sie schuftet für uns, schrubbt anderer Leute Töpfe und ist darüber alt geworden.

Urmila ist zwei Jahre jünger als ich, aber sie ist schon seit einem Jahr verheiratet. In solchen Sachen ist Ma wirklich vernünftig. Ich setze dich nicht unter Druck, sagt sie immer, wenn du heiraten möchtest, treffe ich die nötigen Vorbereitungen, und wenn nicht, hab ich auch nichts dagegen. Sie weiß, ich will keine Gebärmaschine werden. Ma hat sieben Kinder auf die Welt gebracht, aber nur wir drei sind durchgekommen. Wenn es sieben wären, wäre es richtig schwer!, sagt sie und fängt an zu weinen. Wenn sie weint, sieht sie aus wie ein Kind. Ein altes Kind. Egal. Urmila meinte zu der Sache letzte Nacht: Du Dummkopf! Wer weiß, vielleicht ist dieser vornehme Feigling in dich verliebt, und jetzt hast du ihn verscheucht. Ich glaub nicht an Liebe und all dieses Zeug. Das gibt es doch nur in Büchern und Filmen. Aber Jharna muss diesen Muslim-Jungen lieben, warum sonst wäre sie seinetwegen von zu Hause weggelaufen? Ich bin mir sicher, sie ist durchgebrannt. Jetzt muss die Bengalin über ihren Schatten springen und den Muslim als ihren Schwiegersohn anerkennen. So wird es kommen. Ein Mutterherz ist weich wie Wachs, es schmilzt im Handumdrehen. Ich weiß allerdings nicht, ob das auch für das Herz der Fetten stimmt. Sie ist ein Tyrann! Ma hätte nichts dagegen, dass ich mir selbst einen Jungen aussuche. Sie ist über dem Töpfeschrubben nicht nur alt, sondern auch weise geworden. Kastenzugehörigkeit ist ihr egal, sagt sie. Aber wer weiß, wie sie reagieren würde, wenn ich einen Muslim anschleppe. Wie wohl der Muslim von Jharna ist? Er muss nett sein, sonst würde Jharna ihn nicht so mögen. Das ist kein Argument! Mädchen sind dumm und naiv. Nicht alle. Bin ich naiv? Ich weiß nicht. Wenn naiv das Gleiche ist wie dumm, bin ich nicht naiv. Aber schlau bin ich auch nicht, das weiß ich. Vielleicht werd ich es noch. Bis jetzt hatte ich noch nicht die Gelegenheit dazu, und vielleicht bekomme ich sie auch nicht mehr. Aber jetzt, wo ich immer mit Billu in den Park gehe, bietet sich vielleicht doch noch eine Gelegenheit. Was meine ich eigentlich mit Gelegenheit? Erst sag ich, ich will nicht heiraten, und dann warte ich ungeduldig auf eine Gelegenheit! Erst sag ich, ich glaub nicht an Liebe und dieses Zeug, und dann schaue ich mich heimlich im Park um! Ich bin so blöd! Das ist noch schlimmer als naiv.

Dauernd hab ich diese verworrenen Gedanken. Schon seit meiner Kindheit. Zum Glück schreib ich jetzt diese Hefte voll! Komisch, dass Mrs Varma noch nie nachgefragt hat, ob ich nun abends immer meine Gedanken aufschreibe. Vielleicht hat sies vergessen. Irgendwann erzähle ichs ihr. Dann ist sie bestimmt beeindruckt! Wahrscheinlich war das damals nur so eine fixe Idee von ihr. Bestimmt hat sie nicht gedacht, dass ich die Sache so ernst nehmen würde. Aber wenn ich es ihr erzähle, will sie vielleicht meine Hefte lesen. Nein, auf keinen Fall. Sie sagt ja selbst, ich soll sie niemandem zeigen. Sonst funktioniert es nicht. Wie ein Zauber, der bricht, wenn man ihn verrät. Ich hab aber noch nicht verstanden, wozu das alles gut sein soll, wenn ich es niemandem zeigen darf. Egal, ob es was bringt oder nicht – jetzt hab ich mich dran gewöhnt. Eine schlechte Angewohnheit. Fast wie eine Sucht. An Tagen, an denen ich nicht schreibe, kann ich nachts nicht einschlafen. Und wenn ich endlich schlafe, schreib ich meinen Tag im Traum auf. Nicht nur meinen Tag, auch meine Gefühle. Nicht nur meine Gefühle, auch meine Gedanken. Egal, ob es was bringt. Wenigstens streune ich nicht mehr in der Gegend rum. Früher ist es mir nach der Arbeit schwergefallen, direkt nach Hause zu gehen und mich auszuruhen. Ich konnte erst zur Ruhe kommen, nachdem ich ein paar Stunden durchs Dorf gelaufen war. Unser Dorf ist eigentlich gar kein Dorf mehr. Es wohnen jetzt auch ein paar reiche Leute hier. Die Miete für die Zimmer und Wohnungen ist gestiegen, ein paar modische Geschäfte haben aufgemacht. Neben unserem Haus gibt es jetzt einen schicken Laden mit schicken Schaufenstern, der Rouge und Puder und so verkauft. Es gibt auch immer mehr Mopeds und Autos, und neulich hat eine Frauenärztin hier eine Praxis aufgemacht. Urmila sagt, dort kann man sich den Bauch ausspülen lassen. Erst dachte ich, man kann dorthin gehen, wenn man Verdauungsstörungen hat. Als Urmila es mir dann erklärt hat, ist mir die Kinnlade runtergefallen.

Wie auch immer, statt durch die Gegend zu streunen, setz ich mich inzwischen lieber in meine Ecke und schreibe. Am Anfang wollte Ma mich davon abhalten, jetzt nicht mehr. Sie hat eingesehen, dass dieses neue Hobby meinem Herumtreiben ein Ende gesetzt hat. Ganz am Anfang wusste ich nicht, was ich schreiben soll. Jetzt schreibe ich einfach, was mir einfällt. Manchmal lese ich meine eigenen Texte. Manchmal gefallen sie mir, manchmal nicht. Ab und zu kommt es mir vor, als schreibe ich eine verwickelte Geschichte über mich und meine Familie. Und über die Leute aus den Wohnungen. Und über unser Dorf. Aber manchmal denke ich auch, ich kritzle ohne Sinn und Verstand völlig wirres Zeug in meine Hefte. Wenn es sonst schon nichts bringt, wenigstens meine Handschrift hat sich verbessert. So schön wie die von meiner Schullehrerin ist sie aber noch nicht. Wie hieß die noch gleich? Ich hatte noch nie ein gutes Namensgedächtnis. Seit ich in den Wohnungen arbeite, versuche ich es auch gar nicht mehr und nenne die Leute einfach Fette, Bengalin, Ärztin oder Zeitungssahib. Die Mutter von Billu hab ich Dubai-Lady getauft. Wenn ich wollte, könnte ich auch Billus Großmutter, Mrs Varma, einen Spitznamen geben, wie die Blasse oder Putzteufel. Aber sie ist für mich Mrs Varma, so wie Jharna für mich Jharna heißt und Devi Devi. Aber Devi dürfte eigentlich nicht Devi heißen. Sie ist noch so klein. Devi ist ein Name für eine fromme, alte Witwe. Mein Name passt auch eher zu alten Leuten. Shanti! Frieden. Arg! Warum hänge ich mich so an diesen Namen auf? Mein Bruder Kundan hat genau den richtigen Namen! Aber oft passen Namen überhaupt nicht. Shantipaath! Friedensgebet! In meiner Schule gab es viel Shantipaaths. Ich kann mich immer noch nicht an den Namen der Lehrerin erinnern. Sie hatte so eine schöne Handschrift! Wir haben immer gesagt, sie schreibt nicht, sie fädelt Perlen auf! Die Perlenfädlerin.

Heute hat die Dubai-Lady mich gefragt, ob ich mit ihr nach Dubai kommen will. Zuerst dachte ich, sie will mich auf den Arm nehmen. Ich erinnere mich noch an eine entfernte Cousine von Ma, die in einer anderen Stadt wohnte und früher, als ich noch klein war, manchmal zu Besuch kam und für ein paar Tage bei uns in der Hütte wohnte. Schon bei ihrer Ankunft rief sie immer: Dieses Mal nehme ich Shanti mit zu mir nach Hause! Sie kann bei mir wohnen. Ich schicke sie bei uns in die Schule und besorge ihr danach eine Stelle als Lehrerin. Sie ist ein kluges Köpfchen, und ich kenne da so eine Schuldirektorin … Wenn ich das hörte, wurde ich total aufgeregt! In meiner Vorstellung wohnte die Tante in einem Riesenhaus. Sie war älter als Ma und hatte fünf Kinder. Ihr Mann handelte mit Trödel. Sie sagte immer, mit Trödel ist gut Geld zu machen, da gibts viel zu holen! Mehrmals riet sie Bapu, seinen Job als Tagelöhner aufzugeben und sich von ihrem Mann zum Trödelhändler ausbilden zu lassen. Ich war erstaunt, dass es da so viel zu lernen gab. Irgendwann fragte ich sie: Tante, was muss man lernen, um mit Trödel zu handeln? – Du bist vielleicht naiv!, sagte sie und lachte, was verstehst du schon davon? Alle Berufe müssen erlernt werden. Sie schwärmte die ganze Zeit von ihrem Mann. Ma kriegte irgendwann einen richtig dicken Hals, aber mir gefielen ihre Geschichten. Insgeheim träumte ich davon, mit zu ihr zu kommen, bei ihr zu wohnen, in die Schule zu gehen und Lehrerin zu werden. Ich nervte Ma pausenlos damit: Ma, du lässt mich mit zur Tante gehen, oder? Aber Ma guckte nur grimmig, und Paro rief: Ach Shano, du bist doch verrückt! Wenn die Tante sich schließlich auf den Nachhauseweg machte, vergaß sie jedes Mal, dass sie mich hatte mitnehmen wollen, und ich blieb heulend zurück. Das passierte nicht nur einmal, sondern öfters. Wenn sie weg war, nahm Ma mich auf den Schoß und erklärte mir, dass ich nicht alles glauben darf, was die Leute erzählen, dass ich nicht einfach so mir nichts, dir nichts mit irgendwelchen Leuten mitgehen kann usw.

Ich rede mit deiner Mutter darüber, schlug die Dubai-Lady vor, sprich du auch mit ihr! Da merkte ich, dass sie es ernst meinte. Aber ich konnte nur an diese Tante denken und bekam kein Wort raus. Die Dubai-Lady wurde ungeduldig. Was ist denn nun? Wenn du nicht willst, meinetwegen. Dann nehme ich eben eine andere mit! Ich brauche ein Kindermädchen für Billu. Du weißt nicht mal, wer oder was Dubai ist, oder? – Klar weiß ich das!, wollte ich sagen. Und auch: Ich habe schon alles Mögliche über Dubai gehört und auch ein paar Sachen in den Zeitungen gelesen und im Fernsehen gesehen. Aber ich sagte lieber nichts. Die Dubai-Lady kann ich noch nicht einschätzen. Keine Ahnung, wo sie sich, seit sie hier angekommen ist, die ganze Zeit rumtreibt. Sie trägt nur Hosen und Blusen, westliche Klamotten. Ihre Hosen sind so knalleng, dass sie jeden Moment platzen könnten. Dass Mrs Varma gar nichts dazu sagt! Gut, sie trägt selbst manchmal westliche Hosen, aber ihre sind weit und altmodisch. In diesen engen Hosen sieht die Dubai-Lady irgendwie krumm aus. Deswegen nenne ich sie manchmal heimlich die krumme Lady. Ihren richtigen Namen kenn ich nicht. Mrs Varma ruft sie nur bei ihrem Spitznamen, Sonu.

Ich bin so schlecht mit Namen. Wahrscheinlich wäre mein Spitzname das tüdelige Dienstmädchen.

Am Ende musste ich versprechen, mit Ma über Dubai zu reden. Die krumme Lady war gerade dabei, sich fertig zu machen. Sie trägt immer richtig dick Lippenstift. Knallrot. Wie Blut. Wie ein Dorfmädchen! Vielleicht kommt das gerade wieder in Mode. Nein, auf keinen Fall. Alles an dieser Frau ist krumm. Sogar ihr Gesicht. Ich glaube, ihr einer Busen ist auch viel größer als der andere. Exakt gleich sind meine auch nicht. Vielleicht sind sie das bei keiner Frau. Aber so ein Unterschied? Alles in allem ist die Dubai-Lady schon okay – was das Aussehen betrifft, aber auch so. Sie meckert nicht viel. Ich glaube, sie ist zufrieden mit meiner Arbeit. Sonst würde sie mich nicht fragen, ob ich mit nach Dubai will. Sie scheint auch keinen Ordnungswahn zu haben. Ihr Zimmer ist immer ein Riesenchaos! Überall liegen ihre Unterhosen rum, und sie hat richtig hübsche! Bunt und mit Rüschen. Aber ich mag am liebsten schwarze und weiße. Sie hat auch ganze Berge von BHs. Und von Lippenstiften. Sie würde gar nicht merken, wenn ich mir einen nehme. Aber ich hab keine Lust.

Ich trage jetzt einen BH und fühle mich total eingeengt. Über Nacht ziehe ich ihn immer aus. Wahrscheinlich machen das alle. Sogar die Fette. Ich nenne sie einfach Fette, obwohl sie gar nicht so fett ist. Keine Ahnung, wie sie in Wirklichkeit heißt. Ihr Mann ruft sie nie bei ihrem Namen. Er ruft sie überhaupt nicht. Sie ruft ihn. Bei seinem Namen. Er heißt Om, aber die Fette nennt ihn immer Omy. Kein schlechter Name. Der Ärmste ist ohnehin kein übler Kerl. Er tut mir leid.

Ich habe immer noch nicht mit Ma über Dubai gesprochen. Bald rede ich mit ihr, aber vorher will ich mich entscheiden. Ich will nicht von hier weg! Außerdem weiß ich gar nicht, wie viel sie mir bezahlen würden. Es müsste schon mehr sein als hier. Trotzdem habe ich keine Lust, in ein fremdes Land zu gehen, bei Fremden zu wohnen. Klar, ich würde in einer indischen Familie leben, aber was mache ich, wenn ich traurig bin? Wohin soll ich dann gehen? Wahrscheinlich würde ich ein Heft nach dem anderen vollschreiben. Ich weiß auch nicht, wie viel ich arbeiten müsste. Wenn ich das einzige Dienstmädchen bin, muss ich alles alleine machen. Putzen, Essen kochen und auch noch auf Billu aufpassen! Ich wäre so weit weg von Ma und unserem Dorf. Von Bapu. Von der Fetten. Vom Zeitungssahib. Von ihm weiß ich, wie er richtig heißt, sein Name ist ganz einfach. Mein Name für ihn ist richtig lang, aber er passt einfach zu gut! Wenn ich nach Dubai gehe, nennen mich alle Dubai-Shanti. Ich gehe nicht! Ich hab keine Lust. Man sollte mit Herz bei der Sache sein. Nur wo das Herz ist, ist auch Reichtum. Ein neues Sprichwort.

Wenn ich weiter so ein Heft nach dem anderen vollschreibe, fange ich womöglich noch an, wie Mrs Varma Geschichten zu schreiben! Das Geschichtenschreiber-Dienstmädchen! Früher hat ein anderer Bediensteter beim Zeitungssahib gearbeitet – ein Mann. Ma sagt, er hat Geschichten geschrieben. Anscheinend hat der Zeitungssahib sogar zwei oder drei davon irgendwo veröffentlicht! Das stieg dem Ärmsten so zu Kopf, dass er den Job beim Zeitungssahib sausen ließ und nach Bombay verschwand, um Drehbücher zu schreiben. Dort sitzt er jetzt garantiert auf der Straße und bettelt und stiehlt. Wenn ich zwei, drei Geschichten schreibe und der Zeitungssahib oder Mrs Varma sie veröffentlichen, würde mir das auch zu Kopf steigen! Ich würde sofort nach Bombay abhauen, um Drehbücher zu schreiben und mich herumschubsen zu lassen. Dann würde ich wie er den ganzen Tag betteln und stehlen und mich danach zum Schlafen an den Straßenrand legen. Eines Tages laufen wir uns über den Weg. Ich erkenne ihn an seinen Erzählungen, und wir fangen an, über den Zeitungssahib zu reden. Wenn er Mrs Varma kennt, reden wir auch über sie. Wir reden und reden, und plötzlich fängt er an zu weinen. Oder ich. Oder wir beide. Dann trösten wir uns gegenseitig, trocknen uns die Tränen, verlieben uns ineinander, gehen zusammen betteln und stehlen und schreiben Geschichten. Vielleicht fahren wir nach Delhi zurück und zeigen dem Zeitungssahib und Mrs Varma unsere Geschichten. Die wären total beeindruckt! Ma auch. Er hätte auch Familie in Delhi. Oder nein, er ist nicht aus Delhi, sondern aus Gonda. Gonda ist berüchtigt für seine Gangster. Ich heirate ihn. Ma sagt: Du hast doch immer gesagt, du willst nicht heiraten und keine Kinder bekommen! Ich werde rot. Dann fahre ich mit meinem Mann nach Gonda. Seine Mutter ist überglücklich. Was für eine schöne Frau du mit nach Hause gebracht hast!, ruft sie. Aber wir bleiben nicht in Gonda, sondern gehen zurück nach Delhi oder Bombay. Ich arbeite bei Mrs Varma und er beim Zeitungssahib. Nebenbei schreiben wir Geschichten. Und was ist mit Kindern? Über Kinder denke ich ein andermal nach. Mrs Varma sagt: Na, Shano, verstehst du jetzt, warum du alles aufschreiben sollst? Der Zeitungssahib sagt: Hör mal, Shano, wenn du schreiben willst, muss du ordentlich schreiben. Nachts denke ich an Bombay. An unser Bett am Straßenrand.

Ich hab keine Lust, Bombay Mumbai zu nennen. Ich bin pingelig.

Keine Ahnung, wie dieser Bedienstete hieß. Ich muss Ma fragen. Wenn sie es nicht weiß, nenne ich ihn einfach den Geschichtenschreiber. Kann sein, dass ich ihn mal gesehen hab, aber ich erinner mich nicht. Ich bin schlau, aber mein Gedächtnis ist schlecht. Meine Kindheit hab ich komplett vergessen. Manchmal träume ich von irgendwelchen Kindheitserlebnissen und schrecke hoch. Ma sagt, ich hatte schon als Kind viele merkwürdige Träume und bin immer so hochgefahren. Damals hab ich wohl von Kindheitserlebnissen aus einem früheren Leben geträumt.

Ich sollte meine Träume auch aufschreiben. Ein paar Mal habe ichs auch probiert, aber da kann man auch gleich versuchen, ein in der Luft schwebendes Haar einzufangen. So geduldig bin ich nicht. Und ich hab auch das Gefühl, Träume verändern sich, wenn man sie aufschreibt. Als würde ich sie verfälschen. Man bräuchte irgendeine Spezialmethode, eine Maschine zum Träume-Aufzeichnen. Aber dann würde es plötzlich Millionen von Filmen geben! Für jeden einzelnen Menschen ein paar Tausend! Wer hätte noch Zeit, sich normale Filme anzusehen? Wer würde noch Geschichten schreiben? Alle Häuser hätten so eine Maschine, wie heutzutage einen Fernseher.

Die Dubai-Lady hat mich nicht mehr auf die Sache mit Dubai angesprochen. Sie zieht immer schon los, bevor ich ankomme, und kehrt erst nach Hause zurück, wenn ich längst wieder weg bin. Wahrscheinlich hat sie Billu noch nie gestillt! Neulich hab ich mit Mrs Varma über Dubai gesprochen. Sie hat mir zwar nicht abgeraten, aber es war ganz klar, dass sie dagegen ist. Vielleicht ist sie sogar schnurstracks zu ihrer Schwiegertochter und hat sie zur Rede gestellt. Keine Ahnung, was Ma zu der Sache sagen würde. Nachher rät sie mir noch zu gehen! Und wie soll ich dann bleiben? Vielleicht hab ich ihr deshalb noch nichts erzählt. Ich will nicht! Es gibt so viele schlimme Geschichten über das Leben von indischen Dienstmädchen dort. Die Araber geben den Familien in Indien ein bisschen Geld, und dann verschleppen sie die Dienstmädchen und machen sie zu ihren Sklavinnen – in jeder Hinsicht! Die Dubai-Lady ist Inderin, und Mrs Varmas Sohn ist ihr Mann. Mrs Varma ist eine anständige Frau. Aber sie ist nicht da. Woher soll ich wissen, was diese Leute dort treiben? Will ich etwa ihre Sklavenarbeit machen? Vielleicht hat Mrs Varma mir deshalb so offen gezeigt, dass die Idee ihr nicht gefällt. Es könnte auch sein, dass ihre Schwiegertochter es sich anders überlegt hat. Viele Dinge verlaufen so im Sand. Ich sollte mir nicht den Kopf darüber zerbrechen. Aber es kann nicht schaden, es Ma zu erzählen.

Die Dubai-Lady und Mrs Varma sind total verschieden. Mrs Varma bleibt meistens zu Hause, die Dubai-Lady ist immer unterwegs. Mrs Varma schreibt gerne, die Dubai-Lady takelt sich lieber auf. Wie wohl der Sohn von Mrs Varma ist? Egal, ich geh sowieso nicht nach Dubai! Geld ist nicht alles. Ein Zuhause ist ein Zuhause. Ich warte ab. Was würde ich bloß ohne dieses Heft machen? Wie könnte ich denken? Wie könnte ich entscheiden, ob ich nach Dubai gehen will? Aber Leute, die keine Hefte vollschreiben, treffen ja auch Entscheidungen. Vielleicht sind es gerade die mit den Heften, die sich nie entschließen können. Sie sind die Verrückten. So wie ich. Mrs Varma schreibt bestimmt auch alles auf, vielleicht auch über mich: Shano sollte nicht nach Dubai gehen! Es würde ihr dort nicht gefallen, und am Ende wird sie noch von einem Araber verschleppt und stirbt. Und: Das Mädchen ist nicht dumm, aber ihr Schicksal meint es nicht gut mit ihr. Sonst wäre sie in eine andere Familie geboren. Wer weiß, was aus ihr wird! Ob die Ärmste wohl ihr Leben lang Dienstmädchen bleibt? Irgendwann sag ich noch mal zu Mrs Varma: Lassen Sie mal Ihre Hefte sehen! Ich will sie lesen. Dann zeig ich Ihnen auch meine. Sie würde sich niemals drauf einlassen, sondern nur lächeln und antworten: Wie oft soll ich dir denn noch erklären, dass du niemandem deine Hefte zeigen darfst? Ich weiß nicht, warum ich mir immer vorstelle, wie jemand meine Hefte findet, sie liest und erstaunt ruft: Kaum zu glauben, dass dieses Mädchen das alles geschrieben hat!

Heute hat der Zeitungssahib mich gebeten, ein paar Äpfel für ihn zu schälen. Es gab nur so ein komisches ausländisches Messer, und ich hab wohl kurz nicht aufgepasst, denn sonst hätte ich mir nicht in den linken Daumen geschnitten. Erst machte ich, was jeder in so einer Situation machen würde: Ich steckte mir den Finger in den Mund. Alle lecken ihr Blut ab, aber niemand mag seine Spucke auflecken. Doch das Blut spritzte nur so, und meine Zähne, die Zunge und der ganze Mund wurden rot. Schließlich rief ich den Sahib. Er ließ seine Arbeit liegen und kam die Treppe runtergelaufen. Normalerweise ist er ein sehr bedächtiger Mensch, aber als er meinen Finger sah, packte er mich mit der einen Hand hastig am Handgelenk und presste die andere auf meinen Daumen. Dann zog er mich hinter sich her ins Badezimmer, wusch meinen Finger, tupfte ihn trocken, drückte ein bisschen Salbe aus einer Tube auf die Wunde und klebte ein Pflaster drauf. Dann warf er den blutverschmierten Apfel in den Müll, wusch sich die Hände, machte Tee und reichte mir eine Tasse: Hier, trink! Als ich ausgetrunken hatte, fragte er mich, ob der Schmerz nachgelassen hatte. Ich nickte. Da lächelte er und ging in sein Zimmer zurück.

Ich blieb noch einen Moment sitzen und machte mich dann auf den Weg zur Fetten. Als die meinen Finger sah, fragte sie gleich, was passiert ist. Ich schwieg einen Moment und überlegte, was ich sagen sollte. Schließlich log ich und behauptete, ich habe mich zu Hause beim Gemüseschnippeln geschnitten. Die gleiche Lüge tischte ich später auch der Bengalin und Mrs Varma auf. Bei der Fetten und Mrs Varma brauchte ich das Geschirr nicht zu spülen, und Mrs Varma ließ mich auch nicht mit Billu in den Park. Ma hab ich die Wahrheit gesagt. Sie hörte sich alles an, dann grinste sie und meinte: Heute hat der Zeitungssahib also endlich eine Ausrede gefunden, um dich zu betatschen! Ich musste kichern, und sie hat auch gelacht. Ma lacht nur selten, und sogar ihr Lachen klingt immer ein bisschen traurig. Vielleicht hätte ich nicht über ihre Bemerkung lachen sollen. Das war wie eine Zustimmung. Aber wenn der Zeitungssahib nicht so schnell gehandelt hätte, hätte ich wer weiß wie viel Blut verloren. In diesem Moment hat er bestimmt nicht daran gedacht, dass er mich gerade berührt. Mir ist dieser Gedanke jedenfalls nicht gekommen. Wie kommt Ma eigentlich darauf? Warum ist sie bei Männern so misstrauisch? Wer weiß, was sie alles durchgemacht hat! Früher hat sie beim Zeitungssahib gearbeitet. Vielleicht hat er sich damals nicht so anständig benommen wie jetzt. Womöglich hat er sogar irgendwas bei ihr versucht! Ma sagt, die Sahibs denken, es ist ihr gutes Recht, den Dienstmädchen nachzustellen. Aber warum hab ich ihr zugestimmt? Der Zeitungssahib ist wie ein Vater zu mir. Ma vertraut selbst Vätern nicht. Das mag ich nicht an ihr.

Ich hätte Lust, dem Zeitungssahib morgen vorzulesen, was ich heute geschrieben hab. Aber ich mach es nicht. Keine Ahnung, wie ich überhaupt darauf gekommen bin. Heute, als er mich verarztet hat, fühlte es sich so an, als wär er mein Vater. Warum habe ich Ma das nicht gesagt? Ich geb mir solche Mühe, die Wahrheit zu sagen, und trotzdem gelingt es mir nie ganz. Irgendwas bleibt immer verborgen. Unausgesprochen. Aber warum steckt mir ausgerechnet diese Sache wie ein Kloß im Hals? Auf diese ganzen Warums finde ich bestimmt keine Antwort, auch wenn ich mich noch so sehr abmühe, nicht. Das eine oder andere bleibt immer unbeantwortet. Wahrscheinlich hält jeder in seinem Innern ein paar Wahrheitsbrocken versteckt. Wie viele Warums, auf die er keine Antwort weiß, schleppt jeder Mensch wohl mit sich rum?

Ma ist eingeschlafen. Sie ist abends immer todmüde. Sie arbeitet viel mehr als ich. Ich sollte noch ein, zwei Häuser übernehmen, sie ein wenig entlasten. Aber Ma will nicht zu Hause rumsitzen.

Sie sagt: Wenn ich hier bin, rege ich mich die ganze Zeit über deinen Bapu auf und streite mit ihm. Was soll das also?

Bapu zählt die Tage. Er liegt nur noch im Bett und keucht. Er hat gleich mehrere Krankheiten. Ich hole ihm immer Medikamente von unserem Dorf-Hakim, aber es nützt nicht viel. Die Medizin vom Arzt bekommt ihm auch nicht. Ins Krankenhaus will er nicht. Er sagt, die Leute da brauchen höchstens vier Tage, um ihn kaltzumachen. Ich koche ihm dünnen Brei aus Reis und Linsen, aber er behält nichts bei sich. Im Moment liegt er draußen in der Gosse und röchelt. Ich setze mich gleich ein bisschen zu ihm. Bapu wird in ein paar Tagen einfach so im Dunkeln wegsterben, Ma und ich merken es wahrscheinlich nicht mal. Ich weiß nicht, ob ich über seinen Tod weinen müsste. Seine Zeit ist gekommen. Ich gehe nicht nach Dubai.

Heute hab ich mir freigenommen und bin den ganzen Tag zu Hause geblieben. Ma sollte allen sagen, mein Finger tut noch weh. Zur Abwechslung hab ich mal unser eigenes Haus geputzt und unser Geschirr gespült und es poliert, bis es glänzte. Dann hab ich noch Bapus und meine Klamotten gewaschen, Bapu in lauwarmem Wasser gebadet und Mungbohnen-Suppe für ihn gekocht. Danach bin ich zum Hakim und habe ihn nach einem anderen Medikament für Bapu gefragt. Der Finger tat zwar noch weh, aber ich hab einfach hin und wieder eine Pause eingelegt. Für den Rest des Tages hab ich mich zu Bapu gesetzt und mit ihm geredet – über Dinge, über die wir noch nie geredet hatten. Ich weiß schon nicht mehr, was ich alles erzählt hab. Sogar die Sache mit Dubai hab ich erwähnt, und dass ich nicht gehen will, hab ich ihm auch gleich gesagt. Plötzlich fragte Bapu, was ich immer schreibe. Ich war erstaunt, weil ich gedacht hatte, er ist viel zu sehr mit sich selbst beschäftigt, um zu merken, was die anderen treiben. Ich habe ihm von Mrs Varmas Idee erzählt. Bapu meinte, er wusste gar nicht, wie gut ich schreiben kann. Seine Stimme klang stolz. Ich hatte das Gefühl, er freut sich, dass seine Shano so schlau ist.

Das ganze Gespräch über hatte ich Angst, Bapu könnte anfangen, über Ma herzuziehen, aber er schimpfte nur über sich selbst. Ich hatte mit einem Mal solches Mitleid mit ihm, dass ich gar nicht mehr wütend sein konnte. Was bringt es auch, sauer auf einen Mann zu sein, der im Sterben liegt? Ma sollte sich seinetwegen auch nicht mehr so aufregen, aber sie tut es trotzdem. Heute sagte Bapu immer wieder, Gott wird ihm den Kummer, den er uns bereitet hat, nie verzeihen. Deshalb kann ich noch nicht sterben, meinte er, obwohl ich wünschte, ich könnte, damit ihr meinetwegen nicht mehr so viel Ärger habt! Ich tröstete ihn. Du wirst bald wieder gesund!, log ich und versuchte, nicht loszuheulen. Ich hörte ihm zu und vergaß dabei immer wieder, dass ich seine Tochter bin, ein Dienstmädchen, das gerade blaumacht. Stattdessen stellte ich mir vor, ein Fremder erzählt mir seine Leidensgeschichte. Den Kummer fremder Leute zu teilen, ist leichter.

Ma freute sich über das ordentliche Haus, das glänzende Geschirr und den Duft von Reis und Linsen. Sie erzählte, dass der Zeitungssahib sich Sorgen um mich macht und glaubt, an allem ist nur das ausländische Messer schuld. Die Tube mit Salbe und ein paar Klebepflaster hat er ihr auch für mich mitgegeben. Die Vorstellung, dass der Sahib sich um mich sorgt, gefiel mir. Er meinte sogar, ich brauche nicht zur Arbeit zu kommen, bis der Finger ganz verheilt ist. Die anderen haben ganz anders reagiert: Die Fette ließ Ma die Töpfe schrubben, bei der Bengalin musste sie den Boden wischen, und die Dubai-Lady wollte ihr sogar Billu für ein paar Stunden aufs Auge drücken! Ma meinte, außer dem Zeitungssahib und Mrs Varma hat niemand nach meinem Finger gefragt. Und dann sagte sie, die Dubai-Lady hat sie wegen Dubai gefragt, und dass sie Nein gesagt hat – einfach so. Da war ich vielleicht erleichtert! Ma meinte, es ist ihr gar nicht schwergefallen.

Ich hatte befürchtet, sie könnte eingeschnappt sein, weil ich ihr nichts erzählt hatte, aber sie fragte gar nicht danach. Wahrscheinlich hat sie einfach geahnt, dass ich nicht gehen will.

Ich glaube, Bapu hat sich gefreut, dass ich den ganzen Tag zu Hause war. Ma auch. Vielleicht lebt Bapu jetzt noch ein paar Tage länger. Seit ich meine Tageserlebnisse, meine Herzenswünsche, meine Gedanken und meine Gefühle in diese Hefte schreibe, gehe ich den Dingen viel tiefer auf den Grund. Aber macht mir diese … Sache, oder Angewohnheit, oder Übung nicht auch manchmal Angst? Es kommt mir so vor … Ich weiß auch nicht, wie es mir vorkommt. Ich bin müde. Aber es ist was anderes, von der Arbeit im eigenen Haus erschöpft zu sein als von der Arbeit für Fremde. Wenn ich nach dem Putzen nach Hause komme, fühle ich mich müde und leer. Jetzt bin ich erfüllt. Bestimmt kann ich gut schlafen. Und schön träumen. Die Träume, die man nachts hat, sind immer wirr. Tagträume kann man lenken, wie es einem gefällt, aber bei Nachtträumen weiß man nie, wer sie steuert, und wie und warum. Über die Nachtträume wacht vielleicht ein anderer Gott, der kleine Bruder von unserem. Oder der große.

Ich sollte jetzt ins Bett gehen. Vor dem Schlafen bete ich dieses Mal auch zum Gott der Nachtträume. Ohne ihn um etwas zu bitten, einfach nur so. Den Gott dieser Welt bitte ich auch selten um etwas. Man bekommt die Dinge nicht, nur weil man danach fragt. Und selbst wenn man sie bekommt, fühlt man sich danach nicht unbedingt besser. Gott denkt wahrscheinlich: Merkwürdiges Mädchen, sie betet und betet, aber bittet dabei um nichts! Betteln ist wie Sterben. Aber bei Gott zu betteln, ist nicht wirklich Betteln.

Nach langer Zeit hab ich heute wieder zusammen mit Urmila und den anderen Dienstmädchen Mittag gegessen. Unter dem Niembaum. Gestern Nacht hat es ein wenig geregnet, und heute wehte den ganzen Tag eine frische Brise. Obwohl die Sonne schien, war es nicht zu heiß. Die Mädchen hörten nicht auf zu sticheln: Wir sind Shanti mit unserem ungebildeten Geschwätz nicht mehr gut genug! Sie findet, unsere Klamotten stinken, und an unserem Aussehen hat sie garantiert auch was auszusetzen!

Zuerst hörte ich schweigend zu, aber irgendwann wurde es mir doch zu bunt. Was zerreißt ihr euch die Mäuler? Sagt doch einfach gerade raus, dass ich abhauen soll! Wenn ich keine Lust hätte, mit euch zu essen, wäre ich doch gar nicht erst hergekommen! Ich sag euch, woran ich was auszusetzen habe: an diesem ewigen Gezeter! Urmila schlug sich auf meine Seite und sagte den anderen, sie sollen aufhören. Dann war alles gut. Heute waren wir, Urmila und mich eingeschlossen, zu siebt. Bano, dieses Mädchen aus Bangladesch, das nie den Mund aufmacht, war auch da. Ich mag sie – vielleicht, weil sie so still ist. Außerdem ist Bano kein schlechter Name. Ihr Hindi hört sich an wie Bengali. Es gibt hier noch mehr Leute aus Bangladesch. Ich hätte Lust, ein paar Worte Bengali von Bano zu lernen. Jharna und Bano sehen sich ein bisschen ähnlich. Nicht wirklich hübsch, aber mir gefallen sie. Warum haben bengalische Frauen so lange Haare? Vielleicht ist dieser Muslim-Freund von Jharna auch aus Bangladesch. Bano putzt in fünf Häusern. Alle sagen, sie rackert sich wirklich ab. In ein paar Häusern kocht sie auch. Ma sagt, die Welt verändert sich, wer würde sonst ein muslimisches Dienstmädchen für sich kochen lassen! Heutzutage dürfen sogar die Frauen aus den niedrigsten Kasten als normale Dienstmädchen arbeiten – sogar die aus der Straßenkehrer-Kaste! Lalita kommt auch aus dieser Kaste.

Heute haben alle Lalitas Eingemachtes gelobt. Ich wollte ihr eine Freude machen und habs auch probiert. Es war wirklich lecker. Lalita spielt sich gerne auf. Bei Bano weiß ich es nicht, aber Lalita ist verheiratet und hat zwei Söhne. Urmila gefällt Lalitas eingebildete Art nicht, aber ich mag Lalita. Die Putzfrau im Gemeinderat ist auch so vorlaut. Sie stelzt mit dem Besen über der Schulter durch die Gegend, als sei sie ein Offizier in der Armee!

In unserer Gruppe sind auch zwei Frauen aus Madras. Man kann an ihren Namen und ihrer Hautfarbe erkennen, dass sie aus Südindien kommen, aber das Hindi sprudelt nur so aus ihnen raus. Nur ab und zu, bei dem einen oder anderen Wort, schimmert plötzlich ihre Muttersprache durch. Und in der Art, wie sie die Worte betonen. Eigentlich sind gar nicht alle drei aus Madras, eine von ihnen kommt aus Kerala. Ich weiß nicht mal, wo das ist. Irgendwann frage ich den Zeitungssahib nach einer Indienkarte. Er hat Karten von der ganzen Welt. Wenn er nicht gerade liest und schreibt, studiert er Landkarten, am Computer oder echte. Er schreibt auch am Computer. Das würde ich gerne mal probieren. Der Sohn von der Fetten sitzt immer vorm Computer. Wenn meine Augen bei der Arbeit auf seinem Bildschirm hängen bleiben, pöbelt die Fette mich sofort an: Sieh zu, dass du deine Arbeit erledigst, Shanti, und lass den Jungen in Ruhe seine Hausaufgaben machen! Eines Tages muss ich den Sahib fragen, wie viel ein kleiner Computer kostet. Er wird überrascht sein und sich fragen, was in meinem Kopf vorgeht. Mittlerweile haben Leute wie wir schon einen Farbfernseher und einen Videorekorder, vielleicht haben wir bald auch alle einen Computer. Deshalb hat die Fette kein Mitleid mit uns. Was fehlt diesen Leuten schon?, schnaubt sie empört. Hat sie recht? Ich würde gerne lernen, einen Computer zu bedienen. Aber was heißt das eigentlich? Muss man ein Training machen? Und was lernt man da? Irgendwas werden sie einem schon beibringen. Ich muss den Sahib fragen. Ob es wohl auch Computer auf Hindi gibt? Warum eigentlich nicht? Ich frag den Sahib – den Sahib fragen, den Sahib fragen, den Sahib fragen! Obwohl er eigentlich Zeitungssahib heißt, nenn ich ihn inzwischen nur noch Sahib. In Gedanken. Und hier. Wenn ich mit ihm rede, nenne ich ihn immer Sahib. Ma ist noch höflicher, sie sagt

Sahib-*ji*. Manchmal nehm ich mir ein Hindi-Buch vom Zeitungssahib mit. Er hat mal gesagt: Hör mal, Shano, leih dir ruhig aus, was dich interessiert. – Aber wie soll ich wissen, was das ist?, fragte ich. Lies doch einfach die ersten paar Zeilen hier bei mir!, meinte er. Das kann ich nicht nach ein paar Zeilen entscheiden, sagte ich, warum suchen Sie nicht einfach ein paar Bücher für mich aus? – Gut, sagte er, ich leg dir ein paar raus. Aber wenn dir eins nicht gefällt, brauchst dus nicht zu lesen. – Das müssen Sie mir nicht sagen! – Was für ein schlaues Köpfchen du bist! Hättest Anwalt werden sollen! Da bin ich plötzlich traurig geworden. Als hätte er gesagt, ich hätte in eine reiche Familie geboren werden sollen. Wäre ich mit reichen Eltern glücklicher? Schwierige Frage. Solche Fragen sollte man gar nicht erst in seinen Kopf lassen. Aber sie kommen ganz von selbst. Man sollte sie rauswerfen, aber wenn sie erst mal da sind, wird man sie nur schwer wieder los, und wenn man sie doch rausschmeißen kann, schleichen sie sich gleich wieder ein. Ich lasse sie einfach fliegen, wie Tauben. Ich mag Tauben, wie sie fliegen. Wenn ich eine Taube wäre ... Diese Lehrerin in der Schule ließ uns immer Aufsätze über die seltsamsten Dinge schreiben: Wenn ich eine Blume wäre ... zum Beispiel. Einmal hab ich sie gefragt, warum sie uns keine normalen Aufsätze aufgibt. Was denn zum Beispiel?, fragte sie. Vielleicht *Mein Dorf*, sagte ich. Was sie darauf antwortete, weiß ich nicht mehr. Keine Ahnung, wo sie jetzt ist. Damals war sie noch nicht verheiratet. Jetzt bestimmt. Vielleicht wollte ihr Mann, dass sie aufhört zu arbeiten. Oder sie wollte es selbst. Nein, von alleine hätte sie ihre Arbeit nie aufgegeben. Alle Frauen sollten arbeiten!, sagte sie immer, wie sollen wir unabhängig werden, solange wir uns auf andere verlassen? Nicht jeder kann in eine reiche Familie geboren werden. Warum nicht? Weil nicht alle reich sein können. Aber warum nicht? Weil Ma immer sagt, jeder ist seinem Schicksal und seiner Vorhersehung überlassen, jeder erntet die Früchte seines Karma. Sie sagt, alles ist von Beginn an festgeschrieben, wer wo geboren wird, wer was tut. Aber wenn das stimmt, warum sind die Menschen dann fleißig, warum laufen sie den einen Dingen hinterher und vor den anderen weg? Warum werden manchmal reiche Leute arm und arme Leute reich? Ma sagt, das sind auch die Früchte des Karmas. Wenn ich darüber nachdenke, wird mir schwindlig.

Heute unter dem Niembaum ist Lalita auch auf dieses Thema gekommen. Sie ist nicht nur eingebildet, sondern auch klug. Wenn man ihr zuhört, merkt man sofort: Sie weiß Bescheid!

Als ich gestern Nacht wie immer in mein Heft schrieb, rief Bapu nach mir. Er hatte einen Asthmaanfall. Ich weckte Ma. Bapu hustete die halbe Nacht lang. Irgendwann ging es dann ein bisschen besser.

Ich weiß nicht, ob das, was der Hakim uns gibt, wirklich Medizin ist, oder ob er einfach irgendein Pulver in Papier wickelt. Ma meint, alle Ärzte sind Verbrecher. Zumindest nimmt dieser uns nicht aus, sagt sie. Und wenn doch, dann wenigstens nicht zu sehr. Das geht bei uns ohnehin schlecht. Seine Kunden sind einfache Leute wie wir. Was gibts bei uns schon zu holen? Er ist selbst einer von uns. Ein richtiger Hakim ist er jedenfalls nicht, sondern eigentlich Krämer und inzwischen selbst das nicht mehr. Seine Hände sind zu zittrig. Wie die Waren abwiegen, wenn man es nicht mal schafft, die Waage gerade zu halten? Er hat dann seinen Krämerladen dichtgemacht und als Hakim angefangen. Vor ihm liegen immer drei, vier Puderpäckchen ausgebreitet, daraus sucht er für jeden was raus. Bapu meint, wir schmeißen unser Geld zum Fenster raus. Holt mir das nächste Mal, wenn ich einen Anfall bekomme, lieber ein Glas Wasser und betet zu Ram, sagt er, dieses Leiden ist Teil meines Schicksals. Da muss ich durch. Für schlechtes Karma bekommt jeder irgendwann seine Strafe. Was kann ein Hakim daran schon ändern? Und dann noch dieser nichtsnutzige

Krämer! Sein Pulver ist Asche, weiter nichts! – Asche hat auch seinen Wert, sagt Ma. Irgendwann frag ich den Hakim, was in seinem Pulver ist. Aber er wirds mir nicht sagen. Kein Hakim weiht einen so mir nichts, dir nichts in das Geheimnis seiner Tinkturen ein. In seinem Haus ist es immer dunkel, auch tagsüber. Und was für ein Loch das ist! Sogar unsere Hütte ist schicker als dieser Verschlag! Seine Töchter arbeiten wie wir in Wohnungen, aber in einem anderen Sektor. Warum bekommen sie, wenn er doch Hakim ist, keine ordentliche Ausbildung? Ich denke nur noch an Bildung. Warum hab ich nur die Schule abgebrochen! Ich könnte die Arbeit immer noch sausen lassen und wieder zurück in die Schule gehen. Aber daraus wird nichts. Die Dinge, die vorhergesehen sind, passieren von allein. Welche Dinge? Die vorhergesehen sind. Ma meint, Nachdenken bringt nichts. Trotzdem kann ich nicht aufhören. Klar, wenn ich dümmer wär, wärs was anderes. Ma zerbricht sich auch über alles den Kopf. Mal über mich, mal über Paro, mal über Kundan. Am meisten über Kundan.

Inzwischen zerbricht sogar Bapu sich den Kopf. Sobald er mit dem Trinken aufgehört hatte, fing er mit dem Denken an. Eigentlich hat erst seine Krankheit ihn vom Saufen abgebracht. Er kränkelt ja schon länger, aber jetzt gehts ihm wirklich schlecht. Ma glaubt, der Alkohol hat ihn krank gemacht. Paro sagt, ihr Mann säuft auch zu viel. Und dann verprügelt er sie. So ist das bei allen. Nicht bei allen, nur bei Leuten wie uns. Ich gehe nicht mehr zu Paro nach Hause. Jija macht sich sogar in Paros Gegenwart an mich ran. Und wenn sie unterwegs ist, erst recht! Am schlimmsten ist es, wenn er besoffen ist. Einmal hab ich ihm eine geknallt. Ich will nicht wissen, was passiert wäre, wenn ich danach nicht sofort abgehauen wäre.

Ma sagt, das Schicksal meint es nicht gut mit Paro. Keine Ahnung, was mit meinem Schicksal ist. Egal, was – heiraten werde ich auf keinen Fall, und Kinder will ich auch keine! Aber wenn so was von Anfang an festgeschrieben ist, wie soll ich es dann beeinflussen? Wer bestimmt das Schicksal? Und auf welcher Grundlage? In welcher Sprache? Wer führt dort Buch? Da schleichen sich doch bestimmt Fehler ein! Wer macht die wieder gut?

Diese Sache mit dem Schicksal will mir einfach nicht in den Kopf. Geht es einem besser, wenn man sich seinem Schicksal ergibt? Nee, so einfach kann man dem Leiden nicht entfliehen. Wenn Bapu sich mit seinem Schicksal abfindet, würde sein Husten und Keuchen noch lange nicht weniger.

Warum setzt er sich, wenn er einen Asthmaanfall hat, draußen in die Gosse? Um den anderen sein Elend unter die Nase zu reiben? Damit sie fragen, was los ist? Bapu sitzt gern auf der Straße. Allein in der Hütte fürchtet er sich. Die Vorstellung, einsam zu sterben, macht ihm Angst. Wenn ich Asthma hätte, würde ich auch bei jedem Anfall auf die Straße rennen. Eigentlich weiß ich nicht, was ich machen würde, wenn ich so alt und krank wäre wie Bapu. Man sollte sterben, bevor man alt ist. Manchen Leuten sieht man gar nicht an, dass sie alt sind. Zum Beispiel Mrs Varma und dem Zeitungssahib. Aber die sind auch nicht richtig alt. Ich glaub, Ma schläft.

Irgendwas muss Lalita heute wirklich sauer gemacht haben. Sie hat sich furchtbar über Schicksal und Karma aufgeregt. So sehr, dass wir alle ganz erschrocken waren und uns gefragt haben, was nur in sie gefahren ist. Ich glaube nicht an diesen ganzen Schicksalsquatsch!, kreischte sie, diesen Schwachsinn mit dem Karma denken sich die Reichen doch nur aus, um uns klein zu halten und auszunutzen! Die Blutsauger! Aber mir können sie solchen Nonsens nicht verkaufen! In diesem Leben ernten wir die Früchte aus dem letzten und im nächsten die aus diesem! So ein Lügennetz! Einfangen wollen die uns damit! Aber ich geh ihnen nicht in die Falle! Wir überlegten die ganze Zeit, wie wir sie am besten zum Schweigen bringen konnten. Sie schrie, als wollte sie eine Rede halten. Irgendwann stand Urmila auf und machte sich davon. Das Mädchen aus Kerala fragte Lalita, warum sie so ein Theater macht. Sprich doch ein bisschen leiser, sonst werden die Leute neugierig, bat ich. Solln sie doch kommen!, brüllte Lalita, das ist mir so was von egal! Die können mich alle mal! Ich arbeite hart für mein Geld. Nichts bekomm ich geschenkt. Mir macht keiner Angst! Nur weil ich aus der Straßenkehrerkaste bin, lass ich mich noch lange nicht einschüchtern. Als die Mädchen aus Madras auch gegangen waren, sagte die aus Kerala zögernd: Du hast schon recht, aber … – Kein Aber!, kreischte Lalita, bevor die aus Madras ausreden konnte, ich glaub nicht an dieses Märchen vom Schicksal! Ich glaubs nicht. Ich glaubs nicht. Ich glaubs nicht! Bano aus Bangladesch saß die ganze Zeit daneben. Obwohl sie wie immer keinen Mucks von sich gab, hatte ich das Gefühl, sie wollte auch was sagen. Ich stand auf und setzte mich zu ihr. Da flüsterte sie, Lalita hat recht, oder so was Ähnliches auf Bengali. Ob Lalitas Geschrei nun was verändert oder nicht, dachte ich, wenigstens Bano hat sie damit zum Reden gebracht. Ich strich Bano über den Rücken. Neben uns ließ das Mädchen aus Kerala Lalita einen Schluck aus ihrer Flasche trinken. Das Wasser beruhigte Lalita etwas, und ich fragte, was sie eigentlich so wütend gemacht hatte. Sie blickte mich einen Moment stumm an, dann füllten sich ihre Augen mit Tränen. Da sagte Bano: Lalita, was du gesagt hast, stimmt alles. Als Lalita das hörte, warf sie sich Bano an die Brust und heulte los.

Ich weiß immer noch nicht, was an diesem Tag mit ihr los war. Irgendwann frag ich sie mal danach.

Bapu schläft. Oder vielleicht hat er nur die Augen zu. Vielleicht hat die Medizin vom Hakim doch noch gewirkt. Ma sagt, manchmal kann sogar Asche bei Bapus Asthmaanfällen helfen. Ob diese gemeine Krankheit wohl Teil von Bapus Schicksal ist? Und das Trinken? Und die Armut? Steht in Mas Schicksal was von Bapu? Von seinen Prügeleien und Ausfällen? Und von Kundan? Von mir und Paro? Vom Sinn ihres Lebens? Was steht in meinem Schicksal? Ob ich wie Ma mein ganzes Leben lang ein Dienstmädchen bleibe? In Paros Schicksal steht ihr Mann. Jija säuft sich garantiert zu Tode, wie Bapu. Schreckliche Krankheiten erwarten ihn. Asthma und Tuberkulose!

Lalita hat mit allem, was sie sagt, recht. Aber was sollen wir machen? Es gibt keine Lösung. Und wenn doch, dann nur für die Reichen. Vielleicht hat die Ärmste sich deshalb so aufgeregt. Vielleicht hat sie deshalb in Banos Armen geweint. Ich hatte das Gefühl, sie weint nicht über ihre eigene Situation, sondern über uns alle, über unser schlechtes Schicksal.

Mir dreht sich der Kopf. Diese Sache mit dem Schicksal ist mir zu hoch. Ich muss den Zeitungssahib danach fragen. Aber vielleicht ist das sogar ihm zu hoch. In seinem Schicksal steht, dass seine Frau ihn verlässt und ich sein Dienstmädchen werde. Er behandelt mich nie wie ein Dienstmädchen. Aber was hab ich schon davon? Besser als die anderen bezahlt er auch nicht. Ein bloßes Gefühl ändert noch lange nichts daran, dass ich sein Dienstmädchen bin. Und bleibe. Bei ihm fällt nie viel Arbeit an. Eigentlich könnte ich auch für ihn kochen. Aber er müsste mich fragen. Das macht er nicht. Er denkt sicher, ich sage Nein. Ich frag Ma. Sie soll für mich mit dem Sahib reden. Lalita kocht auch für einen älteren Herrn. Sie sagt immer, ihr alter Mann ist lammfromm. Urmila glaubt, Lalita schleimt sich bei ihm ein und klaut ihm die Butter vom Brot. Ich mag ihr Getue nicht, meckert sie, schließlich ist sie nur eine Straßenkehrerin! Urmila ist total besessen von Kasten, Unberührbarkeit und all diesem Zeug. Ma auch. Ich vielleicht auch, ganz tief drinnen. Wenn Ma wüsste, dass ich von Lalitas Eingelegtem gegessen habe, würde sie in die Luft gehen. Für sie sind alle aus der Straßenkehrerkaste schmutzig. Sie findet, sie riechen anders, schlecht. Ich finde auch, Lalita riecht anders, aber gut. Und sie riecht nach Phenyl, diesem Desinfektionsmittel. Zum Glück hat mir noch nie jemand gesagt, ich soll die Böden mit Phenyl putzen. Ich putze nicht mal die Badezimmer damit. Was mache ich, wenn ich in einem Haus anfange, wo man mit Phenyl putzt? Mas Kleidung riecht auch immer ein bisschen nach diesem Zeug. Sie weiß, ich kann den Geruch nicht leiden. Ich verstehe nicht, was dich daran stört, sagt sie. Vielleicht reibt Lalita sich Jasminöl in die Haare und besprüht ihre Klamotten mit Blumenölen, weil sie den Desinfektionsgeruch überdecken will. Woher nimmt sie das Geld für dieses Zeug?, motzt Urmila, ich wette, sie klaut. Und diesen alten Mann nimmt sie auch aus! Hin und wieder stehlen sicher alle mal. Außer mir. Sogar ich hab schon was gestohlen. Einmal. Wer weiß, wie oft das noch vorkommt. Je nachdem, was mein Schicksal für mich bereithält. Ich will Lalita fragen, was neulich, als sie sich so über das Schicksal aufgeregt hat, mit ihr los war. Da erinnerst du dich noch dran?, fragt sie dann. Ich vergesse nichts!, sage ich. Und sie: Wenn das stimmt, hast du bald jede Menge Probleme am Hals! – Wieso? – Wenn du jeden kleinen Kummer ewig mit dir rumschleppst, macht dich das immer wieder traurig. – Aber ich erinner mich ja auch an die glücklichen Momente. – Man hat mehr alten Kummer als altes Glück. – Woher willst du das wissen?

Und Lalita erklärt: Ich weiß mehr als du, weil ich älter bin, und verheiratet, die Mutter zweier Söhne, außerdem gehöre ich einer niedrigen Kaste an. Ich würde nicht verstehen, warum sie das mit der Kaste erwähnt und was das mit unserem Gespräch zu tun hat. Aber statt sie weiter auszufragen, wär ich einfach nur beeindruckt von ihrer Weisheit. Und sie von meiner Ignoranz.

Schicksal und Karma. Karma und Religion. Manches begreife ich einfach nicht. Aber irgendjemand muss es doch begreifen! Vielleicht niemand so ganz. Allen dreht sich der Kopf. Aber nicht alle denken wie ich. Und auch nicht wie Lalita. Lalita hat recht, sagt Bano.

Bano muss mir ein bisschen Bengali beibringen. Jharna und

Devi wären bestimmt baff, wenn sie mich Bengali sprechen hören! Seit diesem Tag hab ich Bano nicht mehr gesehen.

Wenn ich weiter krank spiele, werd ich bald gefeuert. Die Fette ist schon wütend, wenn man mal einen Tag fehlt. Der Bengalin gefällt es auch nicht gerade, aber sie meckert nicht so viel. Jharna ist immer noch nicht nach Hause gekommen, aber die Bengalin hat jetzt ihr Bett verlassen. Ihr hat überhaupt nichts gefehlt, und viel länger konnte sie nicht mehr so auf krank machen. Traurig ist sie immer noch, aber es sieht so aus, als hätte sie sich mit ihrem Schicksal abgefunden. Wahrscheinlich denkt sie sich, da steht ein muslimischer Schwiegersohn drin. Vielleicht ist dieser Muslim ja schon zum Hinduismus übergetreten. Jharna ruft ihre Familie sicher ab und zu an. Ich frag mal Devi. Aber Devi ist verschwiegen, die plaudert nichts aus.

Heute hab ich Mas dreckige Wäsche gewaschen. Das findet sie bestimmt nicht gut. Sie sagt, ich benutze zu viel Seife. Das Geld fließt dir durch die Hände wie Sand, sagt sie, du hättest in eine reiche Familie geboren werden sollen!

Aber mein Schicksal hatte anderes vor, und seinem Schicksal kann man nicht entkommen.

Während Bapu in seinem Bett dahinsiecht, verflucht er sicher auch sein Schicksal. Schicksal ist ein anderer Name für Schwäche und Machtlosigkeit.

Ich hab eine wichtige Sache vergessen aufzuschreiben. Als ich nach meinem geschwänzten Tag wieder beim Zeitungssahib ankam, wollte er gleich meinen Finger sehen. Ich zeigte ihn vor, und er fragte: Warum hast du kein Pflaster drauf gemacht? – Es ist schon verheilt. – Hast du die Salbe benutzt?, fragte er. Ja, flunkerte ich. Du lügst, sagte er. Ich wurde rot. Dann holte er eine neue Tube aus dem Badezimmer. Komm her!, rief er. Ich hielt ihm den Finger hin. Nachdem er die Salbe drauf getan hatte, wollte ich mit der

Arbeit beginnen, aber er sagte: Lass gut sein für heute. – Aber es ist ganz staubig, Sahib, wandte ich ein. Heute arbeitest du mal nicht! Setz dich einfach hin und lies ein paar Stunden, irgendwas, worauf du Lust hast. Dann ging er nach oben in sein Zimmer, und ich blieb unschlüssig vor dem Regal mit den Hindi-Büchern stehen. Nachdem ich ein paar Bücher rausgeholt, angesehen und wieder zurückgestellt hatte, sah ich eins mit dem Titel »Das Hemd des Dienstboten«. Ich las ein bisschen darin, aber dann hatte ich plötzlich das Gefühl, das Buch macht mich traurig. Ich stellte es zurück ins Regal und zog ein anderes raus. Es hieß »Kalyani«. Nach zwei Seiten hab ich es wieder zurückgestellt. Es hätte mich auch traurig gemacht. Schließlich ging ich nach oben und sagte: Lassen Sie mich einfach arbeiten, Sahib! Es ist gar nichts mit dem Finger. Ich hab keine Lust zu lesen. Der Sahib lächelte, und ich fing an zu putzen. In der Wohnung lag ein wenig Geschirr rum. Ich spülte es mit nur einer Hand. Danach kochte ich Tee und toastete vier Brote. Ich brachte dem Sahib zwei Scheiben und eine Tasse Tee. Dann goss ich mir selbst eine Tasse ein, nahm die übrigen Toasts und setzte mich an den Esszimmertisch. Wenn jetzt jemand kommt, denkt er, die Tochter des Hauses sitzt dort am Tisch. Was machst du, Tochter?, fragt er. Tee trinken, sage ich. Ist sonst niemand zu Hause? – Papa ist oben in seinem Zimmer. Ohne vom Tisch aufzustehen, rufe ich: Papa! Onkel ist zu Besuch! – Machst du mir auch eine Tasse Tee, Kleine?, fragt der Onkel. – Setzen Sie sich doch! Ich hole sofort eine. Aber er sagt: Trink zuerst deine Tasse aus. Ich habs nicht eilig. – Okay! Da kommt der Zeitungssahib die Treppe runter. Hör mal, Shano, koch dem Herrn einen leckeren Tee! – Shano heißt sie also, ruft der Onkel, und Sie Papa! Ich werde meinem Dienstmädchen auch sagen, sie soll mich Papa nennen. Sie ist wie eine Tochter für mich. Ich werde rot. Und traurig. So traurig wie jetzt, nachdem ich mir all das vorgestellt hab.

Heute, als ich vor der Arbeit noch schnell nach Bapu sehen wollte, fiel mir auf, dass er seinen Tee nicht getrunken hatte. Ma stellt ihm, bevor sie geht, immer Linsenbrei und Chapatis ans Kopfende. Er hatte den Teller und das Schüsselchen nicht angerührt. Der Tee war kalt. Um das Essen surrten Fliegen. Bapus Körper wirkte ganz steif, auf seiner Nase saß eine Fliege. Sein Mund war offen, und sein Gesicht sah gar nicht aus wie er. Ich begriff, dass Bapu nicht schlief. Er war tot. Dann wurde mir klar, dass er heute Morgen, als ich ihm den Tee hinstellte, auch schon tot gewesen war. Ma hat, als sie ihm die Linsen und Chapatis brachte, sicher das unberührte Teeglas bemerkt, aber nicht weiter drauf geachtet. Sie wollte pünktlich zur Arbeit kommen und hatte es eilig. Wegen dem Asthma schläft Bapu immer mit offenem Mund. Ich stand einen Moment unbeweglich da, dann brach ich zusammen. Das Teeglas kippte um. Ich schob das Essen unter das Bett, vergrub das Gesicht in Bapus Bettdecke und weinte leise. Wenn ich laut geschluchzt hätte, wären sofort die Nachbarn gekommen. Eine Weile ließ ich die Tränen stumm laufen, als ob Bapu gar nicht tot, sondern nur bewusstlos wäre. Dann stand ich auf und breitete meine Chunni über ihn. Ma hätte bestimmt nicht gutgeheißen, dass ich für so was mein Schultertuch benutze. Sie hätte gewollt, dass ich ein weißes Tuch von drinnen hole.

Urmila holte Ma nach Hause, und ich ging los, um Kundan zu suchen. Er war aber in keiner seiner üblichen Absteigen, und ich ging zurück nach Hause. Seit sieben, acht Tagen schon hat er sich nicht blicken lassen. Ma seufzte laut. Hoffentlich ist der Ärmste nicht in Schwierigkeiten geraten!, sagte sie. – Der hängt irgendwo mit seinen asozialen Kumpanen rum und säuft, erklärte ich ihr geduldig. Mama weinte heute Vormittag mehr wegen Kundan als wegen Bapu. Die Vorstellung, Kundan könnte nicht kommen, um den Scheiterhaufen anzuzünden, wie es die Tradition verlangt, machte sie trauriger als Bapus Tod. Ich schlug vor, anstatt von Kundan das Feuer zu entfachen, aber sie sagte, das ist nicht die Aufgabe einer Tochter. Schließlich meinte Urmilas Mutter, ein Schwiegersohn ist so gut wie ein Sohn und dass Paros Mann sich um alles kümmern sollte. Auf den kann man sich genauso wenig verlassen!, ächzte Paro, keine Ahnung, wo der steckt! – Bereitet einfach alles vor, sagte da Surendar vom Elektrikgeschäft gegenüber, irgendjemand wird den Scheiterhaufen schon anzünden. Sonst mach ichs einfach! Schließlich bin ich doch ein Sohn dieser Straße und dieses Viertels, und wir sind alle wie eine Familie. Shantis Vater hat mich sogar oft Sohn genannt! Alle waren mit Elektrik-Surendars Idee einverstanden. Du hast vollkommen recht!, bestätigte der Pandit, das muss jetzt ohne Verzögerung vonstattengehen! Wenn man den Leichnam bei dieser Hitze länger als zwei, drei Stunden liegen lässt, fängt er an zu stinken.

Wir machten uns an die Vorbereitungen. Haben wir überhaupt genug Geld?, fragte ich Ma. Sie meinte, sie hat schon länger mit so was gerechnet und in einer Schatulle ein wenig Geld gespart. Das klang so nüchtern und sachlich, dass ich weinen musste. Ich weiß selbst nicht, warum. Ma legte mir den Arm um die Schultern und sagte: Shano, dein Bapu ist im Schlaf gestorben. Darüber müssen wir froh sein. Gott holt nur seine Liebsten auf diese Weise zu sich. Da musste ich noch lauter heulen.

Bano, Lalita und das Mädchen aus Kerala kamen auch zum Verbrennungsplatz am Fluss. Alle drei hatten sich extra frische, saubere Klamotten angezogen.

Elektrik-Surendar entzündete das Feuer. Kundan und Jija kamen erst am Abend nach Hause. Zusammen. Und sternhagelvoll. Ma sagte ihnen ordentlich die Meinung, aber das beeindruckte sie überhaupt nicht. Inzwischen haben sie sich schon wieder davongemacht.

Bapus Bett ist leer. Ma hockt auf dem Boden und hat das Kinn auf die Knie gelegt. Paro sitzt neben mir und schaut abwesend auf mein Heft. Mir kommen wieder die Tränen.

Heute, am vierten Tag nach Bapus Tod, fand das Abschiedsritual statt. Kundan ist nicht gekommen. Jija war zwar da, aber es wäre besser gewesen, wenn er auch weggeblieben wäre, so breit, wie er war. Keine Ahnung, was er die ganze Zeit vor sich hingefaselt hat. Elektrik-Surendar hatte alle Vorkehrungen für das Ritual getroffen. Ich kenn mich mit diesen Dingen nicht aus. Es muss ganz schön teuer gewesen sein. Heute ist auch der Hakim gekommen. An Bapus Todestag hatte er sich nicht blicken lassen, und jetzt beteuerte er immer wieder, niemand hätte ihn informiert. Das war garantiert gelogen! Sein Haus ist ganz nah. In unserem Dorf spricht sich alles sofort rum. Obwohl es gar kein richtiges Dorf mehr ist. Seit die Wohnungen gebaut wurden, gibt es alle möglichen Leute hier. Die, die in den Wohnungen arbeiten, kommen alle von außerhalb. Aus Nepal oder Garhwal, aus Kerala, Madras, Bangladesch oder Bihar. Wir sind auch von außerhalb gekommen – aus einem Slum. Gott weiß, wo die Leute, die früher hier gewohnt haben, jetzt sind.

Der Hakim sagte immer wieder, er hat niemanden laut weinen und klagen hören. Das kann schon sein. Die, die trauerten, taten das in aller Stille. Paro und ich haben zwar ein paar Mal laut geschluchzt, aber drinnen, im Haus. Ma weinte auch, aber lautlos. Jija vergoss ein, zwei falsche Tränen. Kundan keine einzige. Er meinte, Weinen ist was für Frauen, nicht für Kerle. Aber ich hab schon oft gesehen, dass er heulen kann wie ein Schlosshund – wenn er nur genug gezecht hat! Wer weiß, was für ein Kummer an ihm frisst, sagt Ma. Ich kann mir gut vorstellen, was er hat: Seine Ausschweifungen sind zu teuer! Kundan beschafft sich sein Geld lieber auf krummen Wegen, als es ehrlich zu verdienen. Mit anständigen Jobs kommen Leute wie wir nie an Geld, sagt er.

Jetzt reden wir nicht mehr viel, aber früher hat er mir alles erzählt. Seine Ideen waren zum Fürchten! Jetzt läufts mir kalt den Rücken runter, wenn ich nur sein Gesicht sehe. Ma macht sich

Sorgen um ihn. Trotz allem empfindet sie für Kundan nichts als Liebe. Nie ist sie ihm böse. Mit Paro schimpft sie auch nie. Nur mit Bapu. Jetzt vielleicht mit Jija. Ich hab Ma nie erzählt, dass er sich ständig an mich ranmacht. Aber sie weiß es bestimmt, auch wenn ich es nie erwähnt habe. Für solche Dinge hat sie ein Auge. Na ja, die Boshaftigkeit in seinem Blick kann ja nicht mal einem Blinden entgehen! Als ich einmal mit Paro zusammensaß, sagte sie plötzlich: Pass bloß auf, dass du keinen Säufer heiratest, Shano! Diese impotenten Dreckschweine kriegen außer dummem Geschwätz nichts zustande. Die können einfach nicht! Schlappschwänze und Faulenzer! Ich war ein bisschen erstaunt, weil ich das Gefühl hatte, sie wollte mich beruhigen, mir sagen, dass ich keine Angst vor ihm zu haben brauch. Aber warum fürchtet sie sich dann vor ihm? Vielleicht tut sie das gar nicht. Von Jija lasse ich mich sowieso nicht einschüchtern! Demnächst bekommt der mal wieder richtig eine von mir gescheuert! Heute ist ihm der Speichel vor Wollust nur so aus dem Mund getropft! Wie ein Hund hat er mich angehechelt. Paro sagt, sie will ihn verlassen. Aber ihr Schicksal … Ach, dieser Schicksalsquatsch! Ein bisschen muss man sein Schicksal doch beeinflussen können! Sonst würde es ja gar kein Entkommen geben! Zumindest für Leute wie uns. Hätte Mas Schicksal sich geändert, wenn sie Bapu verlassen hätte?

Ich hab Ma nicht erzählt, dass ich an den ein, zwei Tagen, als ich alleine zu Hause war, lange mit Bapu geredet hab und dass er kein einziges schlechtes Wort über sie verloren, sondern nur sich selbst verflucht hat.

Warum kann ich nicht aufhören, an diese Fliege auf Bapus Nase zu denken? Und an seinen offenen Mund. Als hätte ihm jemand ein kleines Loch ins Gesicht gebohrt. An sein Keuchen muss ich auch immer denken. Wie ein großer Fisch, der auf dem Trockenen liegt und nach Luft schnappt. Die Fliege muss gewusst haben, dass Bapu tot ist. Wahrscheinlich war sie schon öfter auf seiner Nase gelandet. Haben Fliegen auch ein Schicksal? Fliegen in reichen Häusern haben ein Schicksal voller Kuchen und Süßigkeiten. Nein, in den Häusern von Reichen ist für Fliegen gar nichts zu holen! Fliegen mit gutem Schicksal werden wahrscheinlich in den Häusern von armen Leuten geboren.

Ob Ma wohl an Bapu denkt?

Sie hat erzählt, irgendwann musste sie sich mal vor den Hanuman-Tempel stellen und betteln, um uns satt zu bekommen. Damals war Bapu mal wieder wie vom Erdboden verschluckt, und sie hatte ihre Arbeit verloren. Wir waren alle drei noch klein, und unsere Hütte war in der Nähe vom Hanuman-Tempel. Wer weiß, vielleicht hab ich als Kind ja auch gebettelt. Nein, daran würde ich mich erinnern! Also habe ich nicht gebettelt! Aber ich habe so viel von meiner Kindheit vergessen. Manchmal taucht das eine oder andere ganz verzerrt und verändert in meinen Träumen auf und jagt mir einen Schreck ein. Als Ma gebettelt hat, waren wir drei bestimmt dabei. Ich weiß nicht, wie klein wir waren. Wahrscheinlich hat sie gefleht und gejammert: Meine Kinder haben seit zwei Tagen nichts gegessen! Und die Leute dachten: Die lügt! Als hätten sie zwei Tage nichts gegessen, sehen sie jedenfalls nicht aus!

Vielleicht erinnert Paro sich. Ich muss sie fragen. Als Ma mir diese Geschichte erzählte, ist mir vor Scham das Blut in den Kopf geschossen. Jetzt möchte ich sie fragen: Ma, zeigst du mir den Ort beim Hanuman-Tempel, wo unsere Hütte stand und wo du für uns gebettelt hast? Dann wird sie bestimmt wütend, und ich versuche, sie zu besänftigen: Jetzt werd doch nicht gleich sauer! Ich möchte den Ort nur sehen und in meinen Heften darüber schreiben. Dann geht sie in die Luft! Diese Hefte haben dich um den Verstand gebracht! Warum hast du nicht lieber Nähen und Sticken gelernt! Das ist wenigstens nützlich! Aber diese Hefte? Wozu sind die schon gut? Aber so leicht lasse ich mich nicht von der Idee abbringen. Irgendwie überzeuge ich sie, mit mir hinzugehen. Schließlich lässt sie sich erweichen – nicht ganz ohne Hintergedanken. Sie will die Gelegenheit nutzen, mich in den Tempel zu schleppen, damit ich Hanuman meine Verehrung darbringe.

Wahrscheinlich taucht heute der Hanuman-Tempel in meinen Träumen auf. Zusammen mit Hanuman. In all seinen Erscheinungsformen.

Vielleicht schläft Ma jetzt in Bapus Bett. Mich kriegt da jedenfalls keiner rein! Ma wahrscheinlich auch nicht. Sie mag auf dem Boden schlafen. Ich auch. Eigentlich ist es nur Gewohnheit und hat mit mögen oder nicht mögen gar nichts zu tun. Wir hatten nie so viel Platz, dass alle in Betten schlafen konnten. Kundan meint immer, er will ein richtiges Bett – ein besseres als Bapus Pritsche. Er sagt, deshalb ist er von zu Hause weggegangen. Keine Ahnung, wo er sich gerade rumtreibt. Er will Mithun Chakraborty sein! Oder Dharmendra. Das Lächeln von Shahrukh Khan ist ihm zu weibisch, sagt er. Die alten Schauspieler gefallen ihm besser.

Elektrik-Surendar klebt in letzter Zeit an mir wie diese Pflaster vom Zeitungssahib! Erst schmiert er Ma Honig ums Maul, und dann quatscht er mich voll. Früher ist er auch manchmal zu uns rübergekommen. Dann hab ich mich immer aus dem Staub gemacht. Einmal meinte er sogar: Du magst wohl nicht, wenn ich komme, oder, Shano? Was soll man darauf antworten? Es stimmt, ich mag keinen Besuch. Nach der Arbeit will ich mich in Ruhe hinsetzen und diesen Unfug aufschreiben. Wenn ich nicht schreibe, fühle ich ein Brennen in der Brust und Schmerzen im Kopf. Das Schreiben beruhigt mich. Elektrik-Surendars Frau hieß Shama. Sie war ein Jahr älter als ich. Heute hat er Ma erzählt, auf dem Verbrennungsplatz vor Bapus Scheiterhaufen musste er an Shama denken. Sie ist an Cholera gestorben. Ich mochte sie, die Ärmste! Sie hat auch in den Wohnungen gearbeitet. Eine ihrer Arbeitgeberinnen war immer richtig fies zu ihr. Einmal sagte Shama, sie hätte gute Lust, ihr die Zunge rauszureißen. Da ist es mir kalt den Rücken runtergelaufen. Manchmal werde ich auch schlecht behandelt, aber so sauer war ich noch nie. Vielleicht bin ich feige. Ein Feigling, der die achte Klasse nicht geschafft hat. Wenn ich ungebildet wäre … Niemand würde auf die Idee kommen, ein Mädchen, das nur sieben Jahre zur Schule gegangen ist, als gebildet zu bezeichnen! Nicht mal ich. Manchmal hab ich das Gefühl, schon mehr geschrieben als gelesen zu haben. Seit ich schreibe, hab ich mit dem Lesen ganz und gar aufgehört. Ich hab keine Zeit mehr dafür, und Schreiben gefällt mir besser. Meine Hand wird langsam müde. Wenn ich keine Angst vor der Stromrechnung hätte und morgen nicht so früh aufstehen müsste, würde ich die ganze Nacht schreiben. Gelobt sei Mrs Varma!

Morgen gehe ich wieder zur Arbeit. Ma hat sich nur einen Tag freigenommen, aber mich hat sie nicht gehetzt. Ich habe auch höchstens von der Fetten was zu befürchten. Es würde mich nicht überraschen, wenn sie schon eine Neue eingestellt hat. Die Bengalin lässt bestimmt auch die eine oder andere Bemerkung fallen, mehr aber nicht. Mrs Varma sagt nichts, und deshalb hält auch die Dubai-Lady ihre Klappe. Sie ist wütend auf mich, weil ich nicht mit nach Dubai will. Und jetzt sicher auch, weil ich nicht zur Arbeit gekommen bin. So musste sie womöglich zu Hause bleiben und auf Billu aufpassen. Mrs Varma sagt, sie kann Billu nicht mehr alleine versorgen. Oder die Dubai-Lady hat Billu auf ihre Unternehmungen mitgenommen. Nein, das hätte Mrs Varma nicht zugelassen. Ich sollte Mrs Varma auch einen Spitznamen geben. Die schreibende Memsahib. Aber sie ist keine Memsahib, sie ist eine Oma. Mrs Varma ist als Name schon in Ordnung. Vielleicht nicht in Ordnung, aber okay. Billus Oma wäre auch nicht schlecht.

Der Zeitungssahib sagt bestimmt, ich soll mich ein paar Tage schonen. Ich hab ganz vergessen aufzuschreiben, dass der Zeitungssahib zu Bapus Abschiedsritual gekommen ist. Keine Ahnung, warum er von der Sache wusste und wie er unser Haus gefunden hat. Wahrscheinlich hat er sich einfach durchgefragt. Alle haben ihn angestarrt. Obwohl er sich gar nicht besonders fein gemacht hatte, konnte man sofort erkennen, dass er ein Sahib ist, keiner von uns. Die Abtreibungsärztin war auch da. Die Leute haben sie auch angestarrt. Sie war zu aufgetakelt. Urmila flüsterte mir ins Ohr: Die ist doch nur gekommen, um ihr Geschäft voranzutreiben! Der Zeitungssahib ging direkt zu Ma und legte die Hände zum Gruß zusammen. Dann kam er zu mir rüber, ohne so zu grüßen. Als ich meine Hände zusammenlegte, erwiderte er meinen Gruß. Wer ist denn das?, fragte Elektrik-Surendar Ma. Sie antwortete nicht. Wenn er mich gefragt hätte, hätte ich gesagt: Das ist der Zeitungssahib. Ich arbeite bei ihm. Vor mir hat Ma dort gearbeitet. Ich hab keine Angst vor diesem Elektrik-Typ! Und ich will nicht, dass er weiter an uns klebt! Ich mag seine Stimme nicht. Er hört sich an wie eine Grille. Die Boshaftigkeit sieht man ihm schon an den Augen an. Vor allem die Gier! Ich hab Ma schon öfter sagen hören, jemand guckt gierig. Irgendwas in den Augen von Elektrik-Surendar gefällt mir nicht. Vielleicht seine gierigen Blicke. Ich muss Ma sagen, sie soll ihn nicht ermuntern. Nicht, dass sie das tut. Er kam von ganz alleine angekrochen.

Gestern oder vorgestern Nacht hab ich von Bapu geträumt. Er hat Bidi-Zigaretten geraucht, und ich habs ihm verboten. Wir waren nicht bei uns zu Hause, sondern irgendwo anders. Vielleicht sogar beim Zeitungssahib. Der raucht manchmal. Wenn ich ihn in letzter Zeit rauchen sehe, muss ich immer daran denken, dass Bapu erst vor ein paar Monaten aufgehört hatte. Aber wenn ich den Zeitungssahib jetzt mit einer Bidi sehe, kommt mir bestimmt immer der Traum von heute Nacht in den Sinn. Demnächst schlag ich ihm vor, mit dem Rauchen aufzuhören. Es ist schädlich.

Wie können Tote in Träumen erscheinen? Ich kann mir nicht

mal vorstellen, wie Lebende das schaffen. Warum sehen Menschen im Traum anders aus? Ich kann in meinen Träumen, obwohl es dunkel ist, immer alles gut erkennen. Wie kann das sein? Oft bin ich auch gar nicht Teil des Traums, es ist mehr so, als stehe ich daneben und schaue zu. Aber wo bin ich, wenn nicht im Traum? Und wenn ich im Traum bin, wer träumt dann?

Ich würde gerne wissen, was Träume sind und warum wir sie überhaupt erst haben, wenn wir sie doch gleich wieder vergessen.

Manchmal erregen meine Träume mich so sehr, dass ich aufwache und pinkeln gehen muss. Danach kann ich nicht wieder einschlafen. Ich liege im Dunkeln und schäme mich.

Wenn Ma neben mir liegt, schüttelt sie mich oft wach und flüstert: Was treibst du denn da im Schlaf! Sie weiß bestimmt, was los ist. Warum fragt sie dann? Wenn sie nicht fragen würde, wäre sie nicht meine Ma. Irgendwann frage ich zurück: Ma, was ist das, was mir manchmal passiert, wenn ich schlafe? Und warum passiert es? – Woher soll ich das wissen?, sagt sie dann. Das sagt sie immer, wenn sie über etwas nicht reden will. Aber so schnell gebe ich nicht auf. Erklärs mir bitte! – Ist es dir gar nicht unangenehm, darüber zu sprechen? Sie lächelt. Worüber?, frage ich scheinheilig. Warum sollte ich ihr den Gefallen tun und die Sachen, die ich von ihr hören will, selbst aussprechen? Wieso hast du mich neulich Nacht geweckt? – Wann denn? – Als ich geträumt hab. – Woher soll ich das wissen? Du träumst doch immer, Tag und Nacht! – Hattest du auch solche Träume, als du so alt warst wie ich? – Was für Träume? Da würde ich lachen und rot anlaufen, und Ma würde mir alles erklären. Vielleicht nicht alles, aber fast alles. Nicht fast alles, sondern vieles. Oder einiges. Danach wäre alles klar. Vielleicht nicht ganz. Aber zumindest wäre ich etwas ruhiger. Am besten, ich frage Paro. Aber die Ärmste steckt bis zum Hals in ihren eigenen Problemen.

Gestern Abend war ich so müde, dass ich, gleich nachdem ich mich hingelegt hatte, eingeschlafen bin. Mitten in der Nacht bin ich noch mal aufgestanden, um das Licht auszumachen. Ma schlief fest und murmelte etwas im Schlaf, das man nicht verstehen konnte. Zuerst wollte ich sie wecken, aber dann dachte ich mir, sie träumt bestimmt. Ich finde, man sollte Leute nicht aus ihren Träumen reißen. Ich mag es ja auch nicht, wenn Ma mich in so einem Moment wach rüttelt. Ich habe dann das Gefühl, sie zerstört etwas, das mir gehört. Was passiert mit zerrissenen Träumen?

Gestern musste ich in allen Häusern das Doppelte bis Dreifache der normalen Arbeit machen. Außer beim Zeitungssahib. Dort gab es zwar auch einiges zu tun, aber es fühlte sich nicht wie Arbeit an. Der Sahib redete die ganze Zeit mit mir über Bapu. Er fragte, was mit Bapu los war, ob er gearbeitet hat und warum er keine ordentliche Behandlung bekam. Du hättest nur ein Wort sagen müssen, und ich wäre mit ihm zu einem Freund, der Arzt ist, gegangen. So viel hat der Sahib noch nie mit mir gesprochen. Es war mir ein bisschen unangenehm. Er horchte mich immer weiter aus, ich antwortete brav, fragte mich aber langsam, warum er so hinter mir her war. Zweimal brach mir beim Sprechen die Stimme. Warum hältst du die Tränen zurück?, fragte der Sahib, lass sie doch einfach fließen. Nach dem Weinen fühlt man sich oft besser. Er bestand darauf, mir etwas zu trinken zu bringen. Als ich endlich mit dem Putzen anfing, stellte er sich neben mich und redete weiter. Ich ging nach oben. Er folgte mir. Das Ganze gefiel mir zwar, aber es überraschte mich auch. Als ich fertig war, sagte der Sahib: Nimm dir ein paar Früchte, ich habe heute viele gekauft. Ich nahm mir eine Banane, und er drückte mir noch eine Mango in die Hand. Ich lehnte ab, aber er bestand darauf. Jetzt sei still und iss! Das Messer da drüben ist auch kein ausländisches. Dann ging er nach oben. Die Mango war so groß, dass ich mindestens fünf

Minuten brauchte, um sie zu essen, und danach richtig satt war. Der Zeitungssahib hätte eine Tochter haben sollen! Er hätte sie vergöttert. Warum hat er keine? Wer weiß, vielleicht hat er ja eine. Nein, dann würde irgendwo ein Bild von ihr stehen. Im Haus vom Zeitungssahib gibt es kein einziges Bild! Wahrscheinlich hat seine Frau alle mitgenommen. Wenn Menschen sich trennen, teilen sie ihren Haushalt auf. Und streiten über die Verteilung. Streit gibt es in allen Häusern, nur beim Zeitungssahib nicht. Zum Streiten braucht man immer zwei.

Während sie auf meine Rückkehr gewartet hat, ist die Fette ganz dünn geworden. Als ich heute zur Arbeit kam, bekundete sie zuerst ihr Beileid wegen Bapus Tod, garantiert nur aus Pflichtgefühl, denn danach legte sie gleich mit dem Gezeter und Gemecker los: Deine Mutter war schon am nächsten Tag wieder bei der Arbeit. Ich habe sie selbst gesehen. Wenn schon nicht am nächsten Tag, hättest du wenigstens am übernächsten kommen können, du weißt doch, wie schlecht es mir im Moment geht! Ich bin überhaupt nicht auf ihre Vorwürfe eingegangen. Was hätte ich auch sagen sollen? Sie erwartet ja gar keine Antwort. Sie leidet an Redekrankheit, das ist es! Wegen den vier Fehltagen musste ich zweimal fegen, zweimal mit dem Mopp über den Boden gehen und zweimal Staub wischen. Das Geschirr hat sie mich auch zweimal spülen lassen. Der Berg, der sich dort aufgetürmt hatte, war so riesig, als hätten sie in der Zwischenzeit nicht ein einziges Mal abgewaschen. Auf dem Geschirr bei der Fetten kleben immer jede Menge Essensreste, und gestern waren die so angetrocknet, dass ich mir vor lauter Schrubben und Kratzen fast die Arme gebrochen hätte. Sie stand die ganze Zeit neben mir und motzte: Wasch das ordentlich ab! Kratz hier zuerst den Schmutz mit der Hand ab! Diese Teller sind sündhaft teuer, dieses Glas kommt aus dem Ausland. In mir stieg eine unglaubliche Wut hoch.

Die Bengalin war gestern nicht zu Hause. Devi wusste sicher von Bapus Tod, aber sie sagte nichts. Es gab auch einen ordentlichen Geschirrberg, aber wenigstens keine Essensreste. So hat es nicht lange gedauert, alles zu spülen. Devi ist nicht aus ihrem Zimmer gekommen. Die Bengalin selbst ist auch nicht sonderlich misstrauisch. Ich hab einfach selbst entschieden, was ich mache. Obwohl Devi nichts gesagt hat, bin ich zweimal mit dem Mopp über den Boden gegangen und hab auch sorgfältig Staub gewischt. Als ich gerade gehen wollte, kam Devi doch noch raus und fragte schüchtern: Was hatte dein Vater denn? Das war nett. Wenn ich Devi gestern nach Jharna gefragt hätte, hätte sie mir vielleicht was erzählt, aber ich hab gar nicht dran gedacht.

Mrs Varma hat sich auch nicht über meine Fehltage beschwert. Als sie mich auf Bapu ansprach und mir ihr Beileid bekundete, kamen mir die Tränen. Bei Mrs Varma hatte ich heute auch nicht das Gefühl, bei der Arbeit zu sein. Die Dubai-Lady war unterwegs und hatte Billu mitgenommen. Mrs Varma meinte, sie möchte lieber nicht wissen, wo die Dubai-Lady Billu in den letzten vier Tagen überall mit hingeschleppt hat. Wenn die Dubai-Lady wüsste, dass ihre Schwiegermutter bei dem Dienstmädchen so über sie lästert, würde sie ausflippen! Wenn der Putztick nicht wäre, würde Mrs Varma von mir zehn von zehn Punkten bekommen. Sie hat mich heute zwar ordentlich schuften lassen, aber auch viele nette Dinge gesagt. Sie hat sogar gefragt, ob ich die Hefte benutze. Als ich ihr erzählt hab, wie viel ich schreibe, hat sie sich gefreut und gleich zwei neue, große Hefte geholt. Die sind aus Dubai, sagte sie. Ich platzte heraus, dass ich nach dem Heft von ihr schon zwei mehr vollgeschrieben hab. Dass meine Idee so einen Eindruck auf dich machen würde, hätte ich nicht gedacht!, rief Mrs Varma erstaunt. Und dann: Wie gefällt dir das Schreiben? – Ich bin schon süchtig, sagte ich. Da musste sie richtig lachen. Wenn sie lacht, mag ich sie noch lieber. Hast du auch über den Tod deines Vaters geschrieben?, fragte sie dann. Ja. Ich hatte Angst, sie könnte fragen, was ich schreibe. Es wäre schwer gewesen, das zu beschreiben. Aber sie fragte nicht, sondern sagte nur: Zeig dein Tagebuch niemandem! – Tagebuch? – Na, das, was du schreibst!

Seit heute weiß ich also, dass ich ein Tagebuch schreibe.

Als die Dubai-Lady nach Hause kam, meinte Mrs Varma zu ihr: Schick Shanti für heute nach Hause, Sonu! Wir passen selbst auf Billu auf, die arme Shanti ist zu kaputt.

Mir stiegen wieder die Tränen in die Augen.

Nachdem ich all das von gestern aufgeschrieben hab, hab ich keine Lust mehr, auch noch über heute zu schreiben. Es ist auch gar nichts Wichtiges passiert. Eigentlich passiert nie was Wichtiges, aber während ich schreibe, bekomme ich das Gefühl, das, was ich schreibe, ist wichtig. Nicht jeden Tag, aber manchmal. Ach ja, heute hab ich eine Weile unter dem Niembaum gesessen. Schweigend, wie Bano. Wahrscheinlich hatten die Mädchen vorher über mich gesprochen. Als ich ankam, verstummten sie jedenfalls plötzlich alle. Heute Mittag hab ich gar nichts gegessen. Die Bengalin hatte mir Reste von ihrem Essen aufgezwungen. Ich hasse es, bei den Leuten zum Essen auf dem Fußboden zu hocken. Aber heute hat mir die Bengalin einen Hocker hingestellt. Du brauchst nicht auf dem Boden zu sitzen, meinte sie. Mir kamen die Tränen. Heute musste ich den ganzen Tag heulen. Andauernd. Bei jeder Kleinigkeit. Sogar unter dem Niembaum. Als Lalita über den Tod von ihrem *Daddy* erzählte. Ihre Mutter nennt Lalita wahrscheinlich *Mummy.* Heute war ich seit einer Ewigkeit das erste Mal wieder mit Billu im Park. Es war richtig voll. Ich hab mich abseits von den anderen in eine Ecke gesetzt. Billu lag im Kinderwagen und verscheuchte mit seinem Gegluckse und Gekreische die Vögel. Ich dachte an Bapu. An seinen letzten Tag. An sein Keuchen. Sein Schweigen. Seinen leblosen Körper. Die Fliege auf seiner Nase.

Ich hatte erwartet, im Park bekannte Gesichter zu sehen, aber niemand war da. In einer abgelegenen Ecke machte eine alte Frau mit ein paar Senioren Gymnastik. Ich wollte gerade über ihre Verrenkungen lachen, als sie alle ha, ha, ha machten. Ihr Lachen war ein Teil der Übungen, total künstlich. Ich dachte, statt ha, ha, ha könnten sie auch ach, ach, ach machen.

Seit ich Tagebuch schreibe, mache ich mir mehr Gedanken. Vielleicht weil ich jetzt über die Gedanken an sich nachdenke und darüber schreibe. Deshalb glaube ich, ich denke mehr. Jeder denkt, aber die, die nicht so viel reden, denken mehr. Wenn das stimmt, denkt Bano von uns allen am meisten.

Ich weiß gar nicht, wo sie wohnt.

Heute ist die Dubai-Lady nach Dubai zurückgekehrt. Mein Sohn wollte, dass sie zurückkommt, erklärte Billus Oma und lachte, ihre Arbeit hier war auch erledigt. Ich wusste gar nicht, dass sie zum Arbeiten hier war. Bei Mrs Varmas Bemerkungen hat es sich immer so angehört, als wäre die Dubai-Lady nur zu ihrem Vergnügen hier und würde sich auch um nichts weiter kümmern. Heute hab ich erfahren, dass sie in Dubai mit irgendwem Geschäfte macht und deshalb hergekommen ist. Was für Geschäfte das genau sind, hab ich nicht gefragt. Was juckt mich das? Ich stelle keine dummen Fragen. Manche Dienstmädchen sind immer am Spionieren und tragen den Tratsch dann von einem Haus zum nächsten. Ich mag das nicht. Ich schreibe alles hier auf, in mein Tagebuch. Als ich noch nicht geschrieben habe, hab ich nur Ma von meinen Memsahibs erzählt. Und auch ihr konnte ich nicht alles sagen. Sogar manche Sachen, die ich ohne Probleme hätte erzählen können, hab ich manchmal für mich behalten. Zum Beispiel die Sache mit dieser Frau, die wollte, dass ich sie massiere – und ihren Mann gleich mit! Das war vor zwei Jahren. Ich hätte Ma davon erzählen sollen, sie hätte sofort für mich gekündigt! Aber dann hätte ich nie von den seltsamen Dingen erfahren, die diese Frau trieb. Wie hieß sie noch gleich? Ach ja, die Brillenschlange. Es war so: Eines Tages, als ich gerade mit der Arbeit fertig war und mich auf den Nachhauseweg machen wollte, rief sie: Shano, tust du mir einen Gefallen? – Was denn?, fragte ich. Meine Beine und mein Rücken tun mir so weh! Kannst du sie ein bisschen pressen? Ich geh heute nicht ins Büro.

Ihr Mann trug auch eine Brille. Deshalb nannte ich ihn (heimlich) den Brillenschlangensahib. Er war schon ins Büro gegangen. Die beiden hatten keine regelmäßigen Arbeitszeiten, mal gingen sie früher, mal später los, manchmal zusammen, dann wieder getrennt, und manchmal gingen sie gar nicht hin. Ab und zu blieb ihre Wohnung einfach verschlossen. Ich kam zur Arbeit und stand vor verriegelten Türen. Ich fragte die Nachbarn unten und oben, aber keiner wusste was. Wir kennen diese Leute nicht, sagten sie nur. Kinder hatten sie keine. Sie müssen ein verrücktes Leben geführt haben. Ihre Wohnung war wie ein Hotel. Dauernd klingelte das Telefon, die ganze Zeit, während ich dort war. Die Brillenschlange ging ran und zog hinter sich die Zimmertür zu. Dann kam der Brillenschlangensahib angeschlichen, tat so, als müsste er meine Arbeit beaufsichtigen, glotzte mich ungeniert an und zog meine Arbeitszeit unnötig in die Länge. Stell dieses Buch hier rüber, Shano. Bring die Zeitschrift hierher. Ordne den Blumenstrauß da vorne. Sieh mal, die Ecke dort hast du noch nicht geputzt. Er quatschte und quatschte, dabei schnipste er mit den Fingern. Manchmal zog er an meinem Zopf, als würde er mit einem kleinen Kind Spaß treiben, manchmal klopfte er mir auf die Schulter, als wollte er mich loben. Ich mochte das nicht und mochte es gleichzeitig doch. Keine Ahnung, warum. Das ist schon zwei Jahre her. Ich war damals kein Kind mehr, aber ich war auch noch nicht erwachsen. Es war ungefähr zu der Zeit, als Tantchen das erste Mal kam. Ich war noch ein bisschen klein und naiv, aber nicht so sehr, dass ich nicht kapierte, was los war. Deshalb lachte ich über seine Annäherungen und wurde rot. Wenn die Memsahib fertig telefoniert hatte und aus ihrem Zimmer kam, fragte sie: Shano, der Sahib macht sich doch nicht etwa an dich ran? Dann zog der Sahib sich scherzhaft die Ohren lang, aber meine fingen an zu brennen. Wenn ich nicht antwortete, tat die Memsahib empört. Pass bloß auf du!, schimpfte sie ihren Mann aus, wenn du dem armen jungen Mädchen unanständig kommst, schmeiß ich dich raus! Verstanden? – Verstanden, Memsahib!, sagte der Sahib gespielt unterwürfig. Ich fühlte mich wie in einem Theaterstück, und schon klingelte wieder das Telefon, und der Sahib machte mit seinen Neckereien weiter.

Die beiden trugen immer die seltsamsten Klamotten – sie schicke Saris und er Anzüge wie ein Filmheld. Aber zu Hause hatte die Memsahib nur einen lockeren Satinumhang übergeworfen und der Sahib einen Lungi aus Seide und eine Weste. Beide hatten dichte, schwarze Achselhaare, aber das Haupthaar der Memsahib war hell. Ich überlegte immer, sie zu fragen, warum sie sich die Achselhaare nicht wegmachte. Ich hatte zu dieser Zeit schon damit angefangen, aber den Geruch dort wurde ich trotzdem nicht los.

Ach ja, an diesem Tag, als ich die Beine und Hüften der Memsahib presste, sagte sie: Das tut wirklich gut, Shano! Ich glaub, ich zieh mal meinen Umhang aus, dann ist es noch besser. Unter dem Umhang trug sie nur ein dünnes, rotes Höschen. Es war mir schrecklich unangenehm, ihr gar nicht. Was schämst du dich denn?, sagte sie, du bist eine Frau, ich bin eine Frau. Da muss man sich doch nicht genieren. Heutzutage stellen sich Frauen doch nicht mal vor Männern so an! Ich sagte nichts. Hol mal das Öl aus dem Badezimmer, dann kannst du mir heute eine richtige Massage geben. Deine Hände sind so stark! Das Geld, das ich in letzter Zeit für Massagen aus dem Fenster geworfen habe, hätte ich lieber dir geben sollen! Während ich sie massierte, hatte sie die Augen zu und lobte unaufhörlich meine Hände. Ich bin schon spät dran, sagte ich schließlich. Mach dir keine Sorgen, murmelte sie nur, ich geb dir einen Haufen Geld. – Es geht nicht um Geld, sagte ich. Es geht immer um Geld, Shano. Alles andere ist wertlos. An diesem Tag gab sie mir zwanzig Rupien und sagte: In zwei Tagen machen wir das noch mal.

Meine Hände sind anscheinend ganz von selbst so talentiert, nicht mal Ma habe ich jemals eine Massage gegeben. An diesem Tag hab ich viel über das, was die Brillenschlange gesagt hatte, nachgedacht. Und darüber, dass sie sich nicht vor mir geniert. Ich wollte Ma von der Sache erzählen, aber ich hatte Angst, sie könnte sauer werden und mir die Arbeit dort verbieten. Dann wäre das Geld knapp geworden. In dieser Zeit trank Bapu noch sehr viel. Er war ständig krank. Manchmal stahl ich ein wenig Geld für ihn von Ma. Diese zwanzig Rupien hab ich auch Bapu gegeben. Wenn ich ihm Geld gab, sah er mich immer an, als wäre er nicht mein Bapu, sondern ein dahergelaufener alter Bettler. Ich guckte weg. Mein Hals war zugeschnürt.

Zwei Tage später sollte ich die Brillenschlange wieder massieren. Der Sahib war nicht zu Hause. An diesem Tag klingelte während der Massage pausenlos das Telefon. Sie lag auf dem Bauch. Ich weiß nicht, wie und in welcher Sprache sie telefonierte, aber es beeindruckte mich, dass sie so viele Sprachen konnte. Ich hätte sie am liebsten gefragt, warum sie sich die Achselhaare nicht wegmachte. Die Massage war halb vorbei, da kam der Sahib nach Hause. Er klopfte nicht an. Der Riegel war innen nicht vorgeschoben, und er hatte sicher einen Schlüssel. Als ich ihn sah, sprang ich sofort auf, aber die Memsahib griff nach meiner Hand und zog mich wieder zu sich runter. In der anderen Hand hatte sie das Telefon. Der Sahib sah zu, wie ich die Memsahib massierte, und strahlte übers ganze Gesicht. Die Memsahib brach ihr Telefongespräch ab und rief mit gespielt wütender Stimme: Was stehst du da rum und glotzt? Hast du mich etwa noch nie so gesehen? Geh schon, mach deine Arbeit. Hau ab! Sonst … Ich schaute auf, und obwohl ich den Sahib nicht direkt ansah, bemerkte ich, dass er lächelte. Keine Ahnung, wie ich das machte. Am liebsten hätte ich die Massage abgebrochen und wäre weggelaufen. Da sagte die Memsahib: Komm schon, Kleine. Warum hörst du auf? Mach deine Arbeit und kümmer dich nicht um den Sahib. Er war auf Dienstreise und ist müde. Später massier ich ihn. Als der Sahib das hörte, kicherte er: Als ob du massieren könntest! Das übernimmt ab jetzt besser Shano! Dann ging er hoch. Der Sahib hat recht, sagte die Memsahib, ich bin keine gute Masseuse, deshalb geht er in einen Salon, denselben wie ich. Wir schmeißen das Geld nur so zum Fenster raus! Warum das nicht ab jetzt dir geben? Dann bist du glücklich und wir auch. Außerdem kannst du ganz umsonst üben. Ist dir noch gar nicht aufgefallen, dass die Massagesalons in letzter Zeit nur so aus dem Boden sprießen? Du wirst mal eine großartige Masseuse, deine Hände sind jetzt schon Gold wert! Ich übertreibe nicht! Wenn wir dich weiterempfehlen, fliegen dir die Aufträge nur so zu. Dann wirst du reich, deine Bilder sind in den Zeitungen, im Fernsehen … Sie redete immer weiter. Bei dem Gedanken, der Sahib könnte die Treppe runterkommen, klopfte mein Herz wie wild. Ich weiß nicht, was passiert wäre, wenn ich mich in diesem Moment nicht entschieden hätte, abzuhauen. Memsahib, murmelte ich, ich muss heute früher als sonst nach Hause. Wenn ich mich verspäte, kommt Ma mich holen.

Das war gelogen.

Ab und zu muss ich einfach die eine oder andere Notlüge erfinden. Nicht nur ich, jeder. Wenn Mrs Varma sich über Lügen aufregt, werde ich deshalb immer rot. Sie hat nicht nur einen Putz-, sondern auch einen Wahrheitstick. Ma sagt, Lüge ist nicht gleich Lüge. Manchmal muss man ein wenig flunkern, sogar die Frommsten und Größten. Zum Beispiel kann es doch nicht schlimm sein, wenn man lügt, um sein Leben oder das Leben von jemand anders zu retten. Könnte Lügen manchmal nicht sogar besser sein? Wenn ich lüge, dann immer aus Angst. Oder einfach so, ohne nachzudenken. Manchmal hab ich Angst, mir das Lügen anzugewöhnen.

Ma meint, man soll sich nichts angewöhnen, und dann sagt sie: Ach, was rede ich, sogar Tiere haben ihre Bräuche!

Es gibt einen Unterschied zwischen Angewohnheit und Sucht. Es muss einen geben. Auch zwischen Angewohnheit und Laster. Schlechte Angewohnheiten nennt man Laster.

Kundan hat ein Laster: Lügen. Aber vielleicht hat er sich dieses Laster auch nur aus Angst angewöhnt.

Wie auch immer. Wer weiß, was passiert wäre, wenn ich mich an diesem Tag nicht mit einer kleinen Notlüge gerettet hätte. Als ich Ma erwähnte, gab die Memsahib nach: Wenn das so ist, dann geh jetzt. Wir reden ein anderes Mal. Und sie zog zwanzig Rupien unter ihrem Kopfkissen hervor und steckte sie mir zu. Ich stand schon in der Tür, als der Sahib mit nichts als einem roten Handtuch um die Hüften die Treppe runterkam. Komm her, Darling!, hörte ich die Memsahib noch rufen.

Wenn ich zu dieser Zeit schon Tagebuch geschrieben hätte, hätte ich Paro und Urmila vielleicht gar nichts von der Geschichte erzählt. Zuerst erzählte ich es Paro und dann, auf Paros Drängen, Urmila. In jeder Suppe findet sich ein Haar, sagten sie. Urmilas Rat war, die Arbeit bei der Brillenschlange aufzugeben und mich nie mehr dort blicken zu lassen. Auf das Geld der letzten paar Tage sollte ich einfach verzichten. Paro, die Ärmste, sagte gar nichts, aber Urmila nahm kein Blatt vor den Mund: Die beiden kommen mir reichlich verdächtig vor. Die sind niemals verheiratet! Eine Ehefrau würde ihr Dienstmädchen doch nicht beauftragen, ihren Mann zu massieren! Sie redete immer weiter, wusste alles besser, und ich hatte den Eindruck, sie hält mich und meine Schwester für dumm und naiv. Ihr habt ja keine Ahnung, was in dieser Stadt so abgeht!, rief sie, diese Massagegeschäfte sind Verbrechernester übelster Sorte, Massage ist heutzutage nur ein anderes Wort für Gaunerei. Diese Brillenschlange und ihr Mann gehören garantiert zu einer Verbrecherbande! Oder sie sind Zuhälter! Verführen wollen die dich mit ihrem Geld, Shano! Bei ihren Gaunereien sollst du mitmachen! Nimm dir meine Worte zu Herzen und geh nicht mehr dahin, ja? Außer natürlich, du willst mit solchen schmierigen Geschäften reich werden …

Sie redete sich richtig warm und tischte uns lauter Gerüchte auf, als wäre sie selbst dabei gewesen. Es lief mir kalt den Rücken runter. Schließlich hielt ich mir die Ohren zu und rief: Okay, okay, ich versprechs! Ich lass mich dort nie wieder blicken!

Ein paar Tage später ging im gesamten Sektor rum, dass die Brillenschlange und ihr Mann mit drei Monatsmieten Rückstand durchgebrannt waren, die Polizei hinter ihnen her ist und ihre Wohnung ein einziges Verbrechernest war.

Da begann meine Freundschaft mit Urmila. Zwei Jahre sind vergangen, und immer noch bringt sie diese Sache gelegentlich auf, um mich zu erinnern, was mit mir passiert wäre, wenn sie mich nicht gerettet hätte. Ma spricht das Thema auch manchmal an: Drei Monate hast du bei diesen Gaunern gearbeitet und nichts bemerkt! Dann lenkt sie ein: Na gut, damals warst du ja noch ein Kind. Ich war zwar ziemlich jung, aber ein Kind war ich nicht mehr. Wie hätte ich Ma gestehen können, was dort passiert ist und was vielleicht passiert wäre, wenn Urmila nicht eingeschritten wäre. Ich überlege immer noch manchmal, es ihr zu sagen, aber dann mach ichs doch nicht. Warum erzählst du mir das erst jetzt?, würde sie schimpfen, was bringt es, zwei Jahre später damit anzukommen? Sie wäre nur sauer und würde womöglich denken, ich verheimliche ihr noch mehr. Jetzt mit der Sache rauszurücken, schadet nur und nützt nicht. Natürlich würde ich ihr sofort erzählen, wenn noch mal so was passiert. Lalita hat sicher auch von der Brillenschlange gehört, sie kennt alle Gerüchte. Vor zwei Jahren kannte ich Lalita noch nicht. Komisch, dass nie wieder eine Memsahib mich gebeten hat, sie zu massieren. Was würde ich machen, wenn Mrs Varma mich eines Tages darum bittet? Es wäre schwer, Mrs Varma was abzuschlagen. Bei der Fetten würde ich niemals Ja sagen. Und wenn der Zeitungssahib eines Tages zu mir sagt: Hör mal, Shano, meine Beine schmerzen so, massier sie doch ein wenig … Würde ich das machen? Und würde ich es Ma erzählen? Der Sahib käme niemals auf die Idee, aber was, wenn doch? In Bapus letzten Tagen hab ich manchmal seine Beine massiert, einfach so. Dann wurden seine Augen ganz feucht vor Rührung. In den letzten Tagen waren Bapus Beine spindeldürr.

Ich weiß nicht, wo die Brillenschlange und ihr Mann jetzt sind. Bestimmt nicht im Gefängnis. Gebildete Leute gehen nicht in einen normalen Knast. Gefängnisse sind nur für Leute wie uns. Wenn ich ihnen ins Netz gegangen wäre, wäre jetzt wahrscheinlich ich im Gefängnis. Kundan wird bestimmt irgendwann eingebuchtet. Soll ich Urmila bitten, ihm eine Standpauke zu halten? Aber warum ausgerechnet Urmila? Wieso sollte er auf sie hören? Der lässt sich doch von niemandem was vorschreiben.

Ich hab heute meinen Eintrag von gestern noch mal gelesen. Wie hab ich es geschafft, so viel zu schreiben? Und warum macht Schreiben mich so glücklich? Es bringt doch gar nichts, selbst, wenn ich mein Tagebuch jemandem zum Lesen gebe, würde es nichts bringen. Na ja, wenn jemand sagt, ich schreibe gut, würde ich mir schon mächtig was drauf einbilden. Jeder wird gerne gelobt. Aber mich lobt keiner. Verrückt, würden sie sagen, das Mädchen ist vollkommen verrückt! Und irgendwie stimmt das auch. Herzensdinge sollten im Herzen bleiben. Wenn Mrs Varma mich nicht auf diese Tagebuchschreiberei gebracht hätte, wäre auch alles noch dort. So wie vorher, bevor ich Tagebuch geschrieben habe. Damals sind mir manche Dinge gar nicht erst in den Kopf gekommen. Und wenn doch, ist es mir nicht aufgefallen. Seit ich schreibe, gehen mir neue Gedanken durch den Kopf. Wie neue Träume.

Gestern hab ich ein paar Sachen falsch aufgeschrieben, ein paar hab ich auch weggelassen. Die Sache mit der Brillenschlange ist nicht zwei, sondern drei Jahre her. Sogar ein, zwei Monate mehr. Nach der zweiten Massage hat die Brillenschlange mir nicht zwanzig, sondern fünfzig Rupien gegeben. Das Geld hat sie nicht unter ihrem Kopfkissen, sondern aus einer Schublade von ihrem Ankleidetisch geholt. Während der Massage hatte sie die Augen zu, und irgendwann fing sie plötzlich an zu stöhnen: Oh, oh! Ich wurde knallrot. Der Sahib hatte sich kein rotes, sondern ein weißes Handtuch umgewickelt. Und er lächelte nicht nur, er zwinkerte mir auch zu. Nachdem die beiden verschwunden waren, kam die Polizei zu uns nach Hause. Zum Verhör. Sie stellten mir ein paar Fragen, Ma war dabei. Manche Fragen waren wirklich ekelhaft. Mir schoss das Blut in den Kopf. Von den Massagen hab ich nichts erzählt. Ich hab nur gesagt, dass das Telefon dauernd klingelte. Sie haben immer wieder gefragt, von wo die Anrufe kamen. Weiß nicht, hab ich geantwortet. Sie haben gesagt, ich lüge. Am Ende wollten sie mich mit aufs Polizeirevier nehmen, um mich dort weiter zu verhören. Ich weinte. Sie waren zu dritt. Einer von ihnen war alt und dumm. Ich tat ihm leid. Wenn du nicht mit aufs Revier willst, musst du uns hier die ganze Wahrheit sagen, sagte er. Da explodierte Ma. Sie hat doch schon alles gesagt, verdammt noch mal!, schrie sie, was soll sie denn noch sagen? Und dann zu mir: Geh mal nach draußen, Shano, ich will allein mit ihnen reden. Ich lief weinend raus. Später erzählte Ma, die korrupten Bullen haben erst nachgegeben, als sie sie bestochen hat.

Gestern hab ich auch nicht geschrieben, dass die Brillenschlange mir ohne Klamotten ganz schön dick vorkam. Dick und unförmig. Und als der Sahib die Treppen runterkam, sah er aus wie ein wildes Tier, sein ganzer Körper war voller schwarzer Haare. Als ich zu ihm hochschaute, riss er das weiße Handtuch auf. Ich rannte raus.

Warum hab ich das gestern nicht aufgeschrieben? Ich weiß nicht. Und ich weiß auch nicht, was jetzt noch fehlt. Irgendwas hab ich bestimmt vergessen.

Ab morgen koche ich für Mrs Varma und den Zeitungssahib. Gestern, als ich bei Mrs Varma war, um meinen Lohn zu holen, nahm sie mich zur Seite. Hör mal, Shano, wenn du Zeit hast, kannst du ab jetzt bei mir putzen und kochen. Mach einfach so viel Essen, dass es fürs Mittag- und Abendessen reicht. Einverstanden?

Mrs Varma redet nie um den heißen Brei rum. Und was ist mit dem Mädchen, das jetzt für Sie putzt? Und dem Jungen, der hier das Essen kocht?, fragte ich, was passiert mit denen?

Bei Mrs Varma bin ich auch nicht schüchtern.

Sie haben beide einen anderen Job bekommen. Deshalb sag ich dir Bescheid. Und weil du die Arbeit mit Billu nicht mehr hast, deshalb auch.

Ich verstand. Billus Oma wollte mir sagen, dass sie wegen mir keinen rausgeschmissen hat und mir helfen will. Früher hab ich schon mal bei Mrs Varma geputzt, aber aufgehört, weil ihr Putztick mir zu viel wurde. Deshalb wunderte ich mich, dass sie mir plötzlich sogar anbot, für sie zu kochen. Normalerweise lassen die Leute aus den Wohnungen nicht die gleichen Bediensteten für sie putzen und kochen. Sie glauben, dass die Putzhilfen unsauber sind und ihre Hände und Klamotten dreckig. Wahrscheinlich hat Mrs Varma gesehen, wie blitzblank meine immer sind. Früher war ich da nachlässiger. Jetzt hab ich mich entschlossen, bei Kleidung und Seife nicht mehr zu sparen. Ma achtet seit ein paar Jahren auch mehr auf ihre Kleidung. Sie sagt, man wird nicht gut behandelt, wenn man unsaubere Kleidung trägt. Gut behandelt werden Dienstmädchen und andere Bedienstete ohnehin selten, und wenn doch mal jemand nett zu uns ist, kommt es meistens nicht von Herzen. Wenn wir uns zu sehr rausputzen, fragen die Memsahibs sich sofort, woher wir das Geld nehmen, und werden misstrauisch. Am liebsten mögen sie verwahrloste Dienstmädchen in alten, zerfetzten Lumpen. Aber ich trage ihre abgedienten Fetzen nicht. Wahrscheinlich denken sie deshalb, ich bin eingebildet. Vielleicht findet sogar Mrs Varma das. Und der Zeitungssahib. Nein, der nicht. Wahrscheinlich fällt ihm gar nicht auf, was ich anhab. Die Fette denkt garantiert so über mich. Die Bengalin vielleicht. Aber in letzter Zeit denkt sie wohl nur noch an Jharna.

Ich weiß nicht, was in mich gefahren ist, aber nachdem ich Mrs Varma zugesagt hatte, bin ich direkt zum Zeitungssahib. Ich war vorher noch nie am Abend dort. Es war nie nötig gewesen. Heute auch nicht. Das, was ich ihm sagen wollte, hätte auch bis morgen warten können, aber ich war so aufgekratzt, ich wollte es sofort wissen. Er war überrascht, mich zu sehen. Was ist los, Shanti?, fragte er.

Die Sache ist die: Ab morgen mache ich bei Ihnen nicht nur die Putzarbeiten, sondern koche auch. Ich kann so viel kochen, dass es fürs Mittag- und Abendessen reicht. Mittags bekommen Sie das Essen heiß und frisch serviert, und abends machen Sie es sich selbst warm oder essen es kalt, wie Sie wollen. Und wegen dem Geld machen Sie sich keinen Kopf. Geben Sie mir, was Sie wollen, und ich bin zufrieden. Und jetzt lassen Sie hören, sind Sie einverstanden? Ach ja, und wenn Ihnen mein Essen nicht schmeckt, sagen Sies einfach, und vom nächsten Tag an bin ich wieder nur die Putzhilfe.

Während ich diese ganzen langen Sätze in nicht mehr als einem Atemzug runterratterte, hielt ich die ganze Zeit den Kopf gesenkt, wie ein Schulmädchen, das eine Geschichte oder ein Gedicht vorträgt. Als ich ausgeredet hatte, fühlte sich mein Mund plötzlich ganz trocken an, ich blieb mit gesenktem Kopf stehen, wie ein Dummkopf, dem ein falsches Wort rausgerutscht ist und der nun brav auf seine Strafe wartet.

Da hörte ich die leise Stimme vom Zeitungssahib: Einverstanden.

Namaste, rief ich und war schon zur Tür raus.

Keine Ahnung, woher ich den Mut nahm. Aber ich weiß, dass ich mich darauf freue, den Sahib ordentliche Mahlzeiten essen zu sehen. Ich hatte immer Angst, seine Ernährung macht ihn noch mal krank. Wenn Mrs Varma mich nicht gebeten hätte, für sie zu kochen, hätte ich nie den Mumm aufgebracht, den Zeitungssahib zu fragen.

Ich hab Ma alles erzählt. Sie war überrascht, aber nicht sauer. So genau hab ich ihr meinen Auftritt nicht beschrieben. Vielleicht hat sie gedacht, die Idee kam vom Sahib.

Hab ich Ma also schon wieder angelogen?

Dann war ich zu spät bei der Fetten. Beim Zeitungssahib fühl ich mich immer so wohl, dass ich keine Lust hab zu gehen. Niemand funkt mir dazwischen. Der Sahib ist in seine Arbeit vertieft, ich in meine. Er stört mich nie. Nie sagt er: Verschwende nicht so viel Wasser! Nie: Mach nicht so einen Krach!, Spritz nicht so!, Benutz nicht so viel Öl!, Mach nicht so viel Chili ins Essen!, Der Tee schmeckt nicht! Ich erledige jetzt alle Arbeiten für den Sahib. Früher hab ich seine Kleidung nicht gewaschen, jetzt mach ich auch das. Jeden zweiten Tag. Er sagt immer: Wasch nur zweimal die Woche, das reicht! – Lassen Sie das meine Sorge sein, antworte ich. Ich schimpfe mit ihm, als wäre er mein Vater. Ein echter Vater. Er nimmts mir nicht übel. Manchmal lächelt er. Als wollte er sagen: Tolles Mädchen! Mein Essen schmeckt ihm. Er sagt nichts, aber ich sehs ihm an. Seit ein paar Tagen glänzt sein Gesicht ganz gesund. Seit ich für ihn koche, frühstücke ich dort. Er hat es mir vorgeschlagen. Früher hab ich nur einen Tee bei ihm getrunken und ein paar Kekse gegessen, aber jetzt gönne ich mir ein richtiges Frühstück. Mittags hab ich dann gar keinen Hunger mehr. Hör mal, Shano, sagte er, ich habe auf dich gehört, jetzt hör du auch auf mich und iss dein Frühstück hier! Und es fühlte sich gar nicht so an, als sei er der Sahib und ich das Dienstmädchen. Sahib, ich esse doch morgens zu Hause, sagte ich, so schnell bekomme ich nicht wieder Hunger. – Dann komm ab jetzt eben mit leerem Magen und iss hier, ob du Hunger hast oder nicht. Er war so fest entschlossen, dass ich lachen musste. Dann ging er in sein Zimmer. Er spricht sehr wenig, und er bleibt nie lange bei mir stehen. Die ganze Zeit arbeitet er, oder er liegt auf dem Sofa und schaut fern. Die ganze Zeit, damit meine ich, solange ich da bin. Wenn ich weg bin, geht er sicher zur Arbeit. Und am Abend kommen vielleicht ab und zu Freunde zu Besuch. Während ich da bin, klingelt immer zwei-, dreimal das Telefon. Normalerweise telefoniert er nicht lange. Wenn ich das Essen auf den Tisch stelle, lässt er nie lange auf sich warten. Den Tisch zu decken, hab ich von ihm gelernt. Na ja, vielleicht nicht gelernt, aber beim ersten Mal hat er alles hingestellt, und ich hab zugesehen. Jetzt lass ich nicht mehr zu, dass er es macht. Ich decke den Tisch immer exakt so wie er beim ersten Mal. Wenn jemand, während er isst, ein Gespräch anfängt, dann immer ich. Fehlt Salz oder was anderes? Er macht nur ein Handzeichen – alles okay! Während ich koche, vergesse ich manchmal, dass ich noch zur Fetten muss.

Nach dem Essen steht er auf und bringt seinen Teller und das andere Geschirr selbst in die Küche. Ich sage ihm jeden Tag, er soll das lassen, aber er hört nicht auf mich. Die ersten Male rief er, als er sich gesetzt hatte: Setz du dich auch mit an den Tisch und iss, ja? Ich wurde rot. Wie soll das gehen? Dann kann ich Ihnen doch die Chapatis nicht heiß und frisch servieren! Schließlich gab er nach, aber bis heute sagt er jeden Tag nach dem Essen: Das Geschirr kann warten, iss jetzt erst! – Ich mag kaltes Essen, lüge ich. Es gefällt mir zwar, dass er immer wieder damit anfängt, aber Essen kommt bei mir trotzdem erst nach dem Abwasch. Und dann mache ich noch schnell mein schmutziges Geschirr. Zum Essen sitze ich in der Küche, aber nicht auf dem Boden, sondern auf einem Barhocker. Das ist mein Platz, dort esse ich. Den Teller stelle ich auf die Arbeitsplatte aus Marmor. Ich benutze die gleiche Sorte Teller wie der Sahib. Eines Tages wird der Sahib sagen: Hör mal, Shano, warum setzt du dich zum Essen nicht an den Tisch? – Ich esse gerne in der Küche, lüge ich dann. Bevor ich gehe, rufe ich: Sahib, ich geh jetzt. – Gut!, ruft er manchmal von oben zurück. Manchmal kommt er auch die Treppe runter: Hast du auch ordentlich gegessen? Ich mag es, wenn er das fragt.

Denkst du oft an deinen Bapu?, fragte er heute. Da kam die Erinnerung an Bapu plötzlich mit so einer Wucht, dass meine Augen brannten. Ich murmelte etwas Unverständliches und rannte raus ins Treppenhaus, die Treppe runter.

Als die Fette mich sah, schrie sie sofort los. Ich hörte eine Weile stumm zu, dann sagte ich: Memsahib, zahlen Sie mich bitte aus, und suchen Sie sich jemand anders.

Da flippte sie völlig aus: So eine Frechheit! Für wen hältst du dich eigentlich? Wir meinen es nur gut, aber das steigt euch ja gleich zu Kopf! Was hab ich denn gesagt? Nur, dass du nicht zu spät kommen sollst! Du hast wirklich überhaupt keinen Anstand. So mit seinen Arbeitgebern zu sprechen! Und jetzt guckst du mich auch noch schief an! Unverschämt! Wenn du nicht sofort den Blick senkst …

Sie keifte und keifte. Ich drehte mich um, öffnete die Tür und ging. Ich war schon auf der Treppe, als die Wohnungstür oben noch mal aufging. Was nimmst du dir raus, du schamloses Ding!, hörte ich die Fette brüllen, drehte mich aber nicht mal um.

Bano saß ganz allein unter dem Niembaum. Ich setzte mich dazu. Sie aß etwas aus einer Zeitungspapiertüte. Widerwillig. Sie hielt mir die Tüte hin. In dem Reis waren eitrig gelbe Brocken. Ich schüttelte den Kopf, und Bano warf die Tüte weg. Ein Hund kam herbeigelaufen und riss gierig daran.

Alte Linsen, abgestandener Reis, sagte Bano leise. Bestimmt hatte irgendeine ihrer Memsahibs ihr die Tüte gegeben. Jemand wie die Fette. Von der hatte ich ihr gerade erzählen wollen, ließ es nun aber. Bano würde das nicht verstehen. Außerdem zieh ich nicht gerne über meine Memsahibs her. Was bringt das? Die Fette wird ein anderes Dienstmädchen finden, ich ein anderes Haus. Kein Dienstmädchen arbeitet ewig im selben Haus. Die Memsahibs halten es nicht lang mit ihren Dienstmädchen aus. Und die Dienstmädchen müssen sich dauernd den Schwachsinn ihrer Memsahibs anhören. Alle Memsahibs reden Müll. Manche mehr, manche weniger. Die Männer quatschen nicht so viel. Dafür sind sie hinter den Dienstmädchen her. Wahrscheinlich gibt es auch ein paar, die gierig gucken und dazu noch viel quatschen! Vielleicht sogar ein paar Dienstmädchen, denen dieses gierige Geglotze gefällt. Aber ob es ihnen nun gefällt oder nicht, hinnehmen müssen es alle. Alle Memsahibs haben Angst, ihre Dienstmädchen könnten ihnen die Männer ausspannen. Alle Dienstmädchen wissen, die Ehemänner und Söhne benehmen sich, sobald sie die Gelegenheit bekommen, daneben. Alle Sahibs halten es für ihr Recht, ihre Dienstmädchen zu belästigen. Einige Dienstmädchen ergreifen womöglich sogar die Initiative. Die Männer aller Dienstmädchen glauben, ihre Frauen bändeln mit den Sahibs an. Bapu hat das immer Ma unterstellt. Als Paro und ich klein waren, hat er sie geschlagen und als Hure beschimpft. Du gehst nicht arbeiten, sondern anschaffen!, schrie er. Urmila sagt, ihr Mann macht auch jeden Abend so ein Theater. Ma glaubt, kein Dienstmädchen hat einen Mann, der sie nicht für eine Hure hält. Paros Mann dreht sich auf der Straße nach jeder Frau um, aber rastet aus, sobald Paro auch nur Kundan anlächelt. Und Kundan ist auch nicht besser. Er treibt sich in irgendwelchen zwielichtigen Absteigen rum, aber vergisst nie, mich zu ermahnen, sobald er mal nach Hause kommt: Wenn mir was Unanständiges über dich zu Ohren kommt, reiß ich dich in Stücke! Früher hatte ich Angst vor ihm, aber jetzt halte ich seinem Blick stand und schimpfe zurück: Was glaubst du eigentlich, wer du bist? Wenn du nicht aufpasst, reiß ich dir gleich den Kopf ab, du Nichtsnutz! – Hört auf, ihr Hitzköpfe, versucht Ma, uns zu beruhigen, ihr seid doch Bruder und Schwester, keine Feinde, keine Eheleute. Benehmt euch! Das lässt mich verstummen, aber Kundan macht weiter. Über sein Meckern ärgert Ma sich nicht so sehr wie über meins. Söhne reden immer so, sagt sie, Töchter müssen aufpassen, was sie sagen.

Gerade war ich noch bei Dienstmädchen und Sahibs, und jetzt hab ich mich plötzlich in die Unterschiede zwischen Töchtern und Söhnen verwickelt.

Ich schreibe alles auf, was mir in den Sinn kommt. Manchmal hab ich den Eindruck, dass nicht ich schreibe, sondern alles wie von selbst aus mir rausfließt. So wie einem manchmal, wenn man redet, etwas rausrutscht. Oder wie man aus dem Mund mancher Leute ihre Mutter sprechen hört. Wie Geister den Verstand von manchen Menschen verschleiern. Wie manche Frauen Anfälle bekommen. Wie einige Verrückte wirr vor sich hinfaseln.

Das, was ich hier über die Memsahibs und Sahibs geschrieben habe, trifft nicht auf Mrs Varma und den Zeitungssahib zu.

Zu jeder Regel gibt es eine Ausnahme.

Alle bedeutet nicht alle.

Ich konnte zwar nicht mit Bano über diese Sache reden, aber sie merkte trotzdem, dass was nicht stimmte. Immer wieder hakte sie nach: Arbeitest du heute nicht? Die ersten zwei-, dreimal antwortete ich nicht, aber schließlich sagte ich: Nein, heute nicht. –

Wo wohnst du eigentlich?, fragte ich dann. In einem verdreckten Slum, sagte sie. Ich musste lachen. Bano ging, ich blieb noch sitzen. Eine Weile später kam das Mädchen aus Kerala. Sie hatte sich noch nicht richtig hingesetzt, da fing sie schon an, über eine ihrer Memsahibs herzuziehen.

Alle Dienstmädchen schimpfen nur über ihre Memsahibs, nie über deren Männer, wahrscheinlich, weil sie mit den Frauen mehr zu tun haben. Die Männer bleiben meist im Hintergrund und planen ihre nächste Anmache. Das Gekreische der Frauen geht den meisten Dienstmädchen mehr auf die Nerven als die Annäherungsversuche der Männer. Das, und das Misstrauen. Alle Memsahibs halten ihre Dienstmädchen für Diebe. Diebe und Schlitzohren. Sie glauben, die Dienstmädchen reiben ihnen Staub in die Augen und nehmen ihnen alles weg, ihr Haus, ihren Mann, alles.

Ich bin müde. Den Rest schreib ich morgen auf. Jetzt muss ich erst mal schlafen. Hoffentlich erscheint mir nicht die Fette im Traum!

Ich bin nicht mehr zur Fetten gegangen, um mein Geld zu holen. Stattdessen hab ich Ma geschickt. Die Fette hat das Geld rausgerückt, aber erst nachdem sie ihrer Wut Luft gemacht hatte. Sie ließ sich über meine Dreistigkeit, meine Schlechtigkeit und meine Arroganz aus. Sie sagte Ma, mein Verhalten ist inakzeptabel. Dass ich mit dem Kopf in den Wolken schwebe. Sie fragte, warum ich so lange im Haus vom Zeitungssahib bleibe, dafür muss es doch einen Grund geben. Wenn sie kommt und sich bei mir entschuldigt, fügte sie schließlich hinzu, geb ich ihr noch eine Chance. Und dann riet sie Ma: Ach ja, und besser, du verheiratest sie schnellstmöglich mit irgendeinem braven Kerl, sonst wirds dir bald leidtun. Ma hörte sich alles schweigend an und nickte hin und wieder zustimmend. Wenn ich einen Streit mit ihr vom Zaun gebrochen hätte, hätte sie das Geld nie rausgerückt, sagte sie. Sie ist stolz auf ihre Schlauheit. Ich bin auch froh, dass wir kein Geld verloren haben und ich die Fette los bin. Jetzt kann ich mir beim Zeitungssahib Zeit lassen. Ich mach ihm nun das Frühstück und das Essen. Und ich kann mich trotzdem noch in Ruhe hinsetzen und was lesen. Selbst wenn es nur Zeitungen sind. Er bekommt auch Hindi-Zeitungen ins Haus, und Zeitschriften. Wer weiß, vielleicht les ich noch diese beiden Bücher, wie hießen sie noch gleich? Ach ja, »Das Hemd des Dienstboten« und »Kalyani«.

Ich hab dem Sahib erzählt, dass ich nicht mehr bei der Fetten arbeite. Er hörte zu und lächelte. Sein Lächeln erinnert mich an Bapus Lächeln. Bapu lächelte nicht oft, aber ich mochte sein Lächeln sehr. Er sah nicht übel aus. Nachdem ihm die Zähne ausgefallen waren, ähnelte er Gandhi. Dein Bapu hatte viele schlechte Angewohnheiten, aber er war kein schlechter Mensch, hat Ma gesagt. Ich glaub, Ma hat Bapu verziehen. Bestimmt denkt sie manchmal an ihn. Wer weiß, vielleicht weint sie sogar.

Wie bekommt man schlechte Angewohnheiten? Ich meine, wieso gehen diese Angewohnheiten nicht weg?

Wie kann ich mich vor so was schützen? Wahrscheinlich gar nicht. Kundan hat es jedenfalls nicht geschafft.

Meine Freundinnen, die ich immer unter dem Niembaum treffe, haben mitbekommen, dass ich bei der Fetten aufgehört hab. Die Fette hat das Mädchen aus Kerala und die Kleine aus Madras gefragt, ob sie für sie arbeiten wollen, aber beide haben abgelehnt. Keine Zeit, haben sie gesagt.

Die Fette ist bestimmt sauer. Wahrscheinlich denkt sie, ich halte die anderen zurück. Aber ich hab nichts gesagt. So hinterhältig bin ich nicht. Die Fette würde den Job niemals Lalita anbieten. Bano auch nicht. Eine ist aus einer unteren Kaste, die andere ist Muslimin. Die Fette ist total besessen von solchen Dingen. Das große Mädchen aus Madras würde sie auch nie fragen. Ihre Haut ist zu dunkel. Sie putzt nur bei Familien aus Madras, und die wohnen alle sehr weit voneinander entfernt. Die Arme ist total viel unterwegs. Meine Sandalen sind schon ganz durchgelaufen, sagt sie, und dann muss ich mir noch ihr Gekeife anhören, weil ich immer zu spät komme, ich hab keine Uhr. Und wenn ich eine hätte, würde ichs trotzdem nicht auf die Reihe kriegen, pünktlich zu kommen. Ich bin nicht so gut organisiert wie ihr. Nicht mal rechnen kann ich. Alle hauen mich übers Ohr! Die Große aus Madras ist die Unschuldigste von uns. Und die Dunkelste. Ich mag, wie ihre dunkle Haut glänzt.

Jetzt muss die Fette sich irgendeinen schäbigen männlichen Bediensteten suchen, sagte Urmila und lachte, ein Dienstmädchen wird sie wohl kaum auftreiben. Urmila hat auch bei ihr aufgehört. Sie hatte die Nase voll von ihrem dauernden Gemecker, genauso wie ich. Bösartig ist die Fette eigentlich nicht, sagt sie, aber ihre Zunge!

Der eine hat eine böse Zunge, der andere schlechte Angewohnheiten. Es muss doch auch ein paar Menschen geben, die durch und durch bösartig sind. Nicht nur ein paar. Viele. Tausende. Vielleicht Zehntausende. Die Welt ist voller Bösewichte. Aber ich hab bis jetzt noch keinen getroffen. Sogar Jija ist wahrscheinlich kein verdorbener Mensch, nur seine Blicke sind unanständig. Kundan ist nicht gemein, nur sein Verhalten. Die Welt ist nicht schlecht, nur die, die darauf leben. Unser Dorf ist nicht übel, nur sein Geruch.

Ich sollte manchmal über unser Dorf schreiben. Ein bisschen schreibe ich ja darüber, aber ich sollte mehr schreiben. Klar, ich verbringe den ganzen Tag in den Wohnungen und unter dem Niembaum, aber mein Haus ist in dem Dorf, und dort verbringe ich die Nacht. Es ist eigentlich gar kein Haus, sondern eine Hütte. Hütte ist das richtige Wort, besser als eine Blechbude ist es allemal. Der Name von unserem Dorf ist nicht schlecht: Bishangarh. Zu einer anderen Zeit war es sicher mal ein richtiges Dorf, jetzt ist es zu einem stinkenden, kleinen Slum geworden. Seit die Ärztin hier ihre Abtreibungsklinik eröffnet hat, kommen Leute von überall her. Die Ärztin nimmt nicht viel Geld. Urmila meint, sie nennt sich bloß Ärztin, in Wirklichkeit ist sie eine Hebamme, die außer dieser Art von Arbeit nichts kann.

Seit die Ärztin hier ist, hab ich Angst, selbst irgendwann mal zu ihr zu müssen. Nur Leute wie wir gehen dahin. Lalita sagt, alle Frauen aus ihrer Kaste kennen den Namen von der Ärztin. Ich weiß auch, wie sie heißt, aber für mich bleibt sie die Abtreibungsärztin. Ab und zu hat sie vielleicht auch mal andere Patienten. Sie starrt mich immer so an, als denkt sie: Dieses Mädchen landet auch noch mal bei mir! Einmal habe ich sie rauchen sehen. Da hab ich auch Lust auf eine Zigarette bekommen. Wenn ich mich mit so zwielichtigem Gesindel abgeben würde wie Kundan, würde ich mir bestimmt ganz schnell genauso viele Laster einfangen wie er. Irgendwann frage ich die Ärztin: Frau Doktor, sind Sie eine echte Ärztin oder eine falsche? Dann wird sie rot und flucht drauflos, auf Englisch. *Shut up!,* rufe ich. Wo hast du denn Englisch gelernt?, sagt sie erstaunt.

Wenn die Fette einen Bediensteten findet, hält der es bestimmt auch nicht lange bei ihr aus. Es ist schwierig geworden, Bedienstete zu finden. Mir kanns sowieso egal sein, ob sie jemanden findet oder nicht. Männliche Bedienstete sind eingebildeter als weibliche. Sie bekommen mehr Geld. Und sie essen mehr. Sie betrügen mehr. Sie sind gefährlicher. Dienstmädchen werden aber auch für gefährlich gehalten. Wenn irgendwo ein Einbruch oder Mord passiert, werden immer zuerst die Dienstmädchen und Bediensteten festgenommen. Ich finde das falsch. Obwohl es schon manchmal vorkommt, dass ein Dienstmädchen oder ein Bediensteter bei so einem Vorfall seine Finger im Spiel hat. Aus Rache oder einfach so.

Außerdem misstrauen die Memsahibs den Dienstmädchen, oder, besser gesagt, sie haben Angst, die Dienstmädchen könnten ihre Männer verführen oder die Männer die Dienstmädchen.

Also bewachen sie sie mit Argusaugen, wenn sie mal was zu erledigen haben und ihre Männer mit dem Dienstmädchen alleine zu Hause lassen müssen, haben sie die ganze Zeit nur eins im Kopf, nämlich was in der Zwischenzeit alles zwischen ihrem Mann und dem Dienstmädchen abläuft. Ich meine, die Männer oder Sahibs zerbrechen sich über die Bediensteten nicht so den Kopf, sie misstrauen ihren Frauen nicht, vielleicht würden sie es eher tun, wenn die Bediensteten jung und schön wären. Auf der anderen Seite brauchen die Dienstmädchen gar nicht jung und schön zu sein, die Sahibs verschonen selbst die älteren, hässlichen und schlecht riechenden Dienstmädchen nicht. Hauptsache sie sind frei zu haben. So ist es mit den Männern, den Schuften!

Urmila sagt immer, alle Männer sind verdorben. Paro sagt, verdorben und impotent. Sie redet dauernd über Impotenz. Ich weiß gar nicht genau, was das ist. Na ja, so ungefähr weiß ichs schon, aber eben nicht genau. Komm schon, natürlich weißt du das!, kichert Urmila, du fragst nur, um uns zum Reden zu bringen! – Shano, sei froh, dass du dich damit noch nicht auskennst, stöhnt Paro, besser, du hörst nichts von dieser Krankheit. Sie ist nämlich unheilbar! Paro sagt, die Hälfte aller Männer ist impotent. Du meinst, alle Männer sind zur Hälfte impotent, verbessert Urmila. Wenn ich frage, was das bedeutet, prusten beide los. Ich muss was darüber lesen. Vielleicht gibt es beim Zeitungssahib oder Mrs Varma ein Buch zu dem Thema. Auf Hindi. Elektrik-Surender ist wahrscheinlich auch impotent. Was juckt mich das? In letzter Zeit kommt er nicht mehr so oft vorbei. Wahrscheinlich hat er eingesehen, dass es nichts bringt. Kann sein, dass er denkt, ich habe mich mit irgendeinem Sahib eingelassen. Jetzt glotzt er mich aus der Ferne an. Warum starren Männer einem so hinterher? Frauen machen das nicht. Frauen wird von Kindheit an eingetrichtert, ihren Blick gesenkt zu halten, erklärt Urmila. Im Moment rede ich viel mit Urmila. Über alles Mögliche. Ich habe ihr auch über diese Träume erzählt, die mich so erregen. Männer haben noch viel öfter solche Träume, sagt sie. Das hat ihr bestimmt ihr Mann erzählt. Wahrscheinlich ist der auch impotent.

Vielleicht hab ich heute Nacht mal wieder so einen wilden Traum. Einen, der mich erregt. Es ist lange her. Tantchen kommt auch bald wieder zu Besuch. Urmila besucht sie nicht jeden Monat. Es ist eine Plage, sagt sie, ohne Tantchen müsste man sich keine Gedanken wegen Kindern machen. Männer sollten die Besuche von Tantchen bekommen und die Kinder zur Welt bringen, schimpft sie, dann würden diese Bastarde mal sehen, wie sich das anfühlt! Aber selbst die Natur ist gegen uns! Urmila und Paro reden viel über Männer. Beide haben die Nase voll von ihren. Manchmal scheint es, als hätten alle Frauen genug von ihren Männern und alle Männer genug von ihren Frauen, aber den Frauen macht das mehr Kummer. Noch hab ich keine Ahnung von diesen Dingen, aber wenn ich heirate, werde ich es am eigenen Leib erfahren. Ich heirate nicht. Was soll ich dann mein ganzes Leben lang machen? Das, was Ma jetzt macht, ohne Bapu. Oder Mrs Varma. Oder der Zeitungssahib.

Jharna ist heute nach Hause gekommen. Keine Ahnung, wo sie gesteckt hat, auf jeden Fall sieht sie gar nicht gut aus! Dünn wie ein Strich und schrecklich blass. Sie kam allein in einem Taxi und hatte nur einen kleinen Koffer dabei. Die Bengalin wirkte eher überrascht als froh, sie zu sehen. Ihr Vater war nicht zu Hause. Als Devi Jharna sah, konnte sie sich zuerst vor Freude kaum halten, beruhigte sich dann aber schnell wieder. Ich hätte auch gern einen Freudentanz veranstaltet, aber Jharna sah so krank aus, dass ich mir stattdessen Sorgen machte. Sie warf mir ein schwaches Lächeln zu, dann fiel sie der Bengalin um den Hals und weinte. Da kamen der Bengalin auch die Tränen. Ich verzog mich zum Putzen nach oben und stieß auf Devi, die dort auch heimlich weinte. Ich schlich auf Zehenspitzen wieder raus, sodass sie mich gar nicht bemerkte. Beim Putzen spukten mir tausend Fragen an Jharna durch den Kopf. Wo sie die ganze Zeit gesteckt hatte, warum sie so abgemagert ist, warum sie weint. Aber am Ende brachte ich nicht den Mut auf, ihr auch nur eine der Fragen zu stellen. Stattdessen löcherte ich sie in Gedanken: Jharna Didi, wo haben Sie so lange gesteckt? Wieso sind Sie krank? Waren Sie bei Ihrem Freund? Jharna Didi, haben Sie ihn heimlich geheiratet? Wie sind muslimische Männer so? Doch nicht zur Hälfte impotent? Jharna Didi, ich hab Sie gern. Einmal hab ich eine Binde von Ihnen geklaut. Sie haben es wahrscheinlich nicht gemerkt. Es macht Spaß, sich solche Unterhaltungen vorzustellen, aber man muss aufpassen, sich nicht zu verplappern. Dann kanns richtig Ärger geben! Heute hab ich mir vorgestellt, Jharna zu fragen: Sie haben sich doch nicht von irgendeiner Ärztin den Bauch ausspülen lassen, oder, Jharna Didi? Wenn ich das gefragt hätte, wäre Jharna fuchsteufelswild geworden. Manche Dinge müssen einfach unausgesprochen bleiben. Die schreibe ich jetzt hier auf. Das ist ein Vorteil von meiner neuen Angewohnheit. Mein Kopf wird frei.

Bei der Bengalin war ich heute im Handumdrehen mit der Arbeit fertig. Ich sollte noch ein Haus dazu nehmen. Es macht keinen Spaß, den ganzen Tag unter dem Niembaum zu hocken. Ich könnte nach Hause gehen und fernsehen, aber da läuft auch immer derselbe Müll. Die gleichen ollen Kamellen und einfallslosen Späße, das gleiche dumme Gewäsch. Ich seh wenig fern. Ma beschwert sich dauernd: Wozu haben wir uns eigentlich diese Riesenglotze angeschafft? – Für Kundan natürlich!

Kundan war vorgestern da. Er lässt sich einen Vollbart wachsen. Ma wollte, dass er sich rasiert. Ach, Ma, du hast doch keine Ahnung!, sagte Kundan, ohne Vollbart zollt einem heutzutage niemand mehr Respekt! Dann gab er ihr ein bisschen Geld. Ma war überglücklich und stellte sich sofort an den Herd, um ihm was zu kochen. Was arbeitest du?, fragte ich. Was geht dich das an?, giftete er, halt lieber die Klappe und konzentrier dich aufs Schuheputzen, Geschirrspülen und dreckige Wäsche waschen. Da mischte Ma sich ein: Ich mach diese Arbeit auch, Kundan. Wie sollen wir sonst die Miete für unsere Hütte bezahlen? Woher Geld für Essen nehmen? Die Rechnungen für die Behandlung deines kranken Vaters haben wir auch noch nicht bezahlt. Ganz zu schweigen von dem Geld für die Einäscherung. Weißt du eigentlich, wie viele Schulden deine Mutter hat? Ohne die Arbeit deiner Schwester würden wir nicht über die Runden kommen.

Ich genoss es, wie Ma ihn zurechtwies, aber auf ihn machten ihre Worte leider überhaupt keinen Eindruck. Er aß seelenruhig auf, und dann verdünnisierte er sich und ließ Ma, krank vor Sorgen, zurück. Mütter habens nicht leicht.

Ich weiß nicht, warum ich denke, dass Jharna eine Abtreibung hatte. Und einen Riesenkrach mit ihrem Muslim. Wahrscheinlich verkriecht sich die Bengalin jetzt wieder im Bett. Jharna ist für die Abtreibung bestimmt heimlich zu einer dieser zwielichtigen Ärztinnen gegangen. Das ist auch der Grund, warum sie so lange weg war. Aber der Bengalin hat sie das garantiert nicht erzählt. Die Praxis der Ärztin in unserem Dorf läuft immer besser. Tag und Nacht brennt bei ihr Licht. Leute kommen von weit her. Wahrscheinlich nur von weit her. Die Leute aus der Umgebung würden nie zu ihr gehen. Solche Dinge erledigt man im Stillen. Wo Jharna wohl hingegangen ist? Und warum? Ihr Muslim-Freund muss sich geweigert haben, sie zu heiraten. Und ein uneheliches Kind – das geht nicht! Mit Nina Gupta ist das natürlich was anderes. Sie ist eine berühmte Schauspielerin und mutig dazu. Ich steh total auf Nina Gupta. Jeden Montag schau ich mir ihre Serie an. Ich kenn alle Serien, in denen sie mitspielt. Es sollte eine Serie mit dem Titel »Das Dienstmädchen« geben. Und eine mit dem Titel »Der Bedienstete«. Oder beides zusammen: »Das Dienstmädchen und der Bedienstete.« Vielleicht gibt es so was ja schon. Wenn ja, ist es garantiert eine Komödie. Das finde ich blöd! Warum müssen Dienstmädchen und Bedienstete im Fernsehen und in Kinofilmen immer den Komikerpart übernehmen? Warum lässt man sie stottern, jammern und betteln? Man zieht ihnen mit Absicht lächerliche Klamotten an, sodass keiner sie ernst nimmt. Und dann lässt man sie idiotische Dinge tun. Aber mich bringt das nicht zum Lachen. Ich platze vor Wut.

Dieses unsinnige Zeug geht mir nur nicht aus dem Kopf, weil ich selbst Dienstmädchen bin. Meine Mutter ist Dienstmädchen. Die Mutter meiner Mutter und die von meinem Vater waren wahrscheinlich auch Dienstmädchen. Ma sagt, in den Dörfern lassen die Grundbesitzer Leute wie uns umsonst für sie schuften. Sklavenarbeit. Sie sagt, das Dorf ist schlimmer als die Stadt. Wenigstens bekommen wir hier Geld für unsere Plackerei. Nicht genug, aber immerhin etwas. Im Dorf geht es den Armen noch schlechter. Sie sagt, deshalb kommen die Ärmsten der Armen vom Land in die Stadt, selbst wenn sie hier zu Bettlern werden. Ma ist auch schon betteln gegangen. Mehr als einmal! Das hat sie neulich so nebenbei erwähnt. Dann schämte sie sich und behielt den Rest der Geschichte für sich.

Wir lügen nicht nur aus Angst, sondern auch aus Scham.

Es ist schlecht zu betteln, aber nicht alle Bettler sind zwangsläufig schlecht. Ich meine, Leute, die böse Sachen machen, sind nicht automatisch selbst böse. Diebe? Mörder? Betrüger? Gilt das für alle Leute? Die Wahrheit muss für alle gelten. Nicht unbedingt. Betrüger sind gemein. Aber Betrug ist nicht gleich Betrug. Leute, die klauen, betrügen ja irgendwie auch.

Was geht mich das an? Warum zerbreche ich mir darüber den Kopf?

Zurück zum wirklichen Leben. Jharnas Zustand hat mich ganz schön aus der Fassung gebracht. Warum eigentlich? Was bedeutet sie mir schon? Jharna Didi! Außer Paro hab ich keine große Schwester, keine Didi. Die einen gehören zu dir, die anderen nicht. Ich mag Dienstmädchen nicht, die zu den Sahibs Onkel, zu den Memsahibs Tante und zu den Kindern Schwester und Bruder sagen. Aber inzwischen nenne ich Mrs Varma auch Bibi-ji, das ist nicht so formal. Sie hat mir verboten, sie Memsahib zu nennen. Mir gefällt Memsahib auch nicht, aber was soll man machen, das ist nun mal Sitte. Alle Frauen wollen von den Dienstmädchen Memsahib genannt werden. Alle heißt nicht alle.

Was solls. Ich nenne Jharna weiter Didi, es wäre seltsam, Bibi zu ihr zu sagen. Vielleicht ist ihr ja auch gar nichts Schlimmes passiert, und sie ist nur vor Erschöpfung so dünn und blass. Vielleicht mach ich mir umsonst einen Kopf. Man sollte sich nicht angewöhnen, dauernd über andere Leute nachzudenken. Alle Angewohnheiten sind schlecht. Das wars für heute.

Wenn ich mich heute nicht zu den anderen unter den Niembaum gesetzt hätte, hätte ich wahrscheinlich nie erfahren, dass meine wilden Vermutungen über Jharna stimmen. Aber anstatt mich darüber zu freuen, macht es mir Angst. Alles, was ich mir ausgemalt hatte, ist wirklich passiert. Und das ist nicht das erste Mal! Ich war nur immer so erschrocken darüber, dass ich es niemandem erzählt und auch nicht aufgeschrieben hab. Vor Bapus Tod dachte ich oft, er würde eines Tages einfach so im Dunkeln wegsterben. Im Schlaf. Dass Ma und ich es gar nicht merken würden. Genauso war es dann auch. Bei Jija wusste ich auch vom ersten Augenblick an, dass ich ihm eines Tages eine scheuern würde. Sogar was Elektrik-Surendar im Schilde führt, hab ich von Anfang an erraten. Warum macht mir das Angst? Es beweist doch nur, dass ich nicht auf den Kopf gefallen bin. Ich sollte mich freuen, aber stattdessen hab ich das dumme Gefühl, unsereins wäre besser nicht so helle. Mit unsereins meine ich arme Leute. Ich weiß nicht, was ich will.

Diese Sachen haben weniger mit einem schnellen Hirn als mit dem Herzen zu tun. Das Herz denkt nicht. Es fühlt nur. Das Herz schlägt, das Hirn nicht. Vielleicht schlägt das Hirn auch. So was wissen nur Ärzte. Oder Heilige und Sadhus. Nein, nur Heilige. Sadhus sind fast alle Schwindler und Halsabschneider. Was will ich eigentlich sagen? Dass ich manche Dinge vorausahne. Vor allem die schlechten. Das macht mir Angst. Ich will das nicht.

Hey, da ist Shano!, kreischte Lalita, sobald sie mich ankommen sah. Wenn ihr mir nicht glaubt, fragt doch sie! Sie muss es wissen, schließlich arbeitet sie dort!

Außer Urmila war die ganze Meute unter dem Niembaum versammelt. Die Große aus Madras rief: Lalita, erzähl erst mal du fertig! Danach fragen wir Shano.

Lalita spinnt sich wieder was zusammen, ächzte die aus Kerala.

Lalita sagt die Wahrheit, sagte Bano.

Die Kleine aus Madras bat: Aber schrei nicht so, nachher hört uns noch jemand.

Sollen sie doch hören!, schrie Lalita, oder dürfen wir uns hier etwa nicht unterhalten?

Es muss um Jharna gehen, dachte ich, wusste aber nicht, wie ich eigentlich darauf kam. Niemand hatte ihren oder den Namen der Bengalin genannt. Ich arbeite auch bei Mrs Varma und dem Zeitungssahib. Sie hätten ebenso gut über einen von ihnen reden können.

Als ich von allein nichts sagte, hakte Lalita nach: Und, Shano? Weißt du was?

Worüber?, fragte ich.

Über Jharna, erklärte Bano.

Ich weiß nur, dass Jharna nach Hause gekommen ist, sagte ich vorsichtig.

Sie weiß alles und will nur nicht damit rausrücken!, schrie Lalita.

Ich weiß nichts, behauptete ich.

Entweder du lügst, kreischte Lalita, oder du bist so dumm, dass du, obwohl du in dem Haus arbeitest … Erzählst du uns nun, was los ist, oder nicht?, fiel ihr die Große aus Madras ins Wort.

Da erzählte Lalita, dass eine ihrer Cousinen bei einer Frauenärztin in Sektor A arbeitet und mit eigenen Ohren gehört hat, wie die Ärztin ihrer Tochter von einer bengalischen Jharna aus Sektor C erzählte, die eine Abtreibung bei ihr machen lassen wollte. Die Ärztin lehnte ab und sagte Jharna, sie soll ihre Mutter oder ihren Mann mitbringen. Dann ist diese Jharna zu einem anderen Frauenarzt, einem Mann, gegangen, und dieser Arzt kannte die Frauenärztin aus Sektor A und hat ihr heute erzählt, dass bei Jharna eine Abtreibung durchgeführt wurde, dass es Komplikationen gab und Jharna zwei ganze Tage bei ihm im Krankenhaus bleiben musste.

Nachdem sie ihren Bericht beendet hatte, sagte Lalita zu mir: So, jetzt hab ich alles erzählt, was ich weiß. Jetzt du, Shano!

Lalitas Bericht hatte mir einen Schreck eingejagt. Alle meine Vermutungen stimmten! Ich wollte einfach nur aufstehen und weglaufen, aber ich hatte Angst, die anderen könnten das falsch verstehen. Ich weiß nichts, wiederholte ich.

Sag wenigstens, wie's Jharna geht, sagte Lalita.

Ich glaube, gut, log ich.

Du lügst, kreischte Lalita, ich habe sie mit eigenen Augen gesehen, sie sieht schrecklich blass und abgemagert aus! Es ist total offensichtlich, dass sie vor ein paar Tagen abgetrieben hat. In ein paar Tagen kann ich euch auch sagen, wann genau. Meine Cousine soll sich ein bisschen umhören und das rausfinden. Die schafft das locker! Sie ist ziemlich schlau!

Lalita strahlte. Wir blickten zu ihr empor, als sei sie Nina Gupta in Person.

Um meine Haut zu retten, stimmte ich Lalita nun doch zu: Ein bisschen schlapp kam sie mir am ersten Tag schon vor, aber ich dachte, sie ist einfach müde von der Reise.

Weißt du etwa auch nichts von ihrem Muslim-Freund?, fragte Lalita.

Nee, log ich weiter, würde ichs nicht sagen, wenn ichs wüsste?

Shano sagt die Wahrheit, sagte Bano.

Quatsch!, schrie Lalita, ich weiß alles über die Häuser, in denen ich arbeite. Bei dir muss das doch auch so sein! Du willst einfach nicht damit rausrücken!

Ich wollte mich nicht mit Lalita anlegen, sie ist das schlimmste Lästermaul aller Zeiten. Die Größte im Gerüchteverbreiten. Wie steh ich da, wenn sie anfängt, Lügen über mich zu verbreiten. Also hielt ich die Klappe und warf ihr einen flehenden Blick zu, als ob mein Leben davon abhänge. Entweder tat ich ihr leid, oder sie glaubte mir jetzt doch, auf jeden Fall lachte sie plötzlich. Ist ja gut, Shano, ich nehm dir ab, dass du keinen blassen Schimmer hattest. Jetzt weißt du ja Bescheid!

Danach sprachen wir nicht mehr von Jharna, sondern über andere Dinge. Wenn Urmila da gewesen wäre, hätte Lalita nicht so glänzen können. Lalita erzählte uns, dass sie unzählige Cousinen hat, die über alle Sektoren verteilt sind. Deshalb erfährt sie die neuesten Neuigkeiten und den heißesten Tratsch immer sofort. Vor ihr kann man nichts verheimlichen. Weder die Bediensteten noch die Sahibs und Memsahibs. Es war wie eine Warnung: Entweder ihr ordnet euch unter, oder ich lüfte eure Geheimnisse! Dann stand sie plötzlich auf. Wenn ich zu spät zur Anwältin komme, macht die mich einen Kopf kürzer! Außer Bano und mir gingen alle los. Heute hast du viel gesprochen!, sagte ich zu Bano. Ich hab ein bisschen Hindi gelernt, erklärte sie. Dann zog sie unter ihren Knien ein großes, in Zeitung gewickeltes Päckchen hervor. Darin waren zwei Chapatis und ein wenig Gemüse. Vor den anderen hatte sie sich wohl geschämt. Das Päckchen war bestimmt von einer ihrer Memsahibs. Sie bot mir mit einem Handzeichen etwas an. Ich lehnte mit einem anderen Handzeichen ab – kein

Hunger. Plötzlich machte ich mir Sorgen, sie könnte das Bündel wieder wegwerfen. Ich stand auf und sagte: Iss in Ruhe, ich mach mich auf den Weg. Ich glaube, Bano isst die Reste, die sie von den Tellern ihrer Memsahibs abkratzt. Das macht mich unglaublich wütend. Aber nicht auf Bano. Keine Ahnung, auf wen.

Die Dubai-Lady hat schon wieder nach mir gefragt. Von Dubai aus. Das hat Mrs Varma mir heute erzählt und auch gleich gefragt, wie ich mich entschieden hab. Als ich ablehnte, sagte sie: Du bist ein schlaues Mädchen. Ich an deiner Stelle hätte das Gleiche getan. Außer Geld gibts dort nichts zu holen. Ich hätte gerne gefragt, wie viel die Dubai-Lady zahlt, es dann aber gelassen. Was bringt es, nach Geld zu fragen, wenn ich ohnehin nicht gehe?

Mrs Varma sagt, sie war unglücklich dort. Deshalb ist sie nicht noch mal hingefahren. Sie ist alleine hier, aber sie ist glücklich. Trotzdem sollte sie nicht allein leben. Haben Sie keine Angst?, fragte ich. Doch, sie lachte, aber was soll ich machen? Meinetwegen werden sie ihre Jobs in Dubai nicht aufgeben. Hier würden sie zwar auch nicht schlecht verdienen, aber nicht so gut wie dort.

Dann redete sie noch länger mit mir über dies und das. Es war nett, aber es machte mich auch müde. Keine Ahnung, wieso ich immer gähnen muss, wenn Mrs Varma mit irgendwelchen längeren Geschichten anfängt. Zum Glück nimmt sies mir nicht übel, sondern lacht nur und sagt: Ich bin eine echte Plappertasche!

Es wäre total unfair, den Mädels jetzt brühwarm zu erzählen, was Mrs Varma mir anvertraut hat. Lalita und das Mädchen aus Kerala äffen immer ihre Memsahibs nach, um uns zum Lachen zu bringen. Ich versuche, mir das Lachen zu verkneifen, aber es platzt einfach aus mir raus.

Gestern Abend, als Ma schon schlief, kam plötzlich Kundan reingeschlichen. Er hatte einen seiner grauenhaften Kumpanen dabei. Beide waren besoffen. Ich musste an Bapu denken. Kundans Stimme ähnelt der von Bapu immer mehr. Hoch und kratzig. Kundans Freund starrte mich an. Ich schlug mein Heft zu und fragte Kundan: Wo hast du die ganze Zeit gesteckt? Was hast du getrieben? – Sag mal, was bildest du dir eigentlich ein, mich so auszufragen!, fuhr er mich an, wo ist Ma? Ma hatte draußen auf Bapus Bett geschlafen, war jetzt aber von Kundans Stimme aufgewacht. Kundan, mein Sohn, rief sie, ich bin hier! Kundan verschwand nach draußen, sein Freund blieb stehen und glotzte mich weiter ungeniert an. Seine Augen glänzten vor Lust. Wie ein sabbernder Hund. Als ich aufstand und rausgehen wollte, griff er nach meiner Hand. Da gab ich ihm einen Stoß und rannte nach draußen. Mein Heft in der Hand umklammert. Draußen saß Kundan auf Mas Bett und verlangte Geld. Gib ihm nichts, Ma, sagte ich. Ma schwieg, und Kundan giftete mich an: Wie kommst du darauf, Ma was vorschreiben zu wollen? Ich platzte innerlich vor Wut, schluckte meinen Ärger aber runter. Wenn ich ihm antworte, regt er sich nur noch mehr auf, da war ich mir sicher. Dann wachen die Nachbarn auf und kommen morgen vorbei, um zu tratschen. Gestern Nacht hat Kundan wieder einen Mordskrach gemacht! Der war doch garantiert besoffen! Außerdem hatte ich Angst, Elektrik-Surendar könnte rüberkommen, wenns zu laut wird. Der wartet doch nur auf einen Vorwand! Er ist immer noch hinter mir her. Wenn er mitkriegt, dass Kundan hier ist, kommt er sofort! Kundan schuldet ihm Geld. Ma schüttelte langsam den Kopf. Woher soll ich das Geld nehmen?, fragte sie. Kundan sprang auf. Warum sagst du nicht einfach, dass du mir nichts geben willst, Ma? Warum lügst du mich an? Ich weiß doch, dass du für ihre Mitgift sparst. Als ich das hörte, rannte ich wütend rein. Kundans Freund hatte ich völlig vergessen. Der Sabber lief ihm immer noch aus dem Mund. Er sah mich reinkommen und sprang sofort mit einem Satz zu mir rüber. Ich verpasste ihm eine kräftige

Ohrfeige und lief wieder raus. Dort sah ich gerade noch, wie Ma Kundan was in die Tasche steckte, und hörte Kundans fordernde Stimme: Ein bisschen mehr, Ma! – Wirf lieber ein Auge auf diesen Spinner da drinnen, zischte ich durch zusammengebissene Zähne, du solltest ihn zu dir rausrufen, sonst … Als Ma meine Tränen sah, verstand sie sofort, was los war. Kundan wurde die ganze Situation plötzlich unangenehm, und er fragte nicht weiter nach Geld.

Nachdem die zwei abgehauen waren, erzählte ich Ma von Kundans Freund. Dann sagte ich: Ma, du machst die Sache mit Kundan nur noch schlimmer. Ma antwortete nicht, und ich schwieg auch. Ich bin nicht gern böse auf Ma. Sie weiß, dass Kundan sich danebenbenimmt, dass sein Lebenswandel schlecht und gefährlich ist, dass er sich mit den falschen Leuten abgibt und uns eines Tages noch ins Unglück stürzt. Oft sagt sie: Shano, meine Tochter, sag mir, was ich machen soll! Wenn sie so hilflos ist, verpufft meine Wut sofort. Ich weiß auch nicht, was sie machen soll. Ich weiß nicht mal, was ich machen soll. Ein Schauer läuft mir den Rücken runter, wenn ich daran denke, was aus mir wird, wenn Ma was zustößt. Ma fühlt sich vielleicht genauso, wenn sie daran denkt. Kundan wahrscheinlich, wenn er an die Polizei denkt. Sein Freund, wenn er sich an meine Ohrfeige erinnert. Ich hab mit aller Kraft zugeschlagen. Es muss ihn völlig unerwartet getroffen haben. Wahrscheinlich sitzt er jetzt irgendwo und denkt: Die Schwester von Kundan ist ganz schön mutig! Als ich zuschlug, hatte ich wirklich Schiss. Woher kam dann diese ungeheure Kraft?

Jeder hat Gedanken, die ihm Angst machen, aber es muss auch Leute geben, die nicht denken. Ich glaub nicht, dass es Leute gibt, die sich nie fragen: Was soll nur aus mir werden?

Ma glaubt an Gott. Das hilft ihr. Sie geht zum Tempel, legt Gelübde ab und fastet. Ich mach nichts dergleichen. Wer hilft mir? Jetzt hab ich Ma, aber wenn Ma eines Tages … Dann hab ich nur noch dieses Heft. Und wenn ich es verliere, was dann? Wenn jemand das hier liest, hält er mich für verrückt!

In unserem Dorf wohnt eine Verrückte. Früher arbeitete sie wie wir in den Wohnungen. Ma sagt, da hatte sie auch schon einen Sprung in der Schüssel. Jetzt ist sie völlig durchgeknallt. Den ganzen Tag rennt sie wie eine Irre in der Gegend umher. Wenn sie dann erschöpft ist, hockt sie sich vor den Tempel und heult. Ma weiß auch nicht, was sie hat. Die Frau bleibt eine halbe Ewigkeit vor dem Tempel sitzen und klagt laut vor sich hin. Irgendwann steht sie auf und rennt wieder los. Früher haben die Kinder aus dem Dorf noch versucht, sie aufzuziehen, aber die Frau wurde nie böse, sondern starrte die Kinder nur mit weit aufgerissenen Augen an. Irgendwann hörten die dann auf, sie zu quälen. Ma sagt, sie hat niemanden mehr auf der Welt, nicht mal einen Mann. Sie sagt, die Familie schert sich einen Dreck um sie. Sie hat eine Tochter und zwei Söhne. Alle sind verheiratet. Alle wohnen in unsrem Dorf. Ma versteht nicht, warum sie sich nicht um die Frau kümmern. Die Arme hat sich für ihre Kinder halb zu Tode geschuftet, sich abgerackert, um sie groß zu bekommen. Ihr Mann ist schon vor langer Zeit unter einen Bus gekommen und gestorben. Ma sagt, er hat sich schrecklich gequält. Wahrscheinlich sitzt die Verrückte deshalb vor dem Tempel und heult. Aber warum setzt sie sich ausgerechnet dorthin? Ich kann nicht verstehen, was sie sagt. Vielleicht beklagt sie sich bei Gott. Vielleicht schimpft sie: Oh Gott, warum hast du meinen Mann getötet? Warum musste er sich so quälen? Warum lässt du mich so leiden?

Manchmal kommt es mir vor, als würde sie gar nicht reden, sondern ein langes Trauerlied singen. Ich hab Angst vor ihr und möchte gleichzeitig mit ihr sprechen. Verrückte faszinieren mich. In den Wohnungen wohnt auch eine. Die rennt aber nicht wie besessen, sondern geht ganz gemächlich – barfuß und nur mit einem dünnen Nachthemdchen am Leib! Ihr Gang wirkt so zielstrebig, als müsste sie irgendwohin, aber sie läuft immer nur um ihren Block und blickt nicht nach rechts und links. Ein Straßenhund läuft wie ein Wachhund hinter ihr her. Wer weiß, vielleicht ist der auch nicht mehr ganz dicht. Beim Laufen brabbelt die Frau die ganze Zeit vor sich hin. Als flüstere sie ein Gebet. Das Nachthemd entblößt ihren weißen Körper. Warum schickt ihr Mann sie nicht zur Therapie? Vielleicht hat er das schon. Manche Dinge kann man nicht so leicht wieder gerade rücken. Ma sagt, Verrückte werden nicht einfach so mir nichts, dir nichts wieder normal. Höchstens von Gebeten. Wer weiß, vielleicht hat irgendein Guru der Verrückten ein Mantra in die Hand gedrückt und sie angewiesen, pausenlos vor sich hinzubrabbeln und dabei sieben Mal um ihren Block zu rennen. Zielstrebig. Mit einem dünnen Nachthemd bekleidet. Egal, was die Leute denken! Vielleicht hat ein Fakir unserer Dorf-Verrückten geraten, sich vor den Tempel zu setzen und zu weinen. Gott wird deine Beschwerden hören! Man munkelt, dass der Mann der Verrückten wieder geheiratet hat. Auf jeden Fall hat er sich eine neue Frau ins Haus geholt. Lalita sagt, er ist ein anständiger Typ. Ich weiß nicht, woher sie wissen will, welche Männer anständig sind und welche nicht. Irgendwie hat sie auch rausgefunden, dass Jharna ihren Muslim-Freund nicht mehr trifft. Lalita sagt, wenn Jharna sie nach ihrer Meinung fragen würde, würde sie ihr ohne Umschweife sagen, dass Hindu-Frauen sich von Muslim-Männern fernzuhalten haben. Sie sagt, Jharnas Vater ist an allem schuld, weil er seine Tochter nicht abgehalten hat. Ab und zu lächelt Jharna wieder. Und sie geht auch manchmal aus. Sie arbeitet jetzt in einer Boutique. Ich muss Lalita fragen, was das ist. Wenn Lalita es nicht weiß, denkt sie sich glatt was aus! Lalita fragt sich wahrscheinlich nie, was aus ihr werden soll. Bano bestimmt dauernd. Urmila manchmal. Bei der aus Kerala und den beiden aus Madras weiß ichs nicht. Paro stellt sich diese Frage wahrscheinlich auch öfter. Womöglich täglich! Im Moment macht ihr Mann ihr wieder ganz schön zu schaffen. Ma sagt, das Schicksal meint es nicht gut mit der Ärmsten.

Keine Ahnung, was mein Schicksal mir noch bringt. Wahrscheinlich fragen sich das alle, wenn sie alleine sind: Was bringt mir das Schicksal?

Warum denke ich so viel über die Leute nach? Ma denkt währenddessen wahrscheinlich an mich und zerbricht sich den Kopf, was sie macht, wenn mein Schicksal sich als genauso mies wie Paros rausstellt. Alle Mütter machen sich die gleichen Gedanken. Alle Menschen haben die gleichen Sorgen. Ich denke über alle nach. Irgendjemand muss auch an mich denken! Außer Ma. Vielleicht Mrs Varma und der Zeitungssahib. Kundan fragt sich vielleicht auch gelegentlich, was aus mir werden soll. Und dieser Freund von ihm. So ein blöder Kerl! Betastet jetzt wahrscheinlich dauernd seine Wange und denkt: Dieses kleine Flittchen hat ganz schön kräftig zugeschlagen! Wenn er noch mal vorbeikommt, traut er sich jedenfalls nicht, mir dumm zu kommen. Die Hände lässt er auf alle Fälle aus dem Spiel, und vielleicht bringt er nicht mal den Mut auf, blöd zu gucken. Kundan hat ihn bestimmt gewarnt: Wenn du dich noch mal an meine Schwester ranmachst … Ich werde zur Löwin, wenn ich mich verteidigen muss. Warum lässt Paro sich von ihrem Mann schlagen? Warum hat Ma sich nicht gegen Bapu gewehrt? Wenn Paro wollte, könnte sie sich wehren. Ma auch! Bei Ma bin ich mir nicht sicher, aber Paro überkommt bestimmt ab und zu die Lust, ihrem Mann so richtig eine zu knallen. Aber sie denkt wahrscheinlich, das gehört sich nicht. Sie glaubt, es ist das Los der Frauen, von ihren Männern geschlagen zu werden. Ich muss mal mit ihr darüber sprechen.

Heute saß ich mit Lalita unter dem Niembaum, als plötzlich die Verrückte an uns vorbeilief. Der Hund lief mit heraushängender Zunge hinter ihr her. Ich wunderte mich, dass sie sich so weit von ihrem Block entfernt hat. Lalita sagte, sie läuft jetzt manchmal in ihrem Nachthemdchen bis nach Mehrauli. Barfuß. Dort gibt es einen Heiligenschrein, vor dem sie stundenlang sitzt. Lalita hat wohl eine Cousine in Mehrauli. Überall sind ihre Spitzel aufgestellt. Wie ist sie verrückt geworden?, fragte ich. Lalita ließ sich mit ihrer Antwort Zeit. Schließlich meinte sie: Es gibt nicht immer nur einen Grund, manchmal sind es auch viele. Sie verstummte, als würde sie ihren Gedanken wie kleinen Fischen hinterherjagen und hätte mich dabei vollkommen vergessen. Eine Weile war ich auch mit meinen eigenen Gedanken beschäftigt, dann fragte ich: Warum isst du nicht weiter? – Wenn ich mich so richtig in meine Gedanken verstricke, vergess ich, zu essen und zu trinken. – Ich Dummkopf!, dachte ich, jetzt hab ich sie von ihrem Essen abgelenkt. Und davor hatte sie so einen Appetit gehabt, dass mir auch schon das Wasser im Mund zusammengelaufen war. Ich fürchtete, sie könnte jetzt mit irgendeiner langwierigen Geschichte anfangen, aber was sie vorher gesagt hatte, hatte mich neugierig gemacht. Da sagte sie plötzlich: Ich glaube, der Grund für ihren Wahnsinn liegt in ihrer Unfruchtbarkeit. Mir blieb die Luft weg. Woher wusste Lalita, dass die Frau unfruchtbar ist? Ich hatte nicht mal gewusst, dass sie keine Kinder hat. Was soll denn sonst der Grund dafür sein, dass ihr Mann sich eine neue Frau zugelegt hat?, fragte Lalita. Männer sind doch immer auf andere Frauen scharf!, aber das sagte ich nicht. Lalita wird wütend, wenn man ihr widerspricht. Stattdessen wechselte ich das Thema: Heute sind die anderen gar nicht gekommen. – Du kommst ja auch nicht jeden Tag, sagte Lalita, nur ich bin immer hier. Und diese Bano aus Bangladesch, aber heute ist selbst die nicht gekommen. Dann widmete sie sich wieder ihrem Essen. Ich wünschte mir, sie würde mir einen Bissen abgeben, aber heute bot sie mir nichts an. Sie hatte noch nicht fertig gegessen, als plötzlich Bano angelaufen kam. Die Tränen rollten ihr schon die Wangen runter, bevor sie sich richtig hingesetzt hatte. Jemand war gestern Nacht in ihre

Hütte eingebrochen und hat ihr ganzes Geld geklaut! Was sollte sie jetzt machen? Sie hat lange gespart, um ihrer Ma etwas Geld zu schicken. Schon 700 Rupien hat sie zusammengehabt! Jeden Abend hat sie das Geld gezählt. Sie erzählte und erzählte und weinte und weinte. Es war das erste Mal, dass ich sie so viel reden hörte. Sie sprach zwar auf Bengali, aber ihren Kummer konnte ich trotzdem nachempfinden. Lalita stellte ihr Essen zur Seite. Wir versuchten, Bano mit allen möglichen an den Haaren herbeigezogenen Bemerkungen zu trösten. Das war bestimmt ein Bekannter von dir!, fluchte Lalita. Bano verstand nicht, was Bekannter hieß. Ich kenne Bekannter nicht!, schluchzte sie. Mir fiel nichts ein, was ich sagen konnte, deshalb murmelte ich nur immer wieder: Du musst jetzt Mut haben, Bano, Mut! Die arme Bano wusste nicht, was Mut ist und wie man ihn haben kann. Sie weinte und weinte, zwischen den Schluchzern fragte sie: Was ist Mut, Shano? Als Bano sich schließlich ein wenig beruhigt hatte, schlug Lalita vor: Ich komm mit dir mit und hör mich ein wenig um! Dann hielt sie ihr die Dose mit ihrem Mittagessen hin und bestand darauf, dass Bano es aß. Nach dem Essen warf Bano ihr eigenes, in Zeitungspapier gewickeltes Bündel weg. Sofort tauchte aus dem Nichts ein Hund auf und stürzte sich darauf.

Ich würde gerne in einem Haus arbeiten, in dem es einen großen weißen Hund gibt, den ich spazieren führen kann. Es wäre schwer für mich, ihn im Zaum zu halten! Er würde mich hinter sich herzerren, wie die Memsahibs immer von ihren Hunden gezerrt werden. Alle Kinder würden neugierig fragen: Tante, wie heißt Ihr Hund? Welche Rasse ist das? Der beißt doch nicht, oder? Können wir ihn streicheln? Ich würde großzügig nicken. Mit dem Hund würde ich mich wie eine Memsahib fühlen. Ich sollte Mrs Varma oder den Zeitungssahib überreden, sich zu ihrem Schutz einen großen Hund anzuschaffen. Vielleicht würde einer von ihnen zustimmen. Oder sogar beide! Wenn beide Ja sagen, wäre das ein Mordsspaß! Meinetwegen müssten auch gar nicht beide Hunde weiß sein. Das ist nicht so wichtig, Hauptsache, groß! Ich hasse kleine Hunde. Wenn Ma von diesen Ideen erfährt, ruft sie: Shano, jetzt bist du wirklich durchgedreht!

Ich habe noch einen ähnlichen Wunsch: Ich würde schrecklich gern in einem Haus arbeiten, wo es ein kleines, vielleicht vierjähriges Kind gibt, Mädchen oder Junge ist egal. Es wäre meine Aufgabe, es zu baden und für die Schule bereit zu machen. Ich würde seinen Ranzen tragen, und bis zur Bushaltestelle wäre mein Finger in seiner kleinen Hand. Den ganzen Weg über würde ich mit ihm über Kindersachen reden und seine Kindermeinungen anhören. Die Leute, die uns sehen, würden denken, ich bin seine Ma, und sich fragen, wie eine so junge Frau schon ein so großes Kind haben kann. Dann würden sie nach seinem Namen fragen. Ich würde ihnen antworten und rot werden. Wenn Ma davon wüsste, würde sie sagen: Shano, es ist Zeit für dich zu heiraten!

Ich werde nicht heiraten und auch keine Kinder bekommen. Na ja, wenn jemand mich von einem Dienstmädchen in eine Memsahib verwandelt, wäre das was anderes. Ich habe Mitleid mit den Frauen, die Dienstmädchen bleiben, bis sie alt und gebrechlich sind. Wie Ma. Mit alten Bediensteten hab ich auch Mitleid. In unserem Sektor gibt es keine alten Bediensteten, aber ein paar alte Dienstmädchen. Neben Ma. Lalitas Mutter ist auch alt, aber weiß, was sie wert ist. Deswegen hab ich kein Mitleid mit ihr. Wenn ich sie sehe, wünsche ich mir, in ihrem Alter auch noch so eine Respektsperson zu sein. Lalita hat ihren Stolz von ihrer Mutter.

Wenn Lalita von meinen Wünschen erfährt, würde sie sagen: Shano, du kannst anderer Leute Hunde und Kinder nicht zu deinen eigenen machen. Ich würde sagen: Will ich ja auch gar nicht, Lalita. Ich erzähl dir nur von meinen Träumen.

Lalita spielt sich immer wie eine Oberlehrerin auf. Ich auch. Eine richtige Besserwisserin.

Als Bano weinte, tat sie mir leid. Wenn mir jemand mein Geld gestohlen hätte, würde ich mich auch unter den Niembaum setzen und heulen.

Heute Abend auf dem Nachhauseweg von Mrs Varma ging mein Blick zufällig zum Himmel hoch. Der Mond wirkte so groß und nah, dass ich mich fast erschreckte. Die Sterne sahen gegen das Mondlicht ganz blass aus. Ich nahm mir vor, ab jetzt auf dem Nachhauseweg immer einen Moment anzuhalten und den Himmel anzuschauen. Ich blieb noch eine Weile stehen. Seltsame Gedanken gingen mir durch den Kopf. Jetzt kann ich mich nicht mehr an sie erinnern. So wie man Gedanken, die einem im Traum kommen, später nicht mehr zu fassen kriegt. Irgendwann begann mein Nacken zu schmerzen, und ich machte mich wieder auf den Weg. Wenn mich jemand gesehen hätte, hätte er mich wahrscheinlich für verrückt gehalten. Wer weiß, vielleicht hat mich ja jemand gesehen und genau das gedacht. Als ich zu Hause ankam, wanderten meine Augen gleich wieder zum Mond. Ma fragte: Hast du schon gegessen, oder isst du hier? – Was hast du denn gekocht?, fragte ich. Nichts, sagte sie, aber es gibt noch Reste von heute Morgen. – Hast du noch nicht gegessen? – Ich faste heute und trinke nur Milch, sagte sie. Dann esse ich vor dem Schlafengehen die Reste von heute Morgen. – Was gibts denn da oben?, fragte Ma. Den Mond. Keine Ahnung, was plötzlich in Ma fuhr. Sie stand jedenfalls auf, stellte sich neben mich und legte mir einen Arm um die Schulter. Wir wussten wohl beide nicht, ob wir jemals zuvor so beieinandergestanden und den Mond betrachtet hatten. Mir kamen die Tränen. Ma vielleicht auch. Dann dachte ich daran, was aus mir wird, wenn Ma was zustößt. Vielleicht dachte Ma das Gleiche. Man sollte nicht an so was denken.

Lalita hat Bano in ihrer Hütte besucht. Sie hat den Dieb zwar noch nicht ausfindig gemacht, aber sie wollte den Leuten dort ein wenig Angst einjagen. Sie sagt, sie hat sie alle zur Schnecke gemacht. Wenn Bano ihr Geld nicht zurückbekommt, bring ich den Fall vor die Polizei, drohte sie. Sie sagte, ihre Cousine arbeitet in dem Haus eines Polizeibeamten. Dessen Frau kommt aus dem gleichen Dorf wie Lalitas Cousine und behandelt sie wie eine kleine Schwester. Die Slumbewohner bekamen es mit der Angst zu tun. Lalita glaubt, Bano hat ihr Geld in ein paar Tagen zurück. Die Polizei brauchen wir gar nicht einzuschalten, sagte sie, der Dieb bringt das Geld auch so in Banos Hütte! Überall hat sie lautstark verkündet, dass Bano ihre Freundin ist und sie den Dieb entweder eigenhändig oder mit der Hilfe ihrer Cousinen dingfest machen wird.

Bis dahin hat jeder von uns Bano hundert Rupien gegeben. Nur Urmila legte nichts dazu. Sie meinte, ihr Mann verlangt eine genaue Kostenaufstellung von ihr. Ich stellte mich hinter sie: Urmila sagt die Wahrheit. – Mit so einem Mann würde ich es nicht einen Tag aushalten!, schnaubte Lalita. Urmila hätte einfach die Klappe halten sollen, stattdessen sagte sie: Ihr seid ja auch anders als wir. Jetzt wurde Lalita sauer: Was soll das heißen? Drück dich bitte klarer aus! Wenn Urmila nachgegeben hätte, wäre die Sache nicht weiter eskaliert, aber streitsüchtig, wie sie ist, konnte sie sich nicht verkneifen zu sagen: Wenn ihr eure Männer verlasst, ist das keine große Sache. Aber bei uns ist eine, die ihren Mann verlässt, eine Schlampe! Der Blick, den Lalita ihr jetzt zuwarf, war vielleicht sehenswert! Sie breitete ihre Arme aus und rief: Hör mal, wir leben in einem neuen Zeitalter. Frauen, die sich den Quälereien und Zwängen ihrer Männer widersetzen, sind keine Schlampen, sondern Heldinnen! Da fiel Urmila nichts mehr ein.

Als wir alle Bano jeweils hundert Rupien gaben, glänzten ihre Augen vor Tränen. Immer wieder lehnte sie das Geld ab, und wir mussten ihr lange zureden: Nimms einfach, Bano! Schließlich akzeptierte sie es. Dann senkte sie den Kopf, und es sah eine Weile so aus, als würde sie auf den Scheinen lesen.

Als ich Ma von der Sache erzählte, sagte sie: Gut gemacht! So habt ihr ihr wenigstens ein wenig Erleichterung verschafft! Und ich Dummkopf hatte Ma zuerst nichts erzählen wollen! Aber wenn ich geschwiegen hätte, wäre das auch eine Art Lüge gewesen. Ich achte jetzt immer genau auf jede Lüge, die ich erzähle. Es könnte sein, dass wir unter dem Niembaum auch noch mal über Lügen diskutieren. So wie über Schicksal. Über Lügen und Klauen.

Die Memsahibs regen sich immer über uns Dienstmädchen auf. Sie behaupten, wir lügen und klauen. Wenn ein Dienstmädchen sagt, sie war krank, oder ihr Kind war krank, oder ein Verwandter ist gestorben, denken die Memsahibs immer, sie lügt. Die Leute glauben uns selten. Manchmal schieb ich auch eine Ausrede vor und mach blau, aber meistens sag ich bei solchen Sachen die Wahrheit. Außer Mrs Varma und dem Zeitungssahib denken alle, ich tische ihnen Lügen auf, wenn ich mich mal einen Tag entschuldige. Deshalb fehle ich selten. Wenn ich ein bisschen krank bin, zum Beispiel Zahnschmerzen hab, oder wenn Tantchen zu Besuch kommt und ich Bauchweh hab oder sonst eine mehr oder weniger erträgliche Krankheit, geh ich trotzdem zur Arbeit. Ich geb mir Mühe, dass niemand meine Schmerzen bemerkt. Was bringt es, die Wahrheit zu sagen, wenn sie dir ohnehin keiner abnimmt und sich niemand wirklich für dich interessiert? Nur wenn es mir wirklich schlecht geht oder ich überhaupt keine Lust hab, genehmige ich mir einen freien Tag. Das kommt vor. Ich bin nicht krank, aber ich kann mich einfach nicht aufraffen. Ich möchte blaumachen, einfach so, ohne Grund. In so einer Situation muss man lügen. Wenn man jemanden schickt, um auszurichten, man könne sich heute leider überhaupt nicht aufraffen, ist das Geschrei groß: Tagedieb!, Möchte-gern-Memsahib! Ich bin kein Tagedieb und auch keine Möchte-gern-Memsahib. Trotzdem gibt es Tage, da wache ich morgens auf, und mein Leben kommt mir sinnlos und meine Arbeit belastend vor. Aber solche Anfälle hab ich nur ab und zu. Ich spreche mit niemandem drüber. Auch nicht mit Ma. Oder Mrs Varma. Oder dem Zeitungssahib. Manchmal hätte ich Lust, ihm davon zu erzählen, aber dann frag ich mich, was er von mir denken würde, und halte lieber die Klappe. Ich wüsste auch gar nicht, wie ich die Sache erklären soll. Hier hab ich diese Anfälle auch noch nie erwähnt. Heute hab ich das erste Mal das Gefühl, als würde das, was ich schreibe, nicht den Punkt treffen. Anfall passt nicht. Auf Englisch gibts das Wort *mood.* Ich weiß nicht genau, was das bedeutet, aber vielleicht ist es ein *mood. Good mood* heißt gute Laune. *Bad mood* heißt schlechte Laune. Schlechte Laune ist Lustlosigkeit. Lalita sagt oft: *Ma spoiled my mood today.* Ma hat mir die Laune verdorben. Wenn ich frage, was los ist, sagt sie: Das ist *private.* Lalita mischt immer englische Worte in ihr Hindi. Sie sagt, wenn man das nicht macht, halten die Leute einen für dumm.

Lalita sollte der *leader* der Dienstmädchen sein. Von unserer Gruppe ist sie das schon. Wenn jemand ein neues Haus dazubekommen oder ein altes abgeben möchte, geht sie zu Lalita. Lalitas Mutter ist der *leader* ihrer Kaste. Lalita sagt, kein Mann aus ihrer Kaste traut sich, einer Frau dumm zu kommen, sonst stellt ihre Mutter ihn sofort zur Rede. Urmila regt sich darüber auf, dass wir alle nach Lalitas Pfeife tanzen. Aber Bano hat recht, wenn sie sagt, Lalita sagt immer die Wahrheit.

Und ich dachte, es geht Jharna besser! Dass sie wieder glücklich ist. Es sah auch wirklich so aus. Ich bin ein Idiot! Keinen blassen Schimmer hatte ich, was in ihr vorgeht! Und selbst wenn ichs gewusst hätte, was hätte ich schon tun können? Wenn nicht mal ihre eigene Familie ihr helfen konnte, wie dann ich? Sogar arbeiten war sie wieder gegangen! Und hatte etwas Farbe gekriegt. Die Bengalin sah viel fröhlicher aus, und Devi auch. Wie sollte ich da ahnen, was in Wirklichkeit vor sich ging? Meine Hände zittern. Meine Lippen auch. Ich hab Angst. Wie soll ich heute schlafen? Ich muss mich ganz eng an Ma kuscheln. Aber nicht im Bett. Wenn ich im Bett schlafe, erscheint mir Bapu im Traum. Heute werde ich von Jharna träumen. Ich sollte mit Ma zum Tempel gehen. Ich hab Angst.

Am meisten tut mir der Mann der Bengalin leid. Er ließ den Kopf hängen, als sei sein Nacken gebrochen. Sein Gesicht war leer. Nicht mal weinen konnte er. Saß einsam in einer Ecke und merkte nicht, was um ihn rum geschah. Die Bengalin war von Frauen umringt. Die Frauen flüsterten leise. Die Bengalin weinte stumm und wischte sich immer wieder mit ihrem Sarizipfel die Tränen weg. Ihre Augen waren rot. Devi irrte, in ihre eigenen düsteren Gedanken versunken, durch die Zimmer. Die Wohnung war voller Leute, und immer mehr kamen. Trotzdem war es still. Niemand weinte laut, niemand sprach. Ich wusste nicht, wohin mit mir, was ich machen, wo ich sitzen oder ob ich lieber stehen sollte. Meine Beine zitterten. Ich wunderte mich, dass ich nicht in Tränen ausbrach. Devi weinte auch nicht. Ich hätte gern mit ihr gesprochen, aber mir fiel nichts ein, was ich sagen konnte. Es gab viel mehr Frauen als Männer, die Männer waren wahrscheinlich alle bei der Arbeit. Ein Mann lief durch die Wohnung und telefonierte. Ich verstand nicht, was er sagte. Er sprach zu leise. Manchmal, sobald er aufgelegt hatte, klingelte sein Handy, und ich fuhr erschrocken zusammen. Der Mann am Telefon war bestimmt ein Verwandter von ihnen. Ab und zu rief er Devi zu sich und fragte sie etwas.

Ich weiß nicht, wer zu diesem Zeitpunkt oben bei Jharna saß. Ich wollte hochgehen und ihren Leichnam sehen, hatte aber Angst, der Telefon-Mann könnte mich zurückhalten. Die ganze Zeit hoffte ich, er würde mich mit irgendeiner Aufgabe hochschicken. Er muss mitgekriegt haben, dass ich das Dienstmädchen bin. Ich hatte zwei Polizisten hochgehen sehen, deshalb wusste ich, dass Jharna oben lag.

Irgendeine Frau von einer Zeitung ging auch hoch. Sie hielt eine kleine Kamera in der Hand. Wahrscheinlich hat sie Jharna fotografiert. Vielleicht auch den Ventilator, an dem sie sich erhängt hat. Und den Abschiedsbrief. Ich weiß nicht, wann sie den Brief geschrieben hat, was drinstand und an wen er war. Vielleicht nehmen die Polizisten ihn mit.

Als sie Jharna runterbrachten, stand ich an der Treppe. Ihr Gesicht war nicht abgedeckt, der Mund leicht geöffnet. Ich weinte auch in diesem Moment nicht. Jetzt schon. Vorher hätte ich auch gerne laut geheult, hielt die Tränen aber zurück, weil die Leute doch nur gedacht hätten, ich spiele ihnen was vor. Jetzt, während ich schreibe, kullern mir die Tränen die Wangen runter. Es fühlt sich seltsam an. Als würde jemand schreiben und jemand anders weinen. Als würde ich nicht nur um Jharna, sondern auch um Bapu weinen. Und um Ma. Und um die verrückte Bettlerin. Und um die mit dem Nachthemd. Um Paro. Und mich selbst. Warum haben meine Tränen beim Schreiben nachgelassen?

Gestern bin ich den ganzen Tag bei den Bengalen geblieben. Am Morgen hatte ich auf dem Weg zum Zeitungssahib eine Menschentraube vor dem Block, wo die Bengalen wohnen, gesehen. Ich hatte sofort gewusst: Was Schlimmes ist passiert! Bano war auch da. Jharna, sagte sie. Ich verstand sofort und rannte hoch. Anstatt zu weinen, war ich wütend. Nicht auf Jharna. Auch nicht auf den Muslim oder die Bengalin. Ich weiß nicht, was für eine seltsame Wut das ist, die ich empfinde, ohne zu wissen, auf wen.

Man konnte an den Klamotten, die ich gestern anhatte, nicht gleich erkennen, dass ich ein Dienstmädchen bin. Die Leute aus dem Haus und die Nachbarn wussten natürlich Bescheid, aber die Verwandten von den Bengalen nicht. Klar, später fanden sies raus. Haben wahrscheinlich überall rumgefragt: Wer ist dieses Mädchen? Und als sies dann endlich spitzgekriegt hatten, fingen sie sofort an, mich rumzukommandieren.

Alle sprachen leise, außer einer Frau. Die große Schwester der Bengalin. Es war nicht ihre Schuld, sie hat einfach eine laute Stimme. Das ist bei manchen Frauen so. Es war gut, dass ich so viel um die Ohren hatte, so hatte ich keine Zeit, meinen düsteren Gedanken nachzuhängen. Jetzt schon und gestern Abend auch. Gestern war es unglaublich heiß. Alle tranken Unmengen Wasser. Ich musste pausenlos Gläser spülen.

Der Telefon-Mann drückte schließlich jemand anderem das Telefon in die Hand und kümmerte sich um die Einäscherung. Er erinnerte mich an Elektrik-Surendar. Später erfuhr ich, dass er der Bruder der Bengalin war. Vielleicht der kleine. Eigentlich wollte ich zur Einäscherung gehen, bin dann aber doch nicht gegangen, weil niemand mich gefragt hat. Also blieb ich im Haus. Devi auch. Und die große Schwester der Bengalin. Und eine Alte. Ich sorgte mich die ganze Zeit um diese Frau. Sie sah uralt und krank aus. An ihrem Bauch hing eine Plastikflasche, in die durch ein Rohr Urin tropfte. Ich fand, sie hätte nicht kommen sollen. Wenn ihr was zustößt, haben die Bengalen noch mehr Probleme am Hals.

Als alle sich auf den Weg zur Einäscherung gemacht hatten, spülte ich zuerst die Gläser, fragte dann Devi um Erlaubnis und begann mit dem Putzen. Ich hatte solchen Bammel, alleine hochzugehen, dass ich Devi mitschleifte. Ich erzählte ihr was von dem unglaublichen Durcheinander, das oben herrschte, und dass es viel schneller geht, wenn sie mir hilft und nacheinander die Sachen kurz anhebt. Ich glaube, ich redete ein bisschen viel. Vielleicht aus Nervosität. Meine Stimme kam mir furchtbar laut und seltsam hölzern vor. Jetzt, als alle weg waren, war die Stille im Haus noch unerträglicher. Ma sagt: Die Stille im Haus eines Toten geht nicht weg, da kann man noch so viel Krach machen.

Oben räumte ich zuerst das Zimmer auf, in dem die Bengalin und ihr Mann schlafen. Devi machte das Bett, und ich fegte. Ich wollte mit ihr sprechen, und nachdem wir zuerst ziemlich lange gar nichts gesagt hatten, fragte ich schließlich: Seit wann wisst ihr es? – Seit gestern Abend um elf. – Wie? – Nach dem Fernsehen bin ich nach oben gegangen, um mich umzuziehen, und da war meine Schwester … Devi weinte. Ich hörte auf zu fegen. Mir kamen auch die Tränen. Eine Weile standen wir da und schluchzten. Schließlich fielen wir uns in die Arme und heulten noch ein bisschen mehr. Da rief Devis Tante von unten: Devi, meine Kleine, komm runter und setz dich zu mir! Devi reagierte nicht. Ich strich ihr über den Rücken: Ist gut, Devi, genug jetzt. Vielleicht hätte sie sich eher beruhigt, wenn ich den Mund gehalten hätte. Aber dann fiel mir ein, dass sie sich überhaupt noch nicht richtig ausgeweint hatte. Soll sie jetzt den Tränen freien Lauf lassen, dachte ich, wenn die anderen nachher zurückkommen, geht das nicht mehr. Während ich so dachte, schwebte die ganze Zeit Jharnas gelblich blasses Gesicht vor meinen Augen.

Als Devi sich ein wenig beruhigt hatte, machte ich mit dem Fegen weiter. Von unten rief wieder die Tante: Was machst du denn so lange da oben? Hier unten gibts auch noch was zu tun! Wir antworteten nicht.

Im anderen Zimmer blickte ich verstohlen zum Ventilator hoch. Ich hatte mir vorgestellt, dass er ein Stück aus seiner Halterung gerissen war, aber alles sah ganz normal aus. Ich bemerkte, dass Devi auch zum Ventilator schaute. Die Fenster waren offen, und der Durchzug ließ den Ventilator leicht hin- und herschwingen. Mein Herz machte einen Sprung wie ein Frosch. Ich setzte mich auf den Boden und murmelte: Hier kann ich heute nicht fegen. Devi setzte sich auch hin: Dann lass es einfach. Ich ließ den Besen fallen. Sofort brüllte es von unten: Was ist da runtergefallen? Wir blieben schweigend sitzen. Schließlich sagte Devi: Nächsten Monat wäre Jharna vierundzwanzig geworden. Das überraschte mich. Ich hatte Jharna für um die dreißig gehalten. Bin ja selbst schon achtzehn oder neunzehn. Hat das Licht gebrannt?, fragte ich. Devi nickte. Waren eure Eltern in ihrem Zimmer? Sie nickte wieder. Was hast du dann gemacht?, fragte ich und hatte Angst, gleich würde sie anfangen zu schreien: Hör doch endlich mit dieser Fragerei auf! Aber sie fing nur wieder an zu weinen, und dann kam von unten wieder die Stimme, dieses Mal ziemlich ungeduldig: Komm jetzt endlich runter! Das Dienstmädchen, meine ich. Sofort! Als ich aufstand, rief Devi: Tante, wir räumen hier oben auf. Ich flüsterte: Warum hat Jharna …? Mitten im Satz kamen mir wieder die Tränen, und auch Devi schluchzte. Langsam reichts mir aber!, kreischte da die Tante, entweder du kommst jetzt endlich runter, oder ich komm rauf!

Ich trocknete mir schnell die Augen, griff den Besen und rannte die Treppe runter. Kurze Zeit später kam Devi auch. Sie musste sich zu ihrer Tante setzen. Ich überlegte, welche Ausrede ich erfinden könnte, um wieder hochzugehen. Ich wollte mir den Ventilator noch mal ansehen und eine Weile in Ruhe in dem Zimmer sitzen. Meine Angst war weg, und jetzt wollte ich mit meinen Gedanken allein sein. Ich verstand nicht, warum Jharna das Licht nicht ausgemacht hat. Vielleicht hat sies einfach vergessen. Oder sie hat sich im Dunkeln gefürchtet. Als sie sich den Strick um den Hals gelegt hat, muss sie Angst gehabt haben. In dem Zimmer hängen zwei Fotos von Jharna. Die wollte ich mir auch ansehen. Schließlich ging ich zu Devis Tante und sagte: Ich geh hoch, den Boden wischen. – Hast du das etwa noch nicht gemacht? Ich schnappte mir Eimer und Lappen und lief die Treppe hoch. Zuerst erledigte ich die anderen Räume, dann ging ich in Jharnas Zimmer und starrte zuerst den Ventilator und dann die Bilder an. Ich hatte keine Lust, den Boden zu wischen. In einer Ecke lag ein zerknitterter Sari. Daraus hatte Jharna wahrscheinlich den Strick gebunden. Nein. *Den* Sari haben die Bengalen bestimmt schon weggeworfen. Oder mitgenommen, um ihn bei der Einäscherung zu verbrennen. Ich berührte den zerknüllten Sari nicht, setzte mich aber daneben und sah ihn mir genau an. Die ganze Zeit, während ich in dem Zimmer war, hatte ich das Gefühl, dass Jharnas muslimischer Freund irgendwo ganz in der Nähe war. Keine Ahnung, wieso ich das dachte. Als ich schließlich runterkam, rief die Tante: Na, Mädchen, du weißt doch sicher, wie man Tee kocht, oder?

Devi trank nichts von dem Tee. Die Alte ein wenig, aber danach murmelte sie ein paar Mal vor sich hin: Das hätte ich nicht trinken dürfen! – Wenn du noch irgendwo anders arbeiten musst, kannst du jetzt gehen, sagte die Tante, komm einfach später wieder. – Ich hab mir heute freigenommen.

Das war keine Lüge. Mrs Varma hatte gesagt: Bleib heute bei ihnen. Sicher brauchen sie dich. Zum Zeitungssahib war ich auch gegangen und hatte ihm Bescheid gesagt.

Die Stille im Haus war so ähnlich wie damals, als Jharna ein paar Tage verschwunden war. Wenn sie sich mit Kerosin übergossen und angezündet hätte, würde sie jetzt vielleicht noch leben. Leute hätten sie schreien hören und wären angelaufen gekommen. Vielleicht hätte sie ja gar nicht geschrien. Nein, ein brennender Mensch kann nicht schreien. Selbst wenn sies nicht gewollt hätte, wären die Schreie ganz von selbst aus ihrem Mund geflogen. Und wenn sie gerettet worden wäre, hätte ihr vernarbtes Gesicht sie ihr Leben lang daran erinnert, dass sie versucht hatte, sich zu verbrennen. Verbrannte Gesichter sehen schrecklich aus. Und die Leute fragen dauernd, was passiert ist. Das hat Jharna sich wahrscheinlich alles überlegt und sich dann fürs Erhängen entschieden. Aber über solche Dinge denkt man normalerweise nicht lange nach. Die meisten Frauen verbrennen sich. Nicht die meisten, nur die armen. Die, die mit Kerosin kochen. Reiche Frauen töten sich normalerweise mit Gift. Oder mit Schlaftabletten. Sie überleben oft oder werden gerettet. Wie lange Jharna wohl schon darüber nachgedacht hat, sich zu erhängen? Ohne was zu sagen. Wer weiß, vielleicht hat sie sogar Andeutungen gemacht, und die Bengalin wird ihr Lebtag nicht mehr froh, weil sie sich die Schuld an Jharnas Tod gibt: Hätte ich diesen Muslim doch nur akzeptiert. Dann würde Jharna jetzt noch leben!

Ein paar Mal klingelte das Telefon. Meistens ging Devi ran, aber einmal musste ich, weil Devi gerade im Bad war. Ein Mann fragte etwas auf Englisch. Ich glaube, er wollte den Namen von dem Verbrennungsplatz wissen, trotzdem sagte ich: *Please wait.* Die Tante sah mich entgeistert an. Ich wurde rot. Devi gab dem Mann die Informationen zur Einäscherung und fragte dann nach seinem Namen. Da legte er einfach auf. Keine Ahnung, wer das war, sagte Devi zu ihrer Tante, die Stimme hab ich jedenfalls nicht erkannt, und als ich nachgefragt hab, hat er einfach aufgelegt.

Ich weiß nicht, warum ich denke, dieser Mann war Jharnas Muslim.

Ob Jharnas Eltern ihn überhaupt schon mal gesehen haben?

Jetzt stelle ich mir die ganze Zeit vor, was mit ihm passiert, wenn er zur Einäscherung kommt und jemand ihn erkennt. Wie er überhaupt von der ganzen Sache erfahren hat. Vielleicht aus dem Radio oder dem Fernsehen. Tausend Gedanken schossen mir durch den Kopf. Lauter Fragen über den Muslim, die ich Devi stellen wollte. Wenn die Tante nicht da gewesen wäre, hätte ich sie zur Seite genommen und ihr ein Loch in den Bauch gefragt.

Die Tante hat wahrscheinlich keinen blassen Schimmer. Wenn Lalita Bescheid weiß, wissen die Verwandten es vermutlich auch. Nicht unbedingt. Lalita ist anders. Ich glaub, Devi weiß auch nicht viel. Auf jeden Fall nicht alles.

Obwohl ich das Gefühl hatte, es machte keinen Unterschied, ob ich nun da war oder nicht, blieb ich, bis die anderen zurück waren. Gut, die Tante hat ein paar Mal nach Wasser gefragt, und ich hab ihr welches gebracht. Und der Alten hab ich ein paar Chapatis geröstet. Devi muss auch Hunger gehabt haben, aber gegessen hat sie nichts. Irgendwann wurde mir klar, dass ich fastete, wie Ma manchmal. Ich trank Wasser, um meinen Magen zu füllen, und dachte, wenn Jharna sich ihren Bauch nicht hätte ausspülen lassen, hätte sie sich vielleicht auch nicht umgebracht.

Warum begehen Frauen wegen jeder Kleinigkeit gleich Selbstmord?

Zum Glück hat Jharna sich nicht verbrannt. Auf der anderen Seite hätte man sie dann vielleicht retten können, und jetzt würde sie im Krankenhaus liegen, bewusstlos. Aber es hätte niemandem was gebracht, sie zu retten. Frauen mit verbrannten Gesichtern habens schwer. Das Leben wird zur Qual. Ich weiß nicht, warum Frauen diese krankhafte Angewohnheit haben, sich zu verbrennen. Vielleicht ist es wegen diesem alten Ritual, Sati. Aber warum misshandeln und bestrafen Frauen, wenn sie wütend sind, sich selbst? Männer lassen ihren Zorn an Frauen aus, und Frauen machens nicht anders. Sie gehen auf sich selbst los.

Warum hat Jharna sich umgebracht? Diese Frage lässt mich einfach nicht los.

Bevor sie den Strick an den Ventilator gebunden hat, muss sie die Schlinge geknüpft haben. Dann hat sie zum Ventilator hochgeschaut. Danach den Stuhl drunter gerückt. Sich draufgestellt. Ein Ende vom Strick am Ventilator befestigt. Daran gezogen, um zu gucken, ob der Knoten fest ist. Dann hat sie sich die Schlinge um den Hals gelegt. Sich gefragt, was sie macht, wenn der Knoten sich löst. Wenn jemand reinkommt. Warum hat sie die Tür nicht abgeschlossen? Vielleicht hat sie ganz tief drinnen doch gewünscht, dass jemand kommt und sie rettet. Wo hat sie gelernt, einen Strick zu knüpfen? Die Zeitungen bringen öfters Meldungen über Frauen, die sich an einem Ventilator erhängt haben. Und über Frauen, die sich verbrannt haben. Wenig über Selbstmorde mit Gift. Es ist bestimmt nicht so leicht, an Gift zu kommen. Wahrscheinlich gibt es viele verschiedene Gifte. Frauen, die Gift genommen haben, werden auch manchmal gerettet. Manche Gifte sind vielleicht nicht so stark.

Wann hat Jharna den Abschiedsbrief geschrieben? Ich will den Brief lesen. Und den Muslim sehen. Wissen, wie er heißt. Ihn fragen, warum er Jharna nicht davon abgehalten hat, sich den Bauch ausspülen zu lassen und sich umzubringen. Aber wer bin ich schon, diese Fragen zu stellen? Wer würde mich was fragen lassen? Ich mach mich umsonst verrückt. Ich mach mich nicht verrückt, ich trauer um Jharna. Auf meine Art. Ich versuch zu verstehen. Dafür ist dieses Tagebuch gut. Gut? Mein Hirn ist wirklich müde. Meine Hand auch. Und meine Brust. Ich werde tagelang schlechte Laune haben. Es käme mir komisch vor, *mood* statt Laune zu schreiben.

Diesmal hab ich Lalita kein Wort geglaubt! Stattdessen hab ich ihr ins Gesicht gesagt, dass ihre Geschichte erstunken und erlogen ist. Aber sie war nicht mal wütend. Ich weiß, du bist traurig, sagte sie nur, deshalb bin ich dir nicht böse, aber was ich dir erzählt hab, stimmt. Sie hatte erzählt, dass der Muslim sich auch umgebracht hat. An einem Ventilator erhängt, einen Tag nach Jharnas Einäscherung. Zuerst, als ich es hörte, wurde ich starr wie ein Stein. Als hätte mein Lebensatem mich verlassen. Dann schüttelte ich den Kopf und rief: Ich glaub dir kein Wort! – Wenn dus nicht glauben willst, dann lass es halt, sagte Lalita, ist mir doch egal. Aber was findest du an der Geschichte eigentlich so ungewöhnlich? Als würden die Zeitungen nicht jede zweite Woche solche Meldungen bringen. Ich kann nicht lesen, aber du schon, außerdem arbeitest du beim Zeitungssahib. Der hat doch bestimmt die eine oder andere Zeitung bei sich rumliegen. Warum fragst du nicht ihn, dann wirst du ja sehen, ob ich gelogen hab oder nicht. Ich sprang auf und rannte zum Zeitungssahib. Er machte sich gerade fertig fürs Büro. Warum bist du so blass?, fragte er. Ich hatte nicht gewusst, dass ich blass war, und trank erst mal ein Glas kaltes Wasser und wischte mir mit meiner Chunni übers Gesicht. Dann sagte ich: Ich bin gekommen, um Sie was zu fragen. – Dann aber schnell! Ich bin spät dran. – Stand in den Zeitungen, dass … Ich zögerte. Nicht, dass der Zeitungssahib denkt, ich bin völlig verrückt. Aber dann dachte ich mir, egal, soll er denken, was er will. Ich geh hier nicht weg, bevor ich nicht gefragt hab. Stimmt das Gerücht, dass dieser Muslim sich auch an einem Ventilator erhängt hat? Ich hatte damit gerechnet, dass der Zeitungssahib fragt: Welcher Muslim? Aber er nickte: Ja, das stimmt. Es stand in allen Zeitungen. – Warum haben Sie mir nichts gesagt?, fragte ich vorwurfsvoll. Und wütend. Ich dachte, du hast es in der Zeitung gelesen, sagte er. – Sie wissen doch, wie schlecht es mir die letzten Tage ging! Nicht mal hierher bin ich gekommen. Wie sollte ich dann Zeitung lesen? – Und wie hätte ichs dir erzählen sollen, wenn du gar nicht hier warst?, sagte er. Außerdem: Woher soll ich wissen, ob und was du über diesen Muslim weißt?

Ich mochte, wie der Zeitungssahib mit mir sprach. Wie ein Vater, der seine aufgewühlte Tochter beruhigt. Ich senkte den Blick und wurde rot. Der Muslim heißt Shaukat, sagte er. Ich war perplex, woher wusste der Sahib, dass mich das interessierte? In der Hindi-Zeitung ist sogar ein Foto von dem Ärmsten, fügte er noch hinzu, wenn dus sehen willst, die Zeitung liegt da vorne. Ich wollte, aber nicht vor dem Sahib. Gucks dir in Ruhe an, Shano. Ich muss jetzt los. Nimm den Schlüssel hier. Die Zeitungen liegen beide da vorne, die von gestern und die von heute. Der Artikel ist auf Seite drei. Lies es dir in Ruhe durch, aber schließ, wenn du gehst, die Tür ab. Und pass auf, dass du den Schlüssel nicht verlierst.

Als der Zeitungssahib gegangen war, nahm ich mir die Zeitungen, aber statt zu lesen, weinte ich. Im Schaukelstuhl. Shaukat und Jharna. Was für schöne Namen! Sie funkelten vor meinen Augen. Lalita hatte also doch recht. Das Foto von Shaukat war gestochen scharf. Man sah ihm nicht an, ob er Muslim war oder Hindu.

Ich betrachtete ihn eine Ewigkeit. In der Zeitung stand, dass er einen Tag nach Jharnas Einäscherung Selbstmord begangen hatte. Ich kann mich nicht mehr erinnern, ob sie auch was über den Grund für Jharnas Selbstmord geschrieben haben. Wie sollen die Zeitungsleute das auch wissen? Ach, die kriegen alles raus! Und wenn sie nicht dahinterkommen, haben sie keine Skrupel, sich was zusammenzufantasieren. Lalitas Geschichte war nicht ausgedacht. Vielleicht sitzt sie unter dem Niembaum und wartet auf mich. In dem Artikel stand zwar, dass Jharna und Shaukat verliebt waren, aber die Sache mit der Abtreibung wurde nicht erwähnt. Ich las, dass Jharna fünfundzwanzig und Shaukat vierundzwanzig war. Und dort stand auch, dass die Eltern der beiden strikt gegen eine Hochzeit waren.

Ich bin jetzt sicher, dass es Shaukat war, der am Tag der Einäscherung angerufen und Devi nach dem Namen des Verbrennungsplatzes gefragt hat. Er war bestimmt da, es hat ihn bloß niemand erkannt. Alle dachten, er ist von Jharnas Arbeit. Vielleicht hat Shaukat auf dem Rückweg von Jharnas Einäscherung entschieden, sich das Leben zu nehmen. Dort hat er mit niemandem gesprochen, aus Angst, jemand könnte rauskriegen, wer er ist. Ich glaube nicht, dass es für Muslime verboten ist, zu Verbrennungsplätzen zu gehen. Aber wenn jemand rausgekriegt hätte, dass er der Muslim ist, der an Jharnas Tod schuld ist, hätte er garantiert Schwierigkeiten gekriegt! Ein paar habens vielleicht geahnt.

Jharnas Familie hat sicher auch von Shaukats Selbstmord gehört oder gelesen, und vielleicht ist Devi schon auf die Idee gekommen, dass es Shaukat war, der angerufen hat. Vielleicht hat sies sogar ihren Eltern erzählt. Ob die beiden wohl froh sind über seinen Tod? Oder traurig, weil ihretwegen gleich zwei Menschen gestorben sind? Gibt es solche Selbstmorde nur in Indien oder auch anderswo auf der Welt? Diese Fragen können nur Mrs Varma oder der Zeitungssahib beantworten, ich nicht. Was haben sie also in meinem Kopf zu suchen? Wenn ich nicht mit diesem Geschreibe angefangen hätte, wären mir solche Fragen nie gekommen. Früher war ich nie so lange mit mir selbst allein. Wenn man bis spät in die Nacht vor sich hingrübelt, braucht man sich nicht zu wundern, wenn alle möglichen Arten von Fragen in einem auftauchen. Und alle möglichen Arten von Wut. Wenn man sie nicht aufschreibt, gehen sie nicht weg und köcheln in einem weiter. Zu schreiben bedeutet, das Gehirn zu reinigen. Und das Herz. Nur die Gedanken nicht unbedingt.

Selbst die Größten haben nicht immer saubere Gedanken. Der Pandit in Mas Tempel jedenfalls nicht. Der hat nicht mal einen sauberen Körper! Trotzdem liegen ihm alle Frauen aus dem Dorf zu Füßen. Die alten und die jungen. Ich geh auch manchmal hin. Aber danach schwöre ich mir jedes Mal, nie wieder! Der Mann hat Dreck im Blick. Und in den Gedanken wahrscheinlich auch. Ich versteh nicht, was die Frauen an ihm finden. Warum sind sie so naiv? Nicht naiv, sondern dumm. Nicht dumm, sondern verdorben! Wieso denke ich das, und warum schreibe ichs auf? Die Verdorbenen sind immer noch die Männer! Meistens. Es gibt auch Frauen, die so einiges auf dem Kerbholz haben, zum Beispiel diese Brillenschlange. Manche Leute würden auch Jharna dazu zählen. Ganz zu schweigen von Lalita.

Wenn ich mich in einen Muslim verliebe und Ma sich querstellt und mir meine Liebe verbietet und sagt, ich soll ihn verlassen, würde ich mir dann das Leben nehmen? Könnte ich das? Nein. Ich hätte nicht den Mut. Natürlich wäre ich sauer, aber den Mut, zu sterben, hätte ich nicht. Ich meine, den Mut, mich selbst zu töten. Wer hätte gedacht, dass Jharna so mutig ist. Aber vielleicht geht es gar nicht um Mut. Jedenfalls nicht nur. Es gehört noch was anderes dazu. Wenn Shaukat noch leben würde, würde ich ihn fragen: Konntest du dir nicht denken, dass Jharna sich umbringt? Warum hast du sie nicht davon abgehalten? – Wer bist du überhaupt?, würde Shaukat zurückfragen. Ich arbeite bei Jharna im Haus. Und dann: Wäre es nicht besser gewesen, ihr wärt zusammen abgehauen, anstatt euch umzubringen? – Jharna wollte nicht, ich ja. – Wirklich? – Ich schwörs, bei Gott! Ich werde rot. Ich verliebe mich nie! Jedenfalls nicht so, dass ich mir das Leben nehme. Besser so.

Um den Wohnungsschlüssel vom Zeitungssahib nicht zu verlieren, hab ich ihn mit einer Sicherheitsnadel am Bund meiner Hose befestigt. Morgen geb ich ihn zurück. Ma fragte sofort: Wem gehört dieser Riesenschlüssel? Als ichs ihr sagte, meinte sie: Das war keine gute Idee, Shano. Denk dran, den Schlüssel morgen auf jeden Fall zurückzugeben, und mach solche Fehler in Zukunft nicht mehr! Das bringt nur Schwierigkeiten.

Heute hab ich auf dem Weg zur Bengalin gar nicht am Niembaum vorbeigeschaut. Die Sache mit Lalita klär ich morgen.

Gestern, als ich gerade die Tür vom Zeitungssahib abgeschlossen hab, kam die Frau aus der Wohnung oben die Treppe runter. Sie kennt mich. Einmal hat sie mir sogar angeboten, bei ihr zu arbeiten, aber alle sagen, sie ist eine Meckerziege, schlimmer als die Fette, und misstrauisch dazu, also sagte ich Nein. Als sie mich mit dem Schloss hantieren sah, fragte sie: Warum schließt du die Tür auf? – Ich schließ nicht auf, sondern ab, ich meine, ich mache die Tür zu. – Wo ist der Sahib? Am liebsten hätte ich – drinnen! – gerufen, aber stattdessen antwortete ich brav: Er ist ins Büro. Das verwirrte sie komplett. Und er hat dir den Schlüssel gegeben? – Er hat einen, und ich hab einen. Das Gesicht muss man gesehen haben! Einen Augenblick stand sie nur da und glotzte, dann polterte sie die Treppe runter und verschwand. Es war gar nicht so leicht, die Tür abzuschließen. Vielleicht hat der Sahib ein ausländisches Schloss.

Ma erzählte ich lieber nichts von diesem Zwischenfall. Dann hätte sie sich nur noch mehr aufgeregt: Wer weiß, was die jetzt für wilde Geschichten rumerzählt!

Den Rest morgen.

Mir geht noch so viel durch den Kopf.

Im Moment gibts viel zu schreiben! Die Dinge passieren Schlag auf Schlag, und ich hab so wenig Zeit.

Ma fragt immer: Was schreibst du denn die ganze Zeit? Und was willst du mit diesen ganzen Heften machen?

Erst mal die Sachen von gestern. Sonst vergess ich sie. Na ja, das vielleicht nicht, aber es wird auf jeden Fall nicht leichter, sie aufzuschreiben. Wer weiß, vielleicht vergess ich sie sogar. Wenn so viel passiert, muss man ja das eine oder andere vergessen!

Bei der Bengalin war nicht viel los. Nur ihre Schwester und zwei andere Frauen waren da. Die Alte mit der Flasche nicht. Die beiden Schwestern stritten die ganze Zeit auf Bengali. Das Bengali von Bano versteh ich mittlerweile ganz gut, das der Bengalin ein bisschen, das von ihrer Schwester überhaupt nicht. Aber ihr Hindi ist besser als das Hindi von der Bengalin. Untereinander sprechen sie nur Bengali, vor allem, wenn ich da bin. Die beiden anderen Frauen mischten sich zwar nicht in die Diskussion ein, ließen sich aber auch kein Wort entgehen. Der Mann war nicht zu Hause. Ab und zu fiel Jharnas Name. Es war klar, dass es um sie ging, und als ich merkte, wie vertieft die Frauen in ihre Streitereien waren, bat ich Devi leise, mit hochzukommen, damit ich oben putzen konnte.

Oben beim Aufräumen in Jharnas Zimmer musste ich immer wieder zum Ventilator hochschauen. Plötzlich sagte Devi: Mutter will hier einen neuen Ventilator installieren lassen. Ich war richtig erleichtert, das zu hören! Die ganze Zeit schon hatte ich gedacht, dieser Ventilator wird ihnen noch zu schaffen machen! Außerdem wars jetzt einfach, auf Jharna zu sprechen zu kommen: Es stand was Neues in der Zeitung. Hast du gesehen? – Ja, sagte Devi. Ich habs in der Hindi-Zeitung gelesen, da war auch ein Foto von diesem Mann, ich meine, von Shaukat. – In den englischen Zeitungen auch, sagte Devi. Wir flüsterten. Trotzdem hatte ich die ganze Zeit Angst, die Tante könnte wieder anfangen zu brüllen. Ich senkte meine Stimme noch mehr, Devi zog vorsichtig die Tür zu.

Ich: Hat deine Schwester es dir erzählt?

Devi: Was?

Ich: Irgendwas.

Devi: Ja.

Ich: Hast du Shaukat mal gesehen?

Devi: Nein.

Ich: Warst du auch gegen ihn?

Devi: Nein, aber wer hört schon auf mich?

Ich: Hattest du einen Verdacht? Ich meine, hattest du Angst? Also, hättest du jemals gedacht, deine Didi könnte Selbstmord …

Devi: Ja. Didi hats ganz klar gesagt: Ich bring mich um! Sagt später nicht, ich hätte euch nicht gewarnt. Aber Ma meinte nur: Dann bring dich halt um! In diesem Haus erblickt jedenfalls keine muslimische Göre das Licht der Welt!

Ich: Warum hat deine Didi sich den Bauch ausspülen lassen?

Devi: Was meinst du?

Ich: Warum hat sie das Kind wegmachen lassen?

Devi: Aus Angst vor Mutter, warum sonst?

Ich: Shaukat wollte es nicht?

Devi: Was?

Ich: Dass Jharna das Kind wegmacht.

Devi: Weiß nicht.

Ich: Wer hat ihm von Didis Tod erzählt?

Devi: Weiß ich auch nicht.

Ich: Vielleicht hat ers aus dem Radio oder Fernsehen.

Devi: Kann sein.

Ich: Und was jetzt?

Devi: Wie, was jetzt? Es ist doch schon alles passiert! Jetzt ist es zu spät! Devi fing an zu weinen. Ich griff nach dem Besen, um weiterzufegen. Von unten rief die Tante, Devi machte die Tür auf, wischte sich die Tränen weg und zischte leise: Keine Ahnung, wann diese Tante endlich nach Hause geht! Dann ging sie runter.

Ich wischte den Boden und starrte zwischendurch zum Ventilator hoch. Als ich im anderen Zimmer fegte, kam Devi wieder hoch. Wahrscheinlich hatte die Bengalin sie geschickt, um mich zu beaufsichtigen.

Ich: Erinnerst du dich an diesen Mann, der angerufen hat, als die anderen auf dem Verbrennungsplatz waren?

Devi: Ja. Der, der seinen Namen nicht sagen wollte?

Ich: Ja, der. Ich glaub, das war Shaukat.

Devi: Shaukat?

Ich: Ja, Shaukat. Was glaubst du?

Devi: Kann sein. Er hat mich nach der Adresse vom Verbrennungsplatz gefragt.

Ich: Er ist bestimmt hingegangen.

Devi: Kann sein.

Ich: Und am nächsten Tag hat er das Gleiche gemacht wie deine Didi.

Devi: Nicht am nächsten Tag, am gleichen Abend.

Ich: Stimmt, am nächsten Tag stands schon in den Zeitungen.

Devi: Heute ist es fünf Tage her.

Ich: Du musst dich ohne deine Didi seltsam fühlen.

Devi: Wenn jemand auf mich gehört hätte …

Ich: Deine Didi hat doch bestimmt auf dich gehört?

Devi: Ach, für die war ich doch auch nur ein Kind.

Ich: Wie schaffst dus nur, alleine in diesem Zimmer zu schlafen?

Devis Augen füllten sich wieder mit Tränen.

Devi: Und wie soll ich ihre Klamotten tragen? Ich machs nicht! Ich sag Mutter, sie soll sie zusammenpacken und verschenken. Aber darauf lässt sie sich niemals ein!

Ich überlegte, wie ich die Kleidung von Jharna am geschicktesten ablehnen könnte, wenn die Bengalin sie mir anbietet, und was ich mit dem Zeug mache, falls ich am Ende doch gezwungen bin, es zu nehmen. Aber schmeißen die Angehörigen, wenn jemand stirbt, wirklich die ganzen Klamotten weg? Was würde Ma, wenn ich heute sterbe, mit meinen Sachen machen? Ma sagt, die gebrauchten, frisch gewaschenen Klamotten, die sie auf dem Samstagsmarkt verkaufen, sind von Toten. Deshalb sind sie so billig.

Mehr ist gestern nicht passiert.

Heute hat Mrs Varma viel erzählt. Ich mag, wie sie redet. Ganz ohne Heuchelei. Nach einigem Geplauder über dies und das kam sie auf Jharna und Shaukat. Vor dem Tag, als sie bei den Bengalen ihr Beileid bekunden war, war sie noch nie dort gewesen. Mir ist schon oft aufgefallen, dass die Leute hier für sich bleiben. Die Nachbarn besuchen sich nicht. Sogar an so einem geselligen Feiertag wie Holi gibts hier nicht viel Miteinander. Selbst die Alten gehen nur selten gemeinsam spazieren. Meistens sieht man sie alleine durch die Straßen oder den Park tigern. Morgens kommen mir auf dem Weg zum Zeitungssahib immer drei alte Männer entgegen. Sie sind auf dem Rückweg von ihrem Spaziergang, schwingen Tüten voller Gemüse und Milch und unterhalten sich laut. Wenn sie mich sehen, werden ihre Stimmen noch durchdringender. Ich geh an ihnen vorbei und hab jedes Mal Angst, sie könnten mich aufhalten und über den Zeitungssahib ausfragen. Jeden Tag nehm ich mir vor, nächstes Mal einen anderen Weg zu gehen. Ma hat aufgehört, mich über den Sahib zu löchern. Sie sagt: Wenn er was im Schilde führen würde, hättest dus inzwischen mitgekriegt und die Arbeit bei ihm aufgegeben. Aber ich hab nicht vor, die Arbeit bei Mrs Varma und dem Zeitungssahib jemals aufzugeben. Am liebsten würde ich nur noch bei ihnen arbeiten, von morgens bis abends.

Mrs Varma ist einfach davon ausgegangen, dass ich über Shaukat Bescheid weiß.

Mrs Varma: Das Foto des Ärmsten hat mir einen richtigen Stoß versetzt.

Ich: Mir auch.

Mrs Varma: Wo hast dus gesehen?

Ich: Beim Zeitungssahib. In der Hindi-Zeitung.

Mrs Varma: Kennst du den richtigen Namen vom Zeitungssahib nicht?

Ich: Doch. Steht ja auf dem Schild an der Tür.

Mrs Varma: Und was ist mein Spitzname?

Ich: Mrs Varma.

Mrs Varma: Nicht die Lady mit dem Dutt? Ich musste kichern und lief rot an.

Mrs Varma: Shaukat ist so ein schöner Name! Wusstest du, dass es auch Hindus gibt, die so heißen?

Ich: Ja? Nee, wusste ich nicht.

Mrs Varma: Jharna könnte auch ein muslimischer Name sein.

Ich: Wusste ich auch nicht.

Mrs Varma: Wie war Jharna so?

Ich: Sehr nett. Wirklich richtig nett.

Mrs Varma: Die Ärmste!

Ich: Ich hab sie Didi genannt.

Mrs Varma: Ihre Eltern sind an allem schuld!

Ich: Eher die Mutter, der Vater nicht so.

Mrs Varma: Jetzt tuts der Ärmsten sicher leid.

Ich: Am traurigsten ist Jharnas Schwester Devi.

Mrs Varma: Die Arme ist jetzt ganz alleine.

Ich: Sie meinte, sie will Jharnas Klamotten nicht anziehen.

Mrs Varma: Die Arme.

Ich: Sie sagt, solange der Ventilator noch da hängt, schläft sie nicht in dem Zimmer.

Mrs Varma: Gut. Und jetzt nimm dir erst mal was zu essen und zu trinken. Danach kannst du mit dem Putzen anfangen.

Ich: Ich hab keinen Hunger.

Mrs Varma: Du hast nie Hunger. Jetzt steh schon auf und hol dir was zu essen!

Ich stand zwar auf, aß aber nichts. Ich war wirklich nicht hungrig. Mittags beim Zeitungssahib hatte ich ein riesiges Mittagessen verdrückt. Er war heute nicht im Büro. Seine Arbeit ist komisch, mal um diese Zeit, mal um jene, mal gar nicht. Das erinnert mich an die Brillenschlange. Und ihr wildes Tier.

Bei den Bengalen zu Hause laufen jetzt immer bengalische Kassetten. Die Musik ist so traurig, dass einem die Tränen kommen. Wie, wenn jemand singt und dabei weint. Ich versteh die Texte zwar nicht, aber die Musik findet trotzdem ihren Weg in mein Herz. Wenn ich komme, ist Devi immer schon los zur Schule und der Mann bei der Arbeit. Die Bengalin, die Ärmste, hockt in einem alten Nachthemd rum und hört herzzerreißende Lieder. Sie tut mir leid. Ich geh dauernd zu ihr und frage: Soll ich Tee machen? Oder Kaffee? Vielleicht ein bisschen Obst schneiden? Sie sagt nichts, schüttelt nur den Kopf. Nicht mal mit nach oben kommt sie, um mich beim Putzen zu beaufsichtigen.

In Jharnas Zimmer ist immer noch kein neuer Ventilator. Was machen sie mit dem alten? Vielleicht stellen sie ihn unten in die Garage. Wenn sie auf die Idee kommen, ihn mir zu geben, lehne ich ab: Wir haben schon einen Ventilator. Es ist kein Platz für noch einen, danke. Im Moment gibts bei den Bengalen nur halb so viel zu tun. Ich trödel rum und werde trotzdem schnell fertig. Früher hat die Bengalin immer gesagt: Wie willst du die ganze Arbeit in so kurzer Zeit erledigt haben? Gibs doch zu, du musst heute noch irgendwohin und hast geschludert! Schmutziges Geschirr fällt auch kaum an. Sie essen und trinken fast nichts. Das Schweigen der Bengalin macht mir Angst. Sie erwähnt Jharna mir gegenüber mit keinem Wort. Ich sag auch nichts. Wahrscheinlich fragt sie sich, wie viel ich weiß. Sie ahnt nicht, dass ich bestens informiert bin. Ich würde mich gerne ein bisschen mit ihr unterhalten, über irgendetwas, einfach nur, um sie abzulenken. Aber mir fällt nichts ein. Das Telefon klingelt nie, wenn ich dort bin. Die Bengalin muss sich nach einem ganzen Tag voll so trauriger Musik schrecklich fühlen. Sicher tut ihr jetzt alles leid. Sie sollte mal mit Mrs Varma sprechen.

Lalita hat alles über Shaukat ausspioniert. Sie spricht von ihm, als wäre er ein naher Verwandter von ihr. Sie sagt, Shaukats Familie hatte in die Hochzeit eingewilligt. Shaukat hat sie überredet. Eltern hören normalerweise auf ihre Söhne, nur auf ihre Töchter hören sie nicht. Lalita sagt, Shaukat war gegen die Abtreibung, er war deswegen sogar böse auf Jharna, aber dann hat er ihr verziehen und gesagt: Jetzt lässt es sich nicht mehr rückgängig machen. Lass uns nach vorne sehen! Dann hat Jharna sich das Leben genommen. Lalita sagt, Frauen drehen nach einer Abtreibung manchmal durch. Sie glauben, sie haben eine schlimme Sünde begangen und müssen die Schuld nun ihr Leben lang mit sich rumschleppen. Sie sagt, wenn Jharna Shaukat alles erzählt hätte, würde sie jetzt noch leben. Er hätte sie beruhigt und sich um sie gekümmert. Nie hätte er zugelassen, dass sie sich umbringt. In der muslimischen Gemeinde sind Selbstmorde total selten. Lalita sprach über Muslime, als wär sie selbst einer. Ich hab mich nicht getraut zu fragen, woher sie das alles weiß. Seit sich ihre letzte Geschichte als wahr rausgestellt hat, halte ich lieber die Klappe. Trotzdem frage ich mich, wie sies schafft, so eine ausgefuchste Spionin zu sein. Nur eins stört mich. Sie ist gar nicht traurig über Jharnas Tod. Und mit Jharnas Familie hat sie auch kein Mitleid. Obwohl sie selbst ein paar Monate dort gearbeitet hat. Vor mir. Da hat sie noch von Jharna geschwärmt: Jharna denkt immer an mich! Bei jeder Gelegenheit steckt sie mir hinter dem Rücken ihrer Mutter Sachen zu. Damals hab ich mich gefragt, wie Jharna diese Aktionen vor ihrer Mutter geheim halten kann. Ich hab mich auch gewundert, wo in solchen Momenten plötzlich Lalitas Stolz hin ist. Jetzt weiß ich, alle Dienstmädchen nehmen gerne gebrauchte Sachen. Wenn sie nicht ab und zu was zugesteckt bekommen, suchen sie sich ein neues Haus. Der Lohn reicht hinten und vorne nicht, sagen sie, man muss was dazubekommen! Oder verdienen wir uns etwa eine goldene Nase?

Dienstmädchen nehmen die gebrauchten Sachen nicht nur, sie verlangen notfalls auch danach. Ich verlange nicht nur nichts, sondern lehne auch ab, wenn mir jemand was anbietet. Wenn jemand mir Essen geben will, sag ich, ich hab keinen Hunger. Wenn jemand mit Kleidung ankommt, finde ich auch eine Ausrede, zum Beispiel: Im Moment hab ich wirklich genug zum Anziehen. Sicher gibts andere, die sich viel mehr darüber freuen würden. Wenn ich was brauche, sag ich Bescheid. Alle wissen, das sind Ausreden. Wahrscheinlich ärgern viele sich über meinen Stolz. Ma hat sich früher auch drüber aufgeregt. Inzwischen weiß sie, ich will keine Almosen. Sie bittet auch selbst um nichts mehr, aber wenn jemand von sich aus was Ordentliches rausrückt, sagt sie nicht Nein. Essensreste nimmt sie aber nicht.

Das, was ich bei Mrs Varma und dem Zeitungssahib esse, sind keine Reste. Die Ärztin hat mir, als ich noch bei ihr gearbeitet hab, auch kein übrig gebliebenes Essen angeboten. Die andern Dienstmädchen wissen, ich nehme keine Überbleibsel, weder altes Essen noch abgetragene Klamotten. Sie bewundern mich für meinen Stolz und schimpfen mich gleichzeitig dafür aus. Ich mag beides, ihre Bewunderung und ihre Wut. Lalita sagt: Shano, dein Stolz geht mir einfach nicht in den Kopf. Wenn man bei den Leuten fegt, ihr dreckiges Geschirr spült, ihre schmutzigen Klamotten wäscht, ihr Badezimmer scheuert, warum dann ihre Essensreste und ausgedienten Kleider ablehnen? Wir haben deshalb schon ein paar Mal gestritten. Ich weiche ihr jedes Mal aus und sage, das muss jede für sich entscheiden. Manchmal rufe ich auch: Was soll ich machen? Mein Herz sagt Nein. – Es geht nicht um dein Herz, sondern um deine Rechte!, sagt Lalita, man muss rausholen, was man kann. Essensreste braucht man natürlich nicht nehmen, wir sind schließlich keine Tiere, das ist klar. Alte abgerissene Fetzen auch nicht, aber mit den nur leicht abgetragenen ist es was anderes. – Noch bist du alleine, Shano, fügt sie dann hinzu, aber wenn du erst mal verheiratet bist und Kind und Kegel hast, bricht auch dein Stolz. Als ob Lalita nicht stolz wäre! Sie sagt: Es geht nicht nur um Stolz. Und Stolz bedeutet nicht, sich das Leben unnötig schwer zu machen.

Bano mag auch keine Reste essen, aber sie machts trotzdem. Um zu sparen. Der Dieb wurde nicht gefasst. Lalitas Drohungen haben nicht geholfen. Sie redet nicht drüber, und wenn jemand sie drauf anspricht, winkt sie nur ab. Das ist doch Schnee von gestern. Lalita interessiert sich nur für den neuesten Klatsch und Tratsch. Jharnas Geschichte ist für sie auch schon ein alter Hut. Im Moment kann sie sich nur für Storys von ihrer neuen Memsahib begeistern. Sie hat sie die Hochnäsige getauft. Unter dem Niembaum geht es in letzter Zeit nur noch um die Hochnäsige.

Gestern haben Lalitas Geschichten mir keinen Spaß gemacht. Ich hab auch gar nicht richtig hingehört. Ich saß zwar dort, aber eigentlich war ich ganz woanders. Meine Gedanken wanderten zu Paro. Ihr Mann macht ihr das Leben in letzter Zeit zur Hölle. Er bringt kein Geld nach Hause, lässt sie aber auch nirgends arbeiten und verlangt dann noch dauernd Geld für seine Sauftouren. Hols dir doch von deiner Mutter oder Schwester, sagt er. Wenn er getrunken hat, beschimpft er sie: Deine Mutter und deine Schwester verdienen sich doch dumm und dämlich. Ich kann mir schon denken, wie sie das anstellen! Diese Huren! Vor allem deine Schwester, die Schlampe! Hat was mit diesem alten Typ am Laufen. Paro sagt, ihre Schwiegermutter hat sich auf die Seite von ihrem Sohn geschlagen. Wenn wir das gewusst hätten, schimpft sie Paro aus, dann hätten wir der Hochzeit nie zugestimmt! Vorgestern war Paro bei uns. Sie hat viel geweint. Ich hatte solches Mitleid mit ihr. Paro sollte wieder zu uns ziehen, hab ich zu Ma gesagt, was bringt es, sie weiter dort wohnen zu lassen? Paro stimmte mir zu, und Ma war auf uns beide böse. Dummköpfe seid ihr! Ma will, dass Paro bei sich zu Hause bleibt, mit ihrem Mann, egal ob sie sich streiten und prügeln, Hauptsache, sie bleibt bei ihm. Ma sagt, wenn sie zu uns zieht, ist ihre Ehe zerrüttet und ihr Ruf dahin. Davon hat niemand was. Sie sagt, Paros Schwiegermutter und ihr Mann würden lauter falsche Gerüchte über Paro in die Welt setzen, und ihr Mann würde sich eine neue Frau nehmen. Und was wird dann aus Paro? Die Leuten werden sagen, irgendwas muss dran sein an den Geschichten, sonst hätte ihr Mann sie ja nicht vor die Tür gesetzt. Am Ende ist Paro zurückgegangen, aber sie wollte nicht. Kurz bevor sie sich auf den Weg gemacht hat, hat sie zu mir gesagt: Shano, ich halts dort nicht mehr aus. Wenn Ma mir nicht erlaubt, hier zu wohnen, lauf ich weg oder mach wer weiß was vor Verzweiflung. Sag ihr das von mir.

Als sie weg war, hab ich einen Streit mit Ma angefangen. Sie hat mir immer wieder ihr Leben als Beispiel vorgehalten. Dein Bapu hat mir genauso zugesetzt, sagte sie, mit ihm zu leben, war die Hölle, jeden einzelnen Tag, aber deshalb bin ich noch lange nicht abgehauen, hab ihn nicht verlassen, obwohl ich es gekonnt hätte. Ich hab mein Dharma akzeptiert. Und das sollte Paro auch.

Ich hielt dagegen: Die Zeiten haben sich geändert, Ma. Für die Reichen vielleicht, sagte sie, für uns aber nicht. – Ma, willst du, dass Paro traurig ist oder glücklich?, fragte ich. Welche Mutter will nicht, dass ihre Tochter glücklich ist?, sagte sie, aber wie kannst du behaupten, sie wäre glücklich, wenn sie ihr Zuhause verlässt? – Das ist kein Zuhause, sondern die Hölle. – Und das hier etwa der Himmel? – Ma, nur weil du Bapu nicht verlassen hast, heißt das nicht, dass Paro ihren Mann nicht verlassen kann. Ma sagte nichts, also redete ich weiter: Du hast selbst gesagt, Bapu war nicht schlecht, nur seine Gewohnheiten, aber, Ma, Jija ist von Grund auf schlecht und seine Gewohnheiten noch dazu! Ma schwieg immer noch, und mein Mut wuchs. Außerdem musstest du an uns denken, sagte ich, du warst gebunden. Aber Paro hat keine Kinder, und sie sagt, sie bekommt auch keine, weil ihr Mann … Genug, fuhr Ma dazwischen, das reicht! Ich weiß Bescheid. Sei still. Ich wusste, Paro hatte Ma alles über ihren Mann erzählt, mehr als mir. Ich schwieg einen Moment. Dann sagte ich: Ma, wenn du Paro nicht zu uns ziehen lässt, läuft sie weg oder macht irgendwas anderes Verzweifeltes, und dann sitzen wir beide hier wie die Bengalen und bereuen es unser Leben lang.

Als Ma das hörte, fiel sie mir um den Hals und weinte. Ma wirkt von außen immer so hart und ist von innen ganz weich. Als ich die Bengalen erwähnte, schmolz sie wie Wachs.

Gestern war ich sehr lange bei Mrs Varma, aber heute bin ich zeitig gegangen und direkt zu Paro. Ihr Mann war noch nicht von seinem letzten Streifzug zurück, aber ihre Schwiegermutter war da. Als sie mich sah, sprang Paro auf. Ihre Augen waren dick und verquollen. Jija hatte sie wieder geschlagen. Vor ihrer Schwiegermutter. Ich blieb nicht lange, sondern flüsterte Paro nur zu, sie soll, sobald sich eine Gelegenheit bietet, ihre Sachen zusammenpacken und kommen. Ma hat nichts dagegen.

Als ich heute Abend nach Hause kam, stand Paro am Herd und röstete Chapatis für Ma.

Paro hat heute bei der Fetten angefangen.

Gestern Abend ist ihr Mann gekommen, um sie zu holen. Es gab ein Riesengeschrei, und eine Menschentraube hat sich vor unserer Hütte gebildet. Aber als Jija ausholte, um Paro eine zu verpassen, hat Paro ihn vor allen Leuten am Handgelenk gepackt und ihm den Arm verdreht. Das muss man mit eigenen Augen gesehen haben! Sein verzerrtes Gesicht und sein Wimmern und Winseln! Alle waren entgeistert, ich froh.

Elektrik-Surendar hat sich die Gelegenheit natürlich auch nicht entgehen lassen und war sofort angelaufen gekommen. Er hat sich neben mich gestellt und geflüstert: Ein Wort von dir, und ich bring dem Bastard Manieren bei! Ich hab nicht geantwortet, sondern nur eine Entschuldigung gemurmelt und mich ein Stück weiter weg hingestellt.

Dann hat Ma Jija mit der Polizei gedroht, und ein paar Leute haben uns geholfen, ihn zu verjagen. Endlich ist er unter lautem Schimpfen und Fluchen abgezogen. Der Sieg leuchtete in Paros Gesicht. Als wir in die Hütte zurückgingen, zischte sie durch zusammengebissene Zähne: Ich geh nie wieder zu diesem Schuft zurück, nie wieder!

Nachdem ich Paro heute bei der Fetten abgeliefert hatte, hab ich auf dem Weg zu Mrs Varma Lalita getroffen. Sie hat mich sofort zum Niembaum rübergezerrt. Um diese Zeit war keine aus unserer Gruppe dort. Noch bevor Lalita sich richtig hingesetzt hatte, rief sie: Paros Mann ist das Allerletzte! Es war absolut richtig von ihr, ihn zu verlassen! Ich hab nicht gefragt, woher sie das schon wieder wusste. Inzwischen hab ich akzeptiert, dass man vor Lalita nichts verheimlichen kann. Einen Job bei der Fetten hat sie ja schon, redete Lalita weiter, und ich kann ihr noch zwei, drei Häuser dazu besorgen, ihr braucht euch keine Sorgen zu machen.

Lalita ließ gerade eins ihrer Häuser ausfallen, wahrscheinlich platzte sie vor Neuigkeiten und Tratsch über die Hochnäsige. Aber ich war spät dran. Ich lerne jetzt von Mrs Varma Englisch. Bisher hab ich das lieber für mich behalten. Aber Lalita findet es ohnehin bald raus. Mrs Varma sagt: Du bist wirklich ein schlaues Köpfchen, das englische Abc hast du in null Komma nichts gelernt!

Wenn du jetzt nicht heiratest und aufhörst zu lernen, kann ich dir sicher zu einer Ausbildung verhelfen.

Seit ich Englisch lerne, fliegen mir alle möglichen englischen Wörter, die ich irgendwo aufgeschnappt habe, durch den Kopf und rutschen mir beim Sprechen raus. Ganz von selbst. Ich versuche, sie zurückzuhalten. Aus Angst vor Lalita, obwohl die selbst ihre Sprache dauernd mit irgendwelchen aufgeschnappten englischen Worten aufpeppt. Sogar Ma kennt ein paar, eigentlich jeder. Mrs Varma sagt: Ohne Englisch ist man aufgeschmissen. Im Moment träume ich sogar auf Englisch. Mrs Varma hat mir ein Heft und ein Textbuch gekauft. Ich hab beides in einer schwarzen Plastiktüte versteckt. Irgendwann in den nächsten Tagen schnappt Lalita sich die Tüte und befühlt sie. Was versteckst du da drin? Ach, wahrscheinlich hat sies sowieso schon spitzgekriegt und wartet nur noch auf eine passende Gelegenheit, die Sache vor der ganzen Gruppe breitzutreten. Und dann geht das Gekicher los: Shano wird zur Memsahib!

Die Kleine aus Madras trägt manchmal eine enge Bluse und dazu einen kurzen Rock. Wahrscheinlich Sachen, die ihr eine Memsahib überlassen hat. Die Arme hat unglaublich haarige Beine. Lalita lacht sie aus: Wenn du eine schwarze Memsahib werden willst, müssen zuerst die Haare weg! Ich trag nie einen Rock! Obwohl ich keine Haare an den Beinen hab, nur ganz feine, die man nicht sehen kann, höchstens fühlen, wenn man mit der Hand drüber streicht. Wenn ich die Achselhaare von der Kleinen aus Madras sehe, muss ich an die Brillenschlange denken. Ich lass meine Achselhaare und die anderen Haare auf meinem Körper nicht wachsen. Okay, mit denen auf dem Kopf ist es was anderes.

Der Monsunregen hat angefangen. Jetzt lässt die Hitze nach, dafür kommen andere Probleme: Das Hüttendach hat ein Leck, in den Gassen von unserem Dorf steht das Wasser bis zu den Knien, die Mücken surren einem Tag und Nacht um den Kopf, die Kleider riechen muffig, die Leute kriegen Husten, Fieber und alle möglichen anderen Krankheiten. Außerdem wird Trinkwasser und Elektrizität knapp. Früher, im Slum, wars noch viel schlimmer. Im Gegensatz zu unserer Bruchbude dort ist unsere Hütte hier eine Villa. Die meisten Dienstmädchen wohnen in Slums. Sieben Leute oder mehr unter einem Dach. Männer, Frauen und Kinder, alle zusammen. So haben wir auch mal gewohnt. Kann ich mir gar nicht mehr vorstellen. Irgendwann besuch ich Bano mal in ihrem Slum. Keine Ahnung, wo Lalita eigentlich wohnt. Wahrscheinlich gibt es irgendwo in unserem Dorf einen Bezirk für die Leute aus ihrer Kaste. Unser Dorf ist kein Dorf mehr, aber auch noch kein richtiger Stadtteil. Ich hab Angst, unsere Hütte könnte eines Tages von irgendwelchen Geschäften verdrängt werden, und dann müssen wir wieder in den Slum ziehen.

Mrs Varma hat mir heute die Zahlen beigebracht, *one, two, three.* Sie sagt, wenn man erst mal bis zwanzig zählen kann, ist der Rest ganz leicht. *Ten, twenty, thirty, forty, fifty, sixty, seventy, eighty, ninety.* Ich kanns schon! Im Moment lerne ich nur Sprechen, Schreiben kommt später. Morgen sag ich die Nummern für Mrs Varma auf. Das wird sie umhauen. Du bist wirklich ein schlaues Mädchen! Ihr Lob steigt mir schon zu Kopf. Hör beim Fernsehen genau hin, sagt sie, das ist beim Englischlernen schon die halbe Miete.

Sogar in den Hindi-Programmen reden die Leute jetzt dauernd auf Englisch. *After the break.* In den Werbespots kommen auch immer englische Worte. Ich hör jetzt genau hin.

Paro hat noch zwei Häuser dazubekommen. Über Lalita. In einem kocht sie auch. Drei ist genug, sagt sie, noch eins nehme ich nicht dazu.

Außer Ma und Paro hab ich niemandem erzählt, dass ich von Mrs Varma achthundert Rupien bekomme, vom Zeitungssahib tausend und von der Bengalin nur vierhundert, aber bei ihr fege, wische und spüle ich auch bloß. Ma ist zufrieden. Paro sagt, mein Schicksal meint es gut mit mir. 2200 Rupien im Monat, dazu Essen und Trinken. Morgens esse ich beim Zeitungssahib, abends bei Mrs Varma. Genau die gleichen Gerichte wie die beiden. Keine Ausnahmen, keine Unterschiede, kein Stress. Ich nehm mir, was ich will, setz mich gemütlich hin und esse in Ruhe. Nicht auf dem Boden, sondern auf einem Stuhl. Ich benutze das gleiche Geschirr wie sie. Früher hatte Mrs Varma diesen Putztick, aber den hat sie abgelegt. Wahrscheinlich hat sie eingesehen, wie sinnlos ihr Verhalten damals war. Ich hab meine Hygiene selbst im Griff. Man muss mir nicht dauernd auf die Finger sehen. Beide Häuser sind blitzblank. Meine Klamotten auch. Mrs Varma sagt: Erstklassiger *taste,* Shano! *Taste* hat, glaub ich, was damit zu tun, wie ich die Farben zusammenstelle oder so.

Der Zeitungssahib sagt gar nichts, aber in Gedanken stimmt er Mrs Varma bestimmt zu. Eines Tages sagt er noch: Wirklich erstklassiger *taste,* Shano. Dann muss ich ihn unbedingt fragen: Sahib, was bedeutet *taste?*

Zeitung lese ich nur beim Zeitungssahib. Mrs Varma bekommt keine Hindi-Zeitung. Sie sagt, da steht nichts Interessantes drin. Ich finde immer ganz viel, was mich interessiert. Vor allem die Geschichten über Dienstmädchen und Bedienstete. Obwohl diese Artikel mir Angst machen. Dann schießen mir alle möglichen Gedanken durch den Kopf. Ich kann nicht glauben, dass ein Bediensteter für ein bisschen Bargeld ein altes Ehepaar abmurkst, absticht, erwürgt oder vergiftet! Lalita sagt, es ist schlimmer, für hinterhältig gehalten zu werden, als wirklich hinterhältig zu sein. Sie sagt, die Bullen buchten die Bediensteten einfach ein, ohne irgendwelche Beweise. Dann lässt sie sich über Polizisten aus: Erst lassen diese Bastarde andere für sich stehlen und morden, und dann bringen sie uns dafür hinter Gitter! Sie sagt, manche Memsahibs sind so hinterhältig und behandeln ihre Dienstmädchen so schlecht, dass es einen nicht wundern würde, wenn das eine oder andere Dienstmädchen sich an ihnen rächt. Wenn ich mir tagein, tagaus das Gezeter meiner Memsahib anhören müsste und dazu noch irgendein alter Lustmolch ständig versuchen würde, mich rumzukriegen, könnte ich mir auch vorstellen, vor lauter Wut sonst was zu tun. Trotzdem jagen mir die Geschichten aus der Zeitung immer einen Schreck ein. Manchmal so sehr, dass ich daran denke, mir einen anderen Job zu suchen. Aber wie? Wenn ich ein bisschen gebildeter wäre – das wäre was anderes. Selbst dann ist es nicht leicht. Alles Mögliche spricht dagegen. Im Bus kriegt man Knuffe und Schläge verpasst. Und nicht nur das! Dort passieren alle möglichen ekligen Sachen.

Heute hab ich in der Zeitung von einem Dienstmädchen gelesen, das zusammen mit einem Kumpel ihre uralte Memsahib ermordet hat. Jetzt sind beide verschwunden. Ich glaubs nicht! Am liebsten hätte ich das dem Sahib entgegengerufen: Das glaub ich einfach nicht! Und ihn gefragt, ob er die Geschichte etwa für bare Münze nimmt. Jetzt geh ich in mich und denke nach. Würde ich das jemals fertigbringen? Nein! Aber das sagt nichts über andere aus. Mrs Varma hat bestimmt auch von der Sache gehört. Und der Sahib. Und die Bengalin. Alle fragen sich: Würde Shano das jemals fertig bringen? Komisch, dass keiner mich auf diese Ereignisse anspricht. Ich meine, keiner von diesen dreien. Die Fette konnte gar nicht genug von dem Thema kriegen, dauernd hat sie Anspielungen gemacht. Wie ich das gehasst hab! Es war klar, dass sie mir misstraute. Und sie wusste ganz genau, wie sehr mich ihre Bemerkungen ärgern! Als in diesem Sektor mal ein Dienstmädchen wegen einem Einbruch verdächtigt und festgenommen wurde, fragte die Fette mich: Die kanntest du doch, oder? – Nein, sagte ich. Und sie: Das glaub ich dir nicht. Ich war so wütend, dass ich ihr am liebsten den Besen um die Ohren gehauen hätte.

Wenn diese kleinen Zwischenfälle mit der Fetten mich schon so zum Kochen bringen, wäre ich wahrscheinlich in die Luft gegangen, wenn sie sich noch mehr rausgenommen hätte. Wut kann ich gut nachvollziehen. Wenn ich wütend werde, werden andere es auch. Manche drehen in ihrem Zorn durch. Aber so sehr, dass sie jemanden umbringen? Manche wahrscheinlich schon. Sonst gäbs ja keine Morde. Aber Morde passieren auch aus anderen Gründen. Streit um Land und andere Sachen. Oder Geldgier. Oder Rachegelüste. Aber dahinter steckt auch Hass. Es geht nicht nur um Mord. Frauen werden oft nicht bloß umgebracht, sondern vorher noch vergewaltigt. Männer ärgern sich mehr über Frauen als umgekehrt. Warum? Wahrscheinlich ärgern Frauen sich genauso, sie unterdrücken ihren Groll nur, und ihren Kummer auch. Aber manchmal gibt es Dinge, die lassen sich nicht unterdrücken, und wenn man es doch versucht, dreht man durch. Wie die verrückte Memsahib mit dem Nachthemd. Oder die Alte, die immer durch unser Dorf rennt. Heute hab ich die mit dem Nachthemd wieder gesehen. Ohne den Hund. Hoffentlich ist er nicht tot. Ich kenne alle Hunde in diesem Sektor. Ab und zu mach ich mir Gedanken über sie. Die Armen streunen den ganzen Tag durch die Gegend. Manchmal sieht man sie irgendwo liegen und schlafen, ganz tief. Alle viere von sich gestreckt. Hunde träumen bestimmt auch. In diesem Sektor gibts kaum Katzen.

Warum kann ich die Nachricht von heute nicht glauben?

Es sind immer jede Menge Lügen in die Zeitungsnachrichten gemischt. In alle Dinge. Alles ist irgendwie verfälscht. Manchmal finden die Polizisten den wahren Dieb oder Mörder nicht, und dann buchten sie einfach ein Dienstmädchen oder einen Bediensteten ein. Die armen Nepalis haben den schlechtesten Ruf, dicht gefolgt von den Bangladeschis. Man sieht hier wenig Dienstmädchen aus Nepal. Lalita sagt, in Mumbai sind sie gefragter. Dort legen die Leute richtig Geld für sie auf den Tisch. Es gibt nichts, worüber Lalita nicht Bescheid weiß. Dabei liest sie nicht mal Zeitung. Sie sagt, sie sieht in den schwarzen Buchstaben nur Wasserbüffel. Was bringt Lesen uns?, fragt sie. Ich möchte nicht wissen, wie sie reagiert, wenn sie von meinem Englischunterricht erfährt. Irgendwann findet sies garantiert raus. Und was sie erst sagt, wenn sie mitkriegt, wie gut Mrs Varma und der Zeitungssahib mich bezahlen!

Ob ich so gut Englisch lernen kann, dass ich die englische Zeitung verstehe?

Immerhin, meinen Namen kann ich schon in der englischen Schrift schreiben. Mrs Varma sagt: Sehr schönes *handwriting*. Das Wort kannte ich vorher nicht.

Ich habe Ma und Paro erzählt, dass Mrs Varma mir Englisch beibringt. Meinetwegen kannst dus ruhig lernen, sagte Ma, aber was um Gottes willen willst du damit? Paro hat gar nichts gesagt, sie war zu verblüfft.

Wenn ich heute zum Niembaum gegangen wäre, hätte Lalita vielleicht erzählt, dass sie das Mädchen aus dem Zeitungsartikel kannte. Lalita sagt, männliche Bedienstete missbrauchen das Vertrauen ihrer Memsahibs und Sahibs öfter, Dienstmädchen fast nie. Die Ärmsten sind normalerweise unschuldig. Sie werden von den Sahibs verführt, oder von deren Söhnen. Sie sagt, alle probieren es zuerst bei den jungen Dienstmädchen. Die Männer sowieso und sogar die Frauen manchmal. Dann fängt sie von der Geschichte mit der Brillenschlange an. Sie sagt: Manche Memsahibs lieben Massagen, aber die Massagen sind nur ein Vorwand für ganz andere Vergnügungen! Wenn Lalita von solchen Dingen redet, werde ich knallrot.

Sie sagt, manche Memsahibs lassen sich auch von den männlichen Bediensteten massieren. Und wer ist dann schuld, wenn die armen Kerle die Beherrschung verlieren? Lalita sagt, diese Bediensteten nehmen ihren Memsahibs jede Kleinigkeit krumm.

Klar, wenn ein Junge gewohnt ist, seine Memsahib zu massieren, kann er ihr Gekeife nicht ertragen.

Der Artikel über das Dienstmädchen heute hat mir ganz schön zugesetzt.

Ich war so durcheinander, dass ich die ganze Nacht nicht schlafen konnte und heute den ganzen Tag Kopfschmerzen hatte. Bei der Bengalin lief wieder die traurige Musik. Vom Zuhören wurden meine Kopfschmerzen ein bisschen besser. Die Bengalin spricht wieder, aber das Bett verlässt sie immer noch selten. Die Kassetten und ihren anderen Kram hat sie neben sich auf dem Bett liegen. Ohne sich aufzurichten, wechselt sie die Kassetten, stellt lauter oder leiser oder schaltet die Musik plötzlich ganz ab. Dann könnte man im Haus eine Stecknadel fallen hören. Heute, als ich ihr Zimmer wischte, stellte sie auch auf einmal die Musik aus. Das war ein ganz schön trauriges Lied, sagte ich. Jharna hat es so sehr gemocht, dass sie es sich immer wieder angehört hat, oft bis spät in die Nacht, sagte die Bengalin. Ich sagte nichts, und die Bengalin redete weiter, Jharna hielt große Stücke auf dich. *Very intelligent girl,* sagte sie immer. Schlaues Mädchen.

Seit ich Englisch lerne, versteh ich manche Wörter wie von selbst. Keine Ahnung, wieso. Ich muss echt aufpassen, dass sie mir nicht bei jeder Gelegenheit rausrutschen. Dann denken die Leute bloß, ich will angeben. Dabei kann ich lernen, soviel ich will, am Ende bin und bleibe ich ein Dienstmädchen.

Als ich das Zimmer fertig gewischt hatte, hat die Bengalin die gleiche Kassette noch mal angemacht. Dann stellte sie die Musik leiser und sagte: Die Musik würde dir noch besser gefallen, wenn du Bengali verstehen könntest. – Die Lieder berühren mich auch so, sagte ich, egal, ob ich Bengali verstehe oder nicht. Da sah die Bengalin mich an, als hätte ich was furchtbar Wichtiges gesagt. Jharna hat schon recht mit dem, was sie über dich gesagt hat, sagte sie. Ich wurde rot. Plötzlich donnerte es draußen, und ich rannte los, um alle Türen und Fenster zu schließen. Diese Wohnungen haben alle unglaublich viele Fenster und Türen, und wenn man sie nicht zumacht, regnet es sofort rein. Oben blieb ich am Fenster von Jharnas Zimmer stehen. Am Himmel bekämpften sich Wolkenelefanten, zwischen ihnen blitzten Schwerter. Auf dem Balkon gegenüber stand ein Junge. Ich sehe ihn oft dort stehen. Manchmal bewegt er den Kopf so, als wollte er mir was sagen. Devi hat mir erzählt, bei dem Armen stimmt was im Kopf nicht, wenn er anfängt, ihn zu schütteln, kann er nicht mehr aufhören. Devi meinte auch, keiner versteht, was der Junge sagt, deshalb spricht er fast nie. Ich hab keine Angst vor ihm, er tut mir nur leid. Devi hat gesagt, seine Mutter hat kein Dienstmädchen, weil der Junge dauernd nackt durch die Wohnung rennt.

Es fing an zu regnen. Der Wind hatte nachgelassen. Ich stand am Fenster und hielt meine Hand in den Regen. Die dicken Tropfen fühlten sich an wie nasse Perlen. Der Junge streckte auch die Hand aus. Wenn ich das Fenster zugemacht und den Vorhang vorgezogen hätte, wäre er sicher enttäuscht gewesen. Aber wer macht die Arbeit, wenn ich am Fenster rumstehe? Und die Bengalin wird unruhig und denkt, was ich hier oben so lange mache, und dass die Schränke nicht abgeschlossen sind. Ich zog meine Hand zurück, der Junge auch.

Im Regen waren die bengalischen Lieder noch trauriger. Ich wusch das Geschirr ab und wollte gerade gehen, als die Bengalin fragte: Du hast sicher Durst, oder? – Nein, danke, sagte ich. Warte doch, bis der Regen aufhört, sagte sie, warum hast dus so eilig? – Sie sind sicher müde. – Wie soll ich am Tag schlafen, wenn ich, seit Jharna nicht mehr da ist, nicht mal nachts schlafen kann …

Ich wollte mich draußen auf den Boden setzen, aber sie sagte: Nein, nicht dort. Da ruinierst du dir nur die Kleidung. Komm hier rüber und setz dich auf den Korbstuhl. Ich setzte mich dorthin. Die Bengalin redete weiter: Du kommst nach deiner Mutter. Deine Mutter ist eine anständige Frau. Ich wurde rot. Die Bengalin machte die Kassette aus. Der Regen prasselte lauter. Ich senkte den Kopf und saß dort wie an einem Krankenbett. Irgendwie hatte ich das Gefühl, sie wollte was sagen, brachte es aber nicht über die Lippen. Ich wusste nicht, was ich sagen sollte. Devi vermisst ihre Schwester sehr, platzte ich schließlich raus. Da brach die Bengalin in Tränen aus. Sie weinte und weinte, im Regen hörten sich die Geräusche, die sie dabei machte, seltsam an. Plötzlich verstand ich, dass sie gar nicht hatte reden wollen, nur weinen.

Der Regen hat gestern ein Riesenchaos angerichtet. Unser Dach war wie ein Sieb. Jedes Jahr ist es das Gleiche. Sich beim Vermieter zu beschweren, bringt nichts. Der sagt nur: Was erwartet ihr eigentlich von mir? Woher soll ich bei der Miete, die ihr mir zahlt, auch noch Geld für Reparaturen nehmen? Ich muss die Hütte wohl verkaufen, damit ihrs endlich kapiert! Gestern Nacht hätte nicht viel gefehlt, und das Dach wär uns auf den Kopf gekracht. Wir saßen alle drei dicht aneinandergedrängt in der einzigen trockenen Ecke. Alles war nass. Der Strom war ausgefallen. In der Dunkelheit fanden wir die Kerzen und Streichhölzer nicht, und selbst wenn wir sie gefunden hätten, hätten wir sie wahrscheinlich nicht anzünden können. Ma betete zu Ram, und Paro und ich schimpften leise vor uns hin: Was ist das nur für ein Leben? Schließlich wurde es Ma zu viel: Unser Leben ist das! Ihr solltet dankbar sein, überhaupt ein Dach über dem Kopf zu haben. Denkt an die Leute in den Slums. Denkt an die Obdachlosen auf der Straße. Und an die Leute auf dem Land, jedes Jahr verlieren die ihr Hab und Gut in Überschwemmungen. Dankbar solltet ihr sein! Aber Ma war nicht auf uns böse, sondern auf Gott, besser gesagt, aufs Schicksal. Ich war böse auf Kundan. Paro auf ihren Mann. Dann wanderten meine Gedanken zu der Niembaum-Gruppe. Wir bekamen die

Nacht nur mühsam rum, manchmal schliefen wir kurz ein, dann wachten wir wieder auf und schoben und zerrten unsere Habseligkeiten in der Dunkelheit von einer Ecke der Hütte zur anderen. Paro hatte Angst, der Fernseher könnte kaputtgehen. Ma dankte Gott für den Stromausfall, so konnte wenigstens kein Feuer ausbrechen. Immer wieder ermahnte sie uns, ja kein Kabel anzufassen. Man weiß nie, mit diesem Strom! Ich fragte mich, ob wohl jemand an uns und unsere miese Lage dachte.

Als endlich Morgen wurde, sahen wir, dass das ganze Dorf in einem schlimmen Zustand war, außer den Geschäften und Häusern, die die Stadtleute abgerissen und neu gebaut haben, wie die Praxis von der Ärztin und die Wohnung drüber. In der Gasse stand das Wasser knietief. Der Boden von unserer Hütte war ein Schlammloch. Der Regen hatte nachgelassen, aber der Himmel war immer noch bedeckt. Elektrik-Surendar ließ sich die Gelegenheit nicht entgehen und kam in aller Frühe bei uns vorbei. Seine Hütte hatte ziemlich wenig abbekommen. Er schlug vor, wir könnten alle dort einziehen. Ma sagte, das kommt nicht infrage. Obwohl er schon wieder gierig glotzte, freute ich mich über sein Mitgefühl. Der hat es auf dich abgesehen!, flüsterte Paro mir ins Ohr. Wenn du Kundan auftreiben könntest, wären wir dir sehr dankbar, sagte Ma zu Surendar. Paros Mann weiß bestimmt, wo der steckt, sagte Elektrik-Surendar, ein Wort, und ich hole ihn. – Das können wir uns sparen, schimpfte Paro, der rührt eh keinen Finger. Wir kriegen das schon alleine hin.

Mitten in dieser Diskussion tauchte plötzlich Kundan auf. Er sah besorgt aus. Mit ihm kam ein Mann mit einem Beutel in der Hand. Kundan sagte, er hat diesen Handwerker-Freund von sich extra mitgebracht, weil er sich schon dachte, wir könnten einen brauchen. Mas Augen füllten sich mit Tränen. Ich habe gerade zu Surendar gesagt, er soll dich suchen gehen, sagte sie, Gott Ram hat mich erhört! Jetzt bist du da, und alles wird gut. Als Surendar

Kundan sah, sank er in sich zusammen. Zeit für ihn, abzuhauen, aber erst nachdem er einen letzten sehnsüchtigen Blick auf meine und Paros nasse Klamotten geworfen hatte. Ich bemerkte, dass Kundans Handwerker-Freund uns auch nicht aus den Augen ließ und sich schon die Lippen leckte. Gut, Sarvar, alter Kumpel, sagte Kundan zu dem Handwerker, wer weiß, wann der Regen wieder losgeht, im Moment hats aber aufgehört. Steig doch gleich aufs Dach und schau nach, was zu machen ist. Kundan war nüchtern. Ich konnte es kaum fassen. Ich werfe erst mal einen Blick rein, sagte Sarvar. Hoffentlich gibts wieder Strom, sagte Ma, sonst kann man drinnen gar nichts sehen. Sarvar legte seinen Beutel ab. Dann wandte er sich an mich: Komm mit rein und zeig mir, wos durchgeregnet hat. Ich wurde rot. Woher soll die Ärmste das wissen, sagte Ma, komm, ich zeigs dir. Als Ma mit Sarvar und Kundan reingegangen war, seufzte Paro: Hoffentlich nimmt mein Schlappschwanz von Mann Kundans Anwesenheit nicht als Vorwand, um hier aufzukreuzen. – Soll er doch kommen, sagte ich, warum hast du Angst vor ihm? – Ich hab keine Angst vor ihm, sondern vor Kundan. – Um den kümmer ich mich schon, sagte ich. Wir entschieden, für alle Tee zu kochen und uns dann auf den Weg zur Arbeit zu machen. Ma sollte zu Hause bleiben und die Dachreparaturen beaufsichtigen. Ich fragte mich, warum Kundans Freunde alle solche Widerlinge waren. Dass sie uns vor seiner Nase dermaßen ungeniert anglotzen!

Der Herd ging kaum an. Wasser war ins Kerosin getropft. Die Feuerstelle war ein Wasserloch. Holz hatten wir auch keins. Also bekam jeder nur ein Chapati von gestern zu seinem Tee und dazu ein bisschen Eingemachtes, das eine Memsahib Ma gegeben hatte. Ma mischte ein wenig Öl und Gewürze rein, und so schmeckte es ganz passabel. Ich sah schnell, dass ein Chapati Kundan und Sarvar niemals satt machen würde, und Paro und ich überließen den beiden unseren Anteil. Dann nahm ich Ma zur Seite: Bring die beiden jetzt, wos aufgehört hat zu regnen, schnell dazu, mit den Reparaturen anzufangen. Aber geh die Materialien und so lieber selbst kaufen. Und gib Kundan das Geld für die Arbeit erst, wenn alles fertig ist, sonst schnappen sich die beiden sofort die Kohle und zischen ab! Ich wollte noch mehr sagen, aber Ma war schon beleidigt, und Kundan und Sarvar guckten zu uns rüber, als könnten sie sich denken, was ich Ma da eintrichterte.

Paro und ich krempelten unsere Hosen bis zu den Knien hoch, nahmen unsere Sandalen in die Hand und wateten durch die überschwemmte Gasse. Als wir die Teerstraße erreichten, waren unsere Füße schlammverklebt. Wir überquerten die Straße und liefen in Richtung Wohnungen. Plötzlich trällerte einer der Fahrer, die vor der Schule parkten: So nasse, nasse Kleider … Den berühmten Filmsong. Ein anderer stimmte ein: Komm hier rüber, Hübsche … Und dann ein Dritter: Zu mir, mein Augenlicht! Meine Ohren brannten. Halt den Mund und geh weiter!, flüsterte Paro. Da rief eine vierte Stimme: Zieht doch eure Hosen einfach aus! Ich hielt an, drehte mich um und warf ihnen einen Blick zu, der das Zeug hatte, sie auf der Stelle in Asche zu verwandeln. Als keiner den Mund aufmachte, schrie ich: Kommt her, wenn ihr euch traut, Bastarde! Paro packte meine Hand und zerrte mich weiter. Hinter uns blieb es jetzt ruhig. Mein Herz klopfte wie verrückt. Bist du verrückt geworden?, zischte Paro.

Bevor ich zum Zeitungssahib hochging, versuchte ich, meine Füße und Waden mit Pfützenwasser abzuspülen, aber ich bekam sie nicht richtig sauber und hatte das Gefühl, sie rochen komisch.

Der Sahib schaute mich verblüfft an. Wie hast dus denn hierher geschafft? Eure Straße versinkt doch sicher in Wasser und Matsch, und euer Haus ist wahrscheinlich auch überschwemmt, oder?

Also hatte der Sahib heute Nacht an uns gedacht. Ich versuchte, die Tränen zurückzuhalten, und ging auf den Balkon, um meine Hände und Füße mit sauberem Wasser zu waschen. Ich spritzte mir gerade ein wenig Wasser ins Gesicht, als der Sahib kam und ein kleines, sauberes Handtuch für mich über die Leine hängte. Hier, für dich, sagte er. Als er weg war, trocknete ich mit dem Handtuch meine Hände und mein Gesicht und die Tränen, aber nicht die Füße. Die wischte ich mit dem Wischlappen ab. Mit so einem blitzblanken, flauschigen Handtuch hab ich mir noch nie das Gesicht abgetrocknet.

Hat es bei euch durchgeregnet?, fragte der Sahib, als ich das Essen servierte. Nicht so sehr, log ich, mein Bruder hat einem Handwerker-Freund Bescheid gesagt. Der repariert heute das Dach. Der Sahib hob den Kopf und sah mich an, als glaubte er mir kein Wort. Für die Reparaturen braucht ihr Geld, oder?, fragte er nach dem Essen. Ma hat genug. Ich hab sie schon gefragt. Das war auch gelogen. Wenn ich nicht aufpasse, wird das noch zur Gewohnheit.

Die Bengalin fragte auch nach: Ihr hattet wegen dem Regen hoffentlich nicht zu viele Scherereien in eurer Bude? Ich sagte ihr, dass wir nicht in einer Bude in einem Slum, sondern in einer Hütte in Bishangarh wohnen. Dann ist ja gut, sagte sie. Dass unser Dach kaputt ist und wir die ganze Nacht kein Auge zugetan haben, hab ich ihr nicht erzählt. Heute lief wieder die Kassette, die Jharna so mochte. Die Bengalin sagte, ich soll mir einen Tee kochen, aber ich lehnte ab. Heute war Devi zu Hause. Samstags hat sie keine Schule. Ich wollte ihr von gestern Nacht erzählen. Gut, dass ich mir das verkniffen hab. Bringt sowieso nichts.

Unter dem Niembaum gings heute nur um den Regen. Banos Bretterbude ist komplett zusammengeklappt. Die Ärmste sagt, sie hat kein Geld für Reparaturen. Gestern Nacht konnte sie bei einer Nachbarin schlafen. Außerdem hab ich heute erfahren, dass Lalita auch im Slum wohnt, mit ihrer Mutter. Und natürlich ihrem Mann. Unsere Hütte ist stabiler als ein Haus, sagte sie, da kanns so viel regnen, wies will, bei uns kommt kein Tropfen rein. Klar war der Regen auf dem Blechdach ganz schön laut. Ich erzählte den Mädels nur, dass mein Bruder und sein Handwerker-Freund heute unser Dach reparieren, weil es in der Nacht ein bisschen reingeregnet hat.

Warum geben arme Leute nicht einfach zu, dass sie arm sind? Armut geht vom Leugnen ja nicht weg. Weniger wird sie auch nicht. Vielleicht sogar mehr. Ich will nicht, dass die Leute Mitleid mit mir haben. Da bin ich wie Lalita. Aber Lalita ist schlau, und ich bin naiv. Naiv, aber nicht dumm.

Heute hing bei Mrs Varma ein Zettel am Geländer, eine Nachricht für mich: Ich habe heute etwas Wichtiges zu erledigen. Sorry. Ich musste lachen. *Sorry!* Ich steckte den Zettel in meine Tasche und überlegte, was ich machen sollte. Alleine nach Hause zu gehen, hatte ich keine Lust, also beschloss ich, Paro ein wenig bei der Arbeit zu helfen. Ma wird sich freuen, wenn ihre beiden Töchter früher nach Hause kommen!

Als wir zu Hause ankamen, lag Ma zusammengekrümmt auf Bapus Bett. Sie ist wie abgesprochen alleine losgegangen, um Zement, Sand und die anderen Sachen zu kaufen, erzählte sie. Gegen halb drei waren die Reparaturen fertig, und Ma hat Kundan und Sarvar was zu essen gekocht. Danach haben die beiden sich auf den Weg gemacht, und plötzlich wurde Ma misstrauisch. Sie schaute in ihre Schatulle. Das ganze Geld, ihre kompletten Notfallreserven, alles weg! 1320 Rupien. Wahrscheinlich hat Kundan sich, sobald Ma aus dem Haus war, über die Schatulle hergemacht. Ich ärgerte mich wahnsinnig über mich selbst. Wenn ich Ma nicht gesagt hätte, sie soll selbst einkaufen gehen, wäre das Geld jetzt vielleicht noch da. Ich hatte mir Sorgen gemacht, Kundan könnte mit dem Zement-Geld durchbrennen. Hundert, vielleicht zweihundert Rupien wollte ich retten, und jetzt ist Mas ganze Schatulle leer!

Zum Glück war das Geld in der Schatulle ja nicht alles, was wir haben, versuchte ich, sie zu trösten, übrigens, wenn du auf mich gehört hättest, wäre unser Geld nicht hier, sondern auf der Bank. – Das lässt sich jetzt auch nicht mehr ändern, sagte Paro, lasst uns lieber nachdenken, wies weitergeht. – Es macht mich so traurig, dass er uns beklaut, sagte Ma, warum bittet er mich nicht einfach um Geld? Ich sag doch nie Nein. Immer wenn er fragt, geb ich ihm was! Aber dieses Geld hatte ich für Notfälle gespart. Warum sagt er mir nicht, wenn er dringend was braucht?

Jetzt fing Ma an, mich zu nerven. Paro gings ähnlich. Sie kam mir zuvor: Ma, mach endlich die Augen auf und hör auf, dir Kundans Dreistigkeiten schönzureden! Sonst gehts doch immer so weiter! Ma sah Paro an. Ihre Augen sagten: Wer bist du eigentlich? Seine Schwester oder seine Feindin? – Ma, Paro hat recht, sagte ich, du hast gar keine Vorstellung, wie verdorben Kundan ist, und redest von dringend Geld brauchen, statt endlich einzusehen, dass dein Sohn nichts als seinen nächsten Rausch im Sinn hat! Er stiehlt und betrügt und wer weiß was noch. Aber wenn er im Gefängnis landet, kauft ihn garantiert keiner frei! Ma rappelte sich wütend auf, biss die Zähne zusammen und zischte: Seid ihr die Schwestern von diesem armen Jungen oder seine Feinde? Und wie könnt ihr vergessen, dass ich seine Ma bin? Natürlich würde ich ihn freikaufen. Meine eigene Haut würde ich verscherbeln, um ihn rauszuholen! Sollen die ins Gefängnis gehen, die gegen ihn hetzen!

Mir wurde klar, dass wir Ma nie verstehen würden, und sie uns auch nicht.

Jetzt war ich nur noch auf Kundan sauer, Ma tat mir leid.

Irgendwo tief in mir drin bewunderte ich Kundans Schlauheit.

Kurze Zeit später sagte Paro: Es ist so ungerecht, dass wir den ganzen Tag schuften wie die Tiere, nur damit dieser Nichtsnutz mit unserem Geld durchbrennt und sich eine schöne Zeit macht! – Das Geld gehört nicht euch, sondern mir, blaffte Ma, eures liegt auf der Bank, wo ihrs hingebracht habt, und da kanns meinetwegen auch bleiben. – Jetzt reichts aber!, sagte ich. Ma legte sich wieder hin.

Jetzt schlafen beide. Es hat wieder angefangen zu regnen. Zum Glück nicht mehr durchs Dach. Wer weiß, vielleicht hat dieser Handwerker seine Arbeit ja ordentlich gemacht. Aber wenns nicht mehr reinregnet, hat Ma einen Grund, neue Lobeshymnen auf Kundan zu singen. Alle Mütter vergöttern ihre Söhne.

Es regnet ohne Pause. Aber unser Hüttendach ist dicht. Ich hab schon ein paar Tage nichts mehr aufgeschrieben. Ma und Paro sind immer da, und ich kann nicht in Ruhe schreiben. Erst, wenn sie schlafen. Und dann stört sie das Licht. Außerdem zieht es Motten und andere Viecher an. Morgens, wenn alle sich für die Arbeit fertig machen, herrscht hier ein riesiges Tohuwabohu. Ein paar Mal habe ich schon daran gedacht, mich zum Schreiben bei Mrs Varma oder dem Zeitungssahib hinzusetzen. Es würde ihnen bestimmt nichts ausmachen, aber mir käms komisch vor. Tagebuchschreiben ist privat, man sollte das zu Hause machen.

Wie hätten wir das Leck ohne Kundan jemals repariert bekommen?, sagt Ma, wir hatten doch schon so oft Reparaturen in Auftrag gegeben! Aber dieser muslimische Handwerkerfreund von Kundan war ein Ass! Ich sags ja! Gott hat uns Kundan und Sarvar geschickt!

Paro und ich hören zu, sagen aber nichts. Ma hat Kundans Diebstahl komplett verdrängt. Gleich am nächsten Tag hab ich fünfhundert Rupien von der Bank abgehoben und Ma gegeben. Von Paro hat sie auch zweihundert gekriegt. Davon hat sie garantiert einen Teil für Kundan beiseitegelegt. Wenn Kundan von der Idee besessen ist, Mithun Chakraborty zu sein, eifert Ma irgendeiner aufopferungsvollen älteren Schauspielerin nach. Sie sieht für ihr Leben gern Filme.

In den Zeitungen von gestern und vorgestern stand, die Polizei hat das Dienstmädchen, das sie wegen dem Mord an der alten

Frau festgenommen hatten, wieder freigelassen. Anscheinend hat sie mit niemandem zusammengearbeitet und sich nur aus Angst eine Weile hier und dort versteckt. Jetzt sagt die Polizei, ein Neffe von der Alten hat den Mord in Auftrag gegeben, um sich ihre Besitztümer unter den Nagel zu reißen.

Die meisten Alten werden ermordet, weil jemand es auf ihre Sachen abgesehen hat. Meistens trifft es die Kinderlosen oder die, deren Kinder im Ausland leben. Diese Alte hatte keine Kinder.

Wer weiß, was die Polizisten, bevor sie das Mädchen freiließen, alles mit der Ärmsten angestellt haben. Lalita sagt, wahrscheinlich alles, was man sich nur vorstellen kann, aber die Ärmste wird nicht im Traum auf die Idee kommen, sich zu beschweren. Sie ist froh, mit dem Leben davongekommen zu sein.

Was Menschen alles ertragen müssen, um zu überleben! Vor allem Frauen. Seit wann habe ichs eigentlich so mit Frauenrechten?

Heute Abend stand ich bei Mrs Varma auf dem Balkon, und plötzlich war da ein Regenbogen am Himmel. Fast wäre ich wie ein kleines Kind in die Luft gesprungen und hätte laut Regenbogen, Regenbogen! gejauchzt. Ich ging rein und erzählte es Mrs Varma, und die rannte selbst wie ein Kind nach draußen, um zu gucken. Sie betrachtete den Regenbogen eine Weile. Billu hätte sich darüber gefreut, sagte sie.

Wenn Billu da wäre, würde ich mit ihm im Park spazieren gehen. Wenn der Park nicht so weit weg wäre, könnten wir ihn zu unserem Gruppentreffpunkt machen. Nein, das geht nicht, wir haben ja nur nachmittags frei, und um die Zeit ist es dort zu gefährlich. Einmal hat sich ein Typ auf die Frau, die dort den Rasen schneidet, gestürzt. Er hat ihr wahrscheinlich aufgelauert und ist dann über sie hergefallen. Aber das Mädel hat mit ihrer Sichel so wild um sich geschlagen, dass der Typ die Beine in die Hand genommen und sich davongemacht hat. Lalita sagt, die Grasschneiderin hats ihr selbst erzählt.

Mrs Varmas Fieber ist immer noch nicht weg, aber schon etwas gesunken. Doktor Sen sagt, morgen oder übermorgen ist es sicher ganz weg. Mrs Varma ist ziemlich schwach geworden. Aber sie ist eine tolle Frau, meckert nicht, stöhnt und jammert nicht und wird auch nicht wegen jeder Kleinigkeit sauer. Sie liegt einfach still da, als wäre sie gar nicht krank, sondern nur müde und würde ein bisschen schlafen. Heute ist der vierte Tag. Seit vorgestern schlafe ich hier. Mrs Varma hat darauf bestanden, dass ich in dem kleinen Zimmer schlafe, ich hab darauf bestanden, auf dem großen Balkon eine Matte auszurollen und dort zu schlafen. Ich hab nicht auf sie gehört und sie nicht auf mich. Ich kann doch nicht im Schlafzimmer schlafen!, hab ich gesagt. Du kannst doch nicht auf dem Balkon schlafen, hat sie gesagt, dazu in der Regenzeit, außerdem ist der Balkon nicht sicher, und wenn ich nachts etwas brauche, was dann? Am Ende haben wir uns auf den Diwan im Wohnzimmer geeinigt. Das war auch seltsam für mich, aber nicht so sehr. Eigentlich müsste ich auf dem Boden schlafen. Schließlich bin ich ein Dienstmädchen und nicht Mrs Varmas Nichte! Es fühlt sich seltsam an, auch gut. Aber schlafen kann ich kaum. Zu viele Gedanken im Kopf. Alle möglichen. Ein paar wie Träume, andere machen mir Angst, und ein paar, die ich nicht haben sollte.

Mrs Varma weiß, dass ich abends Tagebuch schreibe. Sie hat noch nie gefragt, was ich schreibe, jetzt bestimmt auch nicht. Schließlich war sies ja selbst, die meinte, ich solls niemandem zeigen. Ich hätte trotzdem Lust, es Mrs Varma zu zeigen. Manchmal denke ich, warum schreibe ich eigentlich? Was bringt es, das alles aufzuschreiben, wenns doch keiner sieht. Vielleicht bringts nichts, aber schaden tuts auch nicht. Mrs Varma schreibt bestimmt auch Tagebuch. Irgendwann mach ich ihr einen Vorschlag: Sie dürfen mein Tagebuch lesen, wenn ich dafür Ihrs lesen darf. Bestimmt schreibt sie schon seit Jahren. Sie muss einen Riesenhaufen Hefte haben! Sogar ich hab inzwischen schon fünf. Wahrscheinlich versteh ich ihr Tagebuch gar nicht. Ihr Hindi ist zu schwierig. Sie überlegt sich sicher genau, was sie schreibt. Ich schreib einfach alles auf, was mir in den Sinn kommt. Nein, nicht alles. Das geht nicht. Manche Sachen lassen sich nicht so einfach aufschreiben. Die richtigen Worte fallen einem nicht ein. Irgendwie schafft mans nicht, die Sache auf den Punkt zu bringen. Solche Schwierigkeiten hat Mrs Varma bestimmt nicht!

Heute hat ihr Sohn aus Dubai angerufen. Ich hab abgenommen. Mrs Varma besteht darauf, dass nur noch ich ans Telefon geh. Sie hat mir beigebracht, wie man am Telefon redet.

Plötzlich denke ich, ich sollte Mrs Varma nicht mehr Mrs Varma nennen. Wenn ich mit ihr rede, nenne ich sie ja auch nicht Mrs Varma, dann sollte ich es in Gedanken und hier in meinem Tagebuch auch nicht tun. Ich arbeite schon so lange für sie, warum also diese Förmlichkeit? Aber was sonst? *Aunty?* Nein. Mutter? Nein. *Aunty* mit dem höflichen Anhängsel ji: *Aunty-ji?* Nein. Bibi-ji? Nein. Biji wäre okay. Und die respektvolle Form.

Also, Biji hat mir beigebracht, wie man am Telefon redet. *Hello*-Sagen konnte ich ja schon. In unserer Gruppe grüßen wir uns manchmal zum Spaß so: *Hello, hello!* Die eine Hand am Ohr und die andere zu einem kleinen Horn geformt. Aber Biji sagt, es gibt viele verschiedene Arten, *hello* zu sagen. Manche sagen *hello,* und es hört sich an, als werfen sie einen Stein nach dir. Bei anderen hat man das Gefühl, das *Hello*-Sagen bereitet ihnen immense Schwierigkeiten. Und manchmal hörts sich an wie eine Frage: Wer ist das, der es wagt, mich anzurufen? Biji hat mir alle Varianten vorgespielt. Trotz des Fiebers. Ich hab versucht, sie abzuhalten. Das macht Sie nur müde, hab ich gesagt. Aber dann musste ich doch sehr darüber lachen! Sie meinte, man muss ganz sachte *hello* sagen, um die andere Person nicht zu verschrecken. Ich musste es ihr ein paar Mal vorsprechen, und schließlich meinte sie: So ists gut. Dann hat sie noch gesagt, manche Frauen lassen ihr *hello* so süß klingen, dass man gleich das Gefühl hat, sie lügen einem was vor. Nach dem *Hello*-Training hat Biji mir erklärt, was ich machen muss, wenn jemand sich verwählt hat, und wie man *wrong number* sagt. Und dann hat sie mir noch beigebracht, wie man fragt, wer dran ist. Sie meinte, manche Leute fragen so ruppig, dass die andere Person sofort auflegt vor Schreck.

Dieses ganze Spiel hat unheimlich viel Spaß gemacht, trotzdem hab ich mich die ganze Zeit gesorgt, Bijis Fieber könnte sich verschlimmern. Ich hatte das Gefühl, sie redet nur wegen dem Fieber so viel. Sowieso ist sie ganz schön tapfer. Hat sich ins Auto gesetzt und ist zu Doktor Sen gefahren. Ganz alleine. Das war am ersten Tag. Als ich noch nicht bei ihr geschlafen habe. Das war übrigens nicht mein Vorschlag. Der Gedanke war mir zwar gekommen, aber ich hätte mich nicht getraut, es selbst vorzuschlagen. Als Biji dann fragte, sagte ich sofort Ja. Frag lieber erst noch deine Mutter, meinte sie. Die sagt bestimmt nicht Nein, sagte ich. Hat Ma dann auch nicht. Aber sei bloß vorsichtig, hat sie gesagt, Mrs Varma wohnt schließlich alleine, und es gibt bestimmt ein paar Diebe und Einbrecher, die es auf sie abgesehen haben. Mach niemandem die Tür auf!

Biji ist total nachlässig mit der Wohnungstür. Sie muss besser aufpassen, das sag ich ihr immer wieder. Wenn ich zur Arbeit komme, ist die Tür oft nicht abgeschlossen. Und wenn jemand klingelt, macht sie einfach auf, ohne zu fragen, wer da ist. Und wenn ich sie darauf aufmerksam mache, sagt sie nur: Ich vergesse es einfach immer wieder.

Ach ja, also als ich ans Telefon ging und *hello* sagte, fragte Bijis Sohn: Wer ist da? Ich wusste nicht, was ich sagen sollte. Auf die Idee, dass der Mann Bijis Sohn sein könnte, kam ich gar nicht. Seine Stimme war so klar und deutlich, als würde er aus der Wohnung nebenan anrufen. Mit wem möchten Sie sprechen?, fragte ich. Mit *Mummy-ji,* sagte er, und da kapierte ich endlich, dass er

Bijis Sohn war. Natürlich, ich geb sie Ihnen gleich, rief ich, einen Moment, bitte! Biji hatte alles mit angehört und gelächelt. Ich gab ihr das Telefon und sagte leise: Aus Dubai. Biji redete ganz normal, so als wäre sie gesund. Ihr Fieber erwähnte sie nicht mal.

Doktor Sen rief auch an. Er wollte vorbeikommen, aber Biji sagte Nein.

Ich sollte so was nicht denken, aber ich tue es nun mal, warum es also nicht aufschreiben: Wenn Biji nicht krank geworden wäre, hätte ich nie die Möglichkeit bekommen, hier zu wohnen. Ich meine, auf diesem Diwan zu schlafen. Ich hab noch nie auf so sauberen Laken geschlafen. Vor ein paar Tagen noch hab ich täglich ein paar Stunden in diesem Haus verbracht, aber jetzt ist es, als war das ein anderes Haus an einem anderen Ort. Oder ich war eine andere. Warum kommt mir das Haus so verändert vor, nur weil ich zwei Nächte hier geschlafen hab? Das Haus und ich selbst auch. Es ist, als hätte Bijis Krankheit mich von einem Dienstmädchen in was anderes verwandelt! Für kurze Zeit. Das sollte nicht sein. Später wirds dann schwer. Denn am Ende bin ich ein Dienstmädchen. Und bleibe es auch. Deshalb hätte ich auf dem Boden schlafen sollen. Auf einer alten Matte. Mit meiner Hand als Kopfkissen. Ich hätte nicht auf Biji hören dürfen. Wenn Biji nicht krank geworden wäre, würde ich sie noch Mrs Varma nennen. In Gedanken und in diesem Heft. Kann ich jetzt sogar offen Biji zu ihr sagen? Ich habe Bibi-ji völlig grundlos in Biji umgewandelt. Aber in Wirklichkeit bleibt sie meine Bibi-ji, meine Arbeitgeberin, keine Mutter, keine Biji.

Warum fühl ich mich plötzlich so unruhig?

Ich sollte hier nicht sitzen und das alles aufschreiben. Was, wenn Biji es liest? Deshalb hatte ich das Heft erst nicht mitgenommen. Heute hab ichs geholt, aber Biji wirds nicht lesen. Wie soll sies lesen, wenn ichs ihr nicht zeige?

Ich schreib doch gar nichts Schlimmes, wovor also Angst haben? Es geht nicht um Angst. Außerdem kann ich mich gar nicht mehr erinnern, was ich hier schon alles aufgeschrieben hab.

Meine Hände zittern. Ich sollte das Licht ausmachen und schlafen. Und davor noch mal bei Biji reinschauen und fragen, ob sie was braucht. Besser nicht von hier rufen, lieber hingehen und nachsehen, ob sie noch wach ist oder nicht. Wenn sie schläft, sollte ich sie nicht wecken. Nicht, dass sie, wenn ich einfach so in ihr Zimmer laufe, denkt, ich bin ein Einbrecher. Was für ein Schwachsinn! Deshalb zittern meine Hände. Und wenn sie einfach so im Schlaf wegstirbt und ich es nicht mal merke. Was mache ich dann? Wenn sie so stirbt wie Bapu. Da hab ichs auch nicht gemerkt, Ma auch nicht. Aber er war krank. Biji ist auch krank. Bapu war schwer krank, unheilbar krank. Er war alt. Zu alt. Ich meine, er wars nicht wirklich, aber er wirkte so. Ich sollte jetzt aufhören. Es ist schon spät. Ich kann bestimmt nicht schlafen. Wenn ich mich hinlege, die Augen zumache und Ram-Ram vor mich hinbete, kommt der Schlaf bestimmt.

Gestern hat Bijis Fieber nachgelassen. Ich habs Doktor Sen am Telefon gesagt. Schön, sagte er, aber schlaf lieber noch zwei, drei Tage dort bei ihr. Ich sagte nichts.

So, jetzt sind Sie wieder gesund, sag ich morgen zu Biji, dann geh ich heute Abend nach Hause. – Bleib doch noch ein, zwei Tage, sagt sie. Wenn Sie meinen, sag ich.

Ich hätte nicht gedacht, dass Biji so nett zu mir sein würde. Keiner behandelt sein Dienstmädchen so. Niemand lässt sein Dienstmädchen bei sich duschen und Wäsche waschen. Und dann auch noch im eigenen Badezimmer! Sogar mir kommt das komisch vor. Als wärs falsch. Und Biji hat doch so einen Putztick! Ich frag mich, wieso sie sich so verändert hat. Außerdem wasche ich meine Klamotten zusammen mit ihren in der Maschine. Ma und Paro könnens auch kaum glauben. So was haben wir noch nie erlebt, sagen sie, eine Memsahib, die sich nicht um Kasten- und Klassenunterschiede schert! Manchmal juckt es mich, bei den anderen aus der Gruppe damit anzugeben. Aber wahrscheinlich wissen sies eh schon. Ich hab im Moment gar keine Zeit, mich zu ihnen zu setzen. Lalita und ich grüßen uns nur von Weitem: *Hello, hello!* Sie ist verrückt nach diesem englischen *Hello*-Sagen. Dabei winkt sie mit der Hand wie eine richtige Memsahib und lächelt. Als wollte sie sagen: Ich bin genauso gut wie jede x-beliebige Memsahib. Okay, ich bin Straßenkehrerin. Na und?

Steigt mir die Zeit bei Biji zu Kopf? Ma fürchtet das. Sie macht manchmal Andeutungen. Im Moment läuft zwar alles gut, sagt sie, aber vergiss nicht, dass der Unterschied zwischen einem Dienstmädchen und einer Memsahib sich nicht so einfach in Luft auflöst. Und: Gott verhüte, dass morgen bei ihr eingebrochen wird, dann denkt sie garantiert, du hast deine Finger im Spiel. Ich hab so was mein Leben lang mit ansehen müssen. Es braucht nicht mal ein Einbruch zu sein, eine verlorene Münze genügt, und Mrs Varma denkt: Hätte ich dieses Dienstmädchen doch nur nicht bei mir wohnen lassen!

Ma hat recht. Es ist schön, dort zu wohnen, aber es fühlt sich nicht richtig an. Es wäre besser, morgen wieder zu Hause zu schlafen. Der Diwan ist bequem, die Laken sind weiß und sauber, das Haus ist schön, ich genieße es, in einem richtigen Badezimmer zu duschen und meine Wäsche dort zu waschen, aber ich bin, wer ich bin: ein Dienstmädchen. Dieses Wissen steckt auch in Biji irgendwo tief drin. Und irgendwann passierts dann, ich mache was falsch, und das verborgene Wissen kommt in ihr hoch und über ihre Lippen und macht mich traurig.

Dem Zeitungssahib hab ich gleich am ersten Tag gesagt, dass Mrs Varma krank ist und ich drei, vier Tage bei ihr wohne und deshalb morgens ein wenig später zu ihm komme. Er kennt Biji. Sie hats mir selbst erzählt. Sie meinte, schreibende Leute kennen einander immer, mehr oder weniger. Ich war überrascht, warum besuchen sie sich nicht mal, wenn sie sich doch kennen? Ich hätte gedacht, der Sahib macht mal einen Krankenbesuch bei Biji. Er hat jeden Tag gefragt, wies ihr geht. Ich habs Biji erzählt: Der Zeitungssahib fragt immer, wies Ihnen geht. Ich hätte gedacht, er würde sie anrufen, vielleicht hat er das ja auch.

In letzter Zeit dusche ich total gerne. Ich benutze nicht viel Wasser, aber ich brauche lange. Bevor ich mich wasche, mache ich das Badezimmer ordentlich sauber. Ohne Klamotten. Zwischendurch schaue ich in den Spiegel. Die Handtücher von Biji sind toll. Die Seife auch. Und das Waschöl. Das Shampoo. Mit dem Schaum rubble ich meinen ganzen Körper ab. Das ist schön. In den paar Tagen sind meine Fersen ganz sauber geworden. Ich schmiere ordentlich Creme drauf. Und während ich das alles mache, bekomme ich manchmal plötzlich Angst: Das ist doch hoffentlich nicht falsch, ich klaue doch nichts, oder? Ich sollte das alles nicht machen. Obwohl Biji mich selbst dazu aufgefordert hat. Aber vielleicht bereut sies ja schon.

Auf jeden Fall konnte ich vorher nie einfach die Tür zumachen und in Ruhe duschen. Unser Badezimmer ist eine Ecke von der Hütte, dort waschen wir uns alle nacheinander. Schnell. Für das andere muss man sich in der Morgendämmerung irgendwo draußen hinhocken. Das wird immer schwieriger. Ich schäme mich so. Überall sieht man Männer hocken oder stehen. Keine Ahnung, wann endlich eine öffentliche Toilette gebaut wird.

Wenn ich nach Hause gehe, muss ich am nächsten Morgen wieder bei Tagesanbruch aufstehen und mich draußen hinhocken. Mich schnell in der Ecke waschen. Mit Ma und Paro daneben. Mit der billigen Seife. Dann muss ich mich wieder mit dem dünnen, fleckigen Handtuch abreiben und mein Gesicht in dem kleinen zersplitterten Spiegel betrachten. Na und! Das ist schließlich mein Zuhause. Mein Schicksal. Ma hat recht. Wenn ich so alt bin wie sie, rede ich auch so mit meinen Töchtern. Aber ich heirate nicht und bekomme auch keine Kinder. Was mach ich also mit diesem großen Körper? Wer wird sich darum kümmern? Wovor will ich ihn retten?

Früher, als ich noch nicht in diese Hefte geschrieben hab, hatte ich nie solche Gedanken. Doch, bestimmt hatte ich die damals auch, aber sie haben mich nicht gestört. Garantiert haben sie mich gestört! Ich weiß gar nicht mehr, was mir damals, wenn ich alleine war, durch den Kopf gegangen ist. Das ist schön an den Heften, dass ich darin meine Gedanken aufbewahre. Wie Kleidung in einem Koffer oder Schmuck in einem Kasten oder Süßigkeiten in einer Schachtel. Aber wozu? Für wen? Für einen selbst natürlich! Wenn ich alt bin, gucke ich mir alles noch mal an. Beim Lesen muss ich dann manchmal lachen und manchmal weinen, manches bereue ich, über anderes freue ich mich.

Biji schläft noch nicht. Sie sagt, die Medikamente verscheuchen ihre Müdigkeit. Vielleicht schreibt sie auch gerade in ihr Tagebuch. Oder sie schreibt ein Gedicht, vielleicht über mich. Über meinen Dienstmädchenstolz. »Shanos sturer Stolz.« Soll ich hingehen und fragen? Nein, so was fragt man nicht. Vielleicht kann ich mir einen Vorwand überlegen, um rüberzugehen und nachzusehen? Vorwände sind auch nichts anderes als Lügen. Es kommt mir falsch vor, Biji anzulügen.

Wie hab ich mich jetzt noch gleich entschieden, was mach ich morgen? Ich muss mit Ma und Paro sprechen. Wer weiß, vielleicht sagt Biji morgen selbst: Ich bin wieder gesund, Shano, du hast mir sehr geholfen, jetzt kannst du ruhig wieder bei dir zu Hause schlafen.

Ich muss es sagen, bevor sies tut. Wenn sies sagt, nehme ichs ihr nur übel. Aber wenn ichs sage, nimmt sies mir dann nicht übel? Vielleicht sollte ich lieber Ma schicken. Es könnte natürlich auch sein, dass Biji sagt: Warum wohnst du ab jetzt nicht einfach hier bei mir, Shano, du kannst doch auch von hier aus zur Bengalin und dem Zeitungssahib gehen, und danach kommst du wieder zurück.

Ich schlaf wieder zu Hause. Seit gestern.

Der Regen hatte für drei, vier Tage aufgehört, aber seit heute Morgen gießt es wieder in Strömen. Ma hat den Arm über die Augen gelegt und schläft, Paro liegt mit geschlossenen Augen da. Sie schläft immer erst spät ein. Ich auch.

Während ich schreibe, vergesse ich manchmal, dass Ma und Paro auch in dieser Hütte liegen. Wenn Ma sich dann im Schlaf umdreht, knarrt das Bett, und ich fahre hoch. Und dann macht Paro plötzlich die Augen auf, keine Ahnung, wie ich das immer sofort merke, und meine Hand hält inne. Jetzt reichts aber, sagt Paro, wird deine Hand denn nie lahm?

Sieben Nächte hab ich bei Biji geschlafen. In den ersten beiden bin ich nachts immer aufgewacht. Später hab ich so tief geschlafen, als hätte ich Tabletten geschluckt. Jetzt kommen mir diese sieben Tage vor wie ein Traum.

Letzte Nacht konnte ich hier erst ganz spät einschlafen. Und als ich dann endlich eingeschlafen bin, hatte ich die seltsamsten Träume und bin ein paar Mal hochgeschreckt. Na, erinnerst du dich an Biji-Hotel?, spottete Paro. Ich hab ihr erzählt, dass Bijis Wohnung so sauber und ordentlich ist wie ein Hotel. Als hätte ich schon mal ein Hotel von innen gesehen! Na ja, im Fernsehen vielleicht.

Gestern Nacht hab ich geträumt, dass ich in Bijis Badezimmer dusche und plötzlich eine Maus sehe, und während ich sie noch angucke, verwandelt sich die Maus plötzlich in eine Schlange. Ma sagt, im Traum eine Schlange zu sehen, ist ein schlechtes Omen.

Keine Ahnung, was heute beim Putzen von Bijis Badezimmer in mich gefahren ist, aber ich drückte die Tür von innen zu, setzte mich auf die Kommode und heulte. Lautlos. Die Tränen flossen, als hätte mir jemand Zwiebelsaft ins Auge gespritzt. Nach einer Weile trocknete ich mir die Augen mit einem Handtuch, setzte mich auf die Toilette und pinkelte, wusch mir die Hände, cremte mir das Gesicht ein und ging, ohne das Badezimmer fertig zu putzen, nach unten. Dort lag Biji und las ein Buch. Biji, sagte ich, in meinem Magen grummelt es so komisch, ich glaub, ich geh lieber nach Hause. – Ach, das ist doch nicht nötig, sagte sie, leg dich hier ein Weilchen hin, wenn du auf die Toilette musst, kannst du auch hier gehen. – Nein, danke, sagte ich, ich möchte lieber nach Hause gehen, Ihr Essen ist schon fertig, und die Sachen oben erledige ich morgen … – Mir geht es doch nicht um die Arbeit, rief Biji, sag mal, Shano, was ist denn plötzlich mit dir los? Geh doch zu Doktor Sen, was meinst du? – Nein, wiederholte ich stur, ich will nach Hause.

Von Bijis Wohnung bin ich direkt nach Hause gelaufen. Paro und Ma waren noch nicht da. Ich hab alleine in der Hütte gesessen und nachgedacht. Was war plötzlich in mich gefahren?

Ich weiß nicht, warum ich Biji angelogen hab, warum ich heulen musste, und warum ich dort gepinkelt und mir Creme genommen habe. Wenn ich das alles nicht vor Biji verheimlicht hätte, wäre die Ausrede mit dem grummelnden Magen vielleicht gar nicht nötig gewesen, und ich hätte nicht nach Hause abhauen müssen.

Jetzt denke ich, Biji ist nicht dumm, sie hat sicher alles durchschaut, deshalb wollte sie mich zurückhalten. Wenn sies geschafft hätte, hätte sie mich wahrscheinlich bei sich sitzen lassen und mir erklärt, dass man nicht lügen soll. Wenn sie alles durchschaut hat, wie kann ich mich dann morgen dort blicken lassen? Ich sollte ihr die Wahrheit sagen. Nein, ich kann ihr nicht alles sagen. Ich kann nicht mal alles aufschreiben. Zum Beispiel hab ich nicht geschrieben, dass ich nach dem Pinkeln nicht gespült hab. Ich habs nicht vergessen, sondern mit Absicht nicht gemacht. Als ich noch bei ihr geschlafen habe, bin ich zum Pinkeln und so auch in dieses Badezimmer gegangen. Aber ich hatte die ganze Zeit das Gefühl, es ist nicht in Ordnung. Wenn ich das Gefühl hab, hat sies sicher auch. Deshalb hab ichs mit Absicht gemacht. Aber was bringt das?

Warum musste ich plötzlich heulen? Wenn ich nicht geheult hätte, wäre das alles nicht passiert. Ich meine, dann hätte ich das Badezimmer fertig geputzt, die Zimmer gewischt, mir die Hände und Füße gewaschen, gegessen und getrunken und wäre nach Hause gegangen. Biji wäre glücklich, ich auch.

Ich glaube, ich musste heulen, weil ich mich gefragt hab, warum Biji, als ihr Fieber gesunken war, nicht gesagt hat: Shano, ab jetzt wohnst du hier bei mir, das ist dein neues Zuhause, keine Sorge, ich klär das schon mit deiner Mutter.

Nicht, dass ich ihr Angebot angenommen hätte, aber es hätte mich gefreut.

Warum hat sie mich sieben Tage lang so gut behandelt, wenn sie mich nicht fragen wollte?

Ich glaub, Ma hat recht, wenn sie sagt, der Unterschied zwischen Dienstmädchen und Memsahib geht nie ganz weg.

Deshalb hab ich geweint.

Heute bin ich seit ewiger Zeit mal wieder zu meiner Gruppe gegangen, ein bisschen mulmig war mir schon dabei. Der Regen hatte aufgehört, und außer Urmila und Paro waren alle da.

Sieh mal einer an, rief Lalita, als sie mich kommen sah, da kommt ja Shano, unsere Memsahib!

Bano stand auf, verbeugte sich zur Begrüßung und sagte: Was gibts Neues, Memsahib Shano?

Hast du dich verlaufen, oder was machst du hier?, spottete die Kleine aus Madras.

So holt ihr doch einen Stuhl!, kreischte die Große aus Madras.

Ach, wer sind wir noch für sie?, zitierte die aus Kerala einen Filmtitel.

Alle lachten. Ich auch. Du hast uns wohl vergessen, wie?, fragte Lalita.

Ich sagte gar nichts. Ich mochte ihre Späße. Dann machte ich meine Essensdose auf. Ah, du isst sogar hier, rief Lalita, unser Schicksal meints wohl heute gut mit uns!

Ich schob die Dose in die Mitte. Während wir aßen, neckten sie mich die ganze Zeit. Ich genoss es.

Shano, warum bist du in letzter Zeit so still?, hat Biji heute gefragt. Ich sagte nichts, und sie redete weiter: Es geht dir doch gut, oder? Ist zu Hause alles in Ordnung? – Ja, sagte ich, alles in Ordnung. – Gestern hast du auch gar nichts gegessen. – Ich hatte keinen Hunger, sagte ich. Iss doch heute was, bevor du gehst, sagte sie und fügte hinzu: Was macht eigentlich dein Englisch? Ich antwortete wieder nicht. Vielleicht hätte ich sagen sollen: Was soll ich mit Englisch?, aber ich hielt den Mund. Und dein Tagebuch?, fragte Biji, schreibst du noch? – Ja, sagte ich, ich schreib noch. – Jeden Tag?, fragte Biji. Nein, sagte ich, wenn ich Lust hab. Liest du mir irgendwann mal was draus vor?, fragte sie. Ich antwortete nicht, aber mein Herz schlug wie verrückt. Dann sagte Biji: Shano, als ich krank war, hast du dich besser um mich gekümmert, als irgendeine Schwiegertochter oder Tochter es getan hätte. Ich sagte immer noch nichts, aber langsam kamen mir die Tränen. Irgendwas hast du doch, dass du plötzlich so still bist, fuhr Biji fort, warum sagst dus mir nicht? Da rollten mir die Tränen die Wangen runter. Was ist denn?, fragte sie sanft, dann stand sie auf, stellte sich zu mir und strich mir mit der Hand über den Rücken. Denkst du viel an Jharna?, fragte sie. In diesem Moment hatte ich gar nicht an Jharna gedacht, aber als Biji ihren Namen erwähnte, musste ich laut schluchzen, und Biji nahm mich in den Arm. Ich wollte sie an mich drücken, aber meine Arme hingen nur schlaff runter.

Nach dem Weinen fühle ich mich besser, aber meine Gedanken sind immer noch durcheinander. Die werden erst klar, wenn ich offen mit Biji rede, oder mit jemand anderem, oder wenn ich alles hier aufschreibe. Hier zu schreiben, ist wie mit sich selbst zu reden. Es ist, als wären, seit ich schreibe, viele Sachen klarer. Manche Sachen kann ich nur hier loswerden. Und sogar hier schreibe ich nicht alles auf, es gibt immer noch einen Teil, der in einem drinnen verborgen bleibt. Eigentlich hab ich gar keine Lust, mit jemandem über diese Gedanken zu sprechen. Vielleicht sind es auch gar keine Gedanken. Es ist irgendwas anderes. Meistens ist es mit diesen Sachen so, dass ich erst beim Aufschreiben merke, worums eigentlich geht. Aber nicht mal dann verstehe ichs ganz. Ich meine, was das Besondere an den Gedanken ist. Andere Leute erfahren wahrscheinlich nie von ihnen. Man erzählt sie nicht, weil man sich schämt. Sogar, wenn ich sie hier aufschreibe, schäme ich mich. Wie wenn man alleine ist und sich ganz auszieht, vor sich selbst nackt ist, und alleine nackt tanzt. Es ist nicht leicht, vor anderen nackt zu sein. Manche Sachen sind auch so alltäglich, dass ich keine Lust hab, sie aufzuschreiben. Manchmal schreib ich sie dann doch auf, wenn gerade nichts Wichtigeres passiert ist. Und manchmal entsteht dann aus ihnen doch was Wichtiges … als hätte man plötzlich was Schönes auf dem Boden gefunden. So wie früher als Kind, da bin ich, wenn ich was gefunden habe, immer vor Freude in die Luft gesprungen.

Manchmal hab ich auch Lust, diese besonderen Sachen, die ich hier aufschreibe, jemand anderem zu erzählen. Aber so jemanden kenn ich nicht. Es wäre schön, so jemanden zu kennen. Eine Frau oder einen Mann. Es ist nicht einfach, sich vor anderen nackt auszuziehen und zu tanzen, aber vor nur einer anderen Person wäre es was anderes. Diese Gedanken machen mich traurig. Als ich noch nicht Tagebuch geschrieben hab, bin ich auch manchmal plötzlich traurig geworden. Öfter. Aber da wusste ich nicht, wieso. Ich weiß es immer noch nicht so richtig, aber ich hab das Gefühl, ich finds noch raus. Wenn Biji das alles lesen würde, wäre sie bestimmt verblüfft. Sie würde denken, dieses Mädchen macht sich! Vielleicht wäre sie auch stolz, weil sie mich auf die Idee mit dem Tagebuchschreiben gebracht hat. Womöglich würde sies dem Zeitungssahib erzählen. Ich muss Ihnen dieses Tagebuch unbedingt zeigen, würde sie sagen, das haut Sie um! Sie hätten es sicher niemals für möglich gehalten, dass dieses Dienstmädchen, das gerade mal die siebte Klasse abgeschlossen hat, so denken und schreiben kann, und dazu noch in so klarer, treffsicherer Sprache. Was würde der Zeitungssahib darauf antworten? Vielleicht gar nichts, er würde sich seinen Teil denken. Er spricht nicht viel.

Von meinem Heulanfall gestern erzähle ich auch niemandem. Ich glaube, die Tränen bei Biji im Badezimmer und die heute waren dieselben. Tief drinnen. Wie zwei Schwestern. Paro und ich. Paro sagt auch nicht alles, was sie denkt. Was macht sie mit ihren Gedanken? Sie spricht nicht viel. So verschlossen, diese beiden Schwestern. Das sagen alle. Ma redet auch nicht viel. Seit Bapu nicht mehr da ist, noch weniger. Als er noch da war, hat sie sich dauernd über ihn beschwert oder mit ihm geschimpft. Dann haben sie gestritten. Ma hat aufgehört zu reden und sich stattdessen mit der flachen Hand vor die Stirn gehauen, und dann hat Bapu sie geschlagen. Aber in den letzten Tagen lag Bapu nur noch reglos da, Ma hat aufgehört zu schimpfen und ihn gepflegt. In den letzten Tagen hätte man hier eine Stecknadel fallen hören können. Wir warteten auf Bapus Tod und erledigten stumm unsere Arbeit. Manchmal saß Ma alleine in einer Ecke und murmelte vor sich hin. Ich versuchte zu lauschen. Ein wenig verstand ich, aber nicht viel. Jetzt glaub ich, dieses Gemurmel war wie ein Tagebuch für sie. Nach Bapus Tod hat sie mit diesem Tagebuch aufgehört. Jetzt sitzt sie auch nicht mehr alleine in der Ecke und murmelt. Leute, die kein Tagebuch schreiben, murmeln wahrscheinlich vor sich hin, um sich Luft zu machen. Keine Ahnung, was Paro macht.

Ich weiß gar nicht genau, was es bedeutet, sich Luft zu machen.

Einmal hat Paro gesagt: Du bist schlau, Shano. Sogar Lesen und Schreiben kannst du. Ich kann nicht mal das.

Ein bisschen Lesen und Schreiben kann sie schon, aber sie hat die Schule schon nach der zweiten oder dritten Klasse abgebrochen. Ihren Namen kann sie schreiben. Wenn sie wollte und eine Memsahib wie Biji findet, könnte sie Lesen und Schreiben lernen.

Biji hat mir ein kleines englisches Buch gekauft. Das Textbuch kann ich jetzt schon ganz flüssig lesen. Die Hindi-Zeitung auch. Früher habe ich nur im Stehen einen Blick drauf geworfen. Aber einen Tag meinte der Sahib: Hör mal, Shano, ab morgen setzt du dich morgens hin und liest erst mal in Ruhe die Zeitung, einverstanden? Seitdem setze ich mich hin und lese in Ruhe. Obwohl ich nicht verstehe, was es für den Sahib für einen Unterschied macht, ob ich nun die Zeitung lese oder nicht, ob im Stehen oder im Sitzen, ob in Ruhe oder nicht. Der Sahib ist ein skurriler Typ. Deshalb hat seine Frau ihn wohl verlassen. Aber wer weiß, vielleicht war die ja noch skurriler. Wenn sie noch da wäre, würde sie dem Sahib sicher misstrauen, mir auch. Die beiden würden dauernd streiten. Die Memsahibs trauen niemandem. Keine Ahnung, warum. Wenn Biji nicht alleine leben würde, wäre sie wahrscheinlich auch nicht so nett. Wie ihr Mann wohl war? Irgendwann frag ich Biji nach der Frau vom Sahib und den Sahib nach dem Mann von Biji. Beide würden sofort merken, dass ich spionieren will. Ich lass es lieber. Was gehts mich auch an. Schließlich bin ich nicht Lalita. Die braucht nicht mal zu fragen. Sie ist eine geborene Spionin. Ich bin eine geborene Tagebuchschreiberin.

Ganz genau weiß ich nicht, was skurril bedeutet. In der Zeitung stehen viele Worte, von denen ich die genaue Bedeutung nicht kenne. Manchmal frag ich den Sahib. Meistens rate ich einfach.

Wahrscheinlich lieg ich oft daneben. Das ist okay, schließlich lerne ich nicht für eine Prüfung. Heute hab ich den Sahib nach zwei Wörtern gefragt: Atom und Kalter Krieg. Der Sahib hat sein Buch zur Seite gelegt und mich angesehen, als wollte er sagen: Du hast vielleicht Nerven! Ich hatte das Gefühl, er ist sauer. Als hätte ich was falsch gemacht. Aber dann lächelte er, und ich wusste, er ist nicht sauer, nur erstaunt. Er hat versucht, mir die Wörter zu erklären, und von vielen Dingen geredet, Beispiele gegeben und zwischendurch immer wieder gefragt: Verstehst du?, aber ich war nachher so durcheinander, dass ich mir heimlich vorgenommen hab, den Sahib nie wieder nach einem Wort zu fragen.

Diese Entscheidung ist falsch, das weiß ich. Ich hab nicht verstanden, was der Sahib gesagt hat, aber es war trotzdem schön, ihm zuzuhören. Jetzt ist es schwer, mich genau an alles zu erinnern und es aufzuschreiben. Ich hätte Lust, die beiden Wörter zu benutzen. Nur für mich. Atom. Kalter Krieg. Atom. Kalter Krieg. Eigentlich sind das gar nicht zwei, sondern drei Wörter. Hab ich jetzt auch das Zählen verlernt? Als der Sahib mir den Sinn der Wörter erklärt hat, hat er eine lange Geschichte erzählt, die irgendwie damit zusammenhängt. Aber die Geschichte war nicht wie die Geschichten, die man sich normalerweise erzählt, deshalb hab ich sie schon wieder vergessen. Der Sahib hat sicher gemerkt, dass ich nichts verstanden hab. Ich glaub, wenn ich was nicht verstehe, sieht mein Gesicht ganz leer aus. Der Sahib guckte in mein leeres Gesicht und fragte immer wieder: Verstehst du? Aber das ist auch so eine Angewohnheit von ihm. Eine Floskel. Dieses Wort versteh ich auch nicht wirklich. Wenn ich den Sahib danach frage, setzt er sich hin und erzählt mir eine lange Geschichte. Bapu hat dieses Wort auch oft benutzt. Wenn er wollte, dass Ma den Mund hält, hat er gesagt: Ach, das sind doch bloß Floskeln!

Gehört zu jedem Wort eine Geschichte? Biji frag ich nie nach der Bedeutung von Wörtern. Irgendwann mach ich das mal. Biji, was bedeutet Atom und Kalter Krieg? Dann wäre sie vielleicht erstaunt! Und froh. Das Mädchen macht sich! Danach erklärt sie mir den Sinn von den beiden Wörtern. Sie erzählt die gleiche Geschichte, die ich schon vom Sahib gehört hab, noch mal. Mein Gesicht ist plötzlich leer. Verstehst du?, fragt Biji. Ich sitze da und versuche, mein Lachen zu unterdrücken.

Gestern Abend musste ich zum Einschlafen lange zählen und diese drei Wörter vor mich hinmurmeln. Eins, zwei, drei. Atom, Kalter Krieg. Eins, zwei, drei. Atom, Kalter Krieg. Jetzt lach ich drüber. Das ist gut. Lachen ist besser als Weinen. Aber wenn ich an diesem Tag nicht geweint hätte, könnte ich jetzt nicht lachen. Wer lachen will, muss auch weinen.

Warum bin ich so eine alte besserwisserische Eule? Vielleicht kennt nicht mal der Zeitungssahib den echten Sinn hinter diesen Wörtern. Ich frag ihn nicht. Das nervt ihn bloß. Nein, das stimmt nicht, er ist nie genervt.

Seitdem ich Mrs Varma Biji nenne und die höfliche Form benutze, nehme ich für den Zeitungssahib auch die höfliche Form. Vielleicht liegts am Tagebuchschreiben, dass ich jetzt ein besseres Gefühl für so was habe. Ich bin besessen von meinem Tagebuch. Am liebsten würde ich ein zweites, kleines Tagebuch in meiner Handtasche mit mir rumtragen, damit ich, wenn ich Zeit und Lust habe, auch tagsüber schreiben kann. Bis zum Abend hat man so vieles vergessen, wie Träume, an die man sich morgens nicht mehr erinnert.

Warum vergisst man Träume? Warum überhaupt träumen, wenn man alles sofort vergisst? Oder stimmt was mit meinem Gedächtnis nicht? Mit meinem Hirn. Ma sagt: Seit du in diese Hefte schreibst, machst du den Mund überhaupt nicht mehr auf. Paro sagt nichts, aber sie denkt wahrscheinlich das Gleiche.

Ich würde mich gerne mal mit Paro zusammensetzen und reden.

Paro ist immer so wortkarg und verschlossen. Ich rede wenigstens manchmal mit den anderen unter dem Niembaum, aber Paro geht da nur selten hin. Sie macht sich Sorgen. Wie auch nicht? Mir ist aufgefallen, dass verheiratete Leute sich viel mehr Sorgen machen als Alleinstehende. Wie der Zeitungssahib und Biji. Wenn die beiden zusammenziehen würden, würden sie sich plötzlich auch wegen allem Möglichen Sorgen machen. Ich sollte mit Paro reden. Sie ist meine Schwester. Ich sollte sie zu meiner Freundin machen. Aber Schwestern werden nicht so einfach Freundinnen. Bei Brüdern ist es noch schwerer. Bei Brüdern wie Kundan am schwersten. Ich weiß nicht mal, wies ihm geht. Er war schon länger nicht bei uns. Er kommt nur, wenn er Geld braucht. Irgendwo tief drinnen mach ich mir Sorgen um ihn. Ich bin eine alte, weise Eule.

Ich hab schon ewig nicht mehr blaugemacht. In letzter Zeit war mir nicht danach. Ich geh sogar los, wenns in Strömen gießt und ich auf dem Weg klatschnass werde. Wenn ich dann beim Sahib ankomme, vergisst er nie, mir ein Handtuch zu geben. Biji auch nicht. Biji hat mir sogar schon vorgeschlagen, ein paar Klamotten zum Wechseln bei ihr zu lassen, damit ich nicht den ganzen Tag in den nassen Sachen rumlaufen muss. Meine Sachen passen dir nicht, sagt sie, sonst würde ich dir welche von mir geben. – Kein Problem, sage ich, diese modernen Stoffe trocknen doch schnell.

Biji trägt keine modernen Stoffe. Sie sagt, sie mag nur Baumwolle und Seide. Alles andere juckt ihr an der Haut, sagt sie. Meine Haut juckt manchmal auch, aber trotzdem mag ich die modernen Stoffe lieber. Ja, stimmt schon, sie riechen schnell muffig, das stört mich auch. Deshalb spül ich meine Klamotten jeden Tag aus. Und im Sommer benutze ich viel Deo-Puder. Vor allem unter den Achseln. Manchmal hab ich Angst, dass die Bengalin oder Biji mir sagen, ich soll nicht so viel Puder benutzen. Lalita meint, Memsahibs können modische Dienstmädchen nicht ausstehen. Ich bin nicht modisch, nur reinlich. Das Puder benutze ich auch nicht, weils modisch ist, sondern weil ich nicht muffig riechen will. Lalita benutzt sogar Lippenstift. Warum auch nicht, wenn sie Lust drauf hat. Die beiden aus Madras stecken sich immer Blumen ins Haar. Sie sagen, bei ihnen zu Hause macht man das so. Wahrscheinlich pflücken sie sich die Blumen einfach irgendwo. Die aus Kerala hat sich Blumen aus weißem Stoff gebastelt. Urmila klebt sich einen großen Bindi auf die Stirn und schmiert sich jede Menge rotes Sindur-Puder auf den Scheitel, so sieht jeder, dass sie verheiratet ist. Paro macht nichts davon. Warum auch, sagt sie, und für wen? Bindis und Sindur überlass ich den ausgefüllten Ehen, aber meine Ehe ist ausgetrocknet.

Paro sieht hübsch aus, auch wenn sie sich nicht rausputzt. Sie achtet darauf, dass ihre Kleidung sauber und ordentlich ist. Alle sagen, wir sind zwei schlaue Schwestern. Lalita hält uns über Jija auf dem Laufenden. Manchmal kommt er vorbei und flucht und droht, und wenn er endlich wieder weg ist, macht Paro sich ordentlich Luft und schimpft über ihn. Nachts wälzt sie sich dann bis spät im Bett hin und her.

Deshalb möchte ich mich mit Paro unter den Niembaum setzen, mir ihren Kummer anhören und sie trösten.

Paro sagt, die Fette ist von ihrer Arbeit begeistert. Sie hat schon ein paar Mal gefragt, ob Paro auch für sie kochen will.

Paro und ich sagen Ma dauernd, sie soll bloß keinen Paisa mehr in der Schatulle aufbewahren. Damit Kundan nicht kommt und wieder alles ausräumt. Ma hört zwar zu, aber trotzdem haben wir das Gefühl, sie sitzt jeden Abend da und wartet auf Kundan. Wenn er irgendwann wirklich kommt, leiert er ihr sicher wieder ordentlich was aus der Tasche. Seit er das Geld geklaut hat, war er bis jetzt nur einmal wieder hier. Paro war noch nicht von der Arbeit zurück, und ich hab in der Zeit bei Biji geschlafen. Paro sagt, sie weiß nicht, wie viel Ma ihm gegeben hat, aber sie befürchtet, all ihr Erspartes.

Deshalb mit Ma zu streiten, bringt nichts. Vermiest nur die Stimmung. Also haben Paro und ich beschlossen, den Mund zu halten. Wir bringen unser ganzes Geld auf die Bank. Ich geb Ma jeden Monat siebenhundert, Paro fünfhundert. Ma sagen wir nichts, aber untereinander sprechen wir oft darüber, wie Kundan sich mit unserem hart verdienten Geld vergnügt. Dann platzen wir fast vor Wut, wissen aber einfach nicht, was wir machen sollen.

Ich liebe es, auf der Bank Geld einzuzahlen. Paro auch. Nicht mehr lange, und ich füll die gelben Zettelchen auf Englisch aus und bekomm ein Scheckbuch. Du willst wohl Millionärin werden, lästert der Mann am Schalter. Sein Lachen ist anzüglich und sein Blick wie bei einem hungrigen Hund.

Paro sagt, alle Männer sind Zuhälter und Hunde.

Ich weiß nicht genau, was ein Zuhälter ist.

Die Bank ist ziemlich klein. Manchmal ist es dort proppenvoll. Die Männer lassen sich die Gelegenheit nicht entgehen. Die Alten sind am schlimmsten. Ich würde sie am liebsten bloßstellen, aber Paro lässt mich nicht. Bringt nichts, sagt sie, niemand würde sich auf unsere Seite stellen, alle würden sagen, was für Flittchen, wollen hier anständige Leute in den Dreck ziehen. Wir sind Dienstmädchen, sagt sie, die Leute halten es für ihr gutes Recht, uns zu betatschen, und wenn wir keine Dienstmädchen wären, würden sie auch nicht von uns lassen.

Aber nicht alle Männer sind gleich. Der Bengale, der Ärmste, ist ein anständiger Typ. Und natürlich der Zeitungssahib. Niemand kann Gedanken lesen. Aber selbst die geheimsten Gedanken bleiben nicht immer in einem drinnen versteckt, manchmal lugen sie plötzlich aus dem Körper raus. Ich verzettle mich.

Als ich heute bei der Wohnung vom Zeitungssahib ankam und die Tür aufdrückte, war ich überrascht – der Sahib saß unten auf dem

Sofa und las Zeitung. Ich begrüßte ihn. Alles in Ordnung, Sahib?, fragte ich.

Ich war so überrascht, weil der Sahib nicht, wie normalerweise, oben in seinem Zimmer saß und arbeitete. Warum kommst du so spät, Shano?, fragte er, anstatt auf meine Frage zu antworten. Das überraschte mich noch mehr. Ich komm oft erst am späten Vormittag, und er hat deshalb noch nie was gesagt. Meistens merkt er nicht mal, wann ich genau komme. Vormittags lässt er die Tür offen, er sagt immer, ich soll nicht klingeln. Am Anfang hab ich das oft vergessen und trotzdem geklingelt. Da kams mir auch merkwürdig vor, dass der Sahib sich nicht wie andere Leute vor Einbrechern fürchtet und die Tür abschließt. Jetzt weiß ich, der Sahib ist nicht wie andere Leute. Ma sagt, seine Frau war so genervt von seinen Eigenarten, dass sie ihn verlassen hat. Ich kann mir das nicht vorstellen. Ich jedenfalls wäre wegen solchen Eigenarten nicht genervt und würde meinen Mann deswegen schon gar nicht verlassen. Aber was heißt das schon? Ich bin nicht wie andere Frauen. Ich sag ja auch, ich will nicht heiraten und keine Kinder bekommen.

Ich sah den Sahib an, und er sah mich an. Das überraschte mich auch. Normalerweise sieht er mich nicht direkt an. Manchmal bin ich mir nicht mal sicher, ob er überhaupt mit mir spricht oder mit sich selbst.

Warum sagst du mir nicht, warum du so spät kommst?, hakte der Sahib noch mal nach, und nun war ich wirklich verwirrt.

Aber da blitzte etwas in seinen Augen, und plötzlich wusste ich, er ist nicht wirklich böse, sondern schimpft nur aus Spaß – um zu sehen, was ich mach. Eilig legte ich die Hände zusammen. Bitte verzeihen Sie mir noch dieses eine Mal, Sahib!, rief ich, wenn so was noch mal vorkommt, können Sie mich feuern. Er lächelte. So, redete ich gleich weiter, jetzt, wo ich mich bei Ihnen entschuldigt hab, können Sie mir auch sagen, warum Sie um diese Uhrzeit hier unten sitzen und nicht oben Ihre Arbeit machen, das ist doch seltsam, oder? Jetzt musste er lachen. Heute kommt jemand zu Besuch, sagte er. Wer?, platzte ich raus. Ein Gast, sagte der Sahib. Wer denn?, fragte ich noch mal. Deine Biji, Mrs Varma!, antwortete der Sahib.

Ich war ganz schön verwirrt, ließ mir aber nichts anmerken. Zum *lunch,* fügte er hinzu. Ich versuchte weiter, meine Verwirrung zu verstecken. Deshalb arbeite ich heute nicht, sagte der Sahib. Jetzt musste ich lachen, der Sahib versteckte sich hinter seiner Zeitung. Wenn Sie hier unten sitzen bleiben möchten, mach ich zuerst die Zimmer oben, sagte ich. Das Putzen kann warten, antwortete der Sahib, sag mir lieber, was du kochen willst. – Warum sind Sie so aufgeregt?, fragte ich. Du machst das schon, oder?, fragte der Sahib. Seine Frage klang, als hätten wir ein Riesenproblem, als wollte er sagen, ich hab alles gegeben, Shano, jetzt liegts an dir. – Machen Sie sich keine Sorgen, sagte ich, ich regle das schon, sagen Sie mir einfach, was ich kochen soll. – Das überlass ich dir, sagte er. Warum haben Sie mir gestern nichts gesagt, fragte ich, dann hätte ich schon Gemüse und alles gekauft, und heute würds schneller gehen. Der Sahib schwieg. Als hätte er einen Riesenfehler gemacht. Egal, sagte ich, ich regle das schon, am besten, Sie gehen hoch. – Nimm das Geld dort für Gemüse und so, sagte er.

Mit dort meinte er unter dem Teller auf dem Tisch. Der Sahib hat noch nie eine Ausgabenliste von mir verlangt. Bevor ich morgens komm, steckt er ein paar Scheine unter den Teller. Ein paar Münzen liegen auch immer dort. Biji vertraut mir auch, aber so nachlässig ist sie nicht.

Er ging schon die Treppe hoch, da fragte ich noch schnell: Kommt Biji heute zum ersten Mal, oder war sie vorher schon mal hier?

Ich wollte wissen, wie gut er sie kennt, ich meine, wie gut sie sich kennen.

Hör mal, Shano, sagte der Sahib, jetzt ist Zeit zu arbeiten und nicht zu tratschen.

Also tratschte ich, als er weg war, mit mir selbst … Die beiden kennen sich, sogar gut, warum haben sie mir nie was davon erzählt. Ich hätts wissen müssen, ich bin ein Idiot, Ma weiß bestimmt Bescheid, warum hat sie mir nichts gesagt. Vielleicht hat sies angedeutet, ich versteh Mas Andeutungen einfach nicht, ich bin naiv, aber kein Idiot. Ich muss Biji fragen, aber was geht mich das an, sie kennen sich halt, was ist daran so seltsam, schließlich wohnen sie im selben Sektor, haben dasselbe Dienstmädchen, machen dieselbe Arbeit, schreiben, sind ungefähr gleich alt. Warum bin ich so verwirrt, ich sollte glücklich sein, worüber glücklich, was hab ich davon, vielleicht bin ich nur verwirrt, weil Biji zum Sahib zum *lunch* geht, deshalb hab ich gefragt, ob sie schon mal da war. Der Sahib hat nichts verraten, er ist rot geworden. Dass Erwachsene rot werden können. Was gibts da eigentlich rot zu werden. Heute ist bestimmt irgendein wichtiger Tag, sein Geburtstag, oder vielleicht Bijis, oder was anderes Wichtiges, was geht mich das an. Irgendwie genieße ichs, der Sahib sah glücklich aus, jetzt ist mal ein bisschen was los beim Sahib, sonst kann man hier ja eine Stecknadel fallen hören. Biji wohnt auch allein, warum hört man bei ihr keine Stecknadel fallen. Weil sie eine Frau ist, das Haus einer Frau ist lebendig, auch wenn die Frau alleine wohnt. Woher will ich das wissen, ich bin noch keine Frau, Ma sagt, wenn Tantchen kommt, wird ein Mädchen ein Stück weit zur Frau, aber erst, wenn sie heiratet, wird sie eine richtige Frau. Ich bin auch ohne Hochzeit eine richtige Frau. Auf jeden Fall sind alleinstehende Männer einsam, alleinstehende Frauen nicht so sehr. Die Wohnungen von alleinstehenden Männern wirken leer, die von alleinstehenden Frauen nicht so sehr. Wie will ich das wissen, wie viele alleinstehende Männer und Frauen kenne ich, Bapu war auch allein, auf seiner Liege wirkte er so einsam, und traurig, als hätte er niemanden auf der Welt, aber Ma sagt, er war ein Tyrann und Nichtsnutz, wie Jija, und Kundan. Wie komm ich jetzt da drauf …

Bis Biji kam, arbeitete und tratschte ich ohne Pause. Der Sahib war nicht mehr runtergekommen und hatte auch nichts runtergerufen. Bei der Arbeit fing ich irgendwann an zu summen, aber das kam mir dann doch seltsam vor, und ich ließ es sein. Ich summe nie bei anderen Leuten, ich finde, das sollte man nur bei sich zu Hause. Oder auf der Straße. Oder vielleicht im Park. Was für ein Quatsch! Frauen, die im Park summen, werden sofort als Flittchen abgestempelt. Als Nutten. Nur Männer dürfen auf der Straße und im Park summen.

Ich will eigentlich nur sagen, dass ich heute am liebsten gesummt hätte vor lauter Fröhlichkeit, so wie ich manchmal am liebsten heulen würde vor lauter Traurigkeit. Der Sahib muss es gehört haben. Ich versteh den Sahib nicht. Was er hört, was er sieht, wie viel er hört, wie viel er sieht. Ich hätte gedacht, er kommt wenigstens noch mal runter, um zu gucken, was ich koche. So wars, als hätte er da oben glatt vergessen, dass Biji zum *lunch* kommt.

Ich habe mir mit dem Essen richtig Mühe gegeben. Ich geb mir immer Mühe, aber für eine Person zu kochen, macht nicht so viel Spaß. Und der Sahib isst alles, was man ihm vorsetzt. Schweigend. Ohne zu loben oder zu meckern. Er isst, als würde er eine Pflicht erfüllen. Wenn ich frage: Alles gut, Sahib?, fragt er: Was meinst du? Am Anfang hab ich öfter gefragt, was ich kochen soll. Egal, hat er immer gesagt. Irgendwann hab ich dann aufgehört zu fragen. Jetzt mach ich einfach egal was, und er issts, ohne zu mucken. Trotzdem achte ich immer drauf, dass was Besonderes dabei ist, mal was Süßes, mal was Herzhaftes, aber das geht total an ihm vorbei. Über diese Eigenart von ihm hat sich seine Frau garantiert auch aufgeregt. Was ist das für ein Mann, der wortlos alles isst, was man ihm vorsetzt, hat sie sich bestimmt gefragt, wie hält er dieses Schweigen bloß durch? Würde ein Mann wie der Sahib mich glücklich oder unglücklich machen? Ich hab das Gefühl, alle Frauen sind mit ihren Männern unglücklich. Manche mehr, manche weniger. Deshalb heirate ich nicht und bekomme auch keine Kinder. Aber soll ich mein Leben lang allein bleiben? Vielleicht leb ich gar nicht lange. Vielleicht hab ich irgendwann auch genug und bring mich um. So wie Jharna. Nach so langer Zeit denk ich wieder an Jharna. Plötzlich.

Heute hab ich vier Sachen gekocht: Bhindi, Parmal, Auberginen-Bharta und Linsen. Dazu Joghurt, Salat und Chutney. Und ein bisschen Reis. Biji isst zum *lunch* immer ein bisschen Reis. Dann hab ich Papads geröstet und in einem Korb auf den Tisch gestellt. Daneben ein paar Sorten Eingelegtes.

Als Biji kam, war ich gerade dabei, den Tisch zu decken. Sie drückte einfach die Tür auf und kam rein, so, als würde sie das jeden Tag tun, wie ich. Sie kam gleich zu mir rüber und half beim Tischdecken. In der Wohnung schaute sie sich nicht um, wie sies vielleicht gemacht hätte, hätte sie sie zum ersten Mal gesehen. Und sie sprach leise, als wüsste sie, dass der Sahib Lärm nicht ausstehen kann. Ich hol den Sahib, sagte ich. Was soll die Eile?, sagte sie, lass ihn noch ein wenig arbeiten. Als der Tisch fertig gedeckt war, ging sie, statt sich im Wohnzimmer hinzusetzen, in die Küche und hob alle Deckel hoch, um zu gucken, was ich gekocht hatte. Bei sich zu Hause kommt sie auch immer für eine Weile in die Küche. Sie liebt gutes Essen und kennt den Unterschied zwischen einem guten und einem mittelmäßigen Essen. Den zwischen einem guten und einem sehr guten Essen auch. Während sie isst, lobt sie mich viel, manchmal gibt sie mir auch Ratschläge. Fürs nächste Mal. Sie nörgelt nicht rum, wenns was zu verbessern gibt, sagt sies, ohne mich dabei zu verletzen.

Biji stand in der Küche vom Sahib, als wärs ihre eigene.

Sie sah sich das Gemüse und die anderen Sachen an und fragte: Hat der Sahib dir aufgetragen, so viel zu kochen, oder hast du das alleine entschieden? Ich wurde rot. Der Sahib hat alles mir überlassen, sagte ich. Und da hast du dir gedacht, ich mach was richtig Feines für Biji, was?

Der Sahib war immer noch nicht runtergekommen. Eigentlich müsste er Bijis Stimme gehört haben. Vielleicht machte er sich noch fein. Biji hatte sich sehr fein gemacht. Sie ist immer gut angezogen, aber heute war ihre Kleidung besonders schick. Obwohl ihre Wohnung gar nicht weit ist, war sie anscheinend mit dem Auto gekommen. In ihrer weiten schwarzen Hose, der langen hellen Bluse und der weißen Chunni sah sie aus wie eine Königin. Wenn der Sahib jetzt mit seinem zerknautschten Hemd auftaucht, würde er neben ihr eine traurige Figur abgeben.

Aber als er endlich kam, sah er richtig gut aus. Er hatte sich umgezogen. Vielleicht sogar geduscht. Das westliche Hemd und die Hose standen ihm gut. Ich war neugierig, wie er sie begrüßen würde, wie sie ansprechen, und sie ihn. Als er die Treppe runterkam, stand Biji im Wohnzimmer am Regal und schaute sich die Bücher an, ich legte gerade Servietten auf den Tisch. Der Sahib stellte sich zu Biji. Biji schaute weiter auf die Bücher. Warum hast du mir nicht gesagt, dass sie da ist?, fragte mich der Sahib. Ich habs ihr verboten, sagte Biji, ich dachte, warum deine Kontemplation unterbrechen. Kontemplation!, schnaubte der Sahib. Das Mädchen hat ganz wunderbar gekocht, sagte Biji. Aber zuerst trinken wir ein Glas Bier, sagte der Sahib. Gern, sagte Biji.

Wie zwei alte Freunde, die sich die Hand geben.

Heute haben Paro und ich unter dem Niembaum gesessen und über alles Mögliche geredet. Wichtiges und Unwichtiges. Außer uns war niemand dort. Keine Ahnung, wo die anderen steckten. Der Himmel war wolkig, und ab und zu donnerte es, aber geregnet hats nicht. Die Bäume schwankten im Wind wie betrunkene Elefanten. Ich hab schon Elefanten gesehen, aber noch keine betrunkenen. Keine Ahnung, wie die schwanken. Wahrscheinlich hab ich den Ausdruck aus irgendeinem Buch. Aber im Moment les ich gar nicht mehr. Ich hab keine Zeit und auch keine Lust. Schreiben gefällt mir besser. Ich hab das Gefühl, was ich hier aufschreibe, könnte auch in einem Buch stehen. Wenn ich zu viel drüber nachdenke, bekomme ich Angst. Keine Ahnung, warum. Wenn das hier alles gedruckt würde und die Leute, über die ich schreibe, es lesen, würden sie sich schlecht fühlen, vielleicht deshalb. Wir mögens nicht, wenn andere zusammensitzen und über uns tratschen, und genauso wenig mögen wirs, wenn andere in einem Buch was über uns schreiben. Nicht unbedingt. Wenn jemand hinter unserem Rücken was Gutes über uns sagt, haben wir nichts dagegen, aber wenns was Schlechtes ist, mögen wirs nicht. Das gilt auch für Bücher. Nein, mit Büchern ist es anders. Ich glaub, was ich hier über den Zeitungssahib und Biji geschrieben hab, ist nichts Schlechtes. Aber wenn ichs ihnen vorlese, würds ihnen trotzdem nicht gefallen.

Was schreibst du denn immer so lange? Und warum?, hat Paro heute wieder gefragt. Das war schwer zu erklären. Ich schreibe heute Abend auf, was wir jetzt und später noch reden, sagte ich schließlich. Alles?, fragte Paro. Nicht alles, sagte ich, nur das Wichtigste, das, woran ich mich erinnere. – Aber warum?, fragte Paro, was bringt dir das? – Obs was bringt oder nicht, ist egal, sagte ich, es gefällt mir einfach. – Aber warum gefällts dir? Paros Stimme war laut. Ich weiß nicht, musste ich zugeben. Das, was ich weiß, konnte ich Paro nicht sagen. Ich schreibe alles auf, was mir durch den Kopf geht, sagte ich. Und dann schnell, bevor sie weiterfragen konnte: Frag nicht, warum. Ich weiß nicht, wies bei dir ist, meinte Paro, aber ich hab immer viele schlimme Gedanken. – Ich auch, sagte ich, wahrscheinlich haben das alle. – Schreibst du die auch auf?, fragte Paro. Manchmal, sagte ich, aber nicht alle.

Und dann erzählte Paro von den schlimmen Gedanken, die sie hat. Sie sagte, sie ist manchmal so sauer auf Jija, dass sie ihn mit Kerosin übergießen und anzünden könnte. Manchmal betet sie, dass Kundan ins Gefängnis muss und dort zur Vernunft kommt. Und Paro hat noch mehr schlimme Gedanken. Sie meinte, manchmal würde sie am liebsten mit irgendeinem wildfremden Typen abhauen. In manchen Nächten brennt ein Feuer in ihrem Körper, und sie betet, dass ein Mann kommt, irgendeiner, und es löscht. Egal, wie. Manchmal will sie sich selbst die Kehle zudrücken. Wenn du so schlimme Gedanken hättest, würdest du die auch aufschreiben?, fragte sie zwischendurch immer wieder. Beim Zuhören hatte ich meine Hefte ganz vergessen. Ihre Worte erschreckten mich. Ich hab auch schlimme Gedanken, aber nicht solche wie Paro, mein Körper brennt auch manchmal, aber vielleicht nicht so wie Paros.

Paro meinte auch, sie will mindestens drei Kinder. Am liebsten sofort. Irgendjemand hat ihr gesagt, je länger man wartet, umso schwieriger wird es. Bei Jija regt sich gar nichts, sagte sie, der kann nur saufen und schlagen, sonst nichts. Und Jijas Mutter spricht schlecht über Paro und sagt, sie ist unfruchtbar. Paros größte Sorge ist, dass sie keine Kinder bekommt und die Leute sagen, sie ist unfruchtbar. Deshalb will sie mit einem Fremden abhauen. Du bist verrückt, Paro, hab ich ihr gesagt, wer weiß, ob dieser dahergelaufene Typ nicht genauso ist wie Jija, und wie stellst du dir das überhaupt vor, so einfach mit einem Fremden wegzulaufen, selbst wenn dus willst, warum sollte ers wollen? Damit ihr zusammen weglaufen könnt, musst du den Mann lieben, und er dich auch! Als wir übers Weglaufen redeten, musste ich an Jharna denken. Die Idee, mit jemandem wegzulaufen, gefällt mir besser, als jemanden zu heiraten.

Bei dem Kinderthema fing Paro an zu weinen, und ich wurde böse. Was gibts da zu heulen?, sagte ich, keiner zwingt dich, bei

Jija zu bleiben! Wenn du willst, frag ich den Zeitungssahib, wie man sich scheiden lässt.

Im selben Moment wurde mir klar, dass ich ihn so was nicht einfach fragen kann, sondern Biji bitten müsste, das für mich zu machen. Ich glaub, eine Scheidung ist unglaublich kompliziert und bringt einen Heidenschlamassel mit sich. Bei Muslimen ist das anders, ich meine, bei muslimischen Männern, muslimische Frauen habens wahrscheinlich noch schwerer als wir. Ich kenn mich mit Muslimen nicht aus. Bis auf die Sachen, die man so hört. Vielleicht gibts in Bishangarh ein paar Muslime, aber ich weiß nicht, wo sie wohnen. In den Wohnungen lebt nicht ein einziger Muslim. Vielleicht doch. Ma sagt, man kann den Leuten ansehen, ob sie Muslime sind oder Hindus. Ich glaub das nicht.

Es war seltsam, Paro weinen zu sehen. Das Wetter war so schön, der Wind so angenehm kühl, der Niembaum schwankte wie ein betrunkener Elefant, und sie weinte. Ich versuchte, sie aufzuheitern. Der Niembaum hat bestimmt nie schlimme Gedanken, sagte ich, guck doch mal, wie er schwankt! Paro sah mich an, als wär ich verrückt. Ich musste über meine Worte und Paros Blick lachen, und da lachte sie auch. Du bist wirklich verrückt, sagte sie.

Ich hatte Paro zum Lachen gebracht, aber plötzlich war ich selbst traurig. Und bins den ganzen Tag geblieben. Sogar jetzt noch. Aber Paro hab ich das nicht gezeigt. Sie stand bald auf und machte sich auf den Weg zur Arbeit, ich musste auch los, zur Bengalin. Dort lief wieder eine Kassette mit traurigen Liedern. Die Bengalin dachte bestimmt an Jharna. Sie lag im Bett und sah krank aus. Wenn ich nicht selbst so traurig gewesen wär, hätt ich mich zu ihr gesetzt, über Jharna gesprochen und dann langsam das Thema gewechselt und mit ihr über dies und das geplaudert. Aber so ging ich direkt nach oben. In Jharnas Zimmer. Sie haben den Ventilator immer noch nicht ausgetauscht. Devi und die Bengalin tragen beide Jharnas Kleidung. Vielleicht hat jemand den Ventilator geputzt. Wohl der Mann. Dafür hat er sich bestimmt einen Stuhl von unten geholt. Oder er hat sich auf den Stuhl gestellt, auf dem Jharna sich … anstatt zu putzen, setzte ich mich hin. Von unten kam die traurige Musik. Als würde die Traurigkeit selbst singen. Wenn ich geweint hätte, wäre die Traurigkeit weniger geworden, aber ich konnte nicht. Die Traurigkeit war wie ein Knoten, und die bengalischen Lieder zogen ihn fester zusammen. Draußen wars wegen den vielen Wolken ganz dunkel. Ich blickte in die Dunkelheit. Plötzlich fing es an zu regnen, und ich sprang auf und stellte mich ans Fenster. Als regnete es Perlen. Der Junge von gegenüber stand nackt auf dem Balkon. Ich zog den Vorhang zu.

Heute will ich über mich schreiben. Nur über mich. Aber mir fällt nichts ein. Egal, an was ich denke, es ist immer irgendjemand anderes darin verstrickt. Ich will heute nicht über andere Leute schreiben. Woher plötzlich diese Laune? Vielleicht hab ich vor lauter An-andere-Denken und Über-andere-Schreiben mich selbst vergessen, vielleicht hab ich verlernt, über mich zu schreiben. Vielleicht hab ich vergessen, wer ich bin. Warum nicht gleich mit dieser Frage anfangen! – Ich bin ein Dienstmädchen. Ich bin ungefähr neunzehn. Ich bin gesund. Ich seh nicht schlecht aus. Ich bin nicht dumm. Ich war acht Jahre in der Schule. Ich lerne Englisch, aber halbherzig. Inzwischen denke ich, was bringt mir Englisch? Nichts. Trotzdem lerne ich noch ein paar Monate, damit ich die Unterhaltungen der Leute verstehen kann. Ich bin fleißig. Und ehrlich. Ich will nicht lügen. Und klauen. Und keine schlimmen Gedanken haben. Ich will nicht heiraten und keine Kinder bekommen, aber wenn mein Körper brennt, wünsch ich mir, jemand würde mich berühren, mich drücken, alles mit mir machen. Manchmal bin ich in meinen Träumen erregt. Aber ich habs noch nie getan. Manchmal denke ich, wenn ich nie heirate, bin ich dann mein Leben lang nur in meinen Träumen erregt? Auf Träume kann man sich nicht verlassen. Aber wer hat schon sein Leben lang Spaß? Spaß hat man nur, solange man jung ist. Alte Leute sind zu beschäftigt, sie müssen sich um die Kinder kümmern. Wenn ich keine Kinder bekomme, was mach ich dann, wenn ich alt bin? Ich denke jetzt schon wie eine alte Frau. Ich adoptiere einfach eins von Paros Kindern. Aber sie hat noch kein einziges. Erst muss sie sich von Jija trennen. Es bringt nichts, über sich selbst nachzudenken. Ich hätte Lust, diese Hefte zu verbrennen. Was bringen sie? Ich sitz alleine da und verstricke mich in Wörtern. Morgen geh ich zu Biji. Was haben Sie mir da für eine schlechte Gewohnheit antrainiert?, sag ich. Ihr die Schuld zu geben, ist nicht fair.

Heute ist mir das Stückchen, was ich gestern über mich selbst geschrieben hab, peinlich. Jedenfalls ein bisschen. Noch peinlicher wärs, wenn ich all das aufgeschrieben hätte, was mir sonst noch so durch den Kopf geht. Ich finde, es ist schwierig, sich zu öffnen und über sich selbst zu schreiben, schwieriger als über andere Leute. Über sich selbst zu schreiben, ist, wie seine Klamotten auszuziehen. Nicht nur die Klamotten, auch die Haut. Nicht die richtige Haut, sondern die Haut über den Gedanken. Wenn ich alleine bin, hab ich in letzter Zeit oft Lust, mich auszuziehen. Dabei singe ich dieses Lied: In meinem Körper brennt ein Feuer … Ich wünschte, jemand würde mich beim Ausziehen heimlich beobachten und meinen brennenden Körper sehen. Wie gerne ich das jemandem erzählen würde! Paro könnte ichs vielleicht anvertrauen, Urmila nicht. Die würds nur sofort weitertratschen. Morgen ist mir das, was ich gerade aufgeschrieben hab, bestimmt peinlich. Ich werde jetzt schon rot. Gestern Nacht hab ich von diesem Freund von Kundan geträumt, dessen Hand ich neulich weggeschoben hab. Im Traum hielt ich seine Hand fest und zog ihn an mich, da verwandelte seine Hand sich plötzlich in was anderes, und ich bin aufgewacht und hab gesehen, dass ich meinen eigenen Zopf in der Hand hatte. Ich bin aufgestanden, um Wasser zu trinken. Gib mir auch einen Schluck, sagte Ma, ich kann nicht schlafen, keine Ahnung, wieso.

Ich hab schon ein paar Tage nichts geschrieben. Ich glaub, die Bengalin hört gar keine traurigen Lieder mehr und kümmert sich wieder um die Hausarbeit, sie spricht auch mehr. Devi ähnelt Jharna jeden Tag mehr. Wenn sie Jharnas Klamotten trägt, muss sie bestimmt an sie denken. Shaukats Sachen trägt jetzt wahrscheinlich auch ein Bruder von ihm. Wenn er keinen Bruder hat, trägt sie ein Freund oder Verwandter. Wenn ich heute sterbe, trägt Paro meine Sachen. Aber zuerst müsste sie sie ein wenig abändern. Wenn Paro stirbt, könnte ich ihre Klamotten nicht tragen. Wahrscheinlich würden sie nur Ma passen.

Warum denke ich vor dem Einschlafen so oft an den Tod? Ich denke nicht bloß dran, manchmal bete ich auch, dass ich, während ich denke, einschlafe und im Schlaf sterbe. Dabei zitter ich und hoffe, mein Gebet erfüllt sich nicht. Ich will nicht sterben. Warum denke ich dann an den Tod, warum bitte ich in meinen Gebeten darum zu sterben? Ich weiß nicht, was ich will.

Heute hab ich Biji gefragt, wie man sich scheiden lassen kann. Sie weiß es nicht. Frag doch den Zeitungssahib, sagte sie, der weiß es bestimmt, und wenn nicht, kann ers rausfinden. – Könnten Sie ihn nicht für mich fragen? Biji lächelte. Wann besuchen Sie ihn das nächste Mal?, fragte ich. Das nächste Mal kommt er hierher, sagte Biji. Wann?, fragte ich. Biji wurde rot. Wenn ihm danach ist, sagte sie.

Ich hatte keine Ahnung, dass alte Leute rot werden können. Vielleicht fühlt Biji sich gar nicht alt.

Ich wartete ab, ob sie mir von sich aus noch mehr erzählen würde, aber sie lächelte nur verlegen und sagte nichts. Vielleicht frag ich sie demnächst einfach. Aber was? Was sie denkt, ob sie ihn heiraten will oder nur mit ihm befreundet sein. Das traue ich mich nicht. Meine Hand zittert schon, wenn ichs nur aufschreibe.

Biji hat gar nicht gefragt, warum ich plötzlich über Scheidungen Bescheid wissen will. Paro lässt sich sowieso nicht scheiden. Ma würds nie erlauben. Leute wie wir bekommen keine vorschriftsmäßigen Scheidungen. Wenn bei uns ein Mann sich für eine andere Frau interessiert, verlässt er die erste einfach, will sagen, er jagt sie zu ihrer Familie zurück. Und wenn eine Frau nichts mehr von ihrem Mann wissen will, läuft sie weg, auch zu ihrer Familie zurück, und wird dort pausenlos von ihren Eltern drangsaliert, sie soll endlich zu ihrem richtigen Zuhause zurückgehen. Keiner macht sich den Stress, vor Gericht zu gehen. Und so sitzen Urmila und Paro bei ihren Eltern und werden alt. Deshalb krallen sich viele Frauen an ihren Männern fest, sogar wenn die sie schlagen. So wie Ma. Frauen mit Kindern. Die Last der Kinder und die Liebe für die Kinder lähmen die Frauen. Deshalb bekomme ich keine Kinder und laufe nicht in die Hochzeitsfalle. Wenn ich alt bin, such ich mir wie Biji einen alten Mann, der mir Gesellschaft leistet. Aber wohin so lange mit meinem brennenden Körper? Biji ist kein gutes Beispiel. Sie hat ja geheiratet und Kinder bekommen, und jetzt hat sie einen Freund und Partner gefunden. Keine Ahnung, wie Lalita davon erfahren hat. In letzter Zeit ärgert sie mich immer. Dass Biji meine Ma ist und der Zeitungssahib mein Bapu. Warum macht sie das? Die anderen habens auch schon mitbekommen und necken und hänseln mich die ganze Zeit. Sogar diese Bano aus Bangladesch. Und die beiden aus Madras. Paro hab ichs selbst erzählt. Ma weiß auch Bescheid. Sie konnte es kaum glauben. Das ist ja ein Ding!, rief sie, Biji ist mindestens zehn Jahre älter als ich. Und der Zeitungssahib, dieser …! Ich sags ja immer, Shano, vertrau den Männern nicht, keinem einzigen von ihnen, innen drin sind alle gleich, alle haben sie nur das eine im Kopf, du bist ihm gerade noch entwischt!

Lalita dachte, ich hab den Sahib um den Finger gewickelt. Dienstmädchen misstrauen sich gegenseitig. Vor allem die jüngeren. Ich bin ein junges Dienstmädchen. Was soll nur aus mir werden? Wenn ich nicht heirate, was mach ich dann, wo wohn ich dann? Wenn ich alleine bleib, verschlingen die Männer mich bei lebendigem Leib. Und ich seh zu, wie sie mich fressen. Wenn Biji und der Zeitungssahib heiraten oder zusammenziehen, wollen sie mich vielleicht Vollzeit bei sich haben. Sie bilden mich aus und besorgen mir einen Job bei einer Zeitung. Dann muss ich vielleicht auch heiraten. Irgendeinen Zeitungsmenschen. Und dann werde ich die Zeitungsmemsahib genannt. Ma bräuchte nicht mehr arbeiten, und für Paro würde ich eine gerichtliche Scheidung organisieren. Schlag dir die Kinder aus dem Kopf, würde ich ihr sagen, bilde dich stattdessen lieber weiter und arbeite bei einer Zeitung. Aber warum bin ich so von Zeitungen besessen? Es gibt auch andere Jobs, warum nicht einfach Lehrerin werden?

Ich träume.

Vor ein paar Tagen hab ich geträumt, dass der Mann der Fetten sich auf mich stürzt. Die Fette stand auch dabei und beobachtete alles. Anstatt mir zu helfen, hat sie ihren Mann angefeuert: Bravo! Bravo! Da hab ich so heftig zugetreten, dass der Sahib aufschrie, die Fette machte einen Schritt auf mich zu und klopfte mir auf den Rücken: Bravo! Plötzlich hatte ich das Gefühl, ich bin gar nicht ich, sondern Paro. Ich war auf seltsame Weise traurig und erleichtert darüber, und dann bin ich aufgewacht. Paro hatte sich im Schlaf ganz nah an mich gekuschelt. Ich stand auf und trank Wasser. Mein Körper war nass von kaltem Schweiß.

Als ich Biji erwähnte, ist der Sahib rot geworden. Ich hatte mit Absicht von ihr erzählt. Ich mag es, wenn der Sahib verlegen wird. Bestimmt hat er mitbekommen, dass ich nur so viel von Biji rede, um ihn zu ärgern, aber er tut so, als merkt ers nicht. Ich hab das

Gefühl, er mag meine Sticheleien, aber ich hab auch Angst, dass mir mal was Falsches rausrutscht und er böse wird. Heute ist so was passiert. Der Sahib saß unten und las Zeitung. Er sitzt jetzt öfter unten. Früher hat er sich immer den ganzen Tag oben verkrochen. Wenn er mir was sagen wollte, hat er einfach runtergerufen: Hör mal, Shano ... Wenn ich ihn was fragen wollte, bin ich hochgegangen. Heute saß er, während ich das Essen kochte, die ganze Zeit unten und las oder lief unruhig in der Wohnung rum, als wartete er auf irgendwas oder als würde er gerne reden. Als ich dann plötzlich Biji erwähnte, fuhr er zusammen und wurde rot.

Da ist es mir rausgerutscht: Wann gehen Sie zum Essen zu Biji?

Ich war in der Küche und schnippelte Gemüse, er saß im Esszimmer am Tisch und las. Er wurde rot. Ich dachte schon, er würde grimmig werden – Hör mal, Shano, mach in Ruhe deine Arbeit und rede keinen Unfug! Aber er hob nicht mal den Kopf. Ich sah, wie er rot wurde. Er wusste, dass ichs sah. Ich fands lustig, aber ich hatte auch Angst. Als er nichts sagte, redete ich weiter: Biji hab ich auch schon gefragt: Wann kommt der Sahib zum Essen? Als er das hörte, fuhr sein Kopf wie von allein hoch. Jetzt ruhten seine Augen auf mir, in ihnen stand eine Frage: Und was hat sie gesagt? – Biji hat gesagt, dass er kommt, wenn ihm danach ist, sagte ich. Da senkte der Sahib wieder den Kopf. Ich hätte nichts mehr sagen sollen, aber es platzte einfach aus mir raus: Sagen Sie mir nicht, wann Sie kommen? Dann würde ichs ihr sagen. Der Sahib stand auf, ich zitterte. Anstatt zu antworten, ging er hoch, und ich war sicher, jetzt ist er sauer. Mein Blut war wie gefroren. Ich machte das Essen fertig, aber ich war die ganze Zeit nervös und überlegte, wie ich ihn versöhnen könnte. Ich entschloss, Biji alles zu erzählen und sie zu fragen, was ich machen soll. Bevor ich ging, lief ich zum Sahib hoch. Ich geh jetzt, sagte ich, da sagte er: Hör mal, Shano, sag deiner Biji, wir essen übermorgen Mittag zusammen bei ihr. Während er sprach, flogen seine Augen durch den Raum, als wollte er damit einen durch den Raum flatternden Vogel oder Schmetterling fangen. Ich polterte die Treppe runter. Ist das eigentlich ein Mädchen oder ein Poltergeist?, dachte der Sahib bestimmt.

Es ist schon ein paar Tage her, seit ich das letzte Mal in mich hineingeschaut hab. Das hab ich jetzt einfach so aufgeschrieben, aber was heißt es überhaupt? Wie kann man in sich hineinschauen? In sein Innerstes. Wo wohnt das Innerste? Vielleicht in den Gedanken, die einem kommen. Aber woher kommen die? Und wohin gehen sie? Vielleicht ist tief im Gehirn ein Knopf versteckt, und wenn man den drückt, kommen die Gedanken. Wer drückt diesen Knopf? Wahrscheinlich passiert das einfach so von alleine. Wenn man den Kopf bewegt oder er sich bewegt. Deshalb kann keiner sagen, wann welche Gedanken kommen und gehen. An jeden Gedanken ist ein anderer Gedanke geknüpft. Als ich mich mit meinem Heft hingesetzt hab, hatte ich noch keine Ahnung, was ich schreiben würde. Deshalb schau ich jetzt in mich hinein. Aber gehen die Gedanken nur ins Gehirn oder auch ins Herz? Wenn ich die Augen zumache und denke, merke ichs vielleicht. Was heißt Denken überhaupt? Wie denkt man? Nennt man das, was ich gerade mache, auch denken? Ich mach gar nichts. Stell nur Fragen. Wem? Meinem Innersten. Ist das Innerste also die Sache, der man Fragen stellt? Es ist doch keine Sache. Aber was dann? Warum hab ich so viele Fragen? Warum keine Antworten? Und wenn ich endlich eine Antwort hab, purzeln daraus nur neue Fragen hervor.

Ich werde verrückt! Daran sind nur diese Hefte schuld. Diese Angewohnheit, Hefte vollzuschreiben. Die Gedanken würden auch ohne das Schreiben kommen. Die Fragen auch. Aber bestimmt nicht die Frage, wo das Innerste wohnt. Manchmal, wenn Ma vom Tempel zurückkommt, klagt sie darüber, dass sie innerlich so rastlos ist. Sie sagt, man muss sein Innerstes gut kontrollieren, oder, noch besser, es töten. Wenn Ma plötzlich so redet, hab ich immer das Gefühl, sie erklärt die Dinge nicht mir, sondern sich selbst. Vielleicht sind die Ratschläge, die wir anderen geben, eigentlich für uns gemeint, wir können sie aber nicht befolgen. Wenn Ma im Tempel sitzt, kann sie ihr Innerstes wahrscheinlich nicht kontrollieren, sie hört sich das Geschwätz des Pandits an. Warum bin ich eigentlich hergekommen?, fragt sie sich, doch nicht etwa, um mir das dumme Gewäsch dieses Heuchlers anzuhören! Sie schaut in sich hinein. Manchmal sehe ich mir im Fernsehen die Sendung mit dem bärtigen Guru an. Frühmorgens. Bevor ich zur Arbeit gehe. Er rät auch, das Innerste umzubringen. Aber ich glaub, er will auch den Körper umbringen. Vielleicht kann man sein Innerstes nur töten, wenn man den Körper tötet. Oder umgekehrt, man muss es töten, um den Körper zu töten. Die Bindung zwischen Innerstem und Körper ist bestimmt fest. Vielleicht unzerstörbar. Vielleicht ist das Innerste nur ein anderes Wort für Körper. Vielleicht erforsche ich unter dem Vorwand, in mich hineinzuschauen, eigentlich meinen Körper.

Es ist lange her, dass ich meinen Körper erforscht hab. Für das Gefühl, das man davon bekommt, wird auch dem Innersten die Schuld gegeben. Das bedeutet, das Innerste beherrscht den Körper. Es ist der Herr, der Körper der Bedienstete. Sind Frauen im Innersten genauso Männer? Wenn die Körper unterschiedlich sind, ist das Innerste es wahrscheinlich auch. Und dieser Unterschied bringt Streit. Ich hab solche Streits mitbekommen und entschieden, nie zu heiraten und keine Kinder zu bekommen. Kann ich dann nie was mit einem Mann machen, kann kein Mann je was mit mir machen? Mein Innerstes sagt das. Aber mein Körper sagt jetzt was anderes. Das tut er immer. Wenn ich auf meinen Körper hören würde, wär ich schon verrückt. Soll ich nur auf mein Innerstes hören? Kann es mich vor den ganzen schlechten Sachen, die mein Körper will, retten? Ich meine, die mein Körper machen will. Aber auf eigene Faust kann der Körper nichts machen. In jedem Körper wohnt noch jemand, der den Körper gute und schlechte Sachen machen lässt. Wer ist das? Ist das das Innerste? Aber der bärtige Guru nennt es Atma, Seele. Manchmal auch Paramatma, Höchste Seele. Vielleicht ist das Innerste irgendein Bediensteter oder Diener von dieser Seele oder sogar von der Höchsten Seele. Aber warum sagen der bärtige Guru und der Pandit in Mas Tempel dann, man soll es kontrollieren? Wenn das Innerste ein Bediensteter oder Diener der Seele oder der Höchsten Seele ist, kontrollieren dies doch sicher.

Ich weiß nicht, wie ich auf dieses ganze Zeug komme. Wahrscheinlich denke ich nur, dass das Innerste ein Bediensteter ist, weil ich selbst ein Dienstmädchen bin. Ich bin Dienstmädchen, und deshalb denke ich dauernd über Sahibs und Memsahibs nach und suche ihre Fehler. Ist ein Dienstmädchen im Innersten genauso wie eine Memsahib? Ich hab einen besseren Körper als viele Memsahibs. Als die Fette auf jeden Fall. Deshalb mäkelt sie immer an mir rum. Wie bin ich jetzt vom In-mich-Hineinschauen zu den Memsahibs gekommen? Ich bin innerlich total rastlos. Aber bis jetzt kontrolliere ich mein Innerstes noch. Wenns ausbrechen will, sag ich mein Mantra auf: Ich heirate nicht und bekomme auch keine Kinder. Der Körper fragt: Warum nicht, warum nicht? Soll er doch fragen, ich hör überhaupt nicht hin. Ohne das Innerste kann der Körper seine Fragen gar nicht stellen. Warum nicht? Und das Innerste kann ohne den Körper nicht das machen, was es will. Warum nicht? Ist der Körper größer als das Innerste? Das ist vielleicht die richtige Frage. Oder es hat gar nichts mit groß und klein zu tun. Vielleicht denke ich das nur, weil ich ein Dienstmädchen bin, meine Mutter ist auch Dienstmädchen, und ihre Mutter wars auch.

Jetzt hetzt mein Innerstes mich auf. Meine ich mit mich meinen Körper? Wer bin ich? Darauf hab ich keine Antwort. Vielleicht hat der bärtige Guru eine. Oder der Zeitungssahib. Oder Biji. Oder mein Innerstes. Irgendwann schaue ich noch mal in mein Innerstes hinein. Jetzt aber nicht mehr, Paro schläft. Ma hat die Augen zu und zerbricht sich den Kopf über mich: Was soll nur aus diesem Unglückswurm von einem Mädchen werden?, denkt sie, was schreibt sie bloß in ihre Hefte?

Das Innerste fabriziert am laufenden Band Vermutungen!

Ich sollte jetzt das Licht ausmachen.

Vielleicht erforscht heute Nacht im Traum jemand meinen Körper. Es ist lange her.

Ich hab Angst, dass jemand mein Tagebuch liest. Irgendwo in dieser Angst sitzt vielleicht auch der Wunsch, dass jemand es liest. Ma kann nicht lesen, aber sie würde sicher gerne. Paro könnte ein wenig darin lesen, wenn sie wollte, stockend, aber sie wirds nicht tun, so viel Geduld hat sie nicht. Ich hab Angst, Ma schnappt sich eines Tages alle meine Hefte, trägt sie zu Biji und sagt, sie soll sie lesen und ihr sagen, was dieses Mädchen da immer schreibt. – So viele Hefte hat sie vollgeschrieben!, ruft Biji. Ich weiß nicht, was aus diesem Mädchen werden soll, sagt Ma. Lass sie doch schreiben, sagt Biji, Schreiben ist nicht schlecht, warum machst du dir Sorgen? – Warum lesen Sie dann nichts vor, fragt Ma. Das wäre falsch, sagt Biji. Ma schnappt sich die Hefte und kommt zurück nach Hause. Lies mir was draus vor!, ruft sie. Ich lächel, les aber nichts.

Vielleicht hat Jharna auch Tagebuch geschrieben. Vielleicht liest Devi jetzt ihre Hefte. Irgendwann frag ich sie. Das würde sie umhauen. Vielleicht schreibt sie auch. Die anderen Dienstmädchen schreiben bestimmt nicht.

Was Jharna wohl geschrieben hat? Über Shaukat. Über ihre Familie, über Shaukats Familie. Über ihren Bauch. Vor dem Ausspülen. Über ihre Selbstmordgedanken danach. Ich muss Devi fragen. Zeig es mir, sag ich. Aber Jharna hat bestimmt auf Bengali geschrieben, oder auf Englisch. Wenn ich nicht aufgehört hätte, Englisch zu lernen … Ich hab nicht aufgehört, es hat aufgehört. Ganz von alleine. Was bringt mir schon Englisch?

Ich bin davon besessen, jemand könnte heimlich meine Hefte lesen. Deshalb halte ich mich beim Schreiben zurück. Ich schreibe nicht alles auf. Wahrscheinlich macht das keiner. Wenn ich alles aufschreiben würde, wäre jeden Tag ein neues Heft voll. Keiner kann alles aufschreiben. Erst recht kein Mädchen. Mädchen wird beigebracht, ihre Gedanken für sich zu behalten. Das hab ich einfach so aufgeschrieben. Keiner hat mir das beigebracht. Wie kommt mir der Gedanke dann? Manche Gedanken schweben wohl einfach so in der Luft und fliegen einem bei der erstbesten Gelegenheit in den Kopf.

Plötzlich muss ich an Bapu denken. In den letzten Tagen hat er so geguckt, als wollte er mir was sagen, was Wichtiges, vielleicht wollte er mir was beibringen. Aber er hatte nicht den Mut. Vielleicht hatte er Angst, ich könnte ihn unterbrechen. Ich wusste, er würde nicht mehr lange bleiben. Es ist gut, dass er im Schlaf gegangen ist, wenn er länger gelebt hätte, hätte er sich nur länger gequält. Wenn er seine Anfälle hatte, hat er sich so gequält, dass ich gar nicht hinsehen mochte. Aber ich habs trotzdem gemacht.

Wenn ich nicht heirate, schreibe ich mein Leben lang Hefte voll. Bis ich einen Riesenhaufen hab. Wo würde ich den lassen? Was passiert damit, wenn ich sterbe? Das Gleiche, was mit den anderen Sachen passiert. Wenn ich so weiterschreibe, hab ich keinen Platz mehr für andere Sachen. Dieses Mädchen war verrückt!, würden die Leute sagen. Mit Leute meine ich die, die nach meinem Tod meine Hefte lesen. Niemand wird sie lesen. Ich werde niemanden haben auf der Welt. Wen sollte ich auch haben, wenn ich keine Kinder bekomme und nicht heirate!

Ich hätte Lust, mit Biji zu sprechen. Ganz offen. Was haben Sie mir da für ein Laster angewöhnt?, frage ich sie. Tage, an denen ich nicht schreibe, kommen mir vor, als wären sie gar nicht passiert. – Ich hatte dir das nur so vorgeschlagen, sagt Biji, ich dachte, so könntest du ein bisschen Zeit totschlagen, woher sollte ich wissen, dass du so einen Riesenberg Hefte produzieren würdest!

Nein, so was Gemeines würde Biji nie sagen. Und ich würde so was nie zu ihr sagen. Ich könnts nicht. Und ich sollte es auch nicht.

Warum hab ich mir meinen Tod vorgestellt? Wahrscheinlich, weil ich an Bapu gedacht hab.

Ma vermisst Bapu bestimmt auch manchmal. Sie sagt nie was. Paro manchmal schon. Gestern auf dem Weg zu Biji hat eine alte Frau mich angehalten. Ich dachte, sie wollte mich nach einer Adresse oder so fragen. Aber sie sagte: Hör mal, Kleine, junge Mädchen sollten beim Laufen nicht so summen, sonst rennen ihnen schnell die Jungs hinterher wie Hunde, die Zeiten sind schlecht, ein so schönes Mädchen wie du sollte stets auf der Hut sein, sonst … Am liebsten wär ich einfach weitergegangen, aber ich hab nicht auf mein Inneres gehört und bin stehen geblieben. Dass ich gesummt hatte, war mir gar nicht bewusst gewesen.

Ich bin total nachlässig. Ich lauf durch die Welt, als könnte mir keiner was. Dabei weiß ich, alle Typen starren, als könnten sie mich mit ihren Blicken ausziehen. Sogar den Jüngeren tropft der Speichel nur so aus dem Mund. Die Straßenkehrer und Arbeiter pfeifen. Die Ladenbesitzer drücken mir, wenn sie Wechselgeld rausgeben, die Hand. Aber die Ladenbesitzer behandeln alle Dienstmädchen so. Sogar die älteren. Bei denen sind sie noch dreister. Die Gemüse- und Obstverkäufer sind auch nicht gerade Unschuldslämmer. Lalita sagt, die Bastarde warten nur auf die richtige Gelegenheit.

Wenn Lalita wüsste, dass ich hier öfter über sie schreibe, würde sie sagen: Dir bring ich noch Manieren bei, Shano! Was glaubst du eigentlich, wer du bist?

Inzwischen rede ich hier viel mit mir selbst. In dem Tagebuch, meine ich.

Aber hab ich das nicht schon von Anfang an gemacht? Eigentlich ist Tagebuchschreiben nichts anderes als eine Methode, mit sich selbst zu reden. Oder ein Vorwand. Leute, die Tagebuch schreiben, wollen mit sich selbst reden. Vielleicht gehts gar nicht um wollen. Manche Leute müssen einfach mit sich selbst über bestimmte Dinge reden, ob sie nun wollen oder nicht. Mit anderen können sies nicht. Sie können sich nicht öffnen. Ich kann mich ja nicht mal vor mir selbst öffnen. Auch nicht in diesem Tagebuch. Ich hab immer Angst, jemand könnte es lesen. Heimlich. Jemand, der, oder die, in meinem Innersten sitzt. Das Innerste ist wie ein Zimmer. Kein Zimmer, sondern ein Keller. Eins von den Mädchen aus der Schule hat mir früher immer Spionagebücher ausgeliehen. Darin kamen öfter Keller vor, wo sich die Verbrecher versteckt hielten. Manchmal auch die Spione.

Lalita gibt sich im Moment bestimmt richtig Mühe, auszuspionieren, was zwischen Biji und dem Zeitungssahib läuft. Deshalb war ich schon länger nicht mehr beim Niembaum. Dann würde Lalita mich nur sofort in die Ecke drängen und drauflosfragen. Ich sag einfach, ich weiß von nichts. – Glaub ich dir nicht, ruft Lalita, und dann lächelt sie, und ich versuche, nicht zurückzulächeln. Ach, Shano, sagt sie, ich weiß eh alles. – Warum fragst du dann? – Weil du meine Freundin bist, oder etwa nicht? Dann wirds schwer, nicht zurückzulächeln. Aber ich sag ihr nichts. Was sollte ich auch sagen?

Mein Körper terrorisiert mich. Sobald Tantchen weg ist, fühl ich mich schlecht. Zum Beispiel heute. Dauernd muss ich mich strecken. Und nachts kann ich nicht schlafen. Wenn ich mich zum Schreiben hinsetze, fällt mir nichts ein. Plötzlich juckt mein ganzer Körper. Du hast ganz trockene Haut, sagt Ma, reib dich doch mal mit Senföl ein. Ich befolge ihren Rat und stelle mir vor, wie viel schöner es wär, wenn jemand anders mich einreiben würde. Dann muss ich an die Brillenschlange denken. Und ihren Gauner von einem Mann. Keine Ahnung, wo ich jetzt stecken würde, wenn ich ihnen in die Falle gegangen wär. In letzter Zeit seh ich in der Zeitung dauernd Anzeigen mit den Namen und Adressen von Frauen und Männern, die Massagen anbieten. Lalita sagt, Massage ist ein anderes Wort für Hurerei. Sie sagt, die Memsahibs rufen die Masseure an und beordern sie zu sich nach Hause. Und die Sahibs die Masseusen. Ich glaubs nicht! Aber mein Körper terrorisiert mich so, warum sollte es mit den Körpern der Memsahibs anders sein? Wenn ich eine Memsahib wär … Lalita redet Quatsch! Sie erzählt Märchen. Ich könnte Lalita fragen, ob sie mich massiert. Aber ich brauch keine Massage, sondern was anderes. Wenn ich mir mein Kopfkissen zwischen die Beine drücke, fühle ich mich ein bisschen besser. Manchmal auch, wenn ich mich im Schlaf an Paro kuschle. Aber wenn ich dann aufwache, erschrecke ich und schäme mich auch. Die ärmste Paro wird bestimmt auch von ihrem Körper terrorisiert. Manchmal denke ich an Elektrik-Surendar. Nein, der ist molchig. Da ist dieser Freund von Kundan, der mich neulich gepackt hat, noch besser. Der ist wenigstens nicht molchig. Das Wort hab ich mir selbst ausgedacht. Von Lustmolch. Ein schönes Wort. Es gefällt mir, aber die molchigen Männer gefallen mir nicht. Jija ist auch molchig. Deshalb hat Paro die Schnauze voll von ihm. Was soll nur aus ihr werden? Ich sollte lieber über mich selbst nachdenken. In letzter Zeit wünsch ich mir manchmal, jemand würde mich ganz fest an sich drücken. Aber das soll sich mal einer trauen, der kriegt sofort eine geknallt! Nicht mehr lange, und sie nennen mich die Ohrfeigenausteilerin. Niemand wird sich mehr trauen, mich anzufassen. Dann bin ich es, die den Männern auf der Straße zuzwinkert, nicht umgekehrt. Nein, ich schäme mich schon, wenn ich nur dran denke.

In letzter Zeit stell ich mich öfter vor Bijis Badezimmerspiegel.

Ich bleib ziemlich lange dort stehen. Ich hebe meine Bluse hoch. Erst mache ich die Tür zu. Manchmal hab ich Angst, Biji könnte fragen, was ich so lange hinter der verschlossenen Badezimmertür mache. Wenn sie mich fragt, sag ich einfach gar nichts. Aber Biji kanns sich bestimmt denken. Vielleicht würde sie lächeln. Dann werde ich rot.

Mein BH ist mir zu klein geworden. Ich brauch einen neuen. Meine Brüste ähneln inzwischen zwei kleinen, festen Melonen. Wenn ich sie ansehe, erschrecke ich. Am liebsten würde ich reinbeißen. Nein, noch besser wärs, wenn jemand anders reinbeißt. Der bengalische Gemüseverkäufer gefällt mir. Manchmal, wenn keiner in der Nähe ist, guckt er mich an, als wollte er mich bei lebendigem Leib verschlingen. Er hat mitbekommen, dass ich ihn mag. Dass ich dahinschmelze, wenn ich nur an ihn denke. Nachts auf meiner Matte. Vielleicht denkt er auch an mich. Vielleicht schmilzt er auch dahin. Männer schmelzen nicht dahin. Er ist nicht molchig. Seine Stimme auch nicht. Aber er ist Muslim. Ich sollte mich von ihm fernhalten. Wenn ich mich in ihn verliebe, gehts mir wie Jharna. Vielleicht schlimmer. Ich fang nichts mit ihm an.

Heute hab ich mich wieder bei Biji ins Badezimmer gestellt. Als ich meinen BH hochgeschoben und meine Brüste angeschaut hab, hatte ich das Gefühl, das sind gar nicht meine Brüste. Ich hab sie vorsichtig gedrückt, mit geschlossenen Augen, und mir vorgestellt, der Gemüseverkäufer berührt mich. Aber Elektrik-Surender hat sich immer wieder dazwischengeschoben. Am Ende hab ich die Augen aufgemacht, den BH und die Bluse zurechtgerückt, einen Schluck Wasser getrunken, die Tür aufgemacht und bin rausgegangen. Da stand Biji am Esstisch, als hätte sie die ganze Zeit auf mich gewartet.

Heute Nacht hab ich bestimmt wieder so einen Traum. Aber erst muss ich einschlafen. Wenn ich endlich den Füller weglege, schlafe ich ein. Nein, es dauert bestimmt wieder ewig. Ich muss vor mich hinmurmeln: Eins, zwei, drei, Atom, Kalter Krieg.

Heute bin ich vor der Arbeit beim Zeitungssahib ein bisschen durch den Park gelaufen. Normalerweise haben Dienstmädchen es morgens eilig, zur Arbeit zu kommen. Die, die vormittags mit dem Kinderwagen durch den Park schieben, heißen Ayahs, Kindermädchen. Ein komisches Wort. Keine Ahnung, woher es kommt. Ich muss Biji fragen. Oder den Zeitungssahib. Die Ayahs halten sich für was Besseres. Ihre Klamotten sind gebügelt. Ihre Manieren auch. Aber in diesem Teil der Stadt gibts nicht viele Ayahs. Ich meine, es gibt wenig Frauen, die nichts machen, außer auf Kinder aufzupassen. Die paar, dies gibt, stolzieren mit den Kinderwagen durch die Gegend, als gehörten die Kinder ihnen. Als ich noch mit Billu durch den Park gegangen bin, hab ich auch gedacht, die Leute halten Billu für mein eigenes Kind. Die Vorstellung hat mich glücklich gemacht. Auf verquere Art.

Heute Morgen waren nur wenige Ayahs im Park. Ich kannte keine von ihnen. Genauso, wie ich weiß, dass sie Ayahs sind, wissen sie, dass ich ein Dienstmädchen bin. Ayahs sind auch nichts anderes als aufgeplusterte Dienstmädchen. Du hättest Ayah werden sollen, neckt Lalita das Mädchen aus Kerala immer. Die dunkelhäutigen Mädchen aus Kerala wirken oft eingebildet. Lalita sagt, Ayahs bekommen von den Sahibs zusätzlich zu ihrem Gehalt einen ordentlichen Batzen Trinkgeld. Die Memsahibs wissen das natürlich, sagt Lalita, aber sie mucken nicht auf, weil sie selbst genug eigene zwielichtige Angelegenheiten zu verschleiern haben. Wenn Lalita erst mal mit ihren Geschichten loslegt, stehen uns die Haare zu Berge. Ihr habt ja keine Ahnung, was in diesem Sektor alles abgeht!, ruft sie.

Als ich im Park ankam, entschloss ich mich, drei Runden zu *walken,* wie die Memsahibs es immer machen. Ich war vorher noch nie so richtig im Park spazieren gegangen. Früher, als ich mit Billu da war, hingen dort immer so viele Tagediebe rum. Heute auch. Alle glotzten mich an. Lalita sagt, die Tagediebe kommen nur in den Park, um Ayahs abzuschleppen. Über die versuchen sie dann, an die Memsahibs zu kommen. Sie sagt, diese Tagediebe und die dunkelhäutigen Ayahs sind in so einige Verbrechen und Diebstähle hier in der Gegend verwickelt. Die nepalesischen Dienstmädchen haben zu Unrecht einen schlechten Ruf. Obwohl unter den Nepalis auch einige Tagediebe sind, sagt Lalita.

Das Wort Tagedieb gefällt mir. Keine Ahnung, wies entstanden ist. Ich weiß nicht, wie Wörter entstehen.

Heute wollte einer dieser Tagediebe mich anmachen. Jetzt kann ich schon drüber lachen, aber in dem Moment war ich wütend, und ich hatte Angst, und es gefiel mir. Er muss gewusst haben, dass ich ein Dienstmädchen bin. Als er mich so frühmorgens im Park sah, dachte er bestimmt, ich hab einen freien Tag und bin in den Park gekommen, um dort rumzuhängen und mit Tagedieben zu flirten. Eine Weile lief er mir hinterher. Außer uns drehten dort hauptsächlich alte Männer und fette, mittelalte Frauen ihre Runden. Ein junges Mädchen war auch da, sie joggte. Schnell wie ein junges Reh. Ich hatte auch Lust zu rennen, aber ich traute mich nicht. Dienstmädchen oder Bedienstete sieht man nie im Park joggen. Der Tagedieb, der mir an den Fersen hing, war kein Bediensteter, aber auch kein Student. Er erinnerte mich an Kundan. Vielleicht war er ein Freund von ihm. Kundan hängt bestimmt auch im Park rum und versucht, Mädchen abzuschleppen. Ich dachte an Kundan, und meine Schritte wurden langsamer. Der Tagedieb glaubte wohl, ich will, dass er mich anspricht. Er ging plötzlich schneller, holte mich ein und schmatzte mit den Lippen. Dann sagte er was. Als ich stoppte und mich zu ihm umdrehte, strahlte er übers ganze Gesicht, und ich, keine Ahnung, was in mich fuhr, verpasste ihm eine ordentliche Ohrfeige, dann beschimpfte ich ihn, und dann rannte ich los. Von vorne kam mir das Reh-Mädchen entgegen. Ihr Haare flatterten im Wind, ihre Brüste wippten. Sie hatte alles gesehen. Gut gemacht!, flüsterte sie, als sie an mir vorbeilief. Das gefiel mir. Vielleicht wusste sie nicht, dass ich ein Dienstmädchen bin, aber dass dieser Typ ein Tagedieb war, wusste sie bestimmt. Ich rannte eine ganze Runde, dann hielt ich an und schaute mich um, der Tagedieb war nirgends zu sehen, das Mädchen auch nicht. Ich setzte mich aufs Gras, ordnete meine Haare und wischte mir das Gesicht ab. Als ich ruhiger atmen konnte, machte ich mich auf den Weg zum Zeitungssahib.

Wenn ich dran denke, mit welchem Wort ich diesen Tagedieb beschimpft hab, muss ich lachen, aber ich schäme mich auch. Hier schreib ichs nicht auf. Ich wusste gar nicht, dass ich so dreckige Schimpfwörter kenne. Der Tagedieb hält mich jetzt sicher für eine Tagediebin. Ich will lieber nicht wissen, was er gemacht oder gesagt hätte, wenn ich nach der Ohrfeige und dem Schimpfwort nicht losgesprintet wär. Vielleicht hätte ich das gar nicht gemacht, wenn ich nicht vorher das Mädchen gesehen und Lust auf Laufen bekommen hätte. Aber so bin ich losgerannt wie das Mädchen, als würde ich das jeden Morgen machen. Vielleicht hat der Ärmste gedacht, ich bin die Schwester oder die Freundin von diesem Mädchen. Paro hab ich die ganze Geschichte erzählt, Ma nicht. Paro war beeindruckt von meinem Mut. Sie sagte, sie wäre einfach weitergegangen und hätte gar nichts gesagt. Dann meinte sie, ich soll jetzt lieber nicht mehr in den Park gehen. Könnte sein, dass dieser Tagedieb mir dort auflauert. Aber ich glaub, der quatscht mich so schnell nicht wieder an. Lalita sagt, alle Tagediebe sind Feiglinge. Wenn eine Frau sich ihnen entgegenstellt, machen sie sich vor Schreck in die Hose. Vielleicht hatte ich das im Kopf, als ich zugeschlagen hab. Vielleicht war er auch gar kein Tagedieb, sondern wurde nur von seinem Körper terrorisiert, wie ich. Ich fühle den Schlag bestimmt noch ein paar Tage in meiner Hand.

Und er in seinem Gesicht. Ich erinnere mich, sein Gesicht war ganz heiß. Beim Laufen hab ich mich über die Kraft in meiner Hand gewundert. Lalita muss ich die Geschichte auch erzählen. Wenn sie das hört, sagt sie: Den Tagedieb kenne ich, das Reh-Mädchen auch. Lalita kennt die ganze Welt.

Jija und seine Mutter haben gestern Abend vor unserer Hütte ein Riesentheater veranstaltet. Sofort hat sich eine Menschenmenge gebildet. Elektrik-Surendar war auch da. Und natürlich Urmila. Wenn der Hakim nicht gekommen wär und die Leute beruhigt hätte, hätten wir die Polizei rufen müssen. Jija war besoffen, und seine Mutter hatte wohl auch ein paar intus. Sie kamen an und fingen sofort an rumzuschreien.

– Wo ist Paro, diese kleine Schlampe!

– Die Hure!

– Macht die Tür auf!

– Heute klären wir die Sache endgültig!

– Wo steckt sie, diese hässliche Hexe!

– Schämt sich wohl gar nicht, das Flittchen!

– Macht die Tür auf!

Ihr Angriff kam so unerwartet. Hätten wir die Hüttentür nicht abgeschlossen gehabt, sie wären einfach reingestürmt. Paros Gesicht war blass, fast gelb. Wir sahen uns an. Sollten wir die Tür aufmachen oder lieber nicht? Die beiden hörten nicht auf, rumzubrüllen und an der Tür zu rütteln.

– Dreistes Luder!

– Schämst du dich nicht, vom Gehalt deiner Tochter zu leben?

– Wir brechen die Tür auf!

– Ihr zieht unseren guten Ruf in den Dreck!

– Warum hat sie überhaupt geheiratet, wenn sie doch nur bei ihrer Mutter rumsitzen will.

– Ruiniert das Leben meines Sohnes!

– Schämt sich nicht, anderer Leute dreckiges Geschirr zu schrubben!

– Macht die Tür auf!

Paro ließ Ma nicht an die Tür. Wir müssen die Tür aufmachen, rief Ma, sonst haben wir gleich eine Riesenmenschenmenge davor. Ich hatte Angst. Jija und seine Mutter würden nicht davor zurückschrecken, die Tür aufzubrechen. Es war Elektrik-Surendar, der sie am Ende davon abhielt. Redet lieber in Ruhe miteinander, sagte er immer wieder, dieses Geschrei führt doch zu nichts. Du hältst die Klappe!, keifte Jijas Mutter, wer bist du überhaupt, dass du dir einbildest, uns belehren zu können? Bist du mit ihnen verwandt, oder was? Inzwischen hatten sich draußen noch mehr Leute versammelt. Ich riss Paro den Schlüssel aus der Hand und öffnete das Vorhängeschloss. Paro schluchzte. Langsam machte sie mich wütend. Rumheulen bringt jetzt nichts, schimpfte ich, wir müssen da durch, zusammen. Entweder mein Schimpfen half, oder Paro kam von selbst zu Sinnen, auf jeden Fall hörte sie mit dem Geheule auf und trocknete sich die Augen. Wir standen beide vor der Tür. Ich hielt das Vorhängeschloss in der Hand. Wenn nötig, würde ich das Schloss und den Schlüsselbund zu Waffen umfunktionieren. Am liebsten hätte ich Ma und Paro aufgefordert, sich auch einen Stock, den Besen oder so was Ähnliches zu greifen. Ich war sicher, Jija würde einfach zuschlagen. Ich öffnete die Tür, und Jija und seine Mutter wären uns fast vor die Füße gefallen.

– Du kommst jetzt mit!

– Bist du eigentlich die Mutter dieser Mädchen oder ihre Zuhälterin?

– Entweder du kommst jetzt mit, oder ich brech dir die Beine!

Als ich diese Drohung hörte, schwang ich das Schloss in meiner Hand, als wärs Krishnas Diskus. Wenn du meine Schwester anrührst, schrie ich, zerschmetter ich dir damit den Schädel!

Jija verstummte, seine Mutter hielt sich die Ohren zu und fing an zu beten: Ram, Ram. Urmila sah mich an, als wollte sie sagen: Bravo! Bravo! Elektrik-Surendar ergriff die Gelegenheit und stellte sich neben mich. Nicht mal als Leiche komm ich zu dir zurück, zischte Paro durch zusammengebissene Zähne. Was soll denn dieses Theater, sagte Ma zu Jijas Mutter. Was heißt hier Theater!, keifte Jijas Mutter, es geht um das Leben meines Sohnes und unseren guten Ruf! Was bleibt uns anderes übrig?

Jija starrte mich an, als könnte sein Blick mich zu Asche verbrennen. Ich senkte die Hand, hielt das Schloss aber weiter umklammert. Paro stand dicht neben Ma. Das ist doch keine Art, sagte Ma zu Jijas Mutter, unser guter Ruf steht genauso auf dem Spiel wie eurer, was hilfts da, mitten in der Nacht vor anderer Leute Haustür so ein Theater zu veranstalten?

Ich hatte langsam wirklich genug von der ganzen Sache. Jija hat eine Heidenangst vor der Polizei, das wusste ich. Wenn ihr euch jetzt nicht aus dem Staub macht, hol ich die Polizei, sagte ich, das Revier ist nicht weit. – Brauchst du nicht, Shano, sagte Elektrik-Surendar, ich erledige das. – An Freunden scheints den beiden Mädels ja nicht zu mangeln, kreischte Jijas Mutter. Pass bloß auf, du fiese alte Hexe, sagte ich, wies um deine Ehre und die deines impotenten Sohnes bestellt ist, weiß ich genau! Zwing mich nicht, ins Detail zu gehen!

Ich war erschrocken über mich selbst und fragte mich, was Biji und der Zeitungssahib wohl von dem Müll, den ich da quatschte, gehalten hätten. Ich schämte mich. Gleichzeitig hätte ich Jija am liebsten eine ordentliche Ohrfeige verpasst und seiner Mutter gleich mit. Noch ein Wort mehr von ihm, und ich hätte ihm das Gesicht zerschmettert. Er sah unglaublich hässlich aus. Das genaue Gegenteil von Paro. Ihre Schwiegermutter war eine wahrhaftige Hexe. Ich dachte daran, was Lalita über sie gesagt hatte. Lalita würde wahrscheinlich schon morgen über alles Bescheid wissen.

Jija öffnete gerade den Mund, da schrie Paro los: Ich will nicht mehr bei dir wohnen, nie mehr, nie mehr!

Ich war erstaunt über ihren Mut. Und froh. Ein bisschen Angst machte sie mir auch. Am liebsten hätte ich mitgeschrien: Ich heirate nie! Und Kinder bekomme ich auch keine!

Da trat der Hakim vor und flüsterte Jijas Mutter was ins Ohr. Jetzt zieh schon ab, wandte er sich dann an ihren Sohn, mit diesen Huren zu reden, bringt doch nichts. Morgen such ich dir eine neue Braut.

Als sie gingen, redeten alle Leute durcheinander, Elektrik-Surendar grapschte nach mir. Ich packte seine Hand und verdrehte sie. So, Leute, sagte ich, das Spektakel ist vorbei, ihr könnt gehen.

Elektrik-Surendar unterdrückte einen Schmerzensschrei und wich ein paar Schritte zurück, ich machte die Tür zu. Eine Weile standen wir drei dort bei der Tür und sahen uns an. Keine Ahnung, was dann in uns fuhr, aber plötzlich prusteten wir gleichzeitig los.

Ich versteh meine Träume nicht und kann sie auch nie lange behalten.

Wenn ich sie nicht behalten kann und nicht verstehen, warum hab ich sie dann überhaupt?

Manchmal hab ich das Gefühl, sobald man die Augen zumacht, rattert die Traumfabrik einfach los.

Warum gibt es in dieser Fabrik keinen Lärm?

Vielleicht gibts welchen, aber man kann ihn nicht hören.

Manchmal hab ich das Gefühl, wenn ich die Augen zumache, bin ich für einen Moment tot und sehe Fetzen aus meinem Leben. Es sind auch immer ein paar dabei, die ich vorher nie gesehen hab.

Manchmal hab ich auch das Gefühl, ich träume von den Träumen, die ich nicht behalten und nicht verstehen kann.

Am meisten Angst hab ich vor den Träumen, die (im Schlaf) ganz klar und nachvollziehbar sind.

Am meisten Spaß hab ich in den Träumen, in denen ich alleine bin und träume, irgendein Nichtsnutz berührt heimlich meine Zehen mit seinen.

Solche Träume hab ich nur manchmal.

Gestern Nacht hab ich von dem Tagedieb geträumt, dem ich neulich im Park eine gescheuert hab. Im Traum strich er sich immer wieder über die Wange, sein Gesicht sah plötzlich aus wie Kundans, und ich war verwirrt und hatte auch Angst. Was, wenn er mich erkennt?

Paro sagt, ich summe im Schlaf manchmal plötzlich.

Ma sagt, es ist nicht gut, zu viel über seine Träume nachzudenken. Sie sagt, wenn man zu viel drüber nachdenkt, steigen einem die Träume zu Kopf.

Über Träume gibts garantiert viele Bücher. Große Bücher. Dicke Bücher. Schwere. Der Zeitungssahib hat wahrscheinlich ein paar. Aber die sind bestimmt alle auf Englisch. Ich hab aufgehört mit dem Englischlernen. Was bringt das schon! Ist auch schon lange her, dass ich ein Hindibuch gelesen hab. Ich hab keine Zeit, und keine Lust. Was bringt das schon! Irgendwann hör ich auch auf zu schreiben. Das bringt auch nichts. Träume bringen auch nichts. Irgendwann hören die Träume auch auf. Ma hat mal gesagt, Heilige träumen nicht. Keine Ahnung, was da mit ihr los war. Manchmal sagt Ma plötzlich solche Dinge, und ich schrecke auf. Einmal sagte sie plötzlich: Wenn ich euch drei nicht hätte, wär ich jetzt Bettlerin. Ich zuckte zusammen.

Was träumen Bettlerinnen? Und Kinder? Und Hunde? Und Vögel?

Ich würde den Zeitungssahib gerne fragen: Was träumen Ameisen? Ich würde irgendjemanden gerne fragen: Wieso kommts mir manchmal so vor, als wär die ganze Welt nur ein Traum? Wenn ich das mache, flüstern sich die Leute sofort zu, Shano ist jetzt eine Heilige. Oder vielleicht eine Verrückte. Manchmal glaube ich, wenn ich nicht mit dem Tagebuchschreiben angefangen hätte, wäre ich verrückt geworden. Und manchmal glaube ich, wenn ich weiter Tagebuch schreibe, werde ich verrückt. Und manchmal, dass ich verrückt bin, weil ich Tagebuch schreibe.

Ob die Welt jetzt ein Traum ist oder nicht, mein Tagebuch ist auf jeden Fall einer. Ein Traum, den niemand anders sehen kann und niemand sehen wird.

Was passiert, wenn eines Tages jemand das hier sieht?

Wenn ich tot bin, können alle es lesen, aber solange ich lebe, nur die, denen ichs erlaube.

Wenn ich an den Tod denke, muss ich an Jharna denken. Und an Shaukat. Und dann würde ich am liebsten Devi fragen, ob Jharna Tagebuch geschrieben hat, und ob sie Jharnas Tagebuch gelesen hat.

Ich glaub nicht, dass noch andere Dienstmädchen Tagebuch schreiben.

Ich schieb schon ein paar Tage auf, über den Tag zu schreiben, als der Zeitungssahib zu Biji zum Essen gekommen ist. Und jetzt, wo ichs endlich nachholen will, erinnere ich mich an gar nichts Besonderes mehr. Warum hab ichs dann so lange aufgeschoben? Vielleicht, um zu sehen, an was ich mich noch erinnern kann.

Das Schreiben wird langsam zum Spiel. Ein Spiel, das nichts bringt. Das keine Regeln hat. Aber auch nicht schadet … doch! Schaden kanns schon. Der größte Schaden ist, dass ich jede Kleinigkeit, jede Bewegung bis ins Kleinste untersuche. Meine Gedanken. Meine Träume. Meinen Körper auch. Manchmal hab ich das Gefühl, gar nicht ich, sondern jemand anders macht diese Untersuchungen. Dann bekomme ich Angst. Es ist, als würde in mir drin jemand sitzen. Ich meine, jemand sitzt dort und fängt bei jeder Gelegenheit an, mich zu untersuchen. Was ich sage, was ich mache, alles. Als ich noch kein Tagebuch hatte, war das nicht so.

Ich kann mich nicht erinnern, wies war. Schadet das jetzt, oder nützt es? Darüber könnte ich einen Streit anfangen. Das Tagebuch hat mich streitlustig gemacht. Nicht streitlustig, sondern streitsüchtig. Nach unnützen Streits. Mit mir selbst. Alle reden und streiten mit sich selbst. Heimlich. Alleine. Im Bett. Ich untersuche nicht nur mich, sondern auch andere. Andere mehr als mich.

Warum schrecke ich dann davor zurück, die beiden zu untersuchen? Vor der Untersuchung selbst nicht, nur davor, es aufzuschreiben – das, was ich rausgefunden hab. Vielleicht weil sie mir meine Untersuchung übel nehmen würden. Sie würden denken, während ich arbeite, spioniere ich sie aus. Spionage mag keiner. Ich auch nicht. Aber alle spionieren ein bisschen. Spionage, von der man nicht profitiert, ist nicht schlimm. Vielleicht ist es nicht mal Spionage.

Was ist der Unterschied zwischen Klatsch und Spionage?

Klatscht Lalita, oder spioniert sie?

Richtige Spione klatschen nicht. Sie lassen die anderen reden und halten selbst den Mund, so erfahren sie alle Geheimnisse. Aber wenn dieses Wissen nicht weiterverkauft wird, also niemand es ausnutzt und davon profitiert, wird Spionage zum Spiel.

Meine Spionage ist ein Spiel. Aber welches Recht hab ich, so ein Spiel zu spielen? Ich bin ein Dienstmädchen, keine Königin. Nicht mal das Dienstmädchen einer Königin. Die Dienstmädchen von Königinnen sind bestimmt genauso eingebildet wie die Königinnen selbst. Meine Gruppe sagt, ich bin so eingebildet wie eine Königin.

Man könnte Biji als Königin von unserem Sektor bezeichnen. Ich glaub, der Zeitungssahib und Biji ziehen bald zusammen. Heiraten werden sie wahrscheinlich nicht, aber … Vielleicht heiraten sie sogar. Und wenns nur aus Angst vor den anderen ist. Aber würden Bijis Sohn und ihre Schwiegertochter sie nicht abhalten? Niemand hält Biji ab. Sie macht, was sie will. Vielleicht sogar den ersten Schritt. Der Sahib ist ein naiver König. Aber an diesem Tag hat er geplappert wie ein Wasserfall. Vielleicht ein bisschen zu viel. Biji hat an diesem Tag sogar gesungen. Dabei sah sie plötzlich ganz jung aus. Aber ich weiß immer noch nicht genau, seit wann die beiden sich kennen. Es scheint, schon ewig. Vielleicht gabs zwischendurch mal einen Streit oder so.

Jetzt spioniere ich. Aber diese Spionage schadet ihnen nicht und bringt mir nichts, deshalb ist es keine Spionage. Nicht wirklich Spionage, aber irgendwas ist es doch, was, das vielleicht falsch ist. Was, das ihnen, wenn sies mitbekämen, nicht gefallen würde. Deshalb hab ich diesen Tag so lange vor mir hergeschoben. Es könnte auch sein, dass die beiden nie über mich nachdenken, vielleicht denken sie nicht mal, dass ich so viel über sie nachdenke und schreibe. Das kann nicht sein. Warum kanns nicht sein? Weil ichs nicht will. Ich will, dass sie über mich nachdenken. Wollen alle Dienstmädchen, dass ihre Sahibs und Memsahibs über sie nachdenken? Keine Ahnung, was mit den anderen ist, ich jedenfalls möchte es. Alle Dienstmädchen wollen, dass ihre Sahibs und Memsahibs sie nicht als Dienstmädchen sehen, oder jedenfalls nicht nur als Dienstmädchen. Ich weiß nicht, ob alle Dienstmädchen, ich jedenfalls möchte es nicht. Mag ich es auch nicht, wenn ich mich selbst Dienstmädchen nenne und als Dienstmädchen sehe? Ich will meine Situation nicht vergessen. Wenn ich sie vergesse, werde ich nur enttäuscht.

Ich hab mit Paro und Ma einzeln über das Theater neulich Nacht geredet. Aber nicht mehr an dem Abend. Da haben wir, als die Leute endlich abgezogen waren, jede ein Glas Wasser getrunken, das Licht ausgemacht und sind ins Bett gegangen. Niemand hat was gesagt. Ich bin auch ganz schnell eingeschlafen. Shano, du warst so entspannt!, meinte Paro am nächsten Tag, ich hab mich die ganze Nacht im Bett gewälzt. Ma lobte meinen Mut. Ich war am nächsten Tag auch ganz erstaunt über mich. Mittags gingen Paro und ich zum Niembaum. Paro setzte sich hin und heulte sofort los. Ich versuchte, sie zu beruhigen. Dabei kamen mir selbst die Tränen. Als wäre Paro meine kleine Schwester. Das ist schön an diesem Tagebuch. Ich fühle mich älter. Du redest wie eine alte, weise Frau, hat Paro an diesem Tag zu mir gesagt. Das gefiel mir nicht, und gefiel mir doch. Bestimmt wegen dem Tagebuch. Viele Sachen gefallen mir und gefallen mir gleichzeitig nicht. Weil ich alles drehe und wende und aus verschiedenen Blickwinkeln betrachte. Wenn man die Dinge dreht und wendet, sieht man plötzlich Sachen, die man vorher nicht gesehen hat.

Als Paro unter dem Niembaum über ihr Leben geweint hat, hab ich die Angelegenheit gedreht und gewendet und ein paar neue Sachen entdeckt, über die sogar Paro überrascht war, und ich auch. Sei froh, dass du noch keine Kinder hast!, sagte ich, sonst wärs noch schwerer, Jija zu verlassen. Und sei froh, dass es mich gibt, und Ma, wir arbeiten alle drei, keiner hat uns unter seiner Fuchtel, sonst wär alles viel schwerer. Und sei auch froh, dass du den beiden rechtzeitig entkommen bist, sonst hätte Jija dir alle Knochen im Leib gebrochen, und seine Mutter hätte sonst was über dich rumerzählt und deinen guten Ruf ruiniert. Ich glaub, es ist gut, dass die beiden gestern so ein Riesentheater gemacht haben, so haben alle gesehen, wie mies sie sind.

Jetzt muss ich endlich mit dem Zeitungssahib reden. Als er bei Biji war, hatte ich keine Gelegenheit. An dem Tag hatten die beiden solchen Spaß, dass ich nicht nach Paros Scheidung fragen wollte.

Ma hab ich schon gefragt. Sie meint, den Sahib zu fragen, schadet nicht.

Lalita ist schon wieder super informiert. Gestern hat sie mich auf der Straße abgefangen. Mit tanzenden Augen erklärte sie mir, wie wir am besten mit Jija und seiner Mutter umgehen. Richte

Paro von mir aus, ihr Typ ist impotent, kreischte sie, vielleicht würde sich irgendein hässliches, verblödetes Mädchen mit dem abgeben, aber doch keine Märchenfee wie Paro! Ich fragte, woher sie von Jijas Impotenz weiß. Frag nicht, Shano, sagte sie nur, finde dich einfach damit ab, dass ich schon von Weitem erkenne, ob ein Typ impotent ist und welche Frauen wegen ihren impotenten Männern unglücklich sind. Deine Schwester Paro ist unglücklich, richte ihr also klar und deutlich von mir aus, sie soll froh sein, dem Nichtsnutz rechtzeitig entkommen zu sein!

Lalita hat das bestimmt nicht nur mir und Paro klar und deutlich gesagt, sondern allen.

Paro sagt, wahrscheinlich kennt inzwischen der ganze Sektor die Geschichte. Sie sagt, wenn sie durch die Straßen geht, hat sie das Gefühl, sie spaziert den Leuten nackt vor der Nase rum.

So fühle ich mich ab und zu auch. Wenn jemand mich wirklich gierig anstarrt. Manchmal hab ich das Gefühl, alle Typen außer dem Zeitungssahib starren mich an, als wär ich nackt, als wollten sie sich auf mich werfen. Ich weiß, das stimmt nicht, ich meine, dass alle Typen mich gierig anstarren. Aber warum denke ich das dann? Wenn ichs denke, stimmts vielleicht. Warum starren Frauen Männer nicht gierig an? Warum schämen sie sich? Was weiß ich schon von Frauen, warum rede ich nicht lieber von mir? Zum Beispiel davon, dass ich mir manche Männer jetzt genauer ansehe. Vorsichtig und schüchtern. Nicht jeden Mann. Und wenn einer mich dabei erwischt, brennen mir die Ohren. Meistens erwische ich mich selbst. Ich bin Verbrecher und Polizist. Wenn alle Frauen die Männer so anstarren würden, wie die Männer die Frauen anstarren, gäbs ein ganz schönes Durcheinander. Vielleicht halten die Frauen ihren Blick deshalb gesenkt. Nicht alle. Keine Ahnung, wie lange ich ihn noch gesenkt halte. Manchmal hab ich Lust, dass mir jemand zuzwinkert. Dieser Filmsong geht mir durch den Kopf. Eigentlich sind es mehrere Filmsongs. Zum Glück hab ich nicht viel Zeit für mich. Dann plagen mich immer gleich schlimme Gedanken. Um sie loszuwerden, benutze ich mein Mantra: Ich heirate nicht und bekomme auch keine Kinder. Aber das Mantra bringt nicht mehr viel. Wenn ich es aufsage, flüstert noch eine andere Stimme. Sie sagt, keine Hochzeit, keine Kinder, okay, aber es gibt da ja noch was anderes. Ich weiß noch nicht, was das genau ist. Besser so. Wenn ichs rausfinde, bringts mich wahrscheinlich um.

Ich hab mich entschieden, nicht mit dem Zeitungssahib und Biji über die Sache mit Paro zu reden. Ma hab ichs schon gesagt. Paro erzähle ichs aber nicht. Gestern, als ich von zu Hause losgegangen bin, war ich eigentlich fest entschlossen. Dann hab ich angehalten, oder mich zurückgehalten. Das bringt doch nichts, dachte ich. Wozu den Sahib und Biji da reinziehen? Es wird ihnen nicht gefallen, sie werden denken, warum ziehen die uns da rein? Ich schämte mich. Leute wie wir bekommen so eine komplizierte Scheidung und den ganzen Papierkram einfach nicht hin. Die Gerichtsmühlen zermalmen uns. Ich habs Ma gesagt, und sie meinte, ich hab wahrscheinlich recht. Wir müssen uns was anderes überlegen. Wir müssen Kundan um Hilfe bitten. Wenn er will, kann er Jija drohen und ihm solche Angst machen, dass er irgendein offizielles Papier unterschreibt und Paro so ihre Scheidung bekommt. Ohne die ganzen Gerichtskomplikationen.

Heute hat sich Lalita zu mir gestellt, als ich gerade ein paar Sachen bei dem bengalischen Gemüseverkäufer kaufte. Ich muss mit dir über was Wichtiges reden, sagte sie. Ihr Gesicht ist immer so ernst, dass ich fast lachen muss. Aus Angst vor ihr schlucke ichs runter. Wenn ich loslachen würde, wäre sie richtig sauer. Lalita wird schnell sauer. Sie mag keine Späße. Etwas an der Art, wie sie redet, bringt mich zum Lachen. Was gibts denn da zu lachen?, fragt Lalita gereizt, wenn ichs mal nicht schaffe, mein Lachen ganz runterzuschlucken, für wen hältst du mich? Und für wen hältst du dich? Dann reden wir ab heute eben nicht mehr miteinander. Schluss, aus! Wenn sie so rot anläuft vor Wut, kann ich mein Lachen nicht mehr unterdrücken.

So wars heute auch. Als sie sich so aufplusterte und meinte, sie müsste mit mir über was Wichtiges reden, kam mir eine Redewendung in den Kopf: große Klappe, nichts dahinter. Und schon stieg das Lachen in mir hoch. Um es zu unterdrücken, fragte ich den Gemüseverkäufer nach dem Preis für die Auberginen.

Bevor ich über die wichtigen Sachen von Lalita schreibe, will ich über den bengalischen Gemüseverkäufer schreiben. Seit ein paar Tagen sehe ich ihn mir genauer an. Wenn ich ihn auf der Straße rufen hör, lauf ich sofort runter, um Gemüse zu kaufen. Biji fragt sich bestimmt auch schon, woher plötzlich meine Liebe für Gemüse kommt. Früher bin ich nur runtergegangen, wenn sies mir aufgetragen hatte, jetzt geh ich einfach so. Die Stimme vom Gemüseverkäufer ist kräftig und zart. Bano aus Bangladesch sagt, alle Bangladeschis sind zart. Der bengalische Gemüseverkäufer ist auch Bangladeschi. Und Muslim. Wenn ich seine Stimme höre, muss ich an Jharna denken. Es ist, als würde ich in ihre Fußstapfen treten, die Fehler machen, die sie auch gemacht hat. Ach Quatsch, ich will nur Gemüse kaufen, sag ich mir dann. Der Bengale hat ordentliches Gemüse, der Preis ist auch okay. Beim Abwiegen schummelt er nicht. Er ist höflich. Aber sein Schnurrbart und sein Lächeln hauen mich um. Plötzlich. Den Schnurrbart hatte er auch früher schon, das Lächeln auch. Aber mein Leben schwindet erst seit ein paar Tagen dahin. Schon wenn ich seine Stimme höre, passiert was mit mir. Als würde seine Stimme in mich dringen und Unheil stiften. Wenn ich dann runtergehe und seinen Schnurrbart und sein Lächeln sehe, verschlimmert sich mein Zustand noch. Ich fange an zu schwitzen, meine Knie werden weich, mein Herz schlägt wie verrückt. Und noch viel mehr. Ich weiß nicht genau, was. Irgendwann setze ich mich mal in Ruhe hin und denke drüber nach. Und schreibs auf. Erst muss ich mit meinem Schamgefühl und der Angst fertig werden. Keine Ahnung, was der Bengale machen oder denken würde, wenn er das alles wüsste. Wir wissen nicht, was andere über uns denken. Als ich noch nicht Tagebuch geschrieben hab, hatte ich solche Gedanken nicht. Vielleicht doch. Wenn man die Gedanken, die einem kommen, nicht aufschreibt, bleiben sie nicht. Aber die Gedanken, die man aufschreibt, bleiben auch nicht. Nach einer Weile fliegen sie weg. Nicht alle. Es gibt auch ein paar, die bis zum Ende bleiben. In irgendeinem Winkel. Wo ist Platz für so viele Gedanken. Das weiß nur das Innerste.

Manchmal hab ich so seltsame Gedanken, dass es mir Angst macht. Als würde jemand mit mir wegfliegen. Als hätte jemand mich in einen Drachen verwandelt und fliegen lassen. Oder in Rauch. Als würde ich was Falsches machen. Klauen. Als hätte ich die Kontrolle über meine Gedanken verloren, als hätte ich kein Recht auf sie, als hätte ich sie geklaut. Jetzt schreibe ich noch was über das Lächeln und den Schnurrbart vom bengalischen Gemüseverkäufer.

Am liebsten würde ich an seinem Schnurrbart ziehen und sein Lächeln küssen. Vor allen Leuten. Egal, was sie denken. Es wär nicht leicht, an seinem Schnurrbart zu ziehen. Diesen kurzen Schnurrbart kriegt man nicht so leicht zu packen. Sein Lächeln zu küssen, heißt, seine Lippen zu küssen. Seine feuchten Lippen. Seine Spucke, igitt. Manchmal siehts in den englischen Filmen so aus, als lecken die Leute sich ihre Spucke gegenseitig für ihr Leben gern auf. Sie lecken nicht, sie saugen. Alte und junge. In manchen Szenen kann man richtig sehen, wie die Zungen miteinander kämpfen.

In indischen Filmen gibt es so was nicht. Keine indische Schauspielerin wäre bereit, die Spucke von irgendeinem Filmhelden aufzusaugen. Aber in indischen Filmen gibts auch jede Menge unanständiges Zeug.

Was mach ich, wenn der bengalische Gemüseverkäufer mich irgendwann im Dunkeln packt? Was mach ich, wenn irgendein Mann mich im Dunkeln packt?

Genug für heute.

Lalita und ich waren unter dem Niembaum verabredet. Ich hatte mir schon Sorgen gemacht, die anderen könnten da sein, und Lalita würde nicht mit ihren »wichtigen Dingen« rausrücken. Aber keiner war da. Vielleicht hatte Lalita es ihnen verboten. Oder sie weggeschickt. Zum Spionieren. Sobald sie sich hingesetzt hatte, brabbelte sie drauflos und verzog dabei das Gesicht zu allen möglichen Grimassen. Ich zerbrech mir schon seit ein paar Tagen den Kopf über dich, Shano, sagte sie, du glaubst, ich kapier nicht, was hier vor sich geht, aber ich weiß alles. Wenn du auch nur die leiseste Ahnung hättest, was ich alles weiß, würdest du dir vor Schreck die Ohren zuhalten und denken, ich kann deine Gedanken lesen.

Ich hörte ihr zu und blickte ihr dabei ins Gesicht. Von wem hatte sie bloß gelernt, so zu schauspielern? Ich sehe auch fern, alle tun das. Vielleicht sieht Lalita mehr. Nein, mit Fernsehen hat das nichts zu tun, Lalita plustert sich einfach für ihr Leben gern auf. Ich ahnte, worauf sie hinauswollte, hörte aber schweigend zu. Warum mir nicht ihre Vorführung anschauen? Konnte ja nicht schaden. – Muss ichs wirklich ansprechen, oder willst dus nicht doch lieber selbst machen?, fragte sie schließlich. Langsam nervte mich ihr Theater, aber ich ließ mir nichts anmerken. Ich weiß wirklich nicht, worüber du dich so aufregst, sagte ich. Ich rege mich nicht auf, schnaubte Lalita entrüstet, du sollst dich nur nicht ins Unglück stürzen!

– Was für ein Unglück?

– Tu nicht so naiv. Du weißt genau, wovon ich rede.

– Weiß ich nicht.
– Hast du Jharna schon vergessen?
– Nein. Aber was hat die ärmste Jharna damit zu tun?
– Ich hab das Gefühl, dir gehts bald so wie ihr.
– Wie auch immer, was kümmert dich das?
– Es kümmert mich sehr wohl. Du bist meine Freundin. Du bist eine von uns. Das geht uns alle was an.

Lalita hatte also schon mit der ganzen Gruppe geredet. Ich war wütend, aber ich musste auch lachen.

– Was willst du mir eigentlich sagen?
– Nur, dass du auf dem falschen Weg bist.
– Welchem Weg?
– Dem nach Bangladesch.

Plötzlich war meine Wut verflogen. Ich prustete los. Lalita wurde mutiger.

Wenn du dich unbedingt mit einem Typen einlassen musst, dann schnapp dir einen indischen Hindu, aber doch keinen muslimischen Gemüseverkäufer aus Bangladesch. Das bringt doch nichts!

Ich lasse mich mit überhaupt niemandem ein, wollte ich sagen. Und: Man lässt sich nicht mit jemandem ein, damits was bringt. Und: Wer kann sein Herz schon kontrollieren? Und: Sind muslimische Bangladeschis keine Menschen? Und: Dieser bengalische Gemüseverkäufer ist besser dran als wir Dienstmädchen, er verdient garantiert mehr Geld, und er muss sich nicht das Gezeter irgendwelcher Memsahibs anhören. Ich wollte auch sagen: Sein Schnurrbart und sein Lächeln hauen mich um. Und noch viel mehr. Stattdessen starrte ich sie nur mit offenem Mund an.

Ich weiß, was du sagen willst. Aber hör erst zu, was ich zu sagen hab.

Mein Mund klappte noch weiter auf, ich guckte noch dämlicher, völlig verwirrt.

Du darfst keinem Typen jemals trauen. Keinem einzigen. Denk dran, was Paros impotenter Mann ihr angetan hat! Und dein Bapu deiner Ma. Und Urmilas Mann ihr. Irgendwann erzähl ich dir mal von meinem Mann. Nur aus Nettigkeit bleib ich bei diesem nichtsnutzigen Kerl. Weißt du eigentlich, wie unglücklich ich bin. Auch wenn ich nicht jammer. Und immer lache. Späße mache. Niemandem meine Wunden zeige. Alle denken, dass …

Ihre Stimme war heiser geworden, ihre Augen feucht. Hör auf zu schauspielern, wollte ich sagen, brachte es aber nicht raus. Wer weiß, vielleicht schauspielerte sie gar nicht. Inzwischen bin ich mir sicher, sie hat geschauspielert, denn in null Komma nichts hatte sie sich wieder im Griff und sagte mir ordentlich die Meinung.

Ich sag das alles nur, um dir zu helfen. Ich hab nichts gegen Gemüseverkäufer, oder Bangladeschis, oder Muslime. Mein Leben würde ich für Bano geben. Aber wenns ums Heiraten geht, sollte man sich an seine Bräuche halten. Vor allem Leute wie wir. Mit den Reichen ists was anderes. Jharna und Shaukat waren reich. Und trotzdem! Wie ists ihnen ergangen? Man kann Bräuche nicht einfach so über den Haufen werfen.

Wer redet denn von heiraten, wollte ich sagen. Im Moment will ich doch nur an seinem Schnurrbart ziehen und sein Lächeln küssen. Was sie dann wohl gesagt hätte? Vielleicht: Wenn du unbedingt an einem Schnurrbart ziehen willst, such dir lieber einen Rajputen, was bringt dir dieser kurze bengalische Schnurrbart? Und vielleicht auch: Ein Lächeln kann man nicht küssen, nur einen Mund, und Hindu-Mädchen dürfen keine Muslim-Münder küssen, Muslime essen Rindfleisch. Vielleicht hat Jharnas Familie das zu Jharna gesagt. Wie kannst du nur so einen Rindfleischfresser heiraten, wie seine Kinder stillen? Nein, so was sagen Eltern nur im Film. Vielleicht nicht mal da. Aber irgendwas muss Jharnas Familie ja gesagt haben. Was würde Ma sagen, wenn sies erfährt? Vielleicht schlägt sie sich mit der flachen Hand vor die Stirn. Oder mir. Dann erinnere ich sie daran, dass sie selbst gesagt hat, ich kann mir meinen Bräutigam aussuchen. Woher sollte ich wissen, dass du dir einen Muslim schnappst, sagt sie dann, und dazu noch einen aus Bangladesch.

Jetzt kannst du natürlich sagen, du denkst gar nicht ans Heiraten, nur an Liebe. Aber lass dir gesagt sein, Liebe ist noch viel gefährlicher! Liebe macht Frauen blind. Besser gesagt, nur blinde Frauen können lieben. Und wenn du unbedingt lieben willst, dann such dir dafür einen Hindu, damit du die Sache auch zu Ende bringen kannst. Mensch, du kennst doch nicht mal seinen Namen. In was hast du dich da eigentlich verguckt? In sein anständiges Gemüse, oder wie?

In seinen Schnurrbart und sein Lächeln, wollte ich sagen. Wenn ich das gesagt hätte, hätte sie gesagt: Shano, im ganzen Sektor gibt es kein dümmeres Mädchen als dich.
Okay, der Schnurrbart von diesem Bangladeschi ist nicht schlecht, und wenn er lächelt, lächelt sein Schnurrbart mit, aber …

Als sie das sagte, wurde ich plötzlich taub und bekam nichts mehr mit. Lalita liest meine Gedanken wie ein offenes Buch! Oder standen sie mir auf die Stirn geschrieben? Am liebsten hätte ich sie unterbrochen, ihr gesagt, es reicht, du bist nicht meine Mutter. Aber dann hätte sie nur gesagt: Wenn ich deine Mutter wär, könntest du nicht mal den Mut aufbringen, diesen Gemüse verkaufenden bengalischen Muslim auch nur anzugucken. Oder so was in der Art. Und wenn ich auf Ma zu sprechen gekommen wäre, hätte sie gesagt: Wenn du nicht die Finger von ihm lässt, erzähl ich alles deiner Mutter.

Als ich mich endlich wieder auf Lalita konzentrieren konnte, starrte sie mich wütend an. Wo warst du gerade mit deinen Gedanken?, fragte ihr Blick.

Lalita, ich muss jetzt los, ich bin schon spät dran. – Vergiss diesen Bangladeschi!

Ich sagte nichts.

– Hast du mich verstanden?

– Ich denk drüber nach.

– Du bist wirklich verrückt! Was gibts da nachzudenken! Hör mal, ich weiß, du bist jung, da wird man schon mal wild.

Ich sagte nichts.

– Du weißt ja nicht mal, ob er verheiratet ist.

Daran hatte ich noch nie gedacht.

Wahrscheinlich denkst du dir, ist doch egal, ob er verheiratet ist, Muslime können schließlich vier Frauen haben.

Das hatte ich nicht gedacht.

– Ach, mit muslimischen Co-Frauen kennst du dich wahrscheinlich auch nicht aus.

Sie sagte das, als würde sie sich selbst bestens damit auskennen.

– Die würden dich roh verschlingen. Roh!

– Lalita, jetzt führ dich nicht so auf. Du redest, als hätte ich ihn schon geheiratet.

– Ich rede nicht so, du guckst ihn so an, als wär er dein Ehemann.

Das haute mich wirklich um. Wenn Lalita die Wahrheit sagte, wussten alle, dass ich verrückt nach dem bengalischen Gemüseverkäufer bin. Mit alle meine ich alle, die mich so haben gucken sehen.

– Lalita, du übertreibst total.

– Lüge ich etwa? Bist du nicht verrückt nach ihm?

Ich sagte nichts.

– Nein, dann würdest du mir widersprechen und sagen, ich soll keine Märchen erzählen.

Wenn ich das gesagt hätte, hätte es sofort einen Streit gegeben. Lalita hasst Lügen. Ich mach alle möglichen schlechten Sachen, aber lügen tue ich nicht, sagt sie immer.

Sag Ma nichts, wollte ich sagen. Aber dann hätte sies Ma garantiert sofort gesteckt, auf die eine oder andere Weise.

Bis jetzt hab ichs nicht mal Paro erzählt.

Nach Lalitas Vortrag hatte ich gar nicht mehr das Gefühl, es gäbe was Besonderes zu erzählen.

Bevor sie ging, nahm Lalita mich bei den Schultern und sah mir tief in die Augen. Shano, um seine Jugend zu genießen, braucht man keinen Männern nachzulaufen, das kann man auch ganz alleine. Das wollte ich auch Paro schon lange mal sagen. Verstanden?

Ich hatte gar nichts verstanden, aber ich nickte.

Lalita hat erreicht, dass ich, wenn der Gemüseverkäufer unten ruft, nicht mehr runterrenne. Nur wenn Biji sagt, ich soll. Biji kauft nicht jeden Tag Gemüse. Manchmal geht sies auch selbst kaufen. Aber oft gefällt ihr das Gemüse, das sie selbst gekauft hat, hinterher nicht. Ich gucke und gucke, und am Ende suche ich mir vergammelte Kartoffeln und faule Tomaten aus, sagt sie, ich sollte gar nicht mehr runtergehen, du suchst gutes Gemüse aus, und dieser Bangladeschi gibt auch von sich aus gutes. Wenn du nicht runtergehen kannst, sag ihm einfach, er soll was für uns aussuchen.

Biji fragt den Bangladeschi nie nach dem Preis. Ich ja. Ma hat mir beigebracht, nichts zu kaufen, ohne vorher nach dem Preis zu fragen und zu handeln. Das, was Mütter einem beigebracht haben, lässt einen sein Leben lang nicht los. Bijis Ma hat ihr bestimmt beigebracht, nie nach dem Preis zu fragen. Nein, das kann nicht sein. Das hat sie bestimmt für sich entschieden. Was machts schon für einen Unterschied, hat sie sich gedacht. Leute mit Geld brauchen nicht zu fragen, sagt Ma, aber Leute wie wir müssen jede Pai-Münze dreimal umdrehen.

Ich weiß nicht, wie eine Pai-Münze aussieht.

Nicht alle Leute mit Geld sind gleich. Manche sind richtig geizig. Wie die Fette. Paro sagt, in letzter Zeit redet die Fette nur noch über die hohen Preise. Manchen Frauen macht es Spaß, mit den

Gemüsehändlern zu feilschen. Auch manchen gebildeten Frauen. Eigentlich wollen sie nur tratschen.

Vielleicht werde ich jetzt nicht mehr rot, wenn ich an den Gemüseverkäufer denke. Lalita hat mir einen Schreck eingejagt. Als sie Jharna erwähnt hat. Und als sie meinte, der Bengale ist vielleicht verheiratet. Wenn er noch nicht verheiratet ist, wird ers sicher bald sein. Er verschwindet jedes Jahr für zwei, drei Monate. Wenn ich ihn danach frage, sagt er, er war zu Hause. Jetzt ist sein Zuhause nicht mehr in Bangladesch. Er geht bestimmt nicht nach Hause, um seine Mutter zu sehen. Wer weiß, vielleicht ja doch. Vielleicht will er aber auch seine Kinder sehen. Bestimmt hat er welche. Irgendwann frage ich ihn. Wenn gerade keiner dabei ist. Nein, wenn keiner dabei ist, werde ich bestimmt rot. Er vielleicht auch. Er ist auch schüchtern. Vielleicht mag ich ihn deshalb. In Gedanken nenne ich ihn Bengale oder Gemüseverkäufer, aber nie Muslim.

Lalita würde sagen, ich bin jetzt auf dem richtigen Weg.

Ich wollte ihn gar nicht heiraten. Aber was dann? Was hab ich mir eigentlich gedacht? Was wollte ich? Vielleicht nichts. Ich hab gar nichts gedacht, deshalb bin ich die Treppen runtergerannt und hab Gemüse gekauft. Nach dem Gespräch mit Lalita hab ich angefangen zu denken, deshalb bleib ich jetzt oben sitzen. Leute, die denken, bleiben oben sitzen. Mit oben meine ich alleine. So wie ich jetzt hier sitze. Schreiben ist auch eine Art zu denken. Wenn ich nicht schreiben würde, hätte ich vielleicht mit Ma oder Paro geredet. Die beiden schlafen wahrscheinlich schon. Wer weiß, vielleicht liegen sie auch nur da und denken nach. Was schreibt sie da bloß, denkt Paro. Ich hab nie mit Paro über den Bengalen geredet. Jetzt gibts nichts mehr zu reden. Es ist, als wäre mein Herz gestorben. Was wollte es vor dem Sterben? Es kann nicht für immer tot bleiben. Solange der Körper nicht stirbt, stirbt auch das Herz nicht. Ich schreibe dummes Zeug. Es ist nicht tot, nur ausgegangen. So wie eine Zigarette vom Zeitungssahib ausgeht, wenn er sie vor lauter Nachdenken vergisst. Seine Zigarette brennt. Zigaretten sollten brennen. Ist Zigarette auf Hindi maskulin oder feminin? Vielleicht beides.

Vielleicht hätte ich gestern Abend noch mehr geschrieben. Unfug. Dieses Wort gefällt mir. Unfug. Aber ich bin gestern beim Schreiben so müde geworden. Beim Lesen werde ich oft müde, beim Schreiben nicht. Ich lese fast gar nicht mehr. Ich hab nur Englisch gelernt, solange Biji mich gedrängt hat, und ich wollte nur so lange Hindi-Bücher zu lesen, wie der Sahib deshalb hinter mir her war. Jetzt lese ich nur noch Zeitung. Meistens über Diebstähle, Liebesgeschichten und Selbstmorde. Den Rest versteh ich einfach nicht. Gestern wollte ich, obwohl ich müde war, noch ein bisschen weiterschreiben, aber da ist Kundan gekommen. Man weiß nie, wann er plötzlich auftaucht. Er kam rein, und Ma schlug sofort die Augen auf, als hätte sie die ganze Zeit auf ihn gewartet. Als hätte sie ihn gerochen. Paro hörte seine Stimme und wurde wach. Ich war überrascht, weil er nüchtern war. Und allein. Normalerweise hat er irgendwelche nichtsnutzigen Freunde im Schlepptau. Ma stand auf und wollte den Herd anmachen, aber Kundan lehnte ab. Ma bestand darauf, aber Kundan ließ sie nicht. Er hatte schon gegessen. Ich bleib heute Nacht hier, sagte er. Ma freute sich. Paro und ich guckten uns an. Wahrscheinlich hatten wir beide den gleichen Gedanken: Heute Nacht würde sich Kundan wieder das ganze Geld aus Mas Schatulle schnappen. Es war, als hätte er unseren Gedanken erraten. Er lachte. Macht euch keine Sorgen, sagte er, heute bin ich nicht wegen Mas Geld hier. Ich will euch Geld geben, ich meine, meine Schulden vom letzten Mal begleichen. Da muss man Mas Gesicht einfach gesehen haben! Sie guckte wie die Mutter von einem Filmhelden. Dann warf sie uns einen Blick zu. Als wollte sie sagen: Seht ihr, was hab ich euch gesagt? Kundans Lachen gefiel mir. Und dass er einfach so gekommen war. Nüchtern. Und dass er über Nacht bleiben wollte. Ma machte jetzt trotzdem den Herd an und wärmte ein bisschen Milch auf. Ich dachte, er würde sie nicht trinken. Bei diesem Wetter heiße Milch! Aber als Ma ihm das Glas hinstellte, fischte er ein schmutziges Taschentuch aus der Tasche, wickelte es um das Glas, hob es hoch und pustete vorsichtig in die heiße Milch. Da muss man Mas Augen gesehen haben! Sie leuchteten wie Perlen. Als er ausgetrunken hatte, holte er ein paar Scheine aus der Tasche und gab ein paar Ma und ein paar mir und Paro. Ich brauch das Geld nicht, sagte Ma, behalt dus lieber, du kannsts bestimmt brauchen. Was redest du, Ma, sagte Kundan und drückte ihr das Geld in die Hand, jetzt nimm schon! Paro und ich hatten unser Geld wortlos eingesteckt. Alles Zehner-Scheine. Ich wusste noch nicht, wie viel insgesamt. Später sagte Ma, sie hat dreizehn Scheine bekommen. Paro sieben und ich neun. Insgesamt 290 Rupien. Heute Morgen hat Kundan noch ein paar Parathas gegessen und sich dann auf den Weg gemacht. Ma saß eine Weile verloren da und guckte unglücklich. Ich dachte schon, sie geht nicht zur Arbeit. Dann wär ich vielleicht auch zu Hause geblieben. Paro macht nie blau. Aber plötzlich stand Ma auf. Wenn ich länger zu Hause rumsitze, werde ich nur noch trauriger, sagte sie.

Gestern Nacht haben wir, bevor wir das Licht ausgemacht haben, noch lange über die Sache mit Paro geredet. Ich glaub, deshalb ist Kundan gekommen. Paro hat zwischendurch immer wieder geweint. Sie hat Kundan gesagt, wie unglücklich sie mit Jija war. So unglücklich, dass sie lieber sterben würde, als zu ihm zurückzugehen. Ich hab auch ganz offen von Jijas Schlechtigkeiten erzählt. Ma hat sogar angedeutet, dass Jija impotent ist. Kundan war total überrascht. Warum habt ihr mir das nie erzählt, fragte er immer wieder. Kundan ist ein, zwei Jahre jünger als ich, aber inzwischen ist er ein paar Köpfe größer. Und gestern hat er geredet wie ein erwachsener Mann. Als wir auf die Sache mit der Scheidung kamen, sagte er, er kann mit dem Bruder von einem Freund von sich reden. Der ist Anwalt. Vielleicht kann er uns die nötigen Papiere beschaffen. Viel mehr als hundert oder zweihundert Rupien würde er wohl nicht dafür nehmen. Und sogar Jijas Mutter würde diese Papiere unterschreiben. Ich freute mich heimlich, recht behalten zu haben. Kundans Rumtreiberei ist jetzt nützlich für uns.

Rumtreiberei! Ich wusste nicht, dass ich dieses Wort kenne.

Heute hatte ich den ganzen Tag Lust, mit Lalita zu reden und ihr zu sagen, dass ich mich an alles, was sie mir geraten hat, halte. Und sie zu fragen, wie man seine Jugend ohne Männer genießt. Und ihr zu erzählen, dass Kundan sagt, er kann Paro in nicht mehr als ein paar Tagen aus Jijas Klauen befreien. Und dann wollte ich ihr noch erzählen, dass Biji und der Zeitungssahib sich jetzt regelmäßig besuchen, und ich glaube, sie gehen sogar schon zusammen aus. Aber das weiß Lalita bestimmt. Hältst du mich für dumm?, würde sie sagen, ich wusste schon immer, dass die beiden alte Freunde sind, nur jetzt ists nicht mehr bloß Freundschaft, sondern Liebe. Können alte Leute lieben?, frage ich. Nicht alle, sagt Lalita, aber gebildete Alte schon. – Woher weißt du das? – Du hast ja keine Ahnung, wie viele alte Leute ich in diesem Sektor kenne, die den Jungen, was die Liebe angeht, haushoch überlegen sind!

Ich höre dauernd von alten Männern, die hinter jungen Frauen her sind. Aber ich hab noch nie eine alte Frau gesehen, die einem jungen Mann hinterherläuft. Und erzählt hat mir so was auch noch keiner. Wenn ich Lalita frage, sagt sie, unter gebildeten Reichen gibts genug solcher Geschichten. Und dann gibt sie ein paar zum Besten. Das hast du dir doch ausgedacht!, denk ich mir heimlich, aber sie liest meine Gedanken. Glaub ja nicht, ich denke mir das aus!, ruft sie, du hast mich schon ein paar Mal überprüft und weißt, ich lüge nie. Stimmts, oder stimmts nicht?

Ob Ma sich in ihrem Alter wohl noch mal verlieben kann? Könnte sie noch mal heiraten? Würde ein Typ sich jetzt noch in Ma verlieben und sie heiraten? Das ist doch albern! Ma denkt bestimmt nicht mehr so an Männer wie ich, und an Liebe und Heiraten erst recht nicht. Und kein Mann denkt mehr so an Ma. Woher will ich das wissen? Ich kenn ja nicht mal meine eigenen Gedanken. Manche von meinen Gedanken lassen mich erschauern. Vielleicht die, von denen ich manchmal träume. Gedanken, die ich in Form von Träumen sehe. Diese Träume machen mir Angst, und auf unheimliche Weise Spaß.

Vielleicht hat Lalita von dieser unheimlichen Art von Spaß gesprochen. Wenn ich sie frage, sagt sie wahrscheinlich nur: Ich weiß nicht, was du mit unheimlicher Art von Spaß meinst, das sind doch schöne Gedanken. Ich finde sie auch schön, aber auch unheimlich. Vielleicht, weil sie nur in der Nacht kommen. In der Dunkelheit. Im Schlaf. Wenn der Traum unterbrochen wird, ist es manchmal, als würde auch der Spaß mittendrin unterbrochen. Und wenn der Traum nicht unterbrochen wird, sieht man Sterne vor den Augen. Und es scheint, als würde der ganze Himmel sich bewegen. Wenn ich das Lalita erzähle, sagt sie: Na, siehst du, was willst du mehr als Sterne und einen Himmel, der sich bewegt. Wenn ichs Paro erzähle, starrt sie mich wortlos an. Paro versteht keinen Spaß und hat auch keinen. Vielleicht fängt sie nach der Scheidung damit an. Wenn Paro ein Kind bekommen hätte, einen Sohn, hätte sie Jijas Gemeinheiten ihr ganzes Leben lang hingenommen. Wenn mein Sohn groß ist, macht er mich glücklich, hätte sie sich gesagt. Nein, das stimmt nicht unbedingt. Manche Frauen lassen ihre Kinder bei ihren Männern zurück und laufen weg. Die Zeiten haben sich geändert, wie würde ich sonst mit meinem Mantra durchkommen? Ich heirate nicht, und ich bekomme auch keine Kinder. Paro hat dieses Mantra nicht. Sie will drei Kinder, und sobald ihre Scheidung durch ist, heiratet sie einen anderen. Sie macht sich wahnsinnige Sorgen, wenns noch vier, fünf Jahre so weitergeht, könnte sie kinderlos sterben. Sie redet, als wäre sie schon uralt. Dabei ist sie nur drei, vier Jahre älter als ich. Ich hab Angst, in der Eile geht sie noch mal so einem nutzlosen, impotenten Typen wie Jija auf den Leim. Wenn man einem Mann sagt, er ist impotent, dreht er durch. Wenn man einer Frau sagt, sie ist unfruchtbar, fängt sie an zu heulen. Elektrik-Surendar lässt mich jetzt in Frieden und rennt Paro hinterher. Vielleicht hat er auch einen Blick auf Ma geworfen. Wieso denke ich das? Ich denks nicht, ich schreibs auf. Wie alt Surendar wohl ist? Egal, wie alt, auf jeden Fall ist er nicht der Richtige für Paro. Für keine von uns. Immerhin hat er Arbeit, aber er ist auch ein Weichling. Alle Männer kommen mir wie Weichlinge vor. Und die, die keine Weichlinge sind, sind Lustmolche. Und die keine Lustmolche sind, sind Opas. Keiner ist richtig. Seit Lalita mir ihren Rat gegeben hat, sehe ich plötzlich selbst in dem bengalischen Gemüseverkäufer lauter Fehler. Früher bin ich runtergerannt, sobald ich seine Stimme gehört habe. Jetzt klopft mein Herz nicht mal, wenn ich ihn sehe. Er ist garantiert verheiratet, deshalb dekoriert er sein Gemüse so sorgfältig. Er verdient bestimmt gut. Was bringt einem das Geld, wenn man keine Zeit hat, es auszugeben. Woher will ich wissen, wie der Bengale sich die Nacht um die Ohren schlägt. Wenn er eine Frau hat, wohnt die bestimmt in seinem Dorf. Wahrscheinlich betrinkt er sich. Und wer weiß, was noch. Säufer werden oft impotent. Früher oder später. Bestimmt. Wie will ich das wissen? Ich rede Quatsch. Bis jetzt hab ich weder einen potenten noch einen impotenten Mann gehabt. Wenn einer nach mir grapscht, schieb ich seine Hand weg. Oder ich scheuer ihm eine. Ich brauch einen gebildeten Mann. Ich hab zwar selbst nur die Siebte fertig gemacht, aber gebildet fühl ich mich trotzdem. Seit ich diese Hefte vollschreibe, bin ich ganz schön arrogant. Wer mag schon arrogante Mädchen. Biji mag mich. Der Zeitungssahib auch. Sie wissen auch nicht, dass ich um mich schlage. Und vor ihnen bin ich auch nicht arrogant. Sie denken, ich bin fleißig, ehrlich, ich mache gute Arbeit, ich bin sauber und ordentlich, ich mecker nicht rum. In ihren Augen bin ich ein gutes Dienstmädchen. Sie denken … es kann mir doch ganz egal sein, was sie denken.

Die Memsahibs von Ma nennen sie bestimmt nur noch Mai, Mütterchen. Heimlich. Vielleicht sogar, wenn sie mit ihr sprechen. Ihren Namen kennen sie wahrscheinlich gar nicht. Und selbst wenn sie ihn kennen würden, würden sie ihn nicht benutzen. Sie reden sie mit Mai an, oder vielleicht mit Shano ki Ma, Shanos Mutter. Wenn ich so alt bin wie Ma, sagen die Leute auch Mai zu mir. Und ich? Ich schreibe »Ich bin keine Mai« in mein Tagebuch. Wenn ich alt bin, schreibe ich noch immer Tagebuch. Wenn ich so weitermache, habe ich bald einen Riesenhaufen Tagebücher, so groß und schwer, dass man ihn kaum noch verstecken kann. Dann kauf ich mir einen großen Koffer. Und ein großes Schloss. Einbrecher würden denken, ich hebe meine Lebensersparnisse darin auf. Meine Lebensersparnisse sind zweihundertfünfunddreißig Hefte! Wie komme ich auf diese Summe? Keine Summe, ist nur geschätzt. Ich denke schon übers Altwerden nach. Und wenn ich alt bin, denke ich über meine Jugend nach und bereue alles. Wie alle alten Leute. Sie denken über ihre Jugendzeit nach und bereuen. Nicht alle. Alte Dienstmädchen. Manches alte Dienstmädchen sieht vielleicht gar nicht alt aus. Aber ich hab noch keins gesehen. Memsahibs schon. Biji. Nein, Biji sieht alt aus. Trotzdem find ich sie schön, sie sieht gut aus. Glückliche alte Leute sehen schön aus. Man kann im Alter nur glücklich bleiben, wenn man sich keine Sorgen um Geld machen muss. Und wenn man was Ordentliches zu essen und zum Anziehen hat. Und glückliche Kinder. Die woanders wohnen. Alte Leute, die mit ihren Kindern wohnen, sind oft unglücklich. Wie Jijas Mutter. Das stimmt nicht. Sie ist glücklich mit Jija. Schön ist sie trotzdem nicht. Wie komm ich eigentlich auf die?

Meine Augen sind müde und meine Hand auch. Das Heft ist voll. Morgen fang ich ein neues an.

Lalita weiß viel, aber dass ich diese Hefte vollschreibe, weiß sie bestimmt nicht. Eines Tages könnte es Paro rausrutschen. Ich muss ihr sagen, dass sies nicht weitererzählen soll. Ma auch. Und Biji. Dem Zeitungssahib hat sies bestimmt schon erzählt. Ich sag ihm, er solls für sich behalten.

Ich kann sowieso noch nicht schlafen. Ich mach die Lampe aus und lieg einfach nur da. Und wälz mich hin und her. Und summe vor mich hin: Mein Körper brennt. Ma sagt, man soll beim Einschlafen Gottes Namen auf den Lippen haben. Ich versuchs.

Heute hab ich ein neues Heft angefangen. Ich sitze bei Biji zu Hause und schreibe. Mit einem Bleistift. Mein Füller und die Tinte sind in der Hütte. Es ist schwer, mit einem Bleistift zu schreiben. Auch, hier zu schreiben. Biji hat schon gegessen. Ich auch. Sie ruht sich aus. Nach dem Essen schläft sie immer ein bisschen. Sie macht die Tür zu. Ich wasche erst ab, wenn sie aufgewacht ist. Biji hat nicht nur einen Putzfimmel, sondern auch einen Lärmtick. Es ist das erste Mal, dass ich mich bei Biji hinsetze und Tagebuch schreibe. Biji weiß nichts davon. Deshalb hab ich das Gefühl, was Verbotenes zu machen. Und zu lügen. Es kommt mir auch so vor, als rede ich mit mir selbst, aber ganz leise. Als schleiche ich umher. Ich muss es Biji sagen. Nein, das brauch ich nicht. Man sollte es nicht verstecken. Ich verstecke es nicht. Warum hab ich dann so einen trockenen Mund, warum zittern meine Hände? Weils das erste Mal ist. Wenn Biji jetzt kommt, werde ich nicht nervös. Ich mache mein Heft zu, aber ich verstecks nicht. Biji würde nichts sagen. Vielleicht würde sie lächeln. Warum hast du das heute mitgebracht? Oder: Ich wusste nicht, dass du gerade Tagebuch schreibst. Oder: Was hast du heute geschrieben? Nein, das würde sie nicht fragen. Was mache ich, wenn sies fragt? Vielleicht drücke ich ihr das Heft in die Hand. Lesen Sies. – Nein, würde sie dann sagen. Lesen Sies ruhig. Sie nimmt das Heft und fängt an zu lesen. Ich beobachte sie. Keine Ahnung, was sie sagen würde. Vielleicht gar nichts. Wenn sie nichts sagt, wär ich enttäuscht. Warum schreibst du mit Bleistift?, fragt sie. Mein Füller und die Tinte sind zu Hause, sage ich. Lass doch einen Füller hier, sagt sie. Ich antworte nicht. Warum lernst du nicht mehr Englisch?, fragt sie. Was bringt das schon? Sie sagt nichts. Tagebuchschreiben bringt auch nichts, sagt sie schließlich. Ich sage nichts. Deshalb höre ich vielleicht auf, sage ich dann. Und das mache ich irgendwann auch.

Warum denke ich solchen Unfug. Und schreibe ihn auch noch auf. Ich schreibe nie wieder hier bei Biji. Und schon gar nicht mit einem Bleistift. Ich mache jetzt das Heft und die Augen zu und ruhe mich aus. Wie Biji. Ich lege mich aufs Sofa. Wenn Biji aufwacht, wasche ich das Geschirr ab, und dann geh ich zum Sahib.

Der Zeitungssahib wirkte heute total glücklich. Normalerweise weiß ich nicht, ob er glücklich ist oder nicht. Oft ist er in sich versunken, als wär er in einer anderen Welt. Aber heute strahlte er richtig. Er hatte Lust zu reden. Ich wollte gerade mit der Arbeit anfangen, als er runterkam und meinte: Hör mal, Shano, lass gut sein, heute setzen wir uns gemütlich zusammen und quatschen ein bisschen. Als ich den Besen nicht weglegte, nahm er ihn mir einfach aus der Hand. Hast du mich nicht gehört?, fragte er. Wärs nicht der Sahib gewesen, wär ich nervös geworden und hätte gedacht, er hat was Unanständiges im Sinn. Er stellte den Besen zur Seite. So, jetzt geh dir die Hände waschen und dann setz dich hier zu mir. Diesen Tick mit dem Händewaschen hat er garantiert von Biji. Als ich in Richtung Küche lief, rief er: Warum gehst du nicht ins Badezimmer und nimmst die saubere Seife? Und als ich nach meiner Chunni griff, um mir die Hände abzutrocknen, rief er: Warum nimmst du nicht das Handtuch? Schließlich wollte ich mich auf den Hocker setzen, aber er sagte: Nicht da, setz dich dort auf den Diwan, ich komm gleich. Ich ging zum Diwan rüber und setzte mich hin. Er kam mit einem Teller Weintrauben und stellte sich neben mich. Ich wollte aufstehen, aber er drückte mich an der Schulter runter. Bleib sitzen. Dann stellte er den Teller auf den Sofatisch und setzte sich aufs Sofa. Ich saß einfach nur da und schüttelte den Kopf. Die Situation war mir so unangenehm, dass ich Angst hatte loszuheulen. Aber ich unterdrückte die Tränen. Was ist denn heute mit Ihnen los?, fragte ich schließlich. Meine Stimme zitterte. Ach, gar nichts, sagte er, ich hab einfach Lust, ein bisschen zu reden. Aber ich hatte keine Lust. Bei Biji war ich auch schweigsam gewesen. Biji hat das mitbekommen und auch nicht viel gesagt. Ein großer Unterschied zwischen Biji und dem Sahib ist, dass der Sahib nicht merkt, wie andere drauf sind, während Biji sich ganz nach der Stimmung der anderen richtet. Mit andere meine ich mich.

– Nimm dir ein paar Trauben.

– Ich habe keine Lust.

– Nimm einfach ein paar, dann bekommst du schon Lust. Sie sind lecker. Deine Biji hat sie gestern Abend mitgebracht.

Ich fühlte mich zwar verunsichert und weinerlich, aber jetzt musste ich doch lachen. Er benutzte Biji, um mich zum Traubenessen zu bringen! Sie ist nicht nur meine Biji, auch Ihre, hätte ich am liebsten gesagt. Ich nahm mir zwei Trauben, steckte sie aber nicht in den Mund.

– Essen Sie keine?

Als der Sahib sich ein paar nahm, steckte ich meine in den Mund und nahm mir noch zwei. Die Traurigkeit wurde durch die Trauben etwas weniger, bei dem Peinlichen und dem Lachen bin ich mir nicht sicher.

– Bei dir zu Hause alles in Ordnung?

– Was meinen Sie?

– Ich meine, wies deiner Mutter geht. Und deiner Schwester und deinem Bruder?

– Allen gut.

– Und dir?

– Sie sehen mich doch jeden Tag.

– Nur weil ich dich sehe, weiß ich ja noch lange nicht, wies dir geht.

– Mir gehts auch gut.

Der Sahib hatte mir noch nie so direkte Fragen gestellt. Na ja, als Bapu gestorben ist, hat er einiges gesagt, aber daran kann ich mich gerade nicht mehr erinnern. Er ist auch zum Abschiedsritual gekommen. Ich wusste nicht, wie ich ihm sagen sollte, dass ich seine Fragen komisch fand.

– Bei Ihnen alles in Ordnung?

– Was meinst du?

– Nur, dass Sie sonst nie so reden wie heute.

Als würde ich ihn nachahmen und ihm gleichzeitig meine Unzufriedenheit zeigen.

– Hör mal, Shano, wenn du dich unwohl fühlst, geh ich nach oben.

Ich hatte das Gefühl, er tat so, als wäre er wütend.

– Das ists nicht, ich finds nur seltsam.

– Was meinst du?

– Ich meine, ich verstehs nicht.

– Du findest es seltsam, weil ich normalerweise so schweigsam bin. Wenn dus seltsam findest, okay. Aber du solltest dich nicht unwohl fühlen.

Ich sagte nichts. Plötzlich hatte ich das Gefühl, wir wären gleich. Nicht vom Alter her, sondern vom Status. Als wäre er nicht der Sahib und ich nicht das Dienstmädchen. Jetzt kroch noch eine andere Angst in mein Schweigen.

– Hat Biji heute nicht mit dir gesprochen?

– Biji? Worüber?

Meine Stimme war scharf, ich merkte es, er wohl auch.

– Habt ihr über gar nichts gesprochen?

– Nein. Ihr war nicht nach Reden zumute und mir auch nicht.

Er wollte was sagen und hielt dann inne. – Ists was Wichtiges?, platzte ich raus, warum sagen Sies nicht?

– Ich würds ja sagen, aber du bist nicht in der richtigen Stimmung.

– Wenn Sies sagen, ändert meine Stimmung sich bestimmt.

Der Sahib hatte Biji erwähnt und angedeutet, dass sie mir schon was hätte erzählen sollen. Vielleicht sollte sie die eine Hälfte sagen und er die andere. Deshalb wollte ich jetzt Sahibs Hälfte hören. Aber als ich zu ihm rübersah, war er schon aufgestanden.

– Hör mal, Shano. Biji hat ihren Teil heute noch nicht gesagt. Deshalb mache ichs auch lieber später.

Ich wusste nicht, dass man Gespräche so aufteilen kann.

Mein Unwohlsein war weg. Plötzlich hörte meine Stimme sich frech an. Ich stellte die Trauben in den Kühlschrank und schnappte mir den Besen. Den ganzen Tag schon grüble ich jetzt über das, was Biji und der Sahib mir sagen wollen. Und ich grüble und rate immer noch.

Seit Kundan gesagt hat, er kümmert sich um Paros Scheidung, ist Paro total glücklich, sie läuft durch die Hütte und summt. Jetzt auch. Als wollte sie sagen: Du schreibst deinen Tag auf, ich summe meinen. Einmal, als sie mich gefragt hat, was ich schreibe, hatte ich »meinen Tag« geantwortet. Ich erinnere mich noch an Bijis Worte. Schreib hier alles rein, was tagsüber passiert. Als sie mir das erste Heft gab, hat sie das gesagt. Inzwischen schreibe ich nicht nur meinen Tag, sondern auch meine Herzensangelegenheiten auf. Ich weiß nicht genau, wo der Tag aufhört und das Herz anfängt. Ich schreibe nicht nur meinen eigenen Tag und meine

Herzensangelegenheiten auf, sondern auch die von anderen. Biji wäre erstaunt, wenn sie das alles lesen würde. Oh, würde sie sagen, du hast ja ein ganzes Buch geschrieben. Wenn ichs mir genau überlege, ist das, was ich alles geschrieben habe, nicht weniger als ein Buch. Was weiß ich schon von Büchern. Hab sie doch nur von Weitem gesehen. Beim Zeitungssahib und bei Biji. Ich hab Lust, zu lesen, aber ich machs nicht. Der Sahib sagt auch nichts mehr. Was bringts ihr schon, denkt er sich wahrscheinlich. Das frage ich mich auch. Wenn ich außer dieser Schreibkrankheit auch noch eine Lesekrankheit hätte, wer erledigt dann die Arbeit? Und wenn ich nicht arbeite, woher nehme ich dann Geld für Essen und Klamotten? Ma wird alt. Sie wirds nicht, sie ists schon. Woher sollen wir, wenn sie krank wird, Geld für eine Behandlung nehmen? Deshalb spare ich mein Geld auf der Bank. Jetzt hab ich sogar ein Scheckbuch. Es nur anzusehen, macht mich glücklich. Bis jetzt hab ich noch keinen einzigen Scheck ausgefüllt. Ich weiß gar nicht, wie das geht. Irgendwann frag ich Biji oder den Zeitungssahib. Meinen ersten Scheck schreibe ich für Paro, wenn sie endlich von Jija unabhängig ist. Das ist dein Scheidungsgeschenk, sage ich ihr.

Regenwolken am Himmel, summt Paro. Ich kann nicht summen, aber ich machs trotzdem. Singen kann ich schon gar nicht, deshalb mach ichs nie. Manchmal hab ich Lust, zu tanzen. Wie Madhuri, die Schauspielerin. Manchmal, wenn ich alleine bin, tanze ich sogar. Aber ich kanns nicht. Devi lernt jetzt singen. Jeden Abend geht sie dafür zu jemandem nach Hause. Wenn sie freihat, übt sie. Diese traurigen bengalischen Lieder, die mich umbringen. Hoffentlich passiert Devi nicht auch noch so was Schreckliches wie Jharna. Bei diesem Gesangsunterricht. Die Bengalin befürchtet das bestimmt auch. Sie ist schließlich ihre Mutter, wer bin ich schon für sie. Am liebsten würde ich sie fragen, von wem sie singen lernt, von einem Lehrer oder einer Lehrerin. Ich hab gehört, diese Gesangslehrer lieben es, ihre Schülerinnen zu verhexen. Wer hat mir das erzählt? Garantiert Lalita, wer sonst? Demnächst fragt sie mich bestimmt, ob ich schon gehört hab, dass die kleine Tochter der Bengalen in die Fänge von einem Schwerenöter geraten ist. Nein, sage ich. Du lügst, ruft sie, du weißt alles. – Ich weiß nichts. – Weißt du nicht, dass sie Singen lernt? – Doch, das schon. – Wenn du sie retten willst, dann sags lieber der Bengalin, und zwar sofort. Und dann erzählt Lalita mir von diesem Typ und was er mit den Mädchen aus dem Sektor schon angestellt hat. Und dann träume ich von diesem Typ und was er mit mir anstellt.

In letzter Zeit hab ich dauernd schlimme Gedanken. Sie bringen auch Spaß. Auf unheimliche Art. Deshalb mag ich sie nicht. Das sag ich jedenfalls.

Paro summt die ganze Zeit. Vielleicht hat sie auch solche Gedanken.

Ein Schwerenöter. Wenn ich nur daran denke, fühle ich mich komisch. Demnächst sage ich Lalita, sie soll mir seine Geschichte erzählen.

Ich wollte eigentlich was ganz anderes aufschreiben. Wenn ich jetzt nicht schnell das, was ich eigentlich schreiben wollte, runterschreibe, vergesse ich die wichtigsten Sachen.

Heute Morgen, als ich bei Biji ankam, saß dort der Zeitungssahib im Wohnzimmer. Ich starrte ihn verblüfft an. Biji saß neben ihm auf dem Sofa. Sie saßen da, als hätten sie auf mich gewartet. Ich fühlte mich wie bei einer Audienz am Hof oder so. Ich war so nervös, dass ich vergaß, Namaste zu sagen. Ich hatte auch Angst, Biji könnte fragen, warum ich verblüfft bin. Nach dem ersten Schock dachte ich, vielleicht kommen sie gerade von ihrem Morgenspaziergang zurück. Das verblüffte mich aber noch mehr. Gleichzeitig wusste ich, die beiden würden mir heute sagen, was sie mir eigentlich schon gestern hatten sagen wollen. Ich ging ins Badezimmer und wusch mir die Hände. Du brauchst keinen

Tee zu machen, rief Biji, wir haben schon welchen getrunken. Ich blieb in der Küche stehen und überlegte, was ich machen soll. Jetzt komm schon her, Shano, rief der Sahib. Ich ging ins Wohnzimmer und stellte mich neben den Diwan.

– Setz dich.

Ich senkte den Kopf und blieb stehen, es hätte sich falsch angefühlt, vor den beiden auf dem Diwan zu sitzen.

– Setz dich.

Biji hatte das gesagt.

Ich setzte mich. An den Rand. Wie ein verschrecktes Mädchen, das gleich von ihren Eltern zurechtgewiesen wird.

– Setz dich ordentlich hin.

Ich rührte mich nicht und wunderte mich über den Sahib und dass er so offen war.

– Der Sahib sagt dir heute, was er dir eigentlich schon gestern sagen wollte.

Ich blieb mit gesenktem Kopf sitzen. Ich musste über das Drama, das die beiden da veranstalteten, lächeln. Sie redeten so komisch abwechselnd, als hätten sie alles vorher genau abgesprochen.

– Ich wills ja sagen, aber ich weiß nicht, wie. Sag dus ihr.

Jetzt musste ich lachen.

– Shano muss lachen.

Ich schluckte mein Lachen runter.

– Hör mal, Shano, die Sache ist die. Wir würden es schön finden, wenn du ab jetzt hierbleibst.

Heißt »wir«, dass Biji das auch will?, wollte ich fragen. Und: Was heißt »hier«? »Bleiben« war mir auch nicht ganz klar.

– Was der Sahib meint, ist, dass du bei den Bengalen aufhören und nur noch hier arbeiten und wohnen könntest. *Full time.*

Ich hob den Kopf und sah Biji an. Sie hatte sich vorgebeugt und sah mich an. Der Sahib starrte auf das Bild an der Wand gegenüber. Als würde ers zum ersten Mal sehen.

– Und das Haus vom Sahib? Ich meine, die Arbeit dort?

Sie tauschten einen Blick aus. Als würden sie absprechen, wer antwortet.

– Der Sahib wird auch hier wohnen.

Biji betonte das »auch«. Als wollte sie sagen, der Sahib und du, ihr seid gleich wichtig für mich.

– Und was wird mit dem Haus vom Sahib?

Die Frage kam mir sofort falsch vor. Ich erwartete, dass sie sagen, was geht dich das an?

– Der Sahib wird weiterhin dort arbeiten, und du gehst rüber, um sauber zu machen. Kochen brauchst du nur hier.

– Vielleicht ab und zu auch dort. Aber wenn du dort kochst, dann nicht hier.

– Wie auch immer, das werden wir schon sehen. Aber zuerst musst du sagen, ob du dir das überhaupt vorstellen kannst.

Ich wusste nicht, was ich mir vorstellen sollte. Und ich hatte das Gefühl, die beiden wussten auch nicht genau, worauf sie eigentlich hinauswollten. Was sie genau von mir wollten. Als ob ich einfach nur Ja sagen sollte, ohne viel zu fragen. Ich musste an Bijis Schwiegertochter denken, die mich mit nach Dubai hatte nehmen wollen. Jetzt hatte ich das Gefühl, die beiden wollten mich auch mit nach Dubai nehmen. Ich war nervös.

– Hör mal, Shano. Du brauchst nicht nervös zu sein.

– Die Ärmste ist nicht nervös. Sie denkt nur nach.

– Sie muss auch nicht nachdenken.

Ich denke nicht nach, wollte ich sagen, ich versuche zu verstehen. Am liebsten wäre ich einfach aus dem Wohnzimmer gegangen, um das weiter in der Küche zu probieren, allein.

– Es gibt keine Eile, denk in Ruhe drüber nach, sprich mit deiner Mutter. Wenn du willst, kann ich auch mit ihr sprechen. Deine Schwester wohnt ja jetzt bei ihr, dann ist sie nicht so alleine, und natürlich kannst du immer nach Hause gehen, wenn du möchtest.

– Wenn sie nachts zu Hause schlafen möchte …
– Genau. So was geht natürlich auch.
– Dann müsste sie dauernd hin- und herlaufen.
– Morgens früh kommen und abends spät gehen.
– Das wäre vor allem im Winter schwierig.
– Und in der Regenzeit.
– Wir müssten dich nach Hause bringen.
– Das müsstest aber du machen.
– Ihr Haus ist zu weit.
– Ab und zu kann ich sie im Auto hinbringen.
– Ich kann nicht Auto fahren.
– Das müssest du lernen.
– In meinem Alter! Das kommt nicht infrage.
– Wieso nicht?
– Wir werden einfach sehen.
– Nein, wir werden nicht sehen. Autofahren musst du unbedingt lernen.
– Warum bist du so stur? Ich hänge an meinem Leben, so wie du an deinem Auto hängen solltest.
– Vor so was hab ich keine Angst.
– Das weiß ich.
– Also?
– Nichts also.

Ich hatte das Gefühl, die beiden hatten ganz vergessen, dass ich auch noch da war. Ich stand auf.
– Wo gehst du hin?
– In die Küche.

In der Küche kamen mir die Tränen. Ich trank schnell einen Schluck Wasser und versuchte, sie zu unterdrücken.

Jetzt bin ich müde. Paro hat aufgehört zu summen. Vielleicht schläft sie schon. Bei Ma bin ich mir nicht sicher. Ich hab ihr noch nichts erzählt. Paro ja. Rede erst mit ihnen über Geld, hat sie gesagt. Warum macht Paro sich immer Sorgen um Geld? Sie werden mich schon gut bezahlen. Ich weiß nicht, warum ich mir so einen Kopf mache. Ich weiß nicht, ob ich Ja sagen soll. Jetzt murmle ich in der Dunkelheit Gottes Namen vor mich hin, bis ich einschlafe. Dann kommen die Träume.

Bevor ich irgendwas anderes schreibe, will ich rausfinden, warum ich gestern in Bijis Küche fast angefangen hätte zu heulen. Wenn mir so plötzlich die Tränen kommen, würde ich immer am liebsten die Arbeit liegen lassen und erst mal überlegen, warum mir so nach Heulen zumute ist. Manchmal finde ichs auch raus. Aber nicht ganz. Oft gibts nicht nur einen Grund. Die Dinge haben selten nur einen Grund. Ich sollte nicht über so tiefgründiges Zeug grübeln, sondern mich lieber an meinen Status halten. Status? Keine Ahnung, aus welcher Sprache dieses Wort kommt. Hindi ist es jedenfalls nicht. Woher kenn ichs dann? Egal, ob es Hindi ist oder nicht, auf jeden Fall wirds auf Hindi benutzt. Ich sollte in einem Wörterbuch nachgucken. Öfter mal. Beim Sahib sind welche. Bei Biji bestimmt auch. Große, fette Dinger. Ich würde mir die Hand brechen. Hand! Was ist das schon für eine Hand, die noch nie jemanden gehalten hat. Keine Ahnung, wie ich jetzt darauf gekommen bin. Woher dieser Gedanke ist. Ma und Paro sind nicht da. Deshalb. Sie sind zum Tempel, beten. Ma wollte gehen, Paro ist mitgekommen. Ma wollte alleine gehen. Wir waren dagegen. Keine Ahnung, wieso Ma plötzlich dauernd beten will. Sie weiß, der Pandit ist ein Gauner. Warum soll ich mich vor dem Pandit fürchten, sagt sie, der Tempel gehört meinem Gott, nicht dem Pandit. Der Pandit sitzt mit gespreizten Beinen da und glotzt die frommen Frauen an. Soll er doch gucken, sagt Ma, mir kann er nichts anhaben. Wer weiß, womöglich gefällt ihr sein Glotzen noch! Nein, für den Gedanken schäme ich mich. Und er macht mich wütend. Auf mich selbst. Wer denkt so über seine eigene

Mutter? Ma steht doch nicht auf das Glotzen von irgendwelchen Männern! Aber wie komme ich dann darauf? War bloß ein Gedanke. Ma sollte nicht so spät zum Beten in den Tempel gehen. Sie sollte das lieber zu Hause machen. Vor diesem Stein. Sie hat ihn mit ein bisschen Zinnober und Öl bestrichen, und jetzt ist er Gott Hanuman. Ich glaube, Ma flüchtet immer zum Tempel, wenn sie sich zu viele Sorgen um uns drei macht. Dann denkt sie, unser Haus-Hanuman kann nicht mehr helfen. Manchmal mag ichs, wenn Männer mich so anzüglich ansehen. Dahergelaufene Typen. Sogar Tagediebe. Oder kleine Jungs. Ich meine Jungs, die jünger sind als ich. Die glotzen mich oft an. Manchmal hab ich das Gefühl, außer dem Zeitungssahib und Kundan und vielleicht dem Bengalen starren alle Männer mich an. Die Verkäufer auf dem Markt starren alle Frauen an, junge und alte und auch die Dienstmädchen. Manche Frauen starren vielleicht sogar zurück. Das hab ich aber noch nie gesehen. Mir gefallen nur wenige Männer. Was soll nur aus diesem Unglückswurm von einem Mädchen werden, sagt Ma.

Ich wollte eine Sache aufschreiben und hab was ganz anderes geschrieben. Ich bin alleine, deshalb flieg ich so umher. Wenn Ma und Paro zu Hause sind, schreibe ich viel zögerlicher. Vor allem, wenn sie wach sind. Oder wenn ich glaub, sie tun nur so, als würden sie schlafen.

Soll ich, wenn ich zu Biji ziehe, meine Hefte mitnehmen? Biji wird sagen, ich soll sie hierlassen. Wie könnte ich?, rufe ich dann, was, wenn jemand das Schloss aufbricht und alles liest? Außerdem lese ich manchmal in den alten Heften. Na gut, sagt Biji. Schreiben Sie auch Tagebuch? Das frage ich Biji demnächst mal. Wenn sie lächelt, weiß ich, das heißt ja. Ich hab sie noch nicht gefragt, oder? Wenn, dann hätte ich ihre Antwort bestimmt aufgeschrieben. Irgendwann guck ich nach. Aber wozu? Man kann Sachen auch zwei Mal fragen. Ma vergisst oft, was sie schon gefragt hat.

Wenn ich so alt bin wie sie, vergesse ich bestimmt auch viel. Der Gedanke, so alt zu sein, macht mir Angst. Ach Quatsch, ich rede, als wäre Ma neunzig!

Wo schlafe ich, wenn ich bei Biji wohne? Als sie krank war, hab ich im Wohnzimmer geschlafen. Vielleicht muss ich auf dem Diwan schlafen. Biji stellt sich bestimmt stur. Der Sahib auch. Wenn sie sich stur stellen, muss ich Ja sagen. Mein Gepäck kann ich in der Motorroller-Garage lassen. Gepäck! Als hätte ich eine Lkw-Ladung voll Zeug! Außer den Heften sinds nur ein paar Klamotten. Wir werden sehen. In der Garage könnten die Sachen geklaut werden. Vielleicht sagt Biji, ich soll in der Garage schlafen. Da hab ich Angst, und es ist heiß, und kalt, sage ich dann. Nein, Biji würde mich nie in der Garage schlafen lassen. Und wenn sies vorschlägt, sage ich einfach Nein.

Bei Biji bräuchte ich mich, wenn ich mal muss, nicht mehr draußen vor allen Leuten hinzuhocken. Egal, wie früh ich morgens aufstehe, irgendwer ist immer schon da. Während ich hocke, mache ich die Augen ganz fest zu. Ich hab schreckliche Angst, irgendein Fiesling könnte kommen und sich auf mich stürzen. Solche Vorfälle hats schon öfter gegeben.

Ich hab mich entschieden, Ja zu sagen. Vielleicht haben sies sich anders überlegt. Sonst fragen sie bestimmt noch mal nach: Und, Shano? Wie hast du dich entschieden?

Die Ärmste wird bei dem Gedanken, von zu Hause wegzugehen, traurig, denken sie bestimmt. Deshalb lassen sie mir Zeit. Ich brauch nicht mehr Zeit. Ich sollte die Sache selbst ansprechen. Nein, ich muss warten. Nein, ich muss mit dem Sahib sprechen. Er ist noch nicht umgezogen. Wahrscheinlich nimmt er auch nur ein paar Klamotten mit.

Aber wie wird alles werden?

Die beiden entpuppen sich als echte Rustams.

Wer war Rustam überhaupt?

Wenn ich zu Biji ziehe, finde ichs raus. Vielleicht fange ich wieder mit Englisch an.

Ich sitze an Bijis Esstisch und schreibe. Es ist mein dritter Tag hier, und es fühlt sich an, als würde nicht wirklich ich, sondern eine andere, als ich verkleidete Shano hier wohnen. Die echte Shano ist noch in der Hütte in Bishangarh. Können Ma und Paro sie dort sehen? Vielleicht nicht richtig sehen, aber fühlen. Schreibt sie gerade dort? Was anderes? Oder das Gleiche?

Biji und der Sahib sind ausgegangen. Vor zehn oder elf kommen sie nicht zurück. Sie gehen essen. Ich hab schon gegessen. Keine Reste, ein richtiges Essen. Wenn sie wiederkommen, sage ich ihnen, dass jemand aus Dubai für sie angerufen hat. Mit sie meine ich Biji. Für den Sahib ruft hier noch keiner an. Er schläft hier, aber es ist trotzdem noch nicht sein richtiges Zuhause. Ich hab das Gefühl, als würde nicht wirklich der Sahib, sondern eine andere, als Sahib verkleidete Person hier wohnen. Der echte Sahib ist noch bei sich zu Hause. Die echte Shano sitzt in ihrer Hütte in Bishangarh und denkt an den echten Zeitungssahib. Der echte Zeitungssahib sitzt in seiner Wohnung und denkt an die echte Shano. Und Biji? Biji gibts nur ein Mal. Hat sie auch das Gefühl, die echte Shano und der echte Zeitungssahib wohnen nicht hier? Vielleicht kommt die echte Shano in ein paar Tagen nach. Und der echte Zeitungssahib.

Seit ich hierhergezogen bin, war ich nicht mehr in der Hütte in Bishangarh. Der Sahib geht nach dem Frühstück zu sich nach Hause. Mittag isst er hier. Dann ruht er sich oben ein bisschen aus, und dann geht er zurück zu sich. Von dort geht er vielleicht ins Büro. Vielleicht geht er da auch gar nicht mehr hin. Vielleicht ist er jetzt in Rente. Vielleicht hatte er nie einen normalen Beruf. Ich weiß nicht viel über ihn, Ma auch nicht. Keine Ahnung, wie lange Ma vor mir bei ihm gearbeitet hat. Egal, der Sahib isst und schläft hier und ruht sich hier aus, aber er arbeitet nur bei sich zu Hause.

Der Sahib hat sich total seltsame Schuhe zum *walking* gekauft. Biji hatte solche wahrscheinlich schon vorher. Der Sahib kann darin kaum laufen. Ich verletze mich noch, sagt er. In ein paar Tagen merkst du gar nicht mehr, dass du überhaupt Schuhe anhast, sagt Biji. Bevor er hergezogen ist, ist der Sahib nie *walking* gegangen. Wenn die Leute die beiden jetzt zusammen *walken* sehen, sind sie bestimmt überrascht und fangen an, zu flüstern und zu tratschen. Die Alten. Junge Leute machen sich keinen Kopf über Alte. Sie sehen sie nicht mal. Aber die Alten sehen die Jungen. Manchmal fallen ihnen fast die Augen aus dem Kopf. Vielleicht gehen Biji und der Sahib zusammen *walken,* damit alle wissen, dass sie jetzt zusammen wohnen.

Lalita hat bestimmt schon mitgekriegt, dass ich bei Biji wohne. Die anderen aus der Gruppe auch. Bis jetzt hab ich noch keine von ihnen getroffen. Irgendwann muss ich mit ihnen reden. Vor allem mit Lalita. Ich hab Angst, sie könnte eines Tages einfach herkommen und mir vor Biji und dem Sahib die Meinung sagen. Biji kennt sie bestimmt, aber der Sahib fragt sicher, wer sie ist. Das ist Lalita, sage ich dann, die *Leaderin* der Dienstmädchen, eine Superspionin. – Wann kommst du mal wieder zu uns unter den Niembaum?, fragt Lalita. In ein paar Tagen, sage ich, ich muss mich erst hier einrichten. – Das wirst du nie, sagt Lalita, merk dir das! Wenn sie weg ist, sagt der Sahib: Hör mal, Shano, das war ja ein cleveres Mädchen! Woher kennst du sie? – Sie ist die Chefin von unserer Gruppe, erkläre ich. – Du hast eine Gruppe?, ruft der Sahib. Jetzt lass die arme Shano doch in Ruhe ihre Arbeit machen, unterbricht uns Biji.

Ich weiß nicht, wie die beiden sich nennen. Habs noch nie mitbekommen. Am Anfang, als Biji mit mir über den Sahib gesprochen hat, hat sie immer Zeitungssahib gesagt. Und der Zeitungssahib manchmal Mrs Varma und manchmal Biji. Da muss sich doch was geändert haben. Ich meine, zwischen den beiden. Wenn nicht, wozu dann dieses ganze Durcheinander.

Eins versteh ich einfach nicht. Ich meine, nicht so richtig. Warum haben die beiden mich zu sich genommen? *Full time.* Wärs nicht besser für sie, wenn ich wie früher hier arbeite, aber zu Hause schlafe? Mit der Arbeit bei den Bengalen hätte ich ja aufhören können und trotzdem zu Hause schlafen. Das Mittag- und Abendessen bei Biji zusammen kochen und dann zu Hause schlafen. Was haben sie davon, dass ich hier schlafe? Auch ohne hier zu schlafen, könnte ich *full time* für sie arbeiten. Na ja, irgendwas werden sie schon davon haben. Und ich? Ich verdiene mehr. Ich spare mehr. Ich esse mehr. Ich bin nicht verrückt nach Essen. Ich esse nicht mehr als vorher. Ich kann meine Vorteile an einer Hand abzählen. Es geht nicht um Vorteile, sondern um Anstand. Da spricht Lalita aus mir. Wenn ich mit ihr über die Sache reden würde, würde sie sagen: Shano, es geht nicht nur um Vorteile, du musst auch an Anstand denken. – Was willst du damit sagen? – Tu nicht so dumm, wenn du bei ihnen wohnst, bist du nicht mehr ihr Dienstmädchen, sondern ihre Dienerin. – Was ist der Unterschied zwischen Dienstmädchen und Dienern?, frage ich. Jetzt tu doch nicht so dumm!, ruft sie, Dienstmädchen sind keine Sklaven, aber Dienerinnen schon. Wenn ein Dienstmädchen mit ihrer Arbeit fertig ist, geht sie nach Hause, die Arbeit einer Dienerin hört nie auf. – Ich hab jetzt weniger Arbeit als vorher, sage ich, Biji sucht gerade jemanden fürs Abwaschen. – Wozu lange suchen?, sagt Lalita. Ein Wort, und ich schick morgen jemanden vorbei.

Ich frage Biji, und dann sage ich Lalita Bescheid. Vielleicht schickt sie Bano. Oder die Kleine aus Madras. Wen auch immer sie schickt, sie würde für Lalita spionieren. Und wenns eine aus unserer Gruppe ist, ist sie garantiert neidisch auf mich. Sie würde denken, ich führe mich auf wie eine Memsahib. Die Klamotten von dem Mädchen riechen schlecht, meine gut. Sie wäscht sich in der Küche die Hände, ich im Badezimmer. Sie müsste sich, bevor sie in die Küche geht, ihre Sandalen ausziehen. Sie würde denken: Warum zieht Shano ihre Sandalen nicht aus, wo sie doch auch ein Dienstmädchen ist, wie ich?

Wenn das Mädchen nicht aus unserer Gruppe kommt, wäre das alles kein Problem.

Ich gehöre sowieso nicht mehr richtig dazu.

Ich schlafe gerne hier, aber ich finds trotzdem falsch.

Hätte Ma Nein gesagt, hätte ichs gelassen.

Der größte Vorteil, den Biji und der Sahib von mir haben, ist, dass sie jetzt ausgehen können. Vorher konnten sie das natürlich auch. Und habens auch gemacht. Zwar jeder für sich, aber gegangen sind sie trotzdem. Nachdem sie die Wohnung abgeschlossen hatten. Die Wohnung vom Sahib ist jetzt auch leer und abgeschlossen. Nein, Biji hat mich nicht zum Hausbewachen hier, sondern für die heißen Chapatis, die ich ihr röste.

Wenn ich über Lalita nachdenke, fange ich an, wie Lalita zu denken. Biji und der Sahib haben bestimmt auch über die Vorteile, die sie mir bringen, nachgedacht. Sie ist ein anständiges Mädchen, hat Biji gesagt. Fleißig und zuverlässig, hat der Sahib hinzugefügt. Und dann wieder Biji: Wie sauber und ordentlich sie ist. Und der Sahib: Schön ist sie auch, und verständig. Hat sie dir nicht von ihrem Tagebuch erzählt?, fragt Biji: Ich hab sie auf die Idee gebracht. – Sie schreibt bestimmt über uns, sagt der Sahib. Bestimmt, sagt Biji. Ich hab ihr gesagt, sie soll einfach alles runterschreiben, was ihr durch den Kopf geht, ohne groß nachzudenken. Shano sagt, sie hat schon ein paar Hefte vollgeschrieben. – Vielleicht zeigt sie sie dir mal oder liest dir was vor, sagt der Sahib. Wenn sie das macht, sag ich ihr, sie solls dir auch zeigen. – Mir wird sies nicht zeigen, sie wird sagen, vor dem Zeitungssahib schäme ich mich. – Ich überzeuge sie schon. – Wir müssen was für sie tun. – Ich will ihr Englisch beibringen und ihr dann einen Ausbildungsplatz besorgen. – Ihr Hindi ist nicht schlecht. – Finde ich auch, deshalb möchte ich, dass sie auch ein bisschen Englisch lernt. – Ihr Tagebuch sollte sie aber weiter auf Hindi schreiben. – Vielleicht kann sie hier und da ein paar englische Worte einstreuen. Als ich ihr Englisch beigebracht habe, hat sie angefangen, beim Reden englische Worte dazwischen zu mischen. – Ihr Tagebuch ist bestimmt interessant. – Wenn die Leute offen schreiben, sind alle Tagebücher interessant. – Schreibst du auch Tagebuch? – Warum sollte ich dir das sagen? – Ich schreibe jedenfalls nicht, bin zu faul. – Das geht bald vom *walking* weg, dann fängst du auch mit dem Schreiben an. – Wenn zwei Leute zusammen wohnen und Tagebuch schreiben, schreiben sie auf jeden Fall übereinander. – Wenn das Mädchen bei uns einzieht, sind wir nicht nur zwei, sondern drei. – Wir wissen ja noch gar nicht, ob sie zusagt. – Willst dus ansprechen, oder soll ich? – Erst du, später dann ich.

Nein, so haben die zwei es bestimmt nicht beredet! Trotzdem machts Spaß, sich alles vorzustellen. Es kommt mir vor, als schreibe nicht ich, sondern jemand anderes die Geschichte. Wer will, kann ganze Haufen von Geschichten aus meinem Tagebuch holen. Nicht aus meinem Tagebuch, sondern aus meinem Innersten. Mein Innerstes ist jetzt in meinem Tagebuch. Mein Tagebuch ist in meinem Innersten.

Es ist seltsam, hier in Bijis Zuhause am Tisch zu sitzen und über Biji und den Sahib zu schreiben. Zwischendurch bekomme ich immer wieder Angst. Als würde ich was Falsches machen. Mein Ohr an eine geschlossene Tür drücken und lauschen. Biji schläft in dem Zimmer unten, der Sahib oben. Biji hat früher schon unten geschlafen. Sie sagt, sie hat keine Lust, immer die lange Treppe hoch- und runterzulaufen. Der Sahib scheint gerne oben zu wohnen. Obwohl er sich jetzt nicht mehr so viel verkriecht. In den letzten drei Tagen hat er wenig oben gesessen.

Jetzt sollten sie bald kommen. Es ist schon elf. Der Nachtwächter schlägt mit seinem Stock auf den Boden. Wahrscheinlich macht er das, wenn er Angst kriegt. Aber Diebe und Räuber sind keine Frösche oder Tauben. Sie laufen nicht vor Stöcken weg. Ab und zu bellt plötzlich ein Hund. Gequält. Ich hätte Lust, hinzugehen und ihn zu streicheln und zu drücken. Dann heulen gleich vier andere Hunde, aber die scheuch ich weg.

Ich sollte jetzt schlafen gehen. Es ist nicht in Ordnung, zu schlafen, bevor sie kommen. Ich sollte nach ihnen ins Bett gehen. Es kommt mir falsch vor, auf dem Diwan zu schlafen. Aber es gibt keinen anderen Ort. Dienstmädchen sollten ein eigenes Zimmer haben. Klein, wie eine Motorroller-Garage. Oder ein bisschen größer. Für die großen, dicken Dienstmädchen, sonst wärs ihnen zu eng. Ich bin nicht groß und auch nicht dick. Die Garage würde mir reichen. Aber nachts in der verschlossenen Garage zu schlafen, wäre unheimlich, und stickig.

Sie wollten nicht so lange wegbleiben. Was, wenn das Auto eine Panne hatte? Oder wenn irgendwelche Räuber ihnen aufgelauert haben? Ich weiß nicht mal, wo sie hingegangen sind. Leute in ihrem Alter … Ich benehme mich, als wären sie meine Eltern.

Ich habe noch nie darüber nachgedacht, ob ich gerne hier wohne. Es ist ja noch nicht lange. Außerdem sollte man nicht über so was nachdenken. Ich werde, auch ohne nachzudenken, bald merken, ob es mir gefällt. Von alleine. Dann erzähl ichs den Leuten. Nicht allen. Denen, die fragen. Wie Ma und Paro und die Mädchen aus der Gruppe. Vielleicht fragen auch Biji und der Sahib. In ein paar Tagen. Ihnen muss ich sagen, dass es mir gefällt. Nicht unbedingt. Ich sage ihnen einfach, wies ist. Wie weiß ich das? Irgendwie werde ichs schon merken. Das ist immer so. Aber vielleicht ist es nicht gut oder schlecht. Es könnte auch dazwischen sein. Viele Sachen sind so dazwischen. Ein bisschen gut, ein bisschen schlecht. Ich rede dummes Zeug. Ich sollte jetzt das Heft zumachen. Und das Licht aus. Und die Augen zu. Und im Dunkeln sitzen und auf sie warten. Ich lass das kleine Licht an. Mach einfach das Licht aus und schlaf, hat Biji gesagt, wir haben ja einen Schlüssel. Aber es fühlt sich falsch an, das Laken auszubreiten und zu schlafen, bevor sie kommen. Wenns ein getrennter Raum mit einem Bett wäre, wärs was anderes. Schließlich bin ich nur ein Dienstmädchen. Warum versetzt mir das immer einen Stich?

Ich hatte gerade beim Sahib geputzt und lief die Treppe im Treppenhaus runter, da stellte Lalita sich mir in den Weg. Vielleicht hatte sie mir aufgelauert. Sie packte mich und zerrte mich in Richtung Niembaum. Nicht jetzt, rief ich immer wieder, ich habs eilig. Aber sie hörte gar nicht zu. Wir setzten uns, und sie legte sofort mit einer ihrer Schimpftiraden los.

– Shano, du ziehst deine Ehre in den Dreck.

– Bist du eigentlich meine Freundin oder meine Feindin, Lalita?

– Stell diese Frage lieber dir selbst.

– Warum bist du so sauer?

– Hättest dus uns nicht wenigstens erzählen können?

– Was?

– Dass Biji dich adoptiert hat.

– Adoptiert? Mich? Biji?

– Jetzt tu nicht so!

– Wer verbreitet diese Lügengeschichten?

– Mir hats deine Urmila erzählt.

– Und du glaubst ihr?

– Also lügt sie?

– Hat sich wohl einen Spaß mit dir erlaubt.

– Also was geht hier vor?

– Ich hab bei den Bengalen aufgehört. Und jetzt arbeite ich bei Biji. *Full time.* Ich wohne dort.

– Und der Zeitungssahib?
– Der wohnt die Hälfte der Zeit bei sich und die andere bei Biji.
– Wo isst und trinkt er? Wo schläft er?
– Bei Biji.
– Also wohnt er da.
– Tagsüber ist er meistens bei sich. Mehr oder weniger.
– Tagsüber interessiert mich nicht. Wichtig ist nur die Nacht, wo ein Mann die Nacht verbringt, das ist sein wahres Zuhause. Und die, mit der er die Nacht verbringt, ist seine Frau.
Lalita hatte mich vergessen und dachte nur noch über den Sahib und Biji nach.
– Erzähl mal, Shano, wie ist das alles passiert?
– Was meinst du?
– Jetzt tu nicht so.
– Was willst du wissen?
– Ob du deine Hand mit im Spiel hattest bei Biji und dem Sahib.
Ich wurde rot.
– Ich bin spät dran.
– Ich lass dich erst gehen, wenn dus mir erzählt hast.
Sie packte mich am Saum von meiner Salvar.
– Ich hatte nichts damit zu tun.
– Glaub ich nicht.
– Dann glaubs eben nicht, ist aber die Wahrheit.
– Du musst doch ihre Nachrichten hin- und hergetragen haben.
– Du bist verrückt, Lalita.
– Ich nicht, deine Biji. Und dein Sahib auch. Sich in diesem Alter noch solchen Techtelmechteln hinzugeben! Und dich ziehen sie mit ins Unglück!
Techtelmechtel? Was Lalita sagen wollte, war klar, aber das Wort hörte ich zum ersten Mal. Langsam wurde ich wütend, wusste

aber nicht, wie ich sie dazu bringen sollte, die Klappe zu halten und meinen Hosensaum loszulassen. Wenn ich zu sehr dran zog, könnte er kaputtgehen oder ganz abreißen.

– Kann dir doch ganz egal sein, wer in welchem Alter was macht. Und mich stürzt schon keiner ins Unglück.

– Wärst du etwa nicht erstaunt, wenn deine oder meine Ma jetzt eine Liebschaft mit irgendeinem Greis anfingen? Würde dir das etwa nicht falsch vorkommen?

– Biji ist weder deine noch meine Mutter. Außerdem hat sie gar keine Liebschaft mit dem Sahib. Ich glaub, die beiden kennen sich von früher. Und jetzt haben sie sich gedacht, bevor sie beide weiter alleine wohnen und essen müssen, warum nicht zusammenziehen?

– Das kann schon sein. Ich bin kein Dummkopf, und auch nicht altmodisch. Hab schon viel erlebt. Trotzdem überrascht dieses Alte-Leute-Techtelmechtel mich. Wenn du zwischendurch mal was hättest durchblicken lassen, wärs vielleicht anders.

Ihr Griff lockerte sich etwas. Ich setzte mich wieder hin.

– Ich dachte, du hasts eilig.

Ich sagte nichts.

– Ich bin wütend auf dich, sonst nichts. Was juckt mich, wo die Leute wohnen. Wer mit Alten oder Jungen zusammen ist. Wer welche Techtelmechtel am Laufen hat. Aber ich hab das Gefühl, ich bin dir egal. Ich und die anderen aus unserer Gruppe. Wenn wir dir wichtig wären, wärst du doch nicht einfach so verschwunden. Das ist schon mal passiert. Da hat deine Biji dich auch bei sich wohnen lassen. Eingeschlossen. Wie eine Sklavin. Da hast du dir auch sonst was drauf eingebildet. Deshalb bin ich gegen *full time jobs!* Die ganze Freiheit ist dahin. Die Zeit mit uns vorbei. Und alleine wird man verrückt. Deshalb sage ich, Biji hat dich adoptiert. Keiner adoptiert ein Dienstmädchen oder die Kinder von einem Dienstmädchen. Das weiß ich selbst. Aber du bildest dir ein, deine

Biji und der Sahib behandeln dich wie eine Königin, nicht wie ein Dienstmädchen. Du glaubst, nur weil du dich in ihrem Badezimmer duschst und in ihrem Wohnzimmer schläfst, gehörst du dazu, und sie sehen dich als eine von ihnen. Das ist dein Fehler. Deine Dummheit. Möge Gott verhüten, dass du morgen krank wirst, dass du Durchfall bekommst oder dich übergeben musst, dann lassen sie dich sofort von deiner Familie abholen. Ohne eine Sekunde zu zögern. Oder glaubst du etwa, sie lassen dich ihr Wohnzimmer und ihr Bad verschmutzen, dass sie deinen Dreck wegputzen, dich gesund pflegen? Deshalb bin ich so sauer. Du verstehst nicht, wie naiv du bist. Du glaubst, nur weil du bei ihnen wohnst, bist du auch eine Memsahib. Klar, wenn man dich anschaut, bist du schöner und schlauer als zwanzig Memsahibs zusammen, aber du bist ein Dienstmädchen und wirst es auch bleiben, dein Leben lang wirst du wie ein Dienstmädchen schuften und keinen Paisa mehr verdienen als die anderen. Vielleicht ein bisschen mehr. Weil du schön bist, und ordentlich, und ehrlich, deine Arbeit erledigst, nur deshalb, und nicht, weil du eine von ihnen bist. Keine Memsahib würde ihr Dienstmädchen je mit sich gleichstellen. Vielleicht steckt der eine oder andere Sahib seinem Dienstmädchen ab und zu heimlich was zu, aber dabei hat er nichts als seinen eigenen Spaß im Sinn. Wenn du mir früher was erzählt hättest, hätte ich dir das alles gesagt. Es überrascht mich, dass deine Mutter dich nicht zurückgehalten hat. Und deine Schwester. Wahrscheinlich sind sie auch dem Trugbild verfallen, dass ihre Shano gut essen wird und duschen, dass sie gutes Geld bekommt. Aber sie haben nicht daran gedacht, was passiert, wenn du krank wirst …

Ich stand auf.

– Wo gehst du hin?

– Ich bin spät dran.

– Lass mich doch erst mal ausreden.

– Nein, lass mich jetzt gehen.

Ich hatte Angst, sie könnte mich wieder an der Hose packen, und ging schnell los, in Richtung Bijis Haus. Nach ein paar Schritten drehte ich mich um. Den Rest später, rief ich. Lalita winkte, als würden ihre Kinder sich auf den Weg zur Schule machen und sie ihnen *bye-bye* hinterherrufen.

Lalitas Worte beeindrucken mich immer. Sie spricht das aus, was ich verdrängen will, das, was ich nicht hören will.

Wenn Biji das liest, wäre sie vielleicht wütend. Wenn das so ist, kannst du noch heute gehen, würde sie sagen. Nein, so was Unfreundliches, Gemeines sagt sie nicht.

Wenn ich an die Krankheiten denke, die Lalita beschworen hat, kriege ich Angst.

Wohin mit den schmutzigen Stoffbinden, wenn Tantchen kommt? Ich schmeiß sie nachts irgendwo weg. Ich könnte sie auch in den Mülleimer im Badezimmer tun, aber das würde Biji sicher nicht gefallen. Wenn der Sahib unten ist, gehe ich nie ins Bad. Ich halte es an und warte. Sonst wäre Biji unzufrieden, denke ich mir. Zweimal kurz hintereinander zu gehen, trau ich mich auch vor Biji nicht. Ich hab Angst, sie könnte denken, Shano muss ja oft aufs Klo. Oder dass wir eine andere Lösung für mein Bad finden müssen.

Ich denke das selbst.

Wenns mir schon so seltsam vorkommt, bei ihnen aufs Klo zu gehen und zu duschen, wie seltsam müssen sies dann erst finden.

Wäre Biji nicht schnell genervt und würde eine fiese Bemerkung machen, wenn ich immer aufs Klo gehen würde, wenn mir danach ist? Warum Biji, es könnte ja auch der Sahib sein: Hör mal, Shano …

Und wenn ich wirklich Durchfall bekomme? Dann hätten diese Leute innerhalb von einer Stunde die Schnauze voll von mir. Biji hätte an diese Dinge denken sollen. Und Ma. Und ich.

Im Moment sind die beiden nicht zu Hause.

Ich schreibe nur in mein Tagebuch, wenn sie nicht zu Hause sind oder jeder in seinem Zimmer.

Wenn sie nicht da sind, geh ich dauernd aufs Klo, damit ich, wenn sie wieder da sind, nicht gehen muss.

Beim Essen und Trinken bin ich nicht so vorsichtig. Ein bisschen, aber nicht zu sehr. Natürlich halte ich mich zurück. Es würde diesen Leuten bestimmt nicht gefallen, wenn ich mir einfach alles nehme, worauf ich Lust hab, Süßigkeiten und Früchte und so.

Lalitas Worte haben mich so beeindruckt, dass ich jetzt diese Leute zu den beiden sag.

Der Sahib ist oben in seinem Zimmer, Biji unten in ihrem. Und ich bin auf meinem Diwan. Aber der Diwan gehört nicht mir. Ich stehe jeden Morgen in aller Frühe auf, ziehe das Laken ab und stecke es zusammen mit dem Kopfkissen und den anderen Sachen in einen Korb in einer Ecke auf dem Balkon, als würde ich es für den Tag verstecken. Dann breite ich ein schönes Rajasthan-Tuch über dem Diwan aus und verwandle ihn von meinem Bett in den Wohnzimmer-Diwan. Tagsüber sitze ich nicht drauf, um keine Falten in das Tuch zu machen. Immer wenn ich durchs Wohnzimmer laufe, sehe ich hin. In der Nacht werde ich darauf liegen und schlafen, denke ich. Vielleicht denkt der Diwan das auch: Dieses Mädchen wird auf mir schlafen. Vielleicht reden der Diwan und das Sofa über mich. In ihrer Sprache. Wer weiß, was das Schicksal für dieses Mädchen bereithält. Biji und der Sahib reden sicher auch über mich. Bestimmt loben sie mich. Oder sie schimpfen. Warum haben wir ihr nicht den Balkon zum Schlafen hergerichtet?, denken sie. Wie lange will sie noch auf dem Diwan schlafen? Sie ruiniert ihn noch. Es ist nicht gut, dass sie im Wohnzimmer schläft. Wenn wir Gäste haben, kann die Ärmste nicht schlafen. Sie braucht nicht dort zu schlafen. Das war eine dumme Idee. Wie sollen wir ihr nun sagen, dass es besser ist, wenn sie wieder nach Hause geht, dort in aller Ruhe schläft, sich wäscht und dann morgens zu uns kommt?

Diese Leute müssen mittlerweile von meinen dauernden Gängen ins Bad und meinen täglichen Duschen ganz schön genervt sein. Wenns nur übergangsweise wäre, wärs was anderes. Und dann hat Biji noch diesen Putztick. Ich geb mir wirklich Mühe, aber wer weiß, ob nicht doch mal ein Härchen am Wascheimer, am Hocker in der Dusche oder an der Seife kleben geblieben ist. Ich geb mir auch Mühe, nicht zu lange im Badezimmer zu bleiben und selten aufs Klo zu gehen, aber wer weiß, vielleicht haben diese Leute das Gefühl, ich hab mich im Badezimmer verbarrikadiert und wohne jetzt dort.

Diesen Badezimmerfimmel hab ich Lalita zu verdanken. Jetzt hab ich immer Angst, ich könnte Durchfall bekommen. Vielleicht sollte ich wieder zu Hause schlafen und duschen. Bevor Biji was sagt, möchte ichs lieber selbst ansprechen: Ich kann hier nicht schlafen. Oder: Ich bin nachts immer so traurig. Oder: Ich hab Angst. Oder dass Ma sagt, ich soll wieder zu Hause schlafen. Das Duschen braucht man dann gar nicht erwähnen. Wenn ich wieder zu Hause schlafe, wasche ich mich natürlich auch dort. Dann muss ich auch wieder bei Morgendämmerung aufstehen und aufs Feld gehen. Mit dem Wassereimerchen. Und ich hatte schon gedacht, ich hab diese peinlichen Momente hinter mir. Seit ich hier bin, hab ich nicht mehr dran gedacht. Lalita hat mir völlig grundlos einen Schreck eingejagt. Schon allein wegen dem Klo sollte ich weiter hier schlafen. Ich geh einfach, bevor diese Leute überhaupt aufstehen. Und dusche auch vorher. Tagsüber geh ich so selten aufs Klo wie möglich. Es könnte auch sein, dass diese Leute sich gar keine Gedanken über die Sache mit dem Badezimmer machen. Biji und der Sahib sind nicht wie andere. Sonst wäre ich nicht hier. Ich mach mir umsonst solche Sorgen.

Die beiden schlafen bestimmt schon. Oder sie lesen. Wahrscheinlich denken sie, das Mädchen schläft. Ich hab Lust, zu summen: Schau, die Regenwolken am Himmel. Paros Lieblingslied. Ich kann nicht summen, singen erst recht nicht. Frauen, die gut singen können, sind oft nicht schön. Und die, die gut aussehen, können nicht singen. Ich sehe ganz gut aus, aber schön bin ich nicht. Keine Ahnung, was in mich gefahren ist, nachdem ich das gerade geschrieben hab. Aber ich bin ins Badezimmer gerannt, hab die Tür abgesperrt, das Licht angemacht, mich vor den Spiegel gestellt und mein Gesicht angestarrt, als hätte ichs vorher noch nie gesehen. Und jetzt finde ich, ich bin schön und seh gut aus. Deshalb kann ich nicht singen. Im Moment kann keiner mein Summen hören. Biji hat ihre Klimaanlage an, der Sahib den Cooler. Egal, ob ich summe oder singe oder heule, keiner hörts. Vielleicht hat Biji nicht mal bemerkt, dass ich ins Badezimmer gegangen bin. Die kalte Luft vom Cooler kommt von oben runter. Warum schlafen diese Leute nicht in einem Zimmer? Ich weiß nicht mehr, wie Lalita drauf gekommen ist, aber einmal hat sie gesagt, Ehepaare werden im Alter oft wie Geschwister. Aber warum schlafen sie dann überhaupt in einem Haus? Lalita fragt mich bestimmt bald, ob diese Leute zusammen schlafen oder getrennt. Ma hat schon gefragt. Als ichs ihr gesagt hab, meinte sie, dann ist ja gut. Ich hab zwar nicht verstanden, was dann gut ist, aber auch nicht nachgefragt. Paro war überrascht. Ich dachte, sie sagt was dazu, aber sie hat nur angefangen zu summen. Nicht das Lied mit den Regenwolken, ein anderes. Ich vermisse Paro. Ma auch. Und Kundan. Und unsere Hütte. Elektrik-Surendar nicht. Nach diesem einen Tag ist Kundan nicht mehr gekommen. Paro glaubt, er bleibt erst mal weg, und dann kommen Jija und seine Mutter wieder und drohen uns. Paro hat mich heute besucht. Ma denkt immer an dich, bevor sie ins Bett geht, hat Paro gesagt, sie redet von dir und fragt sich, ob es dir hier wohl gut geht. Als wäre ich zu meinen Schwiegereltern gezogen.

Ich hab das Gefühl, unsere Hütte ist ganz weit weg. Als hätte ich alle zurückgelassen, um hier zu wohnen. Als hätte ich sie verlassen.

Ich hab einen Kloß im Hals. Bestimmt kann ich nicht einschlafen. Ich schlafe immer erst spät. Vorher hatte ich gedacht, ich würde hier von dort träumen. Ich träume, aber ich weiß nicht, wovon.

Ich bin im Badezimmer unten. Die Tür ist von innen abgeschlossen. Der Wasserhahn läuft, deshalb kann ich die Stimmen draußen nicht hören. Ich summe beim Duschen. Einfach dummes Zeug, was mir gerade einfällt. Dass man draußen meine Stimme hören kann, hab ich ganz vergessen. Nicht nur Biji und der Sahib, vielleicht auch die Leute unter uns. Und die hinter uns. Ich hab auch vergessen, dass Wasser sehr knapp ist. Immer wieder fülle ich den kleinen Becher im Eimer mit Wasser und gieße es über mich. Wenn der Becher größer wär, würds noch mehr Spaß machen. Ich hab vergessen, dass ich in diesem Haus nicht die Schwiegertochter oder die Tochter bin, sondern das Dienstmädchen. Und weil ich das vergessen hab, bin ich glücklich. Sehr glücklich. Ich kann kaum an mich halten vor lauter Glück. Anstatt auf dem kleinen Duschhocker zu sitzen, wasche ich mich im Stehen. Das Wasser spritzt auf den Boden. Ich hab den Duschvorhang nicht zugezogen. Der Badezimmerboden ist eine einzige große Pfütze. Ich greife zum zweiten Mal nach der Seife. Eigentlich hab ich mein eigenes Seifenstück, aber jetzt nehme ich aus Versehen das von Biji und dem Sahib. Die Seife schäumt ganz anders. Ich schmier mir immer wieder Seife auf die Brüste und zwischen die Beine, das erregt mich. Bestimmt merkt man das an meinem Summen. Ich bekomme Angst. Da klopft es an der Tür. Ich hab plötzlich das Gefühl, es klopft schon eine ganze Weile. Wer ist da?, rufe ich. Was soll das heißen, wer ist da?, ruft Biji, jetzt beeil dich und mach die Tür auf! Bijis Stimme klingt gereizt, genau wie ihr Klopfen. Ich sehe, dass die Tür nicht abgeschlossen ist. Wenn Biji jetzt drückt, geht sie einfach auf. Ich setze mich hin. Ich füll den Becher immer wieder auf und spüle mir den Schaum vom Körper. Als ich gerade den letzten Becher über mich kippe, geht die Tür auf. Dann wieder zu. Das ist doch keine Art!, ruft Biji von draußen. Vielleicht redet sie mit dem Sahib. Ich hab mein Handtuch nicht mit reingenommen. Wenn Biji sich nicht so wütend angehört hätte, hätte ich mich mit ihrem Handtuch abgetrocknet. Jetzt trau ich mich nicht. Ich ziehe meine Klamotten einfach schnell über meinen nassen Körper und gehe raus. Biji sitzt am Esszimmertisch. Sie sitzt auf dem Stuhl, auf dem ich immer zum Tagebuchschreiben sitze. Ich laufe schnell an ihr vorbei durchs Wohnzimmer in Richtung Balkon, da ruft sie hinter mir her: Von morgen an wäschst du dich in der Garage, Shano. Wenn du hier duschst, hältst du alles auf. Auf dem Balkon fange ich an zu weinen. Der ganze Badespaß ist verdorben. Am liebsten würde ich mich neben den Blumentöpfen auf dem Boden wälzen und meine nassen Klamotten und meinen Körper wieder dreckig machen.

Das ist alles nicht passiert, aber es könnte passieren, jeden Tag. Und das wird es auch, früher oder später. Sachen, die ich mir vorstelle, werden oft wahr. Solche, die ich mir wünsche, auch. Ich sollte mir nichts vorstellen. Und auch nichts wünschen. Das sagt sich so leicht. Ich bin keine Heilige, sondern ein junges Dienstmädchen. Ich stell mir tausend Sachen vor. Ich wünsch mir tausend Sachen. Nicht tausend, aber hundert. Keine Sachen, sondern Wünsche. Deshalb zerbricht sich Ma den Kopf über mich. Was soll bloß aus diesem Unglückswurm von einem Mädchen werden!

Man könnte die Geschichte oben noch weiterspinnen. Mal sehen.

Als ich vom Balkon zurückkomme, putzt Biji das Badezimmer.

– Lassen Sie, ich mach das schon.

Biji antwortet nicht.

Ich gehe ins Badezimmer und will ihr den Lappen aus der Hand nehmen, da schlägt sie mir auf die Hand. Ich gehe raus. Biji starrt das Seifenstück an. Meine Haare kleben drauf. Der Becher liegt auf dem Boden. Das Shampoo in der Ecke. Eine von meinen Sicherheitsnadeln steckt am Seifenhalter. Mein ausgewaschener BH hängt am Wasserhahn, meine Chunni über dem Handtuchhalter.

– Du hättest wenigstens deine Sachen mit rausnehmen können.

– In der Eile hab ichs vergessen.

– Welche Eile? Weißt du eigentlich, wie lange du gebraucht hast? Und wie viel Wasser? Und was für einen Lärm du gemacht hast? Die Leute von unten haben sich bestimmt auch gewundert. Du bist heute echt zu weit gegangen.

Nachdem sie das Badezimmer fertig geputzt hat, setzt Biji sich auf den Stuhl, auf dem ich, wenn die beiden nicht da sind, immer zum Tagebuchschreiben sitze. Sind sie zu Hause, schreibe ich nur, wenn sie in ihren Zimmern sind. Dann lässt nämlich Biji die Klimaanlage laufen und der Sahib den Cooler. Vielleicht wäre Biji böse, wenn sie wüsste, dass ich an ihrem Esstisch Tagebuch schreibe. Ab morgen schreibst du dein Tagebuch auch in der Garage, frühmorgens, nach dem Duschen. Strom ist abends zu teuer.

Während ich mir das alles ausdenke, ruft plötzlich der Sahib: Hör mal, Shano, bekommen wir heute gar keinen Tee?

Ich springe auf und renne Richtung Küche, auf dem Weg stoße ich gegen einen Stuhl, er kracht zu Boden.

– Was ist denn heute los mit ihr? Nichts kriegt sie auf die Reihe.

– Geh du nach oben, hier unten regst du dich nur auf.

– Das Putzen hat mich müde gemacht. Komm du runter.

Ich setze den Teekessel auf, da gleitet mir der Deckel aus der Hand und fällt klirrend zu Boden.

– Was hat sie jetzt kaputt gemacht?

– Nichts, Biji.

– Irgendwas muss doch kaputtgegangen sein bei dem Krach.

Biji steht da und sieht mich an. Der Deckel ist zerbrochen. Ich sammle die Scherben auf. Der Sahib stellt sich neben Biji. Meine Augen füllen sich mit Tränen. Der Sahib und Biji gehen ins Wohnzimmer. Ich hoffe, Biji sagt gleich: Macht nichts, Shano, das war sowieso kein guter Deckel. Schau nach, ob auch keine Scherben in den Kessel gefallen sind, ruft Biji aus dem Wohnzimmer, diesen Tee trinken wir jedenfalls nicht. Ich warte, dass sie sagt: Schütt ihn einfach weg. So hab ich das Gefühl, ich soll den Tee trinken. Und der Sahib mischt sich nicht ein. Er sagt nicht, ich soll den Tee lieber nicht trinken, wenn Scherben drin sind.

Diese ausgedachte Geschichte macht mich schwindelig. Ich sollte mir solche Geschichten nicht ausdenken. Ich sollte nicht mehr Tagebuch schreiben. Ein paar Tage. Mindestens. Aber wie dann die Last loswerden, die ich mit mir rumschleppe. Seit ich hier wohne, schleppe ich eine schwere Last. Früher hab ich mich auch manchmal belastet gefühlt, aber nicht wie jetzt. Ich weiß nicht, was das für eine Last ist. Sie wirkt so fremd. Und stachelig. Wenn das so bleibt, muss ich was dagegen tun. Vielleicht nichts tun, aber mir was ausdenken. Nein, denken ist nicht gut, dann gerate ich nur wieder in diesen Strudel. Am liebsten würde ich einfach alles Biji und dem Sahib erzählen. Aber nicht jetzt. Es ist erst so wenig Zeit vergangen.

Biji und der Sahib haben wieder gesagt, ich soll nicht auf sie warten. Wenn ich Hunger hab, soll ich essen. Das Essen für sie soll ich einfach zur Seite stellen. Wenn sie spät kommen, soll ich schlafen gehen. Wenn sie was essen wollen, machen sies sich schon selbst warm. Ich hab mir alles angehört, aber halten werde ich mich nicht dran. Es kommt mir falsch vor, zu essen und mich schlafen zu legen, bevor sie nach Hause kommen. Als ich noch nicht *full time* hier gearbeitet hab, hat Biji auch manchmal, wenn sie spät nach Hause gekommen ist, gesagt, wenn ich Hunger hab, soll ich einfach essen. Ich habs mir einfach angehört. Ich mochte, was sie sagte, aber es fühlte sich nicht richtig an. Noch sind sie nicht spät dran. Ich hab schon gekocht. Wenn sie jetzt kommen, freuen sie sich bestimmt über das Essen. Ich hab außer den zwei Gemüsesorten, die Biji vorgeschlagen hatte, noch zwei mehr ausgesucht. Außer Linsen und Rahmkäse gibts also Parmal und Pilze. Mir läuft das Wasser im Mund zusammen. Ich glaub, sie kommen heute spät. Erst müssen sie auf irgendein *meeting* und dann in den *club.* Biji sagt immer, sie nimmt mich mal mit in den *club.* Ohne jemandem zu sagen, wer ich bin. Ich mags nicht, wenn sie so redet. Aber ich versteh nicht genau, warum. Wenn mir was nicht gefällt, versteh ich nur selten genau, warum. Dann würde ich gerne mit jemandem drüber reden. Manchmal rede ich mit Paro, aber das bringt mich oft nicht viel weiter.

Jetzt spinne ich die Geschichte weiter, in der ich Hunger hab und mir das Wasser im Mund zusammenläuft. Nicht immer, wenn man Hunger hat, läuft einem auch das Wasser im Mund zusammen. Und nicht immer, wenn einem das Wasser im Mund zusammenläuft, hat man auch Hunger. Mir läuft selten das Wasser im Mund zusammen. Ich hab auch nicht oft Hunger. Ich sollte was essen. Als ich nach dem Stahlteller greife, denke ich, ich könnte heute mal einen von den Porzellantellern nehmen, die ich immer für sie hinstelle. Der Tisch ist schon für sie gedeckt. Sie sitzen sich beim Essen nicht gegenüber und auch nicht nebeneinander. Biji sitzt an der Tischseite, wo nur ein Stuhl steht, und der Sahib sitzt links neben ihr, übers Eck. Ich stelle meinen Teller auf den Platz gegenüber vom Sahib. Dazu zwei Porzellanschüsselchen und Besteck. Und ein richtiges Glas. Und eine Stoffserviette. So wie ich den Tisch für Biji und den Sahib decke. Ich schenke mir das abgekochte, kalte Wasser ein. Dann tue ich mir ein bisschen Salat auf. Nachdem ich mir auch ein wenig von allen vier Gemüsesorten genommen hab, greife ich nach einem der frisch gerösteten Chapatis. Da geht die Tür auf. Ich hätte die Stimmen im Treppenhaus hören müssen. Und den Schlüssel im Schloss. Aber ich hab nichts gehört. Ich sehe sie, fahre zusammen und springe vom Tisch auf. Setz dich doch, sagen beide. Ich setze mich nicht. Ich rühre mich gar nicht vom Fleck. Soll ich meinen Teller jetzt abräumen oder lieber später? Die beiden stehen in der offenen Tür und lächeln. Ihr Lächeln gefällt mir nicht. Als wollten sie sagen, heute haben wir dich also erwischt. Oder was anderes, was man so sagt, wenn man jemanden auf frischer Tat ertappt. Aber das war nicht falsch, sagt etwas in mir. Und dann: Aber gut wars auch nicht. Ich mags nicht, wenn mein Inneres so doppelzüngig ist. Jetzt macht Biji die Tür zu. Der Sahib geht hoch, um sich die Hände zu waschen, Biji verschwindet in ihr Zimmer. Ich nehme meinen Teller, das Glas und die anderen Sachen und bringe sie in die Küche. Von dort sehe ich noch meine Serviette auf dem Tisch liegen. Als ich gehe, um sie wegzunehmen, kommt Biji aus ihrem Zimmer.

– Hast du gegessen?

– Nein. Ich hatte mir gerade erst aufgetan.

– Dann iss doch jetzt.

– Nach Ihnen beiden.

– Wir essen später, jetzt iss erst mal du.

Sie haben doch gesagt, ich soll nicht warten, möchte ich sagen, warum sind Sie jetzt böse? Da kommt der Sahib die Treppe runter. Ich hole die Wasserflasche und das Joghurt aus dem Kühlschrank und stelle beides auf den Tisch. Hattest du dir gar kein Joghurt genommen?, fragt Biji.

– Ich mag kein Joghurt.

Bijis Verwunderung stört mich. Sie müsste wissen, dass ich kein Joghurt esse.

– Hör mal, Shano. Du hast doch Hunger, jetzt iss schon.

– Nimm dir ruhig noch mehr, wenn du möchtest.

– Nein, danke.
– Isst du nur ein Chapati?
– Ja.
– Isst du immer nur eins?
– Nein.
– Warum also heute?
– Ich hab keinen Hunger.
– Wenn du keinen Hunger hast, was sollte dann die Eile?

Es ist, als hätte Biji mich beim Lügen ertappt. Gleichzeitig, als hätte ich Biji beim Lügen ertappt. Der Sahib setzt sich, Biji bleibt noch stehen. Sie haben doch gesagt, ich soll nicht warten, möchte ich sagen.

– Sie haben doch gesagt, ich soll nicht warten.

Das ist mir rausgerutscht. Am liebsten würde ichs zurücknehmen.

– Ja, das hab ich gesagt.

Ich finde, der Sahib sollte auch was sagen. Irgendwas, was Biji und mich beruhigt. Wir sind beide so aufgebracht.

– Also gut, jetzt iss endlich. Nimm dir noch Chapatis und Gemüse, wenn du willst.

Ich nehme mir zwei Chapatis und verschwinde in die Küche. Die Tür mache ich halb zu. Meine Augen brennen.

Ich hab keine Lust, die Geschichte noch weiterzuspinnen. Ich glaube, es wäre besser, ich würde mir solche Geschichten nicht ausdenken. Das ist ein gefährliches Spiel. Es könnte mir schaden. Mich verderben. Diese ganzen verdrehten Ideen machen mich innerlich unruhig. Ich werde alle möglichen Ticks entwickeln. Aber ich hab auch das Gefühl, was ich mit diesen Geschichten oder unter dem Vorwand dieser Geschichten rausbekomme, ist nicht falsch. Und das Geschichtenausdenken macht mir Spaß, wie Chapatis ausrollen oder Gemüse schneiden und kochen. Und Chapatis rösten und wenden und aufgehen lassen. Vielleicht so wie eine Frau, die ein Kind bekommt. Keine Ahnung, wie ich darauf komme. Ich will doch gar keine Kinder. Soll ich also Geschichten zur Welt bringen?

Soll ich die Chapatis in der Geschichte essen oder nicht? Und wenn nicht, warum nicht? Und was passiert dann? Und es gibt noch eine Frage. Fragt Biji mich, warum ich noch zwei andere Gemüsesorten ausgesucht hab? Und noch eine Frage. Sagt der Sahib was? Ich könnte mir noch mehr Fragen ausdenken. Zum Beispiel, ob ich beim Essen weine und ob die beiden es bemerken. Was ich in der Nacht träume. Und ob jemand im Traum zu mir sagt: Hör mal, Shano, wegen ausgedachten Geschichten brauchst du doch nicht zu weinen.

Die wichtigste Frage ist: Warum hab ich mir die Geschichte ausgedacht?

Noch eine ausgedachte Geschichte. Darin passiert wieder nichts, außer dass ich mir über meinen Platz in Bijis Haushalt noch unsicherer werde. Aber vielleicht sehe ich danach klarer. Vielleicht gibts gar keinen Unterschied zwischen unsicher werden und klarer sehen. Es könnte sein, dass man unsicher werden muss, um klarer sehen zu können. Oder dass man klarer sehen muss, um unsicher zu werden.

Die Idee zu dieser Geschichte hatte ich gestern. Biji und der Sahib waren nach dem Frühstück am Esstisch sitzen geblieben und planten ihren Abend. Ich saß in der Küche auf meinem Hocker und frühstückte. Die Küchentür stand halb offen. Ich wollte sie nicht belauschen, aber von meinem Platz hinter der Tür konnte ich alles mithören, selbst wenn ich versucht hätte, wegzuhören. Gut, wenn ich nicht gefrühstückt, sondern das Geschirr gespült hätte, wäre ihre Unterhaltung wohl in dem Geklapper untergegangen. Ich hätte immer noch gehört, dass sie reden, aber wahrscheinlich nicht mehr verstanden, worums geht.

Die Idee zu der Geschichte kam, als Biji plötzlich rief: Shano, wenn du mit dem Frühstück fertig bist, geh doch erst mal nach oben putzen. Ich ließ sofort mein Frühstück liegen, griff nach Besen und Mopp und rannte hoch. Dort konnte ich sie nicht mehr hören, selbst wenn ichs versucht hätte. Es war, als hätte Biji mich nach oben geschickt, damit ich ihre Unterhaltung nicht höre. Das war kein schöner Gedanke. Und dann kam die Idee zu der Geschichte. Als wäre ein Blitz eingeschlagen.

Und jetzt, wo ich die Geschichte aufschreiben will, flattert sie wie ein Schmetterling durch meinen Kopf. Hier kommt sie:

Biji hat eine Freundin zu Besuch. Der Sahib ist oben in seinem Zimmer. Ich hab diese Freundin von Biji vorher nie gesehen und muss immer zu ihr rübersehen, nicht lange, aber ich hab trotzdem das Gefühl, Biji denkt, ich starre ihre Freundin an und belausche ihre Unterhaltung. Also versuche ich, nicht mehr rüberzusehen und nicht drauf zu achten, was sie sagen. Ich gehe in die Küche. Von dort kann ich die beiden nicht mehr sehen. Ich höre ihre Stimmen, verstehe aber nicht, worüber sie sprechen. Es ist bestimmt sowieso nichts Wichtiges. Es gibt nicht viele wirklich wichtige Dinge. Meistens reden die Leute nur über dies und das. Sie wollen Zeit totschlagen. Sich nicht anschweigen. Schweigen macht die Leute nervös. Mich auch. In der Küche gibts nichts zu tun. Ich sitze auf dem Hocker und starre aus dem Fenster. Dort sitzt eine Taube und starrt schweigend zurück. Ich muss lachen. Die Taube fliegt weg. Ich will nicht mehr in der Küche sitzen, schnappe mir einen Lappen und gehe den Esszimmertisch abwischen. Die Glasplatte ist schwer zu putzen. Irgendwelche Flecken oder Schmierstellen bleiben immer. Biji passt genau auf: Guck mal hier, sieh mal, dort ist noch ein Fleck. Ich wische mit dem Lappen über die Tischplatte und gucke zu Bijis Freundin rüber. Ich stehe so, dass ich Biji gar nicht und von ihrer Freundin nur das halbe Gesicht sehen kann. Das halbe Gesicht sieht seltsam aus.

Aber auch ganz ist es nicht gerade normal. Wie aus Holz. Kalt und hart und kantig. Vor allem die Nase und das Kinn. Die Wangenknochen bohren sich fast durch die Haut. Für die Lippen ist Holz noch zu weich, sie sind Zement. Aus dem Mund kommt eine trockene, hölzerne Stimme. Aber was juckt mich das? Warum starre ich diese Frau an, als wäre sie ein Freak? Plötzlich hab ich das Gefühl, Biji will nicht, dass ich hier bin. Also bringe ich den Lappen in die Küche und gehe zurück ins Wohnzimmer, um Biji zu sagen, dass ich oben weitermache. Biji erzählt gerade was, deshalb warte ich. Sie glaubt, ich stehe sinnlos rum, oder ich möchte mich zu ihnen setzen, aufs Sofa. Ihre Freundin hält mich vielleicht für eine verarmte Verwandte, irgendeine Nichte um drei Ecken. Vielleicht hat Biji ihr auch schon gesagt, wer ich bin. Oder wünsche ich mir, dass Biji mich ihrer Freundin vorstellt?

– Möchten Sie noch was essen oder trinken?

Bijis Gesicht ist plötzlich so hölzern wie das von ihrer Freundin. Es gefällt ihr nicht, unterbrochen zu werden. Oder sie mag mich dort nicht stehen haben. Ich will gehen. Du schreibst also Tagebuch?, sagt da Bijis Freundin. Ich werde rot. So was Intimes hätte Biji ihrer Freundin nicht über mich erzählen sollen. Wer weiß, wem sies noch erzählt hat! Ab jetzt soll sie das für sich behalten, das muss ich ihr sagen. Aber das würde ihr nicht gefallen. Egal. Ich sollte nicht so über Biji denken. Wenn ich weiter so über sie denke, rede ich bald auch so mit ihr. So eine Memsahib wie Biji und so einen Sahib wie den Zeitungssahib finde ich nie wieder. Nirgends. Die Wurzel zu allen meinen Problemen und allen meinen Sorgen ist, dass ich nicht mein Leben lang ein Dienstmädchen bleiben will. Was dann? Zu einer Prinzessin wird mich keiner machen. Ich durchforste schon wieder mein Inneres, anstatt meine Geschichte weiterzuerzählen.

Also. Biji sieht mein rotes Gesicht. Geh für eine Weile hoch, sagt sie, lies eine Zeitung oder mach dort sauber.

– Da arbeitet der Sahib.

– Und?

– Holst du mir bitte ein Glas Wasser, bevor du hochgehst?

– Mir auch.

Der Sahib liegt in seinem Zimmer, er hat die Augen zu, aber er schläft nicht, er denkt. Denken ist eine andere Form von Schlafen. Und Schlafen eine andere Form von Denken. Im Schlaf verwandeln Gedanken sich in Träume. Wir denken dann sozusagen in Form von Träumen. Das möchte ich dem Sahib erzählen. Jetzt sofort. Dass ich putzen sollte, hab ich ganz vergessen. Und auch, dass unten Biji mit ihrer hölzernen Freundin sitzt. Dass sie mich hochgeschickt hat, damit ich ihre Unterhaltung nicht mithören kann. Wenn ich den Sahib nicht schlafen oder denken lasse, findet er einen Vorwand, mich runterzuschicken. Und dann findet Biji einen Vorwand, mich rauszuschicken. Draußen treffe ich Lalita. Du benimmst dich schon wieder so geheimnisvoll, sagt sie, komm doch mit zu unserer Gruppe, ich muss mit dir reden.

Trotzdem will ich dem Sahib sofort von meinem Gedanken erzählen. Ich stelle Besen und Mopp zur Seite und gehe in sein Zimmer. Sahib, sage ich, mir ist gerade ein ganz neuer Gedanke gekommen. Ich will Ihnen sofort davon erzählen, sonst vergesse ich ihn wieder. Der Sahib bleibt einfach liegen. Hör mal, Shano, sagt er, ich schlafe, erzähl mir später davon. Aber ich bin stur. Ich stampfe mit dem Fuß auf den Boden. Nein, nicht später. Jetzt sofort, sonst rede ich nie wieder mit Ihnen und will nichts mehr mit Ihnen zu tun haben. Der Sahib richtet sich auf. Na gut, sagt er, dann erzähl. Ich mache gerade den Mund auf, da ruft Biji von unten: Shano, meine Kleine, wenn du oben fertig bist, kommst du dann bitte runter? Ich nehme mir Besen und Mopp und laufe die Treppe runter. Meinen neuen Gedanken hab ich vergessen.

Ich sollte mit diesen Geschichten aufhören. Was hab ich denn davon! Seit ich hergekommen bin, schreibe ich statt über Herzensangelegenheiten nur noch dummes Zeug. Da könnte ich auch gleich mit einer Axt auf meine eigenen Füße losgehen. Oder den Ast absägen, auf dem ich sitze. Ich sollte froh sein, dass ich so gut bezahlt werde. Dass ich so leckeres Essen bekomme. Dass ich auf so einem bequemen Diwan schlafen darf. Dass ich so ein schickes Badezimmer hab. Dass sich keiner in meine Arbeit einmischt. Biji und der Sahib meckern nie rum oder werden böse. Biji lobt mich dauernd, hinter meinem Rücken sagt sie bestimmt auch nur Gutes über mich. Dem Sahib sehe ich an seinen Augen und seinem Lächeln an, wie zufrieden er ist. Alle Dienstmädchen möchten in einem Haus wie diesem arbeiten. Heimlich wünscht sich bestimmt sogar Lalita nichts sehnlicher. Ihr Gerede ist nur Show. Ich will sagen, ich sollte diese Gedanken nicht zulassen. Und wenn sie doch kommen, sollte ich nicht drauf achten und mir erst recht keine unsinnigen Geschichten draus zusammenspinnen. Noch eins: Ich darf nie vergessen, dass ich nur ein Dienstmädchen bin. Ich meine, ich darf meinen Status nie vergessen. Sonst werde ich verletzt. Dauernd. Bei jeder Kleinigkeit. So wie in den Geschichten. Vielleicht spinne ich die ohnehin nur zusammen, um mir wehzutun. Als würde verletzt werden Spaß machen. Zumindest in den Geschichten. Die Geschichten machen Spaß. Man könnte ein Buch draus machen. Wenn ich mir weiter Geschichten ausdenke, schreibe ich vielleicht bald richtige Bücher. So wie ich erst nur Tagebuch geschrieben und dann später mit dem Geschichtenausdenken angefangen hab. Darauf hat auch Biji mich gebracht. Auf diesen Holperweg, meine ich. Wenn sie wüsste, was ich hier in dieses Tagebuch schreibe, wäre sie ganz schön erstaunt. Wahrscheinlich denkt sie, ich schreibe: Heute ist das und das passiert, ich hab das und das gegessen und das und das gemacht. So was schreibe ich zwar auch, aber nicht nur. Manchmal, wenn ich alte Tagebucheinträge lese, bin ich selbst erstaunt. Ein bisschen glücklich auch. Dann werde ich rot. Wie jetzt. Ich sollte das Licht ausmachen und schlafen. Ab morgen lege ich mir immer ein Buch ans Kopfende. Beim Lesen schlafe ich bestimmt ein. Beim Schreiben werde ich zwar müde, aber ich schlafe nicht ein. Später murmle ich dann ewig Gottes Namen vor mich hin: Ram, Ram. Irgendwann frag ich Biji, ob sie das auch macht. Was geht bloß in dem Kopf von diesem Mädchen vor, fragt Biji sich dann. Sie erzählts dem Sahib. Dieses Mädchen hätte in ein reiches Haus geboren werden sollen, sagt er. Wenn sie in ein reiches Haus geboren wäre, wäre sie nicht so clever, antwortet Biji. Nicht unbedingt, sagt der Sahib, du bist ja auch clever. Biji wird rot. Ich bin doch nicht clever, sagt sie, mein Hirn ist voll Stroh. – Das muss aber schlaues Stroh sein, sagt der Sahib.

Seit der Sahib und Biji zusammen wohnen, macht der Sahib die ganze Zeit Scherze. Mit Biji, nicht mit mir. Mit mir hat er das früher auch manchmal gemacht. Wenn er Lust hatte. Wenn er gut drauf war. Hör mal, Shano …

Sollte ich nicht schlafen?

Ich hab immer Angst, Biji könnte eines Tages sagen: Shano, warum lässt du immer bis spätnachts so viele Lampen brennen! Unsere Stromrechnung ist unglaublich hoch. – Die hohe Stromrechnung kommt nicht vom Licht oder vom Ventilator, sondern von Ihrer Klimaanlage. Nein, so was Freches würde ich nie sagen. Dann wäre Biji sauer. Vielleicht auch nicht. Das arme Mädchen meints nicht so, würde sie denken, sie ist einfach gestrickt. Man darf sich nicht gleich aufregen, wenn ihr mal was Dummes rausrutscht.

Bis jetzt war Biji noch kein einziges Mal sauer auf mich. Jedenfalls hat sies nicht gezeigt. Der Sahib auch nicht. Manchmal hab ich das Gefühl, Biji sagt gleich was Unfreundliches, aber dann tut sies doch nicht. Ich glaube, sie würde sich nie richtig aufregen. Quatsch. Wenn ich morgen was Dummes oder Falsches mache oder jemandem Schaden zufüge, wären beide sauer, Biji und der Sahib. Ganz unverhohlen. Wie, wenn ich plötzlich verrückt werde und vor ihnen rumschreie und tobe. Oder wenn sie mir irgendeinen Auftrag geben und ich die Hände zusammenschlage und rufe, das mach ich nicht. Oder wenn ich mit Absicht ein Riesenchaos im Bad mache, und sie fragen, warum hast du das gemacht?, und ich sage, das war ich nicht, das waren Sie selbst. Oder wenn sie mich dabei erwischen, wie ich mir Geld aus der Tasche vom Sahib nehme und er sagt: Hör mal, Shano, warum machst du das, und ich schreie: Sie halten mich wohl für eine Diebin, dabei wollte ich nur Ihre Hosen waschen. Oder wenn ich jetzt aufstehe und laut singe. Aber das sind alles schlechte Beispiele. Nur Verrückte würden so was machen. Ich überlege, was diese Leute machen würden, wenn ich plötzlich verrückt werde. Wären sie dann sauer? Würden sie mich nach Hause schicken? Zum Arzt bringen sie mich jedenfalls nicht. Pflegen würden sie mich auch nicht. Aber will ich überhaupt, dass sie mich pflegen? Ich bin nicht dumm. Und nicht naiv. Ich will nur wissen, ob … Mein Kopf tut weh. Jetzt kann ich bestimmt nicht mal einschlafen, wenn ich Ram-Ram bete.

Heute Abend hab ich bis spät im Park in einer Ecke gesessen. Ohne Biji um Erlaubnis zu fragen. Ich gehe für einen Spaziergang in den Park, hab ich nur gesagt, ich fühle mich so unruhig hier. Als würde Lalita sprechen, nicht ich. Mit dieser aufgesetzten Stimme. Biji hat nicht versucht, mich zu stoppen. Sie wusste wohl, das geht nicht. Auch sonst hätte sies nicht gemacht, der Sahib hätte sie abgehalten. Der saß unten und trank Tee. Wer weiß, vielleicht dachten die beiden, wie schön, dann sind wir ein bisschen unter uns. Manchmal glaub ich, sie halten mich inzwischen für ein Riesenproblem. Dieses Mädchen kriegt alles mit, was wir besprechen, denken sie, wer weiß, was in ihrem Kopf vorgeht. Ich hab Angst, Biji könnte mein Tagebuch lesen. Das Schloss an meiner Schatulle aufbrechen. Ich bewahre das Heft draußen auf dem Balkon auf.

Nachts liegt es unter meinem Kopfkissen. Vorm Schlafen hab ich keine Lust mehr, es zurück in die Schatulle zu bringen. Im Schlaf taste ich immer wieder danach. Ich sollte Biji nicht misstrauen. Es geht gar nicht um Misstrauen. Was würde ich, wenn unsere Rollen vertauscht wären, an ihrer Stelle machen? Wenn ich wüsste, dass mein Dienstmädchen, also Biji, Tagebuch schreibt, würde ichs lesen wollen? Solche Gedanken sind Quatsch. Man sollte sich nicht an die Stelle anderer versetzen und umgekehrt. Aber das mach ich in diesem Tagebuch dauernd. Es ist nicht richtig. Deshalb bin ich so durcheinander.

Eigentlich wollte ich über den Park schreiben, jetzt hab ich über Biji und das Haus geschrieben.

Von meinem Platz im Park konnte ich alles überblicken. Weil ich auf den Felsen in der Parkecke geklettert bin. Das hatte ich vorher nie gemacht. War nicht einfach. Eine Sandale ist mir runtergefallen, die andere hab ich selbst hinterhergeworfen. Und die Füße und das Knie hab ich mir aufgeschürft. Normalerweise klettern nur Kinder auf den Felsen. Obwohl ihre Mütter und Kindermädchen es ihnen verbieten. Auf Englisch. Mich haben bestimmt auch ein paar Leute beim Klettern beobachtet. Vielleicht wollte es mir sogar jemand verbieten. Dann dachte er sich, lass das verrückte Dienstmädchen doch machen! Vielleicht waren auch ein paar nichtsnutzige Typen unter den Beobachtern. Und ein paar alte Männer. Die haben den Anblick bestimmt genossen. Vielleicht ist meine Hose hochgerutscht, und sie konnten meine nackten Unterschenkel sehen, der Anblick meiner Beine und der Haare darauf hat sie bestimmt erregt. Ich hatte auch Spaß. Als wär ich nicht ich, sondern irgendeine Bergziege oder ein Schaf.

Als ich oben angekommen bin, hab ich mir plötzlich Sorgen um meine runtergefallenen Sandalen gemacht. Die lagen unten am Boden. Ein Dienstmädchen könnte sie sich schnappen. Um mich zu beruhigen, setzte ich mich so hin, dass ich die Sandalen im Blick hatte. Ich krempelte meine Hose noch weiter hoch und pustete auf meine aufgeschürften Knie, um den Schmerz zu lindern. Mein kühler Atem versüßte den Schmerz. Wenn das jemand liest, wundert er sich, dass so ein ungebildetes Dienstmädchen sich so raffiniert ausdrücken kann. Ich wünschte, jemand würde es lesen und das denken. Ich wünschte, jemand würde mein Tagebuch lesen und fragen, wie ich auf diese Gedanken komme, wie ichs schaffe, so zu schreiben. Was würde ich antworten? Meine Ohren brennen, wenn ich nur dran denke.

Ich hab meine Hose während der ganzen Zeit oben auf dem Felsen nicht runtergekrempelt. Ab und zu hab ich auf die aufgeschürften Knie gepustet und den Schmerz versüßt. Irgendwo da unten steht garantiert ein Typ und starrt meine Unterschenkel an, dachte ich und strich mit den Fingern drüber, als wärens meine Schenkel und die Finger von jemand anders, oder meine Finger und die Schenkel von jemand anders. Dieses Spielchen hab ich ziemlich genossen. Aber am schönsten wars, als ich mich oben auf dem Felsen hingelegt und die Augen zugemacht hab. Ich fühlte das rote Auge der untergehenden Sonne auf meinen Lidern und stellte mir vor, auf dem Fels in den Himmel zu fliegen. Und unten stehen die Leute. Guck dir das an, rufen sie, das Dienstmädchen Shano fliegt mit dem Felsen, auf dem sie liegt, in den Himmel. Als wär das gar kein Felsen, sondern ein fliegender Teppich! Und mitten in der Menschentraube stehen Biji und der Sahib. Wir wussten gar nicht, dass das Mädchen solche Fähigkeiten hat, sagen sie.

Aber nach einer Weile kam mir der Gedanke, ein Typ könnte mich hier oben liegen sehen und sich dazulegen wollen. Ich rappelte mich hoch, schlang die Arme um die hochgezogenen Beine, schob mein spitzes Kinn zwischen die Knie, schaute in das untergehende Sonnenauge und dachte an den Jungen, der nicht kam und sich nicht zu mir legte.

Der Unfug, den ich mir über diesen namen- und gesichtslosen

Jungen zusammengeträumt hab, hat sich inzwischen in Luft aufgelöst, wie ein Traum.

Als ich von dem Felsen kletterte, stand unten ein Typ. Dem Aussehen nach war er ein Bediensteter. Er hatte seinen Kopf in den Nacken gelegt und beobachtete, wie ich runtergeklettert kam. Wahrscheinlich hatte er meine Gummisandalen gesehen und erraten, dass ich ein Dienstmädchen bin, sonst hätte er sich nicht getraut, so zu starren. Ich zog meine Hose über die Schenkel. Von dem süßen Schmerz fühlte ich nichts mehr. Meine Sandalen lagen immer noch verkehrt rum am Boden. Ich drehte sie mit dem Fuß um, der Junge zündete sich eine Bidi an. Ich musste an Elektrik-Surendar denken. Und an Jija. Kundan hat ihm gedroht, er soll Paro in Ruhe lassen. Paro hat mich heute Morgen besucht. Sie meinte, Kundan war bei ihnen, hat sich fünfhundert Rupien genommen und ist abgehauen. Ab heute bist du frei, rief er Paro im Gehen noch zu. Paro sagt, Kundan hat sich verändert. Ich war nicht überzeugt. Wieso hat er dann fünfhundert Rupien genommen? – Die brauchte er bestimmt für den Anwalt, mit dem er Jija droht. Ich war immer noch nicht überzeugt, aber Paro war glücklich, deshalb hab ich meine Zweifel für mich behalten.

Jetzt bin ich schon wieder abgeschweift.

Ich kann mich nicht mehr an das Gesicht von diesem Bidi rauchenden Jungen erinnern. Vielleicht erscheints mir ja im Traum.

Es ist lange her, dass ich einen von diesen speziellen Träumen hatte. Vielleicht heute. Wenn nicht, muss ich was unternehmen. Am besten, ich frag Lalita. Wenn ich morgen Abend wieder in den Park gehen will, sagt Biji vielleicht Nein. Warum sollte sie? Ich muss es ihr nicht mal sagen. Oder ich sag einfach, ich gehe nach Hause oder treffe mich mit jemandem. Warum unnütze Lügen erzählen? Wir werden sehen. Jetzt muss ich ins Bett. Ich kann sowieso nicht einschlafen.

Heute hab ich wieder den Bidi rauchenden Jungen gesehen. Nicht im Park, sondern auf dem Markt, bei Mother Dairy. Ich hab gerade dem Verkäufer das Geld für die Milch gegeben. Wie viele Marken, Kleine?, fragte er, und seine Augen quollen fast über vor Lust. Er nennt alle jungen Dienstmädchen Kleine und starrt gierig. Mich nennt er auch so. Trotz meiner ordentlichen Klamotten. Am liebsten würde ich zu Biji sagen, sie soll ihm ausrichten, ich bin kein Dienstmädchen, jedenfalls kein gewöhnliches, und er soll mich gefälligst nicht Kleine nennen. Dann denke ich mir, was schaden seine gierigen Blicke schon, soll er gucken, mir doch egal. Außerdem gucken fast alle Männer fast alle Frauen, und vor allem Dienstmädchen, so an, und selbst wenn der Mother-Dairy-Verkäufer mich nicht mehr Kleine nennt, würde er mich immer noch anstarren, und seine Augen würden weiter fast überquellen vor Lust. Ich weiß gar nicht genau, was ich wirklich will. Dass keiner mehr gierig starrt? Guck ich nicht selbst den einen oder anderen Typen manchmal gierig an? Was heißt überhaupt gierig? Je mehr man nachdenkt, desto verwirrter fühlt man sich.

Ach ja, als ich also dem Verkäufer das Geld für die Milch gegeben hab, wusste ich irgendwie plötzlich, dass der Bidi rauchende Junge in der Nähe steht, sich eine Bidi ansteckt und mich anstarrt. Der Verkäufer gab mir das Rückgeld und nutzte die Gelegenheit, meine Hand zu berühren. Ich schreckte auf. Stimmt was nicht, Kleine?, fragte der Verkäufer erstaunt. Ja, in deinem Kopf, hätte ich am liebsten geantwortet, sagte aber nichts. Als ich meine Kanne unter die Milchmaschine stellte und die Marken in den Schlitz steckte, kam der rauchende Junge näher und stellte sich neben den Verkäufer. Die beiden gaben sich ein Zeichen und lachten laut. Ich beschloss, dass der rauchende Junge auch nicht besser als der Mother-Dairy-Verkäufer ist. Ihr Lachen klang dreckig. Wie Jijas Lachen. Und das Lachen von dem Mann der Brillenschlange. Ich könnte nie auf einen Typ stehen, der so dreckig lacht. Ich würde alle möglichen Fehler an ihm finden. Fehler, die mir, bevor er so dreckig gelacht hat, gar nicht aufgefallen wären. Plötzlich sah das Gesicht des rauchenden Jungen aus wie ein Frosch. Ich schnappte mir meine Milchkanne und warf dem Jungen einen Blick zu, als wär er wirklich ein Frosch. Und gestern wollte ich noch, dass er mir im Traum erscheint! Jetzt würde er darin höchstens als Frosch eine Rolle spielen.

Heute Abend hatte ich wieder Lust, in den Park zu gehen, aber ich habs gelassen. Womöglich hängt der rauchende Frosch dort rum. Ich zögerte auch wegen Biji. Mit ihr zu reden, sie vielleicht anzulügen. Und dann noch wegen dem Felsen. Vielleicht sitzt heute jemand anders da. Oder jemand verbietet mir, draufzuklettern: Dieser Felsen ist nicht für Dienstmädchen!

Am Abend hab ich gewartet, dass Biji von sich aus sagt: Shano, geh doch ein Weilchen im Park spazieren, du brauchst bestimmt ein wenig Entspannung. Wenn sie das gesagt hätte, hätte ich ihr vielleicht von dem rauchenden Typen erzählt. Im Park werden Dienstmädchen nur gierig angestarrt, hätte ich gesagt. Dann hätte Biji sich vielleicht zu mir gesetzt und mir alles erklärt. Über Männer. Gierige Blicke. Begierde. Und vielleicht auch über dieses gute Gefühl, das im Schlaf manchmal kommt. Dieses Gefühl, das manche Träume bringen. Was denke und schreibe ich schon wieder für einen Quatsch! Ich muss meine Gedanken besser kontrollieren. Es ist nicht gut, seinen Gedanken so freien Lauf zu lassen. Ich meine, die Ergebnisse von unkontrollierten Gedanken sind nicht gut. Biji würde nie mit mir über solche Sachen reden. Nicht mal Ma macht das, warum also Biji? Nur Freundinnen reden mit einem über so was, und man selbst redet auch nur mit Freundinnen drüber. Nicht mal mit Schwestern. Schwestern können Freundinnen werden. Das wäre schön. Paro als Freundin. Lalita ist zwar meine Freundin, aber sie kann einfach nichts für sich behalten. Und so was nicht mal eine Sekunde. Über so was kann ich nur mit mir selbst sprechen. Ich meine, mit diesem Tagebuch. Die Leute würden jemanden, der mit sich selbst über so was spricht, für verrückt halten. Sollen sie doch. Seit ich Tagebuch schreibe, ist mir die Meinung der Leute ziemlich egal. Ich kann mich gut mit mir selbst beschäftigen. Es ist, als warte ich den ganzen Tag, dass Abend wird, damit ich den Tag in meinem Tagebuch in Ruhe aufschreiben kann. Was mir durch den Kopf geht. Was auch immer. Nicht nur Gedanken über den Tag, auch Herzensangelegenheiten. Ich hab das Gefühl, ich schreibe nicht mehr wirklich, ich spiele mit Wörtern. Wie mit Bällen. Als wären Wörter Bälle. Früher hab ich mich immer gefragt, was Schreiben bringt. Manchmal frage ich mich das immer noch, aber seltener. Nicht alles muss einen Sinn haben. Einen handfesten Nutzen. Manchmal hab ich plötzlich das Gefühl, alles ist sinnlos. Ich bin furchtbar aufgewühlt und hab Angst. Dann beruhigt mich der Gedanke, dass ich mich am Abend hinsetzen und über die Angst schreiben kann. Warum hab ich diese Angst? Vielleicht, weil ich jung bin. Meine Jugend ist in voller Blüte. Na und, ich heirate nicht, und ich bekomme auch keine Kinder. Was mache ich dann mit dieser blühenden Jugend? Soll ich mich in einer Jungfrauenkammer verstecken? Allein? Soll ich jede Hand, die sich nach mir ausstreckt, wegschieben? Soll ich alle Augen, die auf mir ruhen, auskratzen? Ohrfeigen verteilen?

Der rauchende Junge hätte nicht lachen sollen. Wenn er nicht gelacht hätte, würde ich jetzt an ihn denken. Ich würde mich nach ihm sehnen. Das mache ich schon. Ganz von selbst. Plötzlich. Sehnsucht kommt immer von selbst und plötzlich. Unter irgendeinem Vorwand. Jetzt ist der rauchende Junge mein Vorwand. Wer weiß, vielleicht ist das Lachen einfach so über ihn gekommen. Ganz von selbst. Und plötzlich. Vielleicht hat er dem Mother-Dairy-Verkäufer gar kein Zeichen gegeben. Vielleicht musste er einfach so lachen. Aus Nervosität. Und der Verkäufer hat mitgelacht. Und ich war wütend, weil ich dachte, sie geben sich Zeichen und lachen. Aber warum denke ich überhaupt an diesen rauchenden Jungen? So viel. Dauernd. Wenn Lalita das wüsste, würde sie mich sofort unter den Niembaum zerren. Es war schwer genug, dich aus den Fängen von diesem bengalischen Gemüseverkäufer zu befreien, würde sie sagen, und jetzt bist du dem Bidi rauchenden Jungen in die Falle gegangen. Mensch, Shano, bist du denn nicht mehr bei Sinnen? Aber ich geh niemandem in die Falle. Meine blühende Jugend wird ungenutzt vorüberziehen. Am liebsten würde ich sie zertrampeln und zertreten und in eine Ecke werfen. Auf einen Müllhaufen. Lalita hatte recht. Wenn ich schon was mit jemandem anfange, warum dann mit einem Gemüseverkäufer? Warum nicht lieber mit einem gebildeten, gut verdienenden Angestellten, dann muss ich jedenfalls nicht wie Ma mein Leben lang anderer Leute Töpfe schrubben. Als Ma so alt war wie ich jetzt, stand ihre Jugend bestimmt auch in voller Blüte. Ich komme einfach nicht mehr von diesem Bild los. Als wärs kein Bild, sondern ein nichtsnutziger Typ. Um ehrlich zu sein, wünsche ich mir manchmal, ein nichtsnutziger, aber cleverer Typ wäre hinter mir her. Warum hast dus auf mich abgesehen?, würde ich ihn fragen. Du bist ein fesches Ding! – Ich bin kein Ding. – Was dann? Ein Vogel? – Nein, auch kein Vogel. – Was dann? – Siehst du das nicht? – Ich seh gar nichts. Meine Liebe hat mich blind gemacht. – Warum sollte ich einem Blinden in die Falle gehen? – Ich stelle keine Fallen, und ich bin auch nicht wirklich blind, das ist nur ein Bild. – Dann such ich mir lieber einen echten Blinden. – Du weißt wirklich nicht, was du willst, einen Tag dies, den anderen das. – Du redest ohne Punkt und Komma. Mach doch mal was anderes! Und dann stürzt er sich auf mich. Wie ein Falke. Wie ein hungriger Wolf. Wie ein richtiger Mann. Wie ein wildes Tier!

Warum bin ich, während ich das alles aufgeschrieben hab, so außer Atem gekommen? Wenn ich mir nicht solche Sorgen darum machen würde, was Biji denkt, würde ich jetzt ins Badezimmer gehen und duschen. Mit kaltem Wasser. Und dabei dieses Lied summen: Mein Körper brennt. Dieses Mal brennt mein Körper wirklich.

Seit ich hier wohne, bin ich nicht ein einziges Mal zurückgegangen. Ich meine, nach Hause zurück. Ich hab keine Zeit. Das stimmt nicht. Es gibt bestimmt noch andere Gründe. Irgendwann erforsche ich sie. Nicht sie, sondern mein Innerstes. Da verstecken sie sich. Erwischt, rufen sie, wenn ich sie finde.

Heute Abend hab ich plötzlich einen Stich gefühlt. Ich geh für eine Weile nach Hause, hab ich zu Biji gesagt. Klar, warum nicht, meinte sie, bleib so lange, wie du möchtest.

Deshalb mag ich Biji. Und den Sahib. Ich kann machen, was ich will. Sie verbieten mir nichts. Jedenfalls bis jetzt nicht. Wer weiß, was noch kommt. Ich sag ja auch nie was Dummes oder fordere was Unangebrachtes von Biji, und vom Sahib auch nicht. Die beiden sind jetzt eins für mich. Wenn ich Biji was erzähle, hab ich das Gefühl, es auch dem Sahib zu erzählen. Ich rede nur noch selten direkt mit dem Sahib. Mit Biji rede ich auch weniger als früher. Es kommt mir so vor, als hätte ich mehr Arbeit. Nein, das stimmt nicht, es muss einen anderen Grund geben. Früher, als sie noch getrennt wohnten, hab ich mit beiden mehr geredet. So kommt es mir zumindest vor. Jetzt gehen die beiden mehr aus. Wenn sie zu Hause sind, reden sie miteinander. Ich mische mich nicht ein. Manchmal hab ich Lust, auch was zu sagen, aber ich lass es lieber und mach still meine Arbeit. Sie sollen nicht denken, ich belausche ihre privaten Unterhaltungen. Als würden sie sich vor mir über private Sachen unterhalten. Darüber sprechen sie sicher, wenn sie unterwegs sind. Oder oben.

Der Sahib hat viele von seinen Sachen hergeholt. Auch die Bücher. Die Wohnung wirkt jetzt ziemlich voll, die vom Sahib ganz leer. Ich geh nur noch ein Mal die Woche zum Putzen rüber. Aber dann geb ich mir viel Mühe. Ich frage mich, was der Sahib mit der Wohnung vorhat. Vielleicht zieht Biji mit zum Sahib, wenn ihr Sohn und ihre Schwiegertochter aus Dubai zurückkommen.

Manchmal, wenn ich zu seiner Wohnung gehe, kommt der Sahib mit. Nicht, um mich zu beaufsichtigen, sondern einfach so, oder um seine Papiere in Ordnung zu bringen. Wenn der Sahib mitkommt, rede und frage ich beim Putzen die ganze Zeit. Ja, nein, antwortet er. Aber mittlerweile sagt er auch, was er denkt. Wenn ihm danach ist, sagt er: Hör mal, Shano, du redest mehr, als du arbeitest.

Ein paar Schnapsflaschen vom Sahib stehen jetzt auch hier. Und sein Computer. Die Schreibmaschine ist noch drüben. Die Hindi-Schreibmaschine, meine ich. Einmal hab ich sie aufgeklappt und meinen Namen geschrieben. Ganz falsch. Aber es hat Spaß gemacht. Danach hat die Maschine weitergeklappert. Wenn die jetzt kaputt ist, ist der Sahib sauer, hab ich gedacht und sie lieber ausgemacht. Wenn ich Tippen lernen könnte … Das bringt doch nichts. Tippen würde lange nicht so viel Spaß machen, wie mit Füller und Tinte in Hefte zu schreiben. Vielleicht könnte ich, wenn ich Tippen lerne, einen Job in einem Büro finden. Nein, bestimmt nicht. Der Sahib sagt, man benutzt keine Schreibmaschinen mehr, nur Computer. Aber irgendwo muss doch noch eine Schreibmaschine klappern. Auf Hindi. Wer macht sich schon noch was aus dieser armen Sprache? Es gibt bestimmt auch Computer auf Hindi. Ich frag den Sahib. Natürlich, sagt er dann, wieso fragst du? – Nur so. – Hast du keine Lust mehr auf die Arbeit hier? – Und wenn schon, soll ich etwa mein Leben lang ein Dienstmädchen bleiben? Beim Reden kommen mir die Tränen. Hör mal, Shano, was gibts da zu weinen, sag einfach Bescheid, wenn du einen Computerkurs machen willst. – Ich kann nicht mal Fahrrad fahren, sage ich.

Ich würde mir gerne ein Fahrrad kaufen. Ein gebrauchtes. Nein, kein gebrauchtes. Wer will heutzutage noch ein Fahrrad? Das Fahrrad ist in einer ähnlich miesen Situation wie die Sprache

Hindi. Ich kauf mir lieber ein Moped. Keine Ahnung, wie viel die kosten. Aber wohin soll ich mit einem Moped fahren? Guckt euch nur diese Shano an, würden die Leute sagen, will mit ihrem Moped angeben! Sollen sie reden. Elektrik-Surendar hat ein altes Moped. Ein ziemlich kaputtes. Aber es fährt bestimmt. Demnächst frag ich ihn, ob er mir Mopedfahren beibringt. Später gern, sagt er dann, aber jetzt setz dich erst mal hinten drauf, und ich fahr dich ein bisschen rum, einmal quer durch Delhi. Ich hab nicht mal die Hälfte der Stadt gesehen. Nicht mal die Hälfte von der Hälfte. Nicht mal die Hälfte von der Hälfte von der Hälfte. Nichts hab ich gesehen. Nur diesen Sektor. Und Bishangarh. Und den Hanuman-Tempel.

Paro war zu Hause, als ich ankam. Kurze Zeit später kam dann auch Ma. Beide freuten sich, mich zu sehen, aber sie guckten mich an, als wär ich jemand anders. Ich fühlte mich auch ein wenig seltsam. Die Hütte kam mir so klein vor. Hör mal, Shano, schimpfte ich mich heimlich aus, das ist dein Zuhause, irgendwann musst du hierher zurückkommen und hier wohnen. Dann gings besser. Die Tränen standen mir in den Augen, aber alles war gut. Ich streckte mich auf der Liege aus. Gefällts dir dort?, fragte Ma. Es gefällt mir hier, sagte ich. Ist Kundan gekommen?, fragte ich Paro. Der Ärmste hat keine Zeit!, rief Ma. Arbeitet er?, fragte ich. Er fährt Taxi, sagte Ma, und er sagt, er nimmt uns bald alle mit zum Roten Fort. Ich hörte zu, sagte aber nichts. Ma merkte, dass ich der Sache nicht traute. Warum glaubst du nicht an ihn?, fragte sie. Ich musste lachen. Paro auch. Hat er Jija dazu gebracht, die Papiere zu unterschreiben, fragte ich. Ja, er hat alles erledigt, rief Ma, bevor Paro was sagen konnte. Die schwieg. Ich sollte auch den Mund halten, dachte ich. In dem Moment tauchte Elektrik-Surendar auf. Er hatte wohl mitbekommen, dass ich da war. Na, Shano, bist du froh, dass deine Paro jetzt endlich frei ist?, fragte er. Das fand ich nett. Heute fand ich ihn nicht so schlimm wie normalerweise. Er war frisch geduscht. Ich hatte das Gefühl, als wär er öfter hier. Ja, ich bin sehr froh, sagte ich. Surendar hat uns viel geholfen, sagte Ma, er kümmert sich um uns, ohne ihn würden wir wirklich in Schwierigkeiten stecken. Paro wirkte plötzlich unruhig. Sie stand auf und ging raus. Shano, du lebst jetzt wohl auf großem Fuß, oder?, fragte Surendar. Jetzt sabberte er doch. Bleibst du für immer dort?, fragte er weiter, als ich nicht antwortete. Man bleibt nie irgendwo für immer, sagte ich und hatte das Gefühl, Ma spricht aus mir. Keine Ahnung, was jetzt mit Paro ist, redete Surendar weiter, sie sollte glücklich sein, Kundan hat sich doch um alles gekümmert. Sein Gerede nervte mich. Warum zerbrichst du dir den Kopf über Paros Angelegenheiten, sagte ich. Ma gefiel mein Ton nicht. Rede nicht so mit Surendar, sagte sie, du hast ja keine Ahnung, wie viel er uns geholfen hat. Ich stand auf und ging zur Tür, da sagte Surendar: Shano hat recht, ich hab nicht das Recht, so zu reden. Ich plapper einfach so vor mich hin, ich bin ein Idiot.

Er sah aus, als würde er gleich heulen. Plötzlich tat er mir leid, ich ärgerte mich über mich selbst. Wenn hier einer ein Idiot ist, dann ich, sagte ich und setzte mich wieder auf die Liege. Surendar sprang auf und stellte sich neben mich. Warum setzt du dich nicht, sagte Ma. Er setzte sich neben mich. Seine Hüfte berührte meinen Fuß. Als ich meinen Fuß wegzog, rutschte Surendar weiter rüber und setzte sich so hin, dass sein Rücken an meinen Beinen lehnte. Ich stand auf. Ma, ich geh jetzt, sagte ich. Soll ich dich auf dem Moped bringen?, fragte Surendar. Lust hatte ich schon, aber wenn ich mich von ihm auf dem Moped bringen ließe, würde ich ihn nie mehr los. Danke, ich geh lieber zu Fuß, sagte ich, auf dem Moped hätte ich nur Angst. Das war gelogen. In letzter Zeit hab ich solche Lust, dass jemand mich auf seinem Moped mitnimmt und mit mir durch ganz Delhi fährt. Ma sah mich an. Sie wusste, dass ich log. Setz dich doch mal drauf, sagte Surendar, dann verfliegt deine Angst sofort, ich fahr auch nicht so schnell, du würdest nicht mal merken, dass du auf einem Moped sitzt. Setz dich nur, dann wirst dus sehen.

Der Ärmste! Plötzlich tat er mir wieder leid. Heute nicht, sagte ich, vielleicht ein anderes Mal, wenn mehr Zeit ist. Das heiterte ihn auf. Wirklich?, fragte er. Klar, sagte ich.

Er sollte endlich gehen, damit ich in Ruhe mit Paro reden konnte. Ich wollte sie fragen, warum sie traurig ist. Aber er dachte gar nicht dran, das war klar. Womöglich würde er noch vorschlagen, mich zu Fuß zum Sektortor zu bringen: Es wird ja gleich dunkel. Ich war noch in meine Gedanken vertieft, da sagte er plötzlich: Gut, ich mach mich dann mal auf den Weg. Shano war so lange nicht hier, ihr habt bestimmt einiges zu besprechen.

Ihr beiden Schwestern benehmt euch echt unmöglich, sagte Ma, sobald er weg war. Er bemüht sich so um euch, kümmert sich um alles. Seid gefälligst nicht so eingebildet!

Wir sagten nichts und schauten uns nur an. Warum steht Ma nur auf diesen schrägen Typen?

Paro brachte mich zum Sektortor. Surendar kommt jeden Morgen und Abend unter irgendeinem Vorwand vorbei, sagte sie. Und dass er sich sehr um sie bemüht, aber dass sie auch glaubt, er macht sich nebenbei noch an Ma ran. Darüber musste ich lachen. Der Ärmste! Ma möchte wahrscheinlich, dass Paro Surendar entgegenkommt. Paro ist traurig, weil sie jetzt zwar mehr oder weniger frei von Jija ist, aber trotzdem nicht weiß, wie sie an einen anderen Mann kommen soll. Shano, du hast ja keine Ahnung, was mir in letzter Zeit für schlimme Gedanken durch den Kopf gehen, sagte sie immer wieder.

Aber ich konnte es mir gut vorstellen. Seit ich das Wort vorstellen kenne, glaube ich, mit Vorstellung ist alles möglich.

Ich wusste nicht, wie ich Paro trösten sollte.

Vielleicht braucht sie die Sorgen auch zur Beruhigung.

Heute Morgen hab ich einen schrecklichen Artikel in der Zeitung gelesen. Ich bin total aufgelöst. Schon den ganzen Tag. Der Artikel war wirklich schrecklich. Ich zittre immer noch. Bestimmt kann ich die ganze Nacht nicht schlafen vor Angst. Und wenn doch, hab ich Albträume. Ich hätte nach Hause gehen sollen. Dann hätte ich mit Paro und Ma über die Sache reden können, und jetzt würde es mir schon besser gehen. Hier bin ich so unruhig. Biji könnte jederzeit rufen. Geh jetzt endlich ins Bett, Shano.

In der Zeitung stehen immer jede Menge schlechte Nachrichten. Ganz verschiedene Sachen. Wirklich alles Mögliche. Aber es hat mich noch nie so berührt wie heute. Vielleicht, weil das Unglück im Sektor nebenan passiert ist. Gar nicht weit von hier. Ich kann mir alles ganz genau vorstellen. Den alten Armeeoffizier blutüberströmt auf dem Wohnzimmerboden. Seine Frau auf dem Bett. Die Eingeweide quellen aus ihrem Bauch. Die Augen von dem Mann sind weit aufgerissen. Sein Mund auch. Die Haare von der Frau voller Blut. Da liegen auch ein Hammer und ein Messer im Wohnzimmer. Die Frau hat keine Zähne im Mund. Die Brille vom Offizier ist zerbrochen.

Das stand nicht in der Zeitung. Warum hab ichs dann so deutlich vor Augen? Die Bilder bleiben, auch wenn ich die Augen zumache. Sie werden nur noch deutlicher.

In der Zeitung war auch ein Bild.

Ihr Dienstmädchen hatte gestern frei, stand in dem Artikel. Die Polizei hat sie schon festgenommen. Tausende Rupien wurden gestohlen, und Schmuck, und ein paar wichtige Papiere.

Die Ohren von der Offiziersfrau waren zerrissen, ihre Handgelenke aufgeschnitten.

In der Zeitung stand, die Einbrecher haben der Ärmsten nicht ein einziges Stück Schmuck am Leib gelassen.

Das war irgendwann gestern Abend. Die Nachbarn haben nichts gehört.

Die Einbrecher und Mörder waren zu zweit oder dritt.

Die zwei Söhne vom Armeeoffizier leben im Ausland. Einer in Amerika, der andere in einem anderen Land.

Wenn um sieben nicht ein Freund vorbeigekommen wäre, um den Armeeoffizier zu besuchen, hätten die Leichen bis heute Morgen dort gelegen. Jetzt wurden sie zu All India Medical gebracht.

Es war dieser Freund, der die Polizei gerufen hat. Er ist auch ein alter Armeeoffizier.

In der Zeitung standen noch viel mehr Einzelheiten. Aber ich hab immer nur die zerfetzten Leichen vor Augen. Und das Dienstmädchen. In der Zeitung stand, sie heißt Rani und ist zwanzig oder einundzwanzig. Sie wohnt in einem Slum. Vielleicht kennt Bano sie. Lalita kennt sie bestimmt.

Ich denke schon den ganzen Tag an Rani. Warum hat die Polizei sie festgenommen?

Wer weiß, was die Polizisten gerade mit ihr anstellen.

Warum werden, wenn so ein Mord passiert, immer als Erstes die Dienstmädchen oder Bediensteten festgenommen?

Dienstmädchen sollten passendere Namen haben, nicht Rani, Königin. Ist doch jetzt egal.

Wenn der Armeeoffizier oder seine Frau überlebt hätten, hätten sie auch als Erstes ihr Dienstmädchen verdächtigt.

Wie will ich das wissen? Ich weiß es nicht. Aber im Moment glaube ich, Lalita hat recht, wenn sie sagt, alle Memsahibs und Sahibs misstrauen ihren Dienstmädchen. Natürlich gibts auch Vorfälle, wo die Dienstmädchen wirklich ihre Finger im Spiel haben.

Ich sollte mir nicht so einen Kopf machen. Sonst kommen nur lauter Angst einflößende Gedanken. Die sind sowieso schon da. Tief im Innersten. Deshalb bin ich so aufgelöst.

Der Freund vom Armeeoffizier hat der Polizei bestimmt gesagt, er verdächtigt Rani.

Keine Ahnung, warum, aber ich verdächtige Rani überhaupt

nicht. Da könnte ich mich ja auch gleich selbst unter Verdacht stellen. Mir eingestehen, dass ich mich mit jemandem zusammentun und so ein Verbrechen begehen könnte.

Die Leute drehen in letzter Zeit wirklich durch. Nein, sie sind raffgierig. In der Zeitung stehen unglaubliche Sachen, sogar über die Kinder von Reichen.

Die Ärmste ist erst zwanzig oder einundzwanzig. Rani. Rano. Wahrscheinlich nennen alle sie Rano. Ich meine, ihre Freunde und ihre Familie. Der Armeeoffizier und seine Frau vielleicht auch.

Vor ihrer Wohnung steht jetzt bestimmt jemand von der Polizei.

Wer wohl ihre Söhne angerufen hat?

Wenn jemand stirbt, erledigen sich lauter kleinere Dinge wie von selbst.

Ich muss an Bapus Tod denken.

Für die Toten ist es egal, welche Dinge erledigt werden und welche nicht.

Ihre Söhne werden kommen und sich um die Totenrituale und die Einäscherung kümmern. Bevor sie wieder gehen, räumen sie die Wohnung aus. Die blutverschmierten Klamotten verbrennen sie.

Der richtige Täter wird bestimmt nicht gefasst. In der Zeitung steht selten was über festgenommene Einbrecher und Mörder, und wenn doch, liests keiner.

Die Polizei hat einen unheimlich schlechten Ruf. Um was in der Hand zu haben, nehmen sie einfach ein armes Dienstmädchen fest und stellen sonst was mit ihr an.

Vielleicht kann Ranis Mutter die Polizisten bestechen, und dann lassen sie Rani frei.

Vielleicht schreibt Rani Tagebuch, wie ich. Die Frau vom Armeeoffizier könnte sie drauf gebracht haben.

Dann hat die Polizei ihre Hefte garantiert beschlagnahmt. Jetzt lesen sie sie durch. Und haben ihren Spaß. Wer weiß, was sie alles aufgeschrieben hat.

Vielleicht ist ja unter den Polizisten auch einer, der Mitleid mit Rano hat und sie freilässt. Es muss doch auch ein paar nette Polizisten geben.

Wahrscheinlich macht Lalita sich gerade irgendwo dieselben Gedanken wie ich. Aber es ist was anderes, sie auch aufzuschreiben.

Wenn ich zu Hause wäre, würde ich jetzt fernsehen. Vielleicht sieht Biji gerade fern. Und schläft dabei ein.

Ich will jetzt nicht über Biji schreiben. Erst muss ich meine eigenen wirren Gedanken klar kriegen.

Wenn ich zu Hause wäre, hätte ich Paro und Ma schon alles erzählt. Ich kann nicht schlafen. Ich hab nur eine Sorge: dass Biji gleich ruft, ich soll das Licht ausmachen. Du musst die Stromrechnung ja bezahlen, Shano!

Bisher hat Biji noch nie so was zu mir gesagt, aber heute war sie den ganzen Tag schlecht drauf. Ich auch. Wenn Biji jetzt ruft, würde ich mich über sie ärgern.

Der wirkliche Grund für Bijis schlechte Laune war der Zeitungsartikel. Nachdem ich den Artikel gelesen hatte, konnte ich mich überhaupt nicht mehr auf die Arbeit konzentrieren. Ich war mit den Gedanken ganz woanders. Der Sahib war noch nicht runtergekommen, Biji war auch noch in ihrem Zimmer. Das war auch besser so, ich hatte keine Lust, mit jemandem zu reden. Nach dem Zeitungsartikel war ich unglaublich mies drauf.

Morgens früh war ich wie immer aufgestanden, hatte Kissen, Bettlaken und so auf den Balkon gebracht, alle Fenster geöffnet und den Ventilator auf die höchste Stufe gestellt, um meinen Geruch aus dem Zimmer zu bekommen. Dann hab ich das Tuch über den Diwan ausgebreitet, es glatt gestrichen und bin rausgegangen, um die Zeitung zu holen.

Keine Ahnung, warum ich, bevor ich die Zeitung reingeholt hab, nicht aufs Klo bin und mir das Gesicht und die Hände nicht gewaschen hab. Das mach ich sonst immer. Sonst lese ich auch nicht gleich morgens die Zeitung, ich schaue mir nur die Bilder und Überschriften an, dann gehe ich in die Küche und setze Tee auf. Als ich heute die Zeitung gesehen hab, ist mir das Blut gefroren, und ich hab den schrecklichen Artikel noch im Stehen gelesen. In der Hindi-Zeitung war er gleich vorne auf dem Titelblatt. Mit Bild. Nachdem ich alles gelesen hatte, ging ich mit der Zeitung in die Küche. Ich setzte mich auf meinen Hocker. Ich dachte nicht mehr daran, dass ich noch aufs Klo gehen musste, dass ich mein Gesicht und meine Hände waschen und Wasser aufsetzen musste. Keine Ahnung, wie lange ich dort saß und auf die zerfetzten Leichen starrte. Als würden sie direkt vor mir liegen. Ich hatte das ärmste Dienstmädchen Rano so deutlich vor Augen, als wär die Küche die Polizeistation. Ich erinnere mich, dass ich in meiner Aufregung die Zeitung zerknüllte und auf den Esszimmertisch knallte. Ein paar Blätter fielen raus und flatterten durch die Luft. Ich wusste nicht mehr, wer ich war und was ich mir eigentlich dachte.

Und dann hörte ich Bijis Stimme.

– Warum hast du noch keinen Tee aufgesetzt?

Ich grüßte nicht, wie ich das normalerweise morgens mache, sondern ging wortlos in die Küche und setzte Tee auf.

– Hast du dir die Hände gewaschen?

Anstatt zu antworten, ging ich ins Bad und wusch mir die Hände. Dort fiel mir ein, dass ich noch gar nicht aufs Klo gegangen war. Ich schloss die Tür ab und setzte mich. Ich blieb ziemlich lange dort sitzen. Die ganze Zeit musste ich an die beiden Leichen und an die arme Rano denken. Als ich endlich rauskam, brachte Biji gerade die zerfledderte Zeitung in Ordnung, der Sahib stand in der Küche.

– Hast du den Tee etwa vorm Aufs-Klo-Gehen aufgesetzt? Ohne dir die Hände zu waschen? Dann kipp das Wasser sofort weg!

Ich kippte das kochende Wasser weg und setzte neues auf.

– Hör mal, Shano. Ist alles okay mit dir?

Die Zärtlichkeit in der Stimme vom Sahib ließ Bijis noch härter klingen.

– Nicht mal gespült hast du?

Biji kam aus dem Badezimmer, ihr Gesicht glühte wie Feuer. Ich ging spülen. Was ist nur in sie gefahren!, sagte Biji zum Sahib. Ich kam aus dem Bad. Hast du dir die Hände gewaschen?, fuhr Biji mich an. Ich hatte sie nicht gewaschen und ging wieder ins Bad. Ich hätte die Tür nicht zumachen sollen. Gehst du jetzt noch mal auf Klo?, rief Biji, vielleicht gibts auch noch andere, die mal müssen! Ich öffnete die Tür und kam raus. Hast du dir die Hände mit Seife gewaschen oder nur mit Wasser? Ich hatte sie mit Seife gewaschen. Nur mit Wasser, sagte ich. Jetzt ging Biji ins Bad. Geh in die Küche und wasch sie dir mit Seife, keifte sie, dann mach dich an die Arbeit. Sie knallte die Badezimmertür hinter sich zu.

Ich machte Tee und wartete, dass der Sahib was sagte, um Bijis Härte wieder gutzumachen. Aber er war nach oben gegangen. Wenn er unten gewesen wäre, hätte ich vielleicht selbst was gesagt, um meinen Ärger zu verscheuchen. Ich stellte die Teekanne und die anderen Sachen auf den Esszimmertisch. Dann setzte ich mich auf meinen Hocker und war mit meinen Gedanken über einen Umweg zum Haus vom Armeeoffizier schnell wieder bei der Polizeistation und der armen Rano, mit der sie gerade Gott weiß was anstellten.

– Leg die Zeitungen ordentlich hin.

Biji war aus dem Badezimmer gekommen. Der Sahib kam die Treppe runter. Ich begann, die Zeitungen zu ordnen. Bei dem Luftzug war das gar nicht so leicht.

– Gib her, ich mach das schon.

– Lass sie. Sie hat sie zerfleddert, soll sie sie auch wieder ordnen.

– Ab morgen fasst du die Zeitungen morgens nicht mehr an, sagte Biji, als ich endlich fertig war, ich will morgens eine ordentliche Zeitung, hörst du?

Ich hatte gehofft, der Sahib würde endlich was zu meiner Unterstützung sagen, aber er blieb stumm. Meine Kehle war vor Enttäuschung wie zugeschnürt. Ich hatte auch gehofft, Biji würde fragen, ob ich auch einen Tee möchte. Dann hätte ich Nein gesagt, und sie wäre noch wütender geworden. Hör mal, Shano, hätte der Sahib vielleicht gesagt, was ist denn nur los mit dir? – Die Zeitung hat mir die Stimmung verdorben. Mir auch, hätte Biji gesagt. Aber nichts davon passierte. Ich wartete ziemlich lange auf eine Aufforderung von Biji oder dem Sahib: Shano, hol dir deinen Tee. Aber sie sagten nichts. Wenn sie was gesagt hätte, hätte ich geantwortet: Danke, mir ist heute nicht nach Tee.

Ich saß wieder auf meinem Hocker. Am liebsten hätte ich die Küchentür von innen verriegelt und geheult. Dann hätten Biji und der Sahib gedacht, ich bin durchgeknallt. Eine Menschentraube hätte sich gebildet. Vielleicht wäre Lalita auch dabei gewesen. Mach die Tür auf!, hätten sie gerufen.

Ich wäre gern rausgegangen und hätte Biji gefragt: Was ist heute nur los mit Ihnen, dass Sie die ganze Zeit schimpfen und nicht verstehen, wie sehr der Artikel mich aus der Fassung gebracht hat? Dann wäre sie ausgeflippt: Wie kannst dus wagen! Ich hätte Hilfe suchend zum Sahib geschaut. Der hätte den Kopf gesenkt. Ich hätte angefangen zu weinen. Dann wäre ich zurück zu meinem Hocker gegangen.

Bei einer anderen Memsahib wäre ich zu diesem Zeitpunkt vielleicht schon aufgestanden und nach Hause gegangen.

Bei einer anderen Memsahib hätte mich das alles nicht so traurig gemacht. Und bei einer anderen Memsahib wäre in der Küche kein Hocker für mich gewesen.

Es machte mich auch traurig, dass der Sahib einfach den Kopf senkte und sitzen blieb.

Als die beiden ihren Tee ausgetrunken hatten und aufstanden, quälte ich mich von meinem Hocker hoch und räumte die Teesachen ab. Als wäre ich uralt. Eine verhutzeltes Mütterchen, das sich mit den Händen auf den Knien abstützt. Das leise Ram, Ram vor sich hinbetet. Der Sahib war hochgegangen. Biji hatte sich mit der Zeitung ins Wohnzimmer gesetzt.

Ich nahm mir den Besen und wollte nach oben gehen. Mach heute erst unten sauber, sagte Biji. Ich stand auf dem zweiten Treppenabsatz. Warum?, hätte ich am liebsten gefragt, kam aber wortlos die Treppe wieder runter. Biji stand vom Sofa auf. Lass dir Zeit, mach alles in Ruhe, sagte sie, ich geh jetzt hoch, solange ich nicht wieder runtergekommen bin, bleibst du hier unten.

Ihre Worte klangen seltsam, ihre Stimme war hart. Sie kommandierte mich rum. Wie eine ganz normale Memsahib. Sie ist bestimmt hochgegangen, um mit dem Sahib zu sprechen. Über irgendwas, das ich nicht hören soll. Es hätte mich nicht stören sollen, aber es hat mich gestört.

Ich putzte unten und wischte mir zwischendurch immer wieder mit meiner Chunni über die Augen und dachte an Rano. Die saß bestimmt in irgendeiner Polizeistation und weinte, wie ich. Beim Gedanken an sie gefror mir wieder das Blut in den Adern. Die zerfetzten Leichen tauchten vor meinen Augen auf. Und plötzlich kam mir ein schrecklicher Gedanke, der Besen fiel mir aus der Hand, ich sank zu Boden und blieb wie ein Häuflein Elend dort liegen.

Was, wenn an dem Tag, an dem ich mir freigenommen hatte und nach Hause gegangen war, ein Einbrecher ins Haus gekommen und Biji und den Sahib ermordet hätte? Dann wäre ich jetzt auch in einer Zelle auf der Polizeistation, und sie würden Gott weiß was mit mir anstellen. Mit einem Mal bildete ich mir ein, dass ich in einer Zelle liege und zwei Polizisten mir die Kleider vom Leib reißen. Ich rappelte mich hoch, ging in die Küche, trank ein Glas Wasser und fegte weiter. Dabei stellte ich mir vor, nicht ich, sondern Rani würde die Wohnung putzen. In dieser Stimmung hab ich meine Arbeit bestimmt nicht ordentlich gemacht. Vielleicht bringt ein Tee mich auf andere Gedanken, dachte ich.

Als ich in der Küche stand und Tee trank, hörte ich Biji und den Sahib die Treppe runterkommen. Ich trank noch schnell zwei Schlucke Tee und lief ins Wohnzimmer.

– Warum rennst du so?

Ich hielt nicht an und sagte auch nichts.

– Fühlst du dich nicht gut?

Ich arbeitete stumm weiter.

– Keine Ahnung, was heute mit ihr los ist!

Dieses Mal hörte ich Mitleid in Bijis Stimme, meine Augen füllten sich mit Tränen.

– Hast du deinen Tee getrunken?

– Ja, gerade eben. Danke.

– Jetzt erst? Warum nicht schon vorher?

– Vorher war mir nicht danach.

– Hast du dir einen frischen Tee aufgesetzt?

– Nein, ich hab mir den von heute Morgen warm gemacht.

– Du hättest dir doch frischen machen können.

Ich sagte nichts.

– Warum bist du traurig?

– Dieser Artikel …

– Ja, das waren schreckliche Nachrichten.

Ich machte mit der Arbeit weiter, hatte aber das Gefühl, Biji wollte was sagen und überlegte, ob sie sollte oder lieber nicht. Ich wischte das Wohnzimmer. Sie stand neben mir wie eine normale Memsahib, die ihr Dienstmädchen beaufsichtigt.

– Biji, warum gehen Sie nicht in Ihr Zimmer?

– Und der Sahib? Wohin soll der gehen?

– Nach oben.

Ich hatte gedacht, Biji würde über meine Worte lachen. Dann hätte sich die Stimmung vielleicht verbessert. Aber sie kniff nur den Mund zusammen, der Sahib sagte auch nichts. Ich wischte. Biji ging in ihr Zimmer, der Sahib nach oben. Nach dem Wohnzimmer putzte ich die Küche. Dann schickte ich Biji ins Wohnzimmer und machte ihr Zimmer. Als sie ins Wohnzimmer gegangen war, überlegte ich, wie viel einfacher alles wäre, wenn sie noch jemanden zum Putzen anstellen würden. Seit ich hier wohnte, waren meine Aufgaben immer mehr geworden. Ich hatte das Gefühl, nie fertig zu werden. Dieser Gedanke machte mir die ganze Zeit, während ich Bijis Zimmer putzte, zu schaffen. Dann ging ich hoch. Oben saß der Sahib und sah aus, als wollte er lieber unten sitzen.

– Gehen Sie jetzt ruhig runter. Und sagen Sie Biji, sie kann duschen.

Keine Ahnung, was in mich gefahren war, dass ich so mit ihnen redete.

Ich versuchte, nicht mehr an die Leichen und an Rano zu denken.

Vielleicht hatte ich auch vergessen, dass Biji mich eben noch so angefahren hatte. Oder ich hatte gar nichts vergessen und wollte nur sehen, warum Biji und der Sahib sich heute so seltsam verhielten.

In Wirklichkeit wusste ich einfach nicht, was in mir vorging.

Auf jeden Fall gab das Putzen mir neue Energie.

Der Sahib ging die Treppe runter und drehte sich noch mal zu mir um. Er lächelte, als wollte er sagen: Bravo, Shano!

Aber das Wichtigste hab ich noch nicht aufgeschrieben. Vielleicht schreibe ich die ganze Zeit um den heißen Brei rum, um diese eine Sache nicht erwähnen zu müssen. Es ist das Wichtigste, aber ich verstehs nicht ganz. Wenn ichs aufschreibe, versteh ichs bestimmt besser. Ich kann mich sowieso nicht beruhigen, solange ichs nicht aufgeschrieben hab.

Das Wichtigste ist, was ich hörte, nachdem ich oben fertig war und langsam Stufe für Stufe wischte und dabei rückwärts die Treppen runterging. Ich hörte, wie Biji leise mit dem Sahib sprach. Beide waren im Wohnzimmer. Ich hielt inne und spitzte die Ohren.

– Ich verdächtige ja dieses Dienstmädchen, du auch?

– Nein, ich glaub, die Ärmste ist unschuldig.

– In letzter Zeit ist hier so viel passiert. Und die Dienstmädchen waren immer darin verstrickt.

– Die Dienstmädchen werden immer festgenommen, egal, ob sie was mit der Sache zu tun haben oder nicht.

– Wir sollten Shano fragen.

– Was?

– Ob sie sie kennt.

– Warum?

– Was meinst du, warum?

– Warum sollten wir sie das fragen?

– Einfach so.

– Die Ärmste ist heute sowieso schon so aufgewühlt.

– Deshalb ja.

Ich ging die Stufen weiter runter und wischte hinter mir. Die beiden hätten mich eigentlich hören müssen. Meine Ohren brannten. Bestimmt war ich ganz blass im Gesicht. Ich nahm Wischlappen und Eimer und ging durchs Wohnzimmer zum Balkon. Shano, was denkst du darüber?, rief Biji.

– Worüber?

– Bring erst mal Lappen und Eimer weg, danach reden wir.

Während ich mir draußen auf dem Balkon die Hände wusch, schwiegen sie. Ich trocknete mir die Hände ab und kam ins Wohnzimmer. Biji sagte, ich soll mich setzen. Ich setzte mich vorsichtig an den Rand vom Diwan.

– Jetzt erzähl uns, was du denkst.

– Worüber?

– Über dieses Dienstmädchen.

– Was meinen Sie?

– Na, ob du sie verdächtigst.

Ich hob den Kopf. Mein Blick traf Bijis. Der Sahib saß neben ihr und hielt den Kopf gesenkt.

– Biji, ich kenn sie doch nicht mal.

– Hab ich irgendwas von kennen gesagt? Ich wollte nur wissen, ob du sie verdächtigst.

– Nein.

– Nein?

– Nein.

Biji schwieg. Der Sahib hob den Kopf und sah mich an, als wollte er sagen: Bravo, Shano!

– Wer weiß, was die Polizisten gerade mit ihr anstellen.

– Sie vernehmen sie, was sonst!

Ich wollte gerade antworten, da sagte der Sahib: Die belassen es selten bei bloßen Vernehmungen.

– Lalita hat gesagt, diese Leute machen wer weiß was mit den Dienstmädchen.

– Natürlich müssen sie ein bisschen grob werden. Was bleibt ihnen anderes übrig!

Ich traute meinen Ohren nicht, aber aus Angst, mir könnte was Falsches rausrutschen und Biji könnte sauer werden, blieb ich lieber stumm.

– Ich jedenfalls verdächtige das Dienstmädchen.

– Aber, Biji, warum denn? Nur weil sie ein Dienstmädchen ist? Und wenn morgen hier bei Ihnen was passiert, verdächtigen Sie dann mich?

– Das ist was ganz anderes.

– Warum? Letztendlich bin und bleibe ich auch nur ein Dienstmädchen!

Meine Stimme zitterte. Mein Körper auch.

– Hör mal, Shano, geh jetzt lieber in die Küche und mach deine Arbeit.

Ich ging, aber arbeiten konnte ich nicht. Ich stellte mich ans Küchenfenster, hörte dem Gurren der Tauben zu und heulte. Geräuschlos.

Seit fünf Tagen sitze ich zu Hause. Beleidigt. Einen Tag nach dem schrecklichen Artikel bin ich gegangen. Frühmorgens. Aber erst hab ich noch Tee gemacht und auf den Tisch gestellt. Daneben hab ich einen kurzen Brief gelegt. Keinen Brief, nur einen Zettel: Gehe ein paar Tage nach Hause. Hoffe, das ist in Ordnung. Schicke Paro vorbei. Dann können Sie überlegen, ob sie in meiner Abwesenheit meine Arbeit übernimmt. Shano.

Meine Schatulle mit den Tagebüchern hab ich mitgenommen. Alles geschah wie im Traum. In der Nacht hatte ich kaum geschlafen. Keine Ahnung, wie ich auf die Idee mit dem Zettel gekommen bin. Ich war schon weg, da waren die beiden noch nicht mal aufgestanden. Ma war wütend. Du hättest ihnen Bescheid sagen sollen. – Ich hab einen Zettel geschrieben. – Das ist doch keine Art! Was, wenn sie sauer werden und dir irgendeinen Diebstahl anhängen! – Ach, Ma, auf die Idee kommen diese Leute doch gar nicht. – Warum hast du die Arbeit dann sausen lassen? – Hab ich doch gar nicht, ich bin nur hergekommen, um nachzudenken. – Und warum musst du plötzlich nachdenken? Doch bestimmt, weil diese Leute auf irgendwelche fiesen Ideen gekommen sind!

Wenn Ma sich erst mal was in den Kopf gesetzt hat, kann man sie nur schwer davon abbringen. Paro hat meine Idee mit dem Zettel auch nicht gefallen. Aber sie sagte immer wieder: Mensch, Shano, du hast wirklich Mut!

Schließlich entschieden wir, Paro sollte zu Bijis Haus gehen und sagen, ich hab starke Kopfschmerzen, und mit meinem Bauch ist auch was nicht in Ordnung, deshalb bin ich, ohne was zu sagen, gleich morgens nach Hause.

Ich war gegen diese Lüge, aber Ma und Paro waren gegen mich. Sie wollten unbedingt eine Krankheit vortäuschen, um zu erklären, warum ich sofort nach Hause hatte kommen müssen. Du bist nicht nur körperlich nicht mehr ganz beieinander, Shano, sondern auch geistig, sagte Ma.

Seit fünf Tagen kocht also Paro für Biji und den Sahib. Sie kocht das Mittag- und Abendessen zusammen. Zum Putzen haben die beiden eine Alte aus Madras eingestellt. Paro sagt, sie kann ihr Hindi nicht verstehen. Und dass Biji jeden Tag fragt, wies mir geht. Der Sahib fragt nicht, hört aber zu. Wenn Paro von den beiden schwärmt, sagt Ma, wir beiden Schwestern sind naiv. Paro sagt, Lalita treibt sie in den Wahnsinn. Jeden Tag lauert sie ihr auf. Wo ist diese kleine Shano, fragt sie, richte ihr aus, ich rede nicht mehr mit ihr.

Ich hab Angst, Lalita könnte demnächst hier auftauchen und mir die Meinung sagen.

Elektrik-Surendar kommt jeden Tag vorbei. Egal. Was kann er mir schon anhaben. Ich lass ihn einfach glotzen.

In den letzten fünf Tagen hab ich nichts geschrieben. Ich will nicht über das, was gerade in mir vorgeht, schreiben. Das stimmt nicht, ich will drüber schreiben, aber ich kann nicht. Als würde es aufhören, wenn ichs aufschreibe. Jeden Tag sag ich mir, ich warte noch ein bisschen. Ich lass es noch ein wenig schlafen. In der Zwischenzeit hab ich alte Hefte gelesen. Das hat Spaß gemacht. Bei manchen Sachen konnte ich gar nicht glauben, dass ich das tatsächlich selbst geschrieben hab. Über manche Sachen musste ich lachen. Und über manche weinen. Manchmal hatte ich Lust, noch was hinzuzufügen oder was wegzustreichen. Ein paar peinliche Fehler hab ich auch gefunden. Manche hab ich verbessert und hatte dabei die ganze Zeit Angst, mehr Fehler einzubauen.

Manchmal kams mir so vor, als wär das gar nicht mein Tagebuch, sondern das von jemand anderem. Von einer anderen Shano. Keine Ahnung, warum dieser Gedanke mich so glücklich machte und mich gleichzeitig schauern ließ.

In den letzten fünf Tagen wär ich ein paar Mal am liebsten zu Bijis Haus gerannt und hätte meine Arbeit dort wieder aufgenommen. Aber irgendwas tief drinnen hat mich jedes Mal zurückgehalten.

Ich glaub, das, was in mir drinnen vor sich geht, braucht noch ein Weilchen. Ich kann nur warten, bis es aufhört.

Was machst du denn den ganzen Tag alleine zu Hause?, fragt Ma.

In den letzten fünf Tagen hab ich die Hütte auf Vordermann gebracht. Ma sagt nichts, aber ich weiß, dass sie glücklich ist. Paro auch. Ein paar Mal hat sie schon gesagt: Shano, man erkennt unsere Hütte wirklich kaum wieder!

Beim Tagebuchlesen hatte ich das Gefühl, da steht mehr über das Innerste von anderen Leuten als über mein eigenes. Vielleicht sollte ich statt Innerstes lieber Herz schreiben. Ich weiß nicht, was der Unterschied zwischen Herz und Innerstem ist. Ich kenne die Unterschiede zwischen vielen Sachen nicht.

In den letzten fünf Tagen hätte ich ein paar Mal am liebsten meine Hefte genommen und sie Biji und dem Sahib gegeben. Lesen Sie das, und sagen Sie mir, was ich damit machen soll!

Wenn ich das vor lauter Verrücktheit irgendwann mache, sagt Biji wahrscheinlich: Sag uns erst mal, warum du so lange verschwunden warst! – Lesen Sie die Hefte, dann verstehen Sies schon. – Wirklich?, fragt der Sahib. *By God!,* antworte ich. Redest du jetzt auf Englisch?, fragt Biji. *Why not?,* frage ich. Da würde der Sahib lachen. Biji vielleicht auch. Ich kann nicht glauben, dass du diese ganzen Hefte vollgeschrieben hast, sagt Biji. Ich werde rot. Hör mal, Shano, sagt der Sahib, es würde ewig dauern, die alle zu lesen. – Okay, dann lest sie eben nicht, dann schmeiß ich sie weg. – Das Mädchen ist verrückt geworden, sagt Biji. Sie ists nicht geworden, sie wars schon immer, sagt der Sahib. Aber er will mich nur ärgern. Ich verzieh das Gesicht und sammle die Hefte zusammen. Man sollte sein Gesicht nicht bei jeder Kleinigkeit so verziehen, sagt Biji. Ich sammle einfach weiter meine Hefte ein. Hör mal, Shano, sagt der Sahib, wir können einfach nicht glauben, dass du diese ganzen Hefte vollgeschrieben hast. – Wer denn sonst?, schnaube ich wütend. Meine Engel? – Wenn man diesem Mädchen zuhört, würde man nie auf die Idee kommen, dass … dass … Biji spricht nicht weiter, und ich vervollständige ihren Satz für sie: … dass sie ein Dienstmädchen ist. Biji und Sahib sind völlig verblüfft. Ich schnapp mir die restlichen Hefte und geh nach Hause.

Nein, so wärs nicht.

Es könnte sein, dass Biji die Hefte sieht und sagt: Jetzt versteh ich endlich, was du die ganze Zeit zu Hause gemacht hast: deine Hefte geordnet! Ich antworte nicht. Hör mal, Shano, Biji redet mit dir, willst du nicht antworten?, sagt der Sahib. Ich bleibe stumm. Wenn sie weiter so schreibt, hat sie bei sich zu Hause bald keinen Platz mehr für die ganzen Hefte, sagt Biji. Da kann ich nicht mehr stumm bleiben. Sie warens doch, die mich auf diese Idee gebracht hat! Jetzt müssen Sie auch entscheiden, was ich mit dem Zeug machen soll. – Was du damit machen sollst?, fragt Biji. Ja, sage ich, wie soll ich wissen, was ich damit machen soll? Gucken Sies sich an, und sagen Sies mir. – Gut, sagt der Sahib, wir werfen mal einen Blick drauf und sagen dir dann Bescheid, aber jetzt sag du uns erst, wann du wieder zu arbeiten anfängst. Ich bleibe einen Moment stumm. Da hab ich noch nicht drüber nachgedacht, sage ich schließlich. Und wann denkst du drüber nach?, fragt Biji. Bald, sage ich. Hör mal, Shano, sagt der Sahib, was gibts da denn nachzudenken, arbeiten musst du so oder so. Ich sage nichts. Ich hab das Gefühl, das Mädchen hat keine Lust mehr zu arbeiten, sagt Biji. Warum?, fragt der Sahib. Sie ist verrückt geworden, sagt Biji. Da bin ich so verletzt, dass ich mir die Hefte schnapp und nach Hause geh.

Nein, so stimmts wieder nicht. Einmal probiere ichs noch.

Biji und der Sahib sehen den Hefte-Haufen an und nehmen sich dann jeder ein Heft. Ich stehe wie angewurzelt da, halte den Atem an und beobachte sie. Manchmal hab ich das Gefühl, Biji hat was gelesen, das sie beunruhigt, oder der Sahib was, das ihn zum Lächeln bringt. Meine Beine zittern. Mein Herz rutscht mir in die Hose. Biji nimmt sich ein zweites Heft. Der Sahib auch. Ich kann mir einfach nicht vorstellen, dass du das alles geschrieben hast!, sagt sie. *By God,* rufe ich, ich hab alles alleine geschrieben. – Wenn du das alles wirklich alleine geschrieben hast, sagt der Sahib, dann kann ich nur sagen: Bravo! – Wenn sie das alles alleine geschrieben hat, reicht ein Bravo hier kaum aus, sagt Biji. Warum gehen wir heute nicht alle zusammen in den Club!, sagt der Sahib. Warum lassen wir nicht ein Buch aus diesen Heften machen?, sagt Biji. Wenn wir ein Buch draus machen, hört sie sofort auf, bei uns zu arbeiten, sagt der Sahib. Das macht sie sowieso, sagt Biji. Biji, das ist alles Ihre Schuld, platze ich raus, sie haben mich auf die Idee mit den Heften gebracht. – Hör mal, Shano, sagt der Sahib, ich hab auch mit Schuld dran. Jetzt hab ich einen solchen Kloß im Hals, dass ich einfach alle meine Hefte liegen lass und nach Hause renn.

Ich träume. Träume füllen den Magen nicht, würde Ma jetzt sagen. Sogar Straßenhunde bekommen irgendwie den Magen voll, antworte ich. Wir sind nicht besser als Straßenhunde, sagt Ma. Da bin ich wütend, und traurig.

Ich träume schon wieder! Solange so viel in mir vorgeht, kann ich nichts machen außer träumen. Vielleicht ist das, was in mir vorgeht, auch nur ein Traum.

Ich sitze hier und denke an Biji und den Sahib. Die beiden sitzen wahrscheinlich dort und denken an mich. Vielleicht spricht der Sahib als Erster. Ich hab das Gefühl, das Mädchen ist gar nicht krank, das ist nur eine Ausrede, um zu Hause rumzusitzen. – Ich hab nicht nur das Gefühl, ich bin sogar davon überzeugt, sagt Biji. Aber warum macht sie das?, fragt der Sahib. Vielleicht hat sie irgendwas, das ich gesagt hab, in den falschen Hals bekommen. – Soll ich zu ihr fahren und sie fragen, was los ist? – Kennst du ihr Zuhause? – Ja, als ihr Vater gestorben ist, wollte ich zum Abschiedsritual gehen und hab mich durchgefragt. – Wie ist ihr Zuhause so? – Ich bin nicht reingegangen, es ist eine einfache Hütte, ziemlich klein. – Warum jetzt zu ihr gehen, sagt Biji, das bringt doch nichts, dann dreht sie bloß noch mehr durch. Der Sahib antwortet nicht, also redet Biji weiter. Ich glaube, wir müssen ihr Zeit zum Nachdenken lassen und dürfen sie nicht unter Druck setzen. Der Sahib sagt immer noch nichts. Wenn sie zurückkommen will, tut sie das auch von alleine. – Ich glaube nicht, dass sie zurückkommt, sagt der Sahib. Jetzt antwortet Biji nicht. Wenn sie verletzt ist, kommt sie erst zurück, wenn wir sie darum bitten, sagt der Sahib. Es ist alles unsere Schuld, sagt Biji. Wenn wir sie wie ein gewöhnliches Dienstmädchen behandelt hätten, wäre sie jetzt nicht so empfindlich. Der Sahib schweigt. Wir hätten sie nie bitten sollen, bei uns einzuziehen, schimpft Biji. Warum?, fragt der Sahib. Oder wir hätten ihr einen anderen Raum geben sollen, die Moped-Garage oder so, dann … – Dort hätte sie nie freiwillig geschlafen!, unterbricht sie der Sahib. Dann hätte sie ja bei sich zu Hause schlafen können, hier bei uns im Wohnzimmer hat sie vollkommen vergessen, dass sie nur ein Dienstmädchen ist. – Wie könnte die Ärmste das jemals vergessen!, sagt der Sahib. Wie lange sie sich immer im Badezimmer verbarrikadiert hat!, sagt Biji. Ich hatte ihr extra eine eigene Seife hingelegt, aber ich glaube, sie hat immer unsere benutzt. Der Sahib lächelt. Was macht das schon für einen Unterschied. – Erst dachte ich das auch, aber jetzt kommts mir doch falsch vor. Der Sahib antwortet nicht. Wenn sie zurückkommt, kann sie nicht mehr hier wohnen, sagt Biji. Wenn sie nicht hier gewohnt hätte, wäre das alles nie passiert. Der Sahib sitzt mit gesenktem Kopf da. Was denkst du?, fragt Biji. Ich denke, sie wird sicher nicht mehr hier wohnen, sagt der Sahib. Wohnen nicht, aber arbeiten schon, oder? – Ich glaube nicht, sagt der Sahib. Biji schweigt. Und jetzt möchtest du zu ihr gehen und mit ihr reden?, fragt Biji schließlich. Ich glaube, selbst dann kommt sie nicht zurück. – Aber eben hast du doch noch gesagt, dass … – Das war falsch, unterbricht sie der Sahib, was ich jetzt sage, stimmt. – Du bist auch seltsam. Der Sahib lächelt. Ich hab an allem Schuld, sagt Biji plötzlich. Ich wars, die sie an diesem Tag so aufgebracht hat. Jetzt ists auch an mir, sie zu überreden, zurückzukommen. Beschreib mir mal, wo sie wohnt. Der Sahib lächelt immer noch. Aber ich frage sie nicht, ob sie wieder hier einzieht, sagt Biji, das wäre falsch. Damit hat das ganze Durcheinander doch angefangen. Deshalb ist sie so …

Ich hab keine Lust mehr auf dieses Spiel. Aber es ist kein Spiel. Ich brauche es, um rauszufinden, was in mir vorgeht. Genug geforscht für heute.

Wenn mir jetzt ein Sadhu oder ein Fakir oder eine Fee erscheint und sagt: Ich bin zufrieden mit dir, meine Tochter, sag mir deinen Herzenswunsch, und ich erfüll ihn dir. Was würde ich mir dann wünschen?

Vielleicht würde ich gar nichts rausbringen, nur rot werden.

Dann pflanzt der Sadhu oder der Fakir oder die Fee vielleicht einen Wunsch in mein Herz und erfüllt ihn.

Was für einen Wunsch?

Ein weißes Pferd soll darin vorkommen. Weiß wie eine Wolke.

Keine Ahnung, warum.

Ich hör jetzt auf zu schreiben, geh ins Bett, stell mir meinen Wunsch vor und schlaf ein.

Vielleicht erscheint mir der Sadhu oder der Fakir oder die Fee heute Nacht im Traum. Und das weiße Wolkenpferd.

Ich hör jetzt auf zu schreiben, geh ins Bett, stell mir das weiße Pferd vor und schlaf ein.

Vorstellen!

Das Wort hab ich neu gelernt. Ich versteh noch nicht genau, was es heißt. Ich geh jetzt ins Bett, stell mir vor, was es heißt, und schlaf ein.

Heute ist der siebte Tag, seit ich mit der Arbeit aufgehört hab und zu Hause rumsitze.

Als ich heute Morgen aufgewacht bin, waren im Traum zwei Entscheidungen gefällt worden. Als hätte jemand anders für mich entschieden. Vielleicht der Gott der Träume.

Gibts für Träume einen anderen Gott? Vielleicht keinen anderen, sondern den normalen, aber in einer anderen, nebligeren Form. Nicht unbedingt nebliger. Nicht alle Träume sind neblig.

Ich sollte mich jetzt nicht in solche Gedanken verrennen. Sonst mach ich, wenn ich die zwei Entscheidungen aufschreib, noch einen Fehler. Es ist wichtig, dass ich alles ordentlich aufschreibe, sonst kann ich die Entscheidungen nicht richtig ausführen. Und das ist wichtig.

Inzwischen bekomme ich Dinge, die ich nicht ordentlich aufgeschrieben hab, auch nicht mehr richtig zu fassen.

Manchmal fällts mir schwer, die Dinge ordentlich aufzuschreiben, ich verrenne mich dauernd in andere Gedanken.

Diesmal darf das nicht passieren.

Ich bin alleine zu Hause, und ich fliege. Wie eine schwarze Wolke. Ich weiß nicht mehr, ob mir heute Nacht das weiße Wolkenpferd im Traum erschienen ist.

Und jetzt die Entscheidungen.

Die erste Entscheidung ist, dass ich Biji und dem Sahib noch heute meine Hefte bringe und ihnen sage, sie sollen sie lesen und mir sagen, was ich damit machen soll.

Die zweite Entscheidung ist, dass ich bei Biji und dem Sahib aufhöre, ich meine, dass ich nicht mehr dort arbeite.

Lalita soll mir drei, vier Häuser besorgen.

Morgen fang ich ein neues Heft an. Das ist eine Art dritte Entscheidung.

Louis Bromfield *Der große Regen*

Der alte Maharadscha in der indischen Provinz Ranchipur weiß, dass auf sein Volk Hunger und Tod warten, wenn der Regen ausbleibt. So erträgt er die langen Wochen des Wartens in brennender Hitze. Auch Tom Ransome, der verwöhnte Intellektuelle aus der westlichen Welt, wartet auf das Naturereignis, um es zu malen. Dann kommt taifunartig der Regen. Im Handumdrehen ist der Staudamm zerstört und das ganze Land überschwemmt.

Gisbert Haefs *Radscha*

Indien in der zweiten Hälfte des 18. Jahrhunderts: eine Zeit mächtiger Fürsten und großer Kriegsherren, Schauplatz dramatischer Kämpfe und ein Land für Abenteurer. Als der irische Bauernsohn George Thomas nach Madras gelangt, erliegt er sofort der geheimnisvollen Faszination dieses farbenprächtigen und betörenden Ortes. Verführt von der Schönheit des Landes und dessen Versprechen von Reichtum und Ruhm, beschließt George zu desertieren.

Baby Halder *Vom Dunkel ins Licht*

Im Alter von sieben Jahren von der Mutter im Stich gelassen, wächst Baby Halder in armen und zerrütteten Familienverhältnissen auf. Mit zwölf Jahren muss sie einen doppelt so alten Mann heiraten, mit dreizehn wird sie zum ersten Mal Mutter. Ihr Ehemann behandelt sie schlecht, und sie entschließt sich, ihn zu verlassen. Obwohl sie nur wenige Jahre selbst zur Schule gegangen ist, beginnt sie, ihre Lebensgeschichte zu schreiben. Ihr Buch wird eine Sensation und geht um die Welt.